RAYMOND FEIST
JANNY WURTS
Kelewan-Saga 1

Raymond Feist wurde 1945 in Los Angeles geboren und lebt in San Diego. Über lange Jahre hat er Rollenspiele und Computerspiele entwickelt. Aus dieser Tätigkeit entstand auch die fantastische Welt Midkemia. Die in den Achtzigerjahren begonnene Saga ist bereits ein Klassiker des Fantasy-Genres, und Feist gilt als einer der wichtigsten Vertreter der Fantasy in der Tradition Tolkiens.

Der Midkemia-Zyklus beginnt mit dem Traum der beiden Jungen Pug und Tomas von Ruhm und Ehre. Als Midkemia von Invasoren aus Kelewan angegriffen wird, werden sie in den gewaltigen »Spaltkrieg« hineingezogen. Zeitgleich zur »Midkemia-Saga« ist die »Kelewan-Saga« angeordnet: In ihr werden die Geschehnisse auf der Gegenseite während des Spaltkriegs geschildert. Chronologisch folgen dann die Romane der »Krondor-Saga«, bevor Midkemia in der »Schlangenkrieg-Saga« von einer weiteren Invasion heimgesucht wird: Die Flotte der Smaragdkönigin kommt übers Meer, und ihre Armee überzieht das Land mit Krieg. Die »Legenden von Midkemia« führen zurück in die Zeit des Spaltkriegs. In dem zeitlich jüngsten Abschnitt »Die Erben von Midkemia« erleben die Leser mit Talon einen neuen jungen Helden und einen bislang unbekannten Teil von Midkemia, treffen aber auch auf viele alte Bekannte.

Aus dem Midkemia-Zyklus bereits erschienen:

Die Midkemia-Saga: 1. Der Lehrling des Magiers (24616), 2. Der verwaiste Thron (24617), 3. Die Gilde des Todes (24618), 4. Dunkel über Sethanon (24611), 5. Gefährten des Blutes (24650), 6. Des Königs Freibeuter (24651)

Die Krondor-Saga: 1. Die Verschwörung der Magier (24914), 2. Im Labyrinth der Schatten (24915), 3. Die Tränen der Götter (24916)

Die Kelewan-Saga: 1. Die Auserwählte (24748), 2. Die Stunde der Wahrheit (24749), 3. Der Sklave von Midkemia (24750), 4. Zeit des Aufbruchs (24751), 5. Die Schwarzen Roben (24752), 6. Tag der Entscheidung (24753)

Die Schlangenkrieg-Saga: 1. Die Blutroten Adler (24666), 2. Die Smaragdkönigin (24667), 3. Die Händler von Krondor (24668), 4. Die Fehde von Krondor (24784), 5. Die Rückkehr des Schwarzen Zauberers (24785), 6. Der Zorn des Dämonen (24786), 7. Die zersprungene Krone (24787), 8. Der Schatten der Schwarzen Königin (24788)

Die Legenden von Midkemia: 1. Die Brücke (24190), 2. Die drei Krieger (24236)

Die Erben von Midkemia: 1. Der Silberfalke (24917)

Weitere Bände sind in Vorbereitung.

Raymond Feist
& Janny Wurts

Die Auserwählte

Ein Roman von der
anderen Seite des Spalts

Aus dem Amerikanischen
von Susanne Gerold

BLANVALET

Die amerikanische Originalausgabe erschien erstmals 1987
unter dem Titel »Daughter of the Empire« (Chapters 1-8)
bei Doubleday, New York.

Umwelthinweis:
Alle bedruckten Materialien dieses Taschenbuches
sind chlorfrei und umweltschonend.

Blanvalet Taschenbücher erscheinen im Goldmann Verlag,
einem Unternehmen der Verlagsgruppe Random House GmbH.

4. Auflage
Deutsche Erstveröffentlichung 2/98

Umschlaggestaltung: Design Team München
Umschlagillustration: Agt. Schlück/Berni
Satz: deutsch-türkischer fotosatz, Berlin
Druck: Elsnerdruck, Berlin
Titelnummer: 24748
Redaktion: Alexander Groß
V.B. Herstellung: Peter Papenbrok
Printed in Germany
ISBN 3-442-24748-9
www.blanvalet-verlag.de

Dieses Buch ist in
tiefempfundener Wertschätzung
und voller Zuneigung und Respekt
Harold Matson gewidmet.

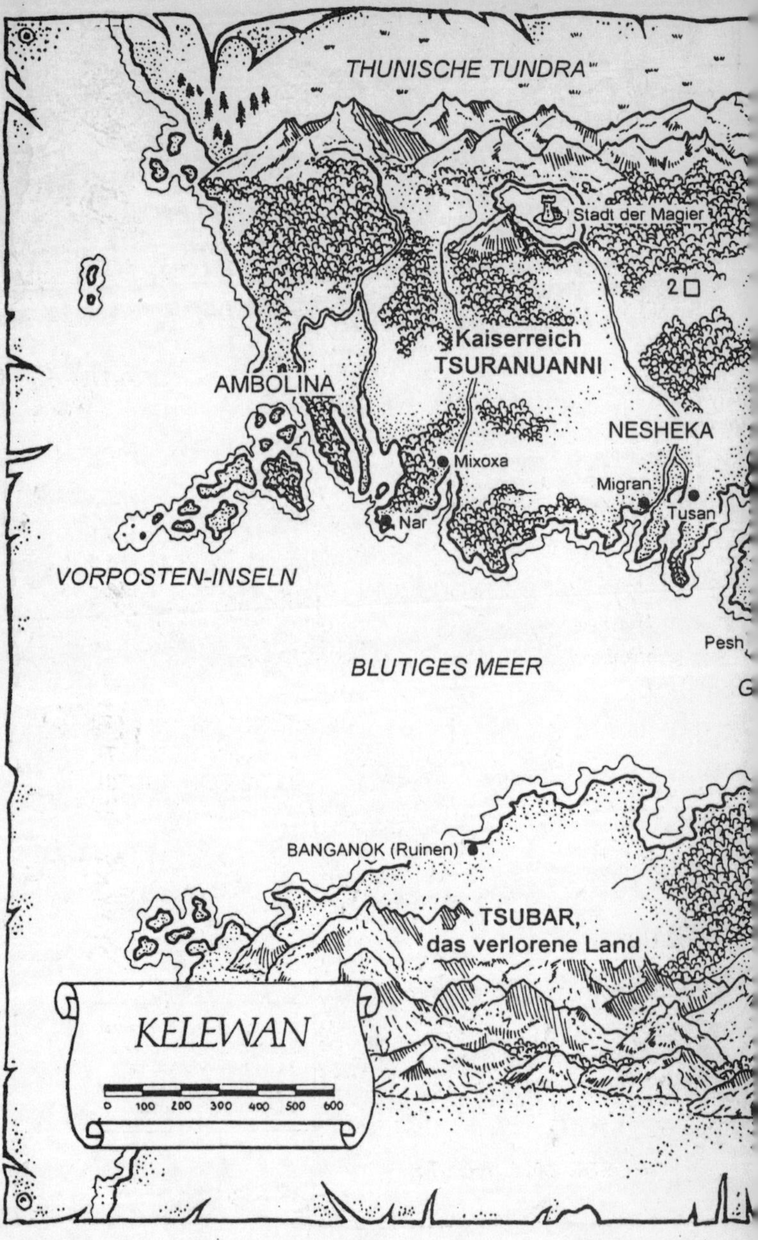
THUNISCHE TUNDRA
Stadt der Magier
2
Kaiserreich
TSURANUANNI
AMBOLINA
NESHEKA
Mixoxa
Migran
Tusan
Nar
VORPOSTEN-INSELN
Pesh
BLUTIGES MEER
BANGANOK (Ruinen)
TSUBAR,
das verlorene Land
KELEWAN
0 100 200 300 400 500 600

DER HOHE WALL
COLTARI
LASH
Barak
Silmani
Kentosani, die heilige Stadt
Yankora
SZETAC
Sulan-Qu
YANKORA-TIEFE
HOKANI
Jamar
an-Qu
Ontoset
Seran
Xula-Passage
Stadt der Ebene
HOCHLAND
VON THURIL
lana
HONSHONI
Koth
Xula
Schlachtenbucht
ER SUMPF
Lepala
KONFÖDERATION
VON THURIL
Rujije
Ilama
SWETO
Wamar
DUSTARI
Brigani
1 Landsitz der Shinzawei
2 Landsitz der Inrodaka
3 Landsitz der Acoma
4 Landsitz der Minwanabi
5 Landsitz der Anasati
GROSSE SANDWÜSTE

Danksagung

Wir möchten uns an dieser Stelle ganz herzlich bei den Personen bedanken, die auf irgendeine Weise – absichtlich oder nicht – zum Gelingen dieses Buches beigetragen haben. Wir verdanken ihnen viel:

Der »Freitagnacht-Runde«, deren Begeisterung für Spiele R.E.F. auf viele interessante Ideen brachte, die in zwei Welten eingeflossen sind, und den Autoren jener Spiele, vor allem denen bei Midkemia Press.

Kyung und Jon Conning, die in ihrem Heim in Korea für J.W. den roten Teppich ausgerollt haben und auf diese Weise dem Buch zu bedeutend mehr Farbigkeit verholfen haben.

Virginia Kidd, die es für J.W. leichtmachte, ja zu sagen, und deren Freundschaft und weise Ratschläge uns viele Jahre begleitet haben.

Unseren Lektoren Adrian Zackheim, mit dem alles begann, und Jim Moser, der die Sache mit uns zu Ende gebracht hat.

Richard C. Freese, der viel mehr als einfach nur seine Pflicht getan hat.

Elaine Chubb, die für unser gutes Aussehen gesorgt hat.

Daniel P. Mannix IV, der uns gezeigt hat, was es heißt, Schriftsteller zu sein, und uns einen wunderbaren Platz zum Arbeiten verschafft hat (ungeachtet der Enten).

Und Barbara A. Feist, die es mit einem von uns aushält.

Frazer, Pennsylvania
Juni 1986

Raymond E. Feist
Janny Wurts

Eins

Lady

Der Priester schlug den Gong.

Der Klang strömte durch die mit herrlichen Schnitzereien in den unterschiedlichsten Farben verzierte Kuppel des Tempels; sein Echo wurde von der Wölbung hin und her geworfen und verhallte schließlich ganz, bis nichts mehr übrigblieb außer der geisterhaften Erinnerung an einen einzelnen Ton.

Mara kniete auf den kalten Stufen des Tempels, die ihrem Körper jede Wärme zu entziehen schienen. Sie zitterte, wenn auch nicht vor Kälte, und warf einen flüchtigen Blick nach links, wo ein anderes Mädchen in ähnlicher Pose wartete; genau wie Mara erhob sie jetzt die weiße Kopfbedeckung einer Novizin des Ordens von Lashima, Göttin des Inneren Lichts. Der wie ein Zelt über ihrem Kopf drapierte Stoff zwang sie zu einer unangenehmen Haltung, und Mara konnte kaum den Augenblick erwarten, da sie die Kopfbedeckung würde herunter lassen und befestigen können. Obwohl sie das Ding erst ein kleines Stück erhoben hatte, schien es ihr bereits, als zerrte der Stoff wie Steingewichte an ihren Armen! Der Gong erklang wieder. Er erinnerte Mara an die ewigwährende Gegenwart der Göttin, und sie zuckte wegen ihrer respektlosen Gedanken innerlich zusammen. Gerade jetzt durfte ihre Aufmerksamkeit nicht nachlassen. Still bat sie die Göttin um Vergebung, flehte um Ruhe und Stärke; Müdigkeit und Aufregung hatten sich inzwischen mit Besorgnis gemischt. Mara betete zu ihr, um durch sie den inneren Frieden zu erhalten, den sie so inbrünstig herbeisehnte.

Wieder dröhnte der Gong. Es war der dritte von insgesamt zweiundzwanzig Schlägen; zwanzig für die Götter, einer für das

Licht des Himmels und einer für die unvollkommenen Kinder, die jetzt darauf warteten, in den Dienst der Göttin der Weisheit des Oberen Himmels zu treten. Mit siebzehn Jahren stand Mara kurz davor, dem weltlichen Dasein zu entsagen und – nach neunzehn weiteren Gongschlägen – das Mädchen links von ihr Schwester zu nennen, obwohl sie sich vor zwei Wochen zum ersten Mal begegnet waren.

Mara betrachtete ihre zukünftige Schwester: Ura war ein übellauniges Mädchen aus einer clanlosen, aber wohlhabenden Familie aus der Provinz Lash, während Mara zu einer alten und mächtigen Familie gehörte, den Acoma. Uras Beitritt war von ihrem Onkel befohlen worden, der sich selbst zum Familienoberhaupt ernannt hatte und dem es einzig darum ging, daß seine Familie in einen Clan – welchen auch immer – aufgenommen wurde. Uras Eintritt in den Orden war eine öffentliche Demonstration der Frömmigkeit ihrer Familie. Mara dagegen hatte sich beinahe ihrem Vater widersetzt, nur um von dem Orden aufgenommen zu werden. Als die beiden Mädchen zum ersten Mal ihre persönlichen Geschichten ausgetauscht hatten, war Ura zunächst ungläubig gewesen, hatte sich dann jedoch beinahe darüber empört, daß die Tochter eines so mächtigen Herrn hinter den Mauern eines Ordens ewigen Schutz suchte. Maras Herkunft garantierte ihr eine angesehene Stellung innerhalb ihres Clans, mächtige Verbündete, eine Reihe gutsituierter Freier und die Gewißheit, eines Tages den Sohn eines anderen mächtigen Hauses zu heiraten. Ura dagegen wurde ein solches Opfer abverlangt, damit in späteren Generationen ihrer Familie den Mädchen einmal all das zur Verfügung stehen würde, was Mara zurückweisen wollte. Nicht zum ersten Mal stellte Mara sich die Frage, ob Ura als Dienerin dieses Ordens wirklich geeignet war. Aber wie jedesmal, so zweifelte sie auch jetzt an ihrer eigenen Eignung für die Schwesternschaft.

Ein weiterer voller, tiefer Ton erklang. Mara schloß einen Augenblick die Augen; sie erbat Trost und Rat von der Göttin.

Wieso wurde sie immer noch von Zweifeln geschüttelt? Nach achtzehn weiteren Schlägen würde sie ihre Familie, ihre Freunde und das gesamte, vertraute Leben für immer verloren haben. Ihr ganzes Leben würde dann weit hinter ihr liegen, angefangen von den frühen Spielen ihrer Kindheit bis zu den Sorgen der vornehmen Tochter – über die Rolle, die ihre Familie in dem Spiel des Rates innehatte, oder über den niemals endenden Kampf um Macht und Einfluß, der das gesamte Leben der Tsurani beherrschte. Ura würde ihre Schwester werden, egal, wie groß die Unterschiede ihrer Herkunft auch sein mochten, denn in dem Orden Lashimas gab es keinen Raum für persönliche Ehre oder Familiennamen. Übrigbleiben würde nur ihr Dienst gegenüber der Göttin – ein Dienst, der Keuschheit und Gehorsamkeit verlangte.

Wieder ertönte der Gong, nunmehr zum fünften Mal. Mara warf einen verstohlenen Blick auf das Podest mit dem Altar. Eingerahmt von geschnitzten Bögen knieten sechs Priester und Priesterinnen vor der Statue Lashimas, deren Antlitz wegen der Zeremonie unverhüllt war. Die Morgendämmerung fiel durch spitzbögige Fenster hoch oben in der Kuppel und griff mit Fingern aus blassen Strahlen in das Innere des dunklen Tempels. Es war wie eine Liebkosung, als die aufgehende Sonne die Göttin berührte und das juwelenähnliche Funkeln der für die Zeremonie notwendigen Kerzen um sie herum milderte. Wie freundlich die Lady in der Morgenröte aussieht, dachte Mara. Die Göttin der Weisheit blickte mit einem sanften Lächeln auf den feingeschnittenen Lippen herab, als würde alles, was unter ihrer Fürsorge stand, geliebt und beschützt werden und inneren Frieden finden. Mara betete inbrünstig, daß es wahr sein möge. Nur ein einziger Priester kniete nicht; es war derjenige, der jetzt wieder den Gong schlug. Sonnenstrahlen trafen auf das Metall, eine Explosion von goldenem Licht vor dem dunklen Vorhang, der den Eingang zum inneren Tempel verbarg. Dann, als das blendende Funkeln wieder verschwunden war, ertönte der Gong ein weiteres Mal.

Noch fünfzehnmal würde er erklingen. Mara biß sich auf die Lippe, sie war sicher, daß die Göttin eine kurze Verfehlung verzeihen würde. Ihre Gedanken blitzten jäh auf wie das Licht in einem zerbrochenen Kristallstück, tanzten mal hierhin, mal dorthin, niemals länger an einem Ort verweilend. Ich eigne mich nicht gut für die Schwesternschaft, bekannte Mara innerlich und starrte an der Statue empor. Bitte, habe Geduld mit mir, Herrin des Inneren Lichts. Wieder warf sie einen Blick auf ihre Kameradin; Ura verhielt sich still und ruhig, ihre Augen waren geschlossen. Mara zwang sich, ihr Verhalten nachzuahmen, auch wenn sie die entsprechende innere Ruhe nicht finden konnte. Wieder erklang der Gong.

Mara suchte den verborgenen Mittelpunkt ihres inneren Seins, das Wallum, und bemühte sich, ihre Gedanken zur Ruhe kommen zu lassen. Es gelang ihr einige Minuten. Dann riß ein erneuter Gongschlag sie abrupt in die Gegenwart zurück. Mara verlagerte ein wenig ihr Gewicht, unterdrückte die aufkommende Gereiztheit, als sie versuchte, den Schmerz in ihren Armen etwas zu lindern. Sie ignorierte das Bedürfnis, tief aufzuseufzen. Die innere Ruhe, die sie während ihrer Ausbildungszeit zur Novizin bei den Schwestern erlernt hatte, entglitt ihr wieder, obwohl sie bereits sechs Monate am Ordensleben teilgenommen hatte, bevor sie der Prüfung durch die Priester des Hohen Tempels in der Heiligen Stadt für würdig erachtet worden war.

Wieder wurde der Gong geschlagen, und der Klang erinnerte mit seiner Kraft an das Horn, das den Kriegern der Acoma das Zeichen gegeben hatte, sich in Kampfformation aufzustellen. Wie kühn sie in ihren grünlackierten Rüstungen ausgesehen hatten, damals, als sie mit den Truppen des Kriegsherrn in die Schlacht gezogen waren – besonders die Offiziere mit den stattlichen Federbüschen. Mara war besorgt über die Entwicklung des Krieges in der barbarischen Welt, wo ihr Vater und ihr Bruder kämpften. Beinahe sämtliche Streitkräfte der Familie waren dort gebunden. Der Clan war in seiner Loyalität im Hohen Rat gespalten, und da keine Familie eindeutig dominierte, trugen die Acoma die Last blutiger Politik. Die Familien des Hadama-Clans waren nur dem Namen nach vereinigt, und ein Verrat der Acoma durch einen entfernten Cousin, der nach der Gunst der Minwanabi trachtete, war nicht völlig ausgeschlossen. Hätte Mara eine Stimme im Rat ihres Vaters besessen, sie hätte auf Trennung von der Kriegspartei gedrängt, möglicherweise sogar auf eine Allianz mit der Partei des Blauen Rades, die vortäuschte, nur am Handel Interesse zu haben, während sie in aller Stille daran arbeitete, die Macht des Kriegsherrn einzuschränken …

Mara runzelte die Stirn. Wieder waren ihre Gedanken zu weltlichen Sorgen abgeschweift. Sie entschuldigte sich bei der Göttin dafür, dann drängte sie die Gedanken an die Welt, die sie hinter sich lassen würde, zurück.

Mara schaute sich verstohlen um, als der Gong erneut ertönte. Das steinerne Antlitz der Göttin schien jetzt einen leisen Tadel zu zeigen; Tugend begann in jedem einzelnen Menschen, erinnerte sie sich. Hilfe würde nur denen widerfahren, die wirklich nach Erleuchtung suchten. Mara senkte die Augen.

Der Gong hallte durch den Tempel, und ein anderes Geräusch mischte sich in das ersterbende Zittern des Klangs – eine Störung, die ganz und gar nicht hierher gehörte. Sandalen schlurften über den Steinboden des Vorraumes, begleitet vom gedämpften Klirren von Waffen und Rüstungen. »Haltet ein, Krieger! Ihr dürft jetzt nicht in den Inneren Tempel! Es ist verboten!« forderte der wachhabende Priester jenseits des Vorhangs in energischem Flüsterton.

Mara erstarrte. Der fröstelnde Schauer einer Vorahnung durchströmte sie. Unter dem Schutz der aufgetürmten Kopfbedeckung hindurch sah sie, wie die Priester und Priesterinnen auf dem Podest sich beunruhigt erhoben. Sie wandten sich dem Eindringling zu, und der Gong verfehlte seinen Takt und verstummte.

Der Hohe Vater bewegte sich entschlossen auf den Vorhang

zu, die Stirn argwöhnisch gerunzelt. Mara kniff ihre Augen fest zusammen. Wenn sie nur die Welt da draußen ebenso einfach in Dunkelheit tauchen könnte, dann würde niemand sie finden. Doch das Geräusch der Schritte brach ab, und statt dessen erklang die Stimme des Hohen Vaters. »Aus welchem Grund begeht Ihr einen solchen Frevel, Krieger! Ihr verletzt einen heiligen Ritus.«

Jetzt sprach eine andere Stimme. »Wir suchen die Lady der Acoma!«

Die Lady der Acoma. Die Worte schnitten durch Maras Seele, als würde ihr ein kaltes Messer mitten in den Bauch gestoßen. Dieser eine Satz würde ihr Leben für immer verändern. Ihre Gedanken begehrten auf, leugneten trotzig, doch sie zwang sich, ruhig zu bleiben. Niemals würde sie ihre Ahnen durch eine öffentliche Zurschaustellung ihrer Trauer beschämen. Mühsam brachte sie ihre Stimme unter Kontrolle, während sie langsam aufstand. »Ich bin hier, Keyoke.«

Als wären sie eins, starrten die Priester und Priesterinnen auf den Hohen Vater, der jetzt vor Mara trat. Die gestickten Symbole auf seiner Amtsrobe blitzten auf, als er eine Priesterin zu sich winkte. Dann blickte er in Maras Augen und sah den Schmerz, den sie verborgen hielt. »Tochter, es ist offensichtlich, daß Unsere Herrin der Weisheit einen anderen Weg für Euch bestimmt hat. Geht mit ihrer Liebe und Barmherzigkeit, Lady der Acoma.« Er verbeugte sich leicht.

Mara verneigte sich ebenfalls, dann reichte sie der Priesterin die Kopfbedeckung. Sie bemerkte Uras neidischen Seufzer nicht, als sie sich schließlich dem Überbringer jener Botschaft zuwandte, die ihr Leben verändert hatte.

Gleich auf der anderen Seite des Vorhangs stand Keyoke, Kommandeur der Acoma, und betrachtete seine Herrin mit müden Augen. Er war ein von vielen Schlachten gezeichneter alter Krieger, aufrecht und stolz trotz der vierzig Jahre, die er bereits in treuem Dienst stand. Er wartete, bereit, an die Seite des

Mädchens zu eilen, ihr seinen stützenden Arm anzubieten, sie möglicherweise gar vor den Augen der Öffentlichkeit zu schützen, sollte der Druck zu groß für sie sein.

Armer, stets treuer Keyoke, dachte Mara. Es war auch für ihn nicht einfach gewesen. Sie würde ihn nicht dadurch enttäuschen, daß sie ihre Familie beschämte. Im Angesicht der Tragödie bewahrte sie die Haltung und Würde, die von der Herrin eines großen Hauses erwartet wurde.

Keyoke verbeugte sich, als seine Herrin sich näherte. Groß und schweigsam stand Papewaio hinter ihm, sein Gesicht wie immer eine unlesbare Maske. Als stärkster Krieger im Gefolge der Acoma diente er Keyoke nicht nur als Kamerad, sondern auch als persönlicher Diener. Er verbeugte sich ebenfalls und hielt den Vorhang auf, als Mara an ihnen vorbeischritt.

Mara hörte, wie sie rechts und links von ihr folgten, Papewaio einen Schritt zurück, bis ins letzte Detail durch und durch kokett. Wortlos führte sie die beiden fort vom inneren Tempel, unter das Dach des Gartenhofes, der den inneren vom äußeren Tempel trennte. Sie betraten den äußeren Tempel, passierten die riesigen Sandsteinsäulen, auf denen das Dach ruhte. Sie schritten an der langen Halle entlang, vorbei an den wunderbaren Fresken, die von den Taten der Göttin Lashima erzählten. In dem verzweifelten Bemühen, den Schmerz, der sie zu überwältigen drohte, zu unterdrücken, rief Mara die Geschichte jedes einzelnen Bildes in Erinnerung: wie die Göttin den Roten Gott Turakamu wegen des Lebens eines Kindes überlistet hatte; wie sie sich dem Zorn des Kaisers Inchonlonganbula entgegengestellt und die Stadt Migran vor der Vernichtung bewahrt hatte; wie sie dem ersten Scholar das Geheimnis des Schreibens enthüllt hatte. Mara schloß die Augen, als sie an ihrem Lieblingsbild vorbeikamen: Es zeigte, wie Lashima in der Verkleidung eines alten Weibes den Streit zwischen einem Bauern und seiner Frau schlichtete. Mara wandte ihren Blick von den Bildern ab, denn sie gehörten zu einem Leben, das ihr jetzt verschlossen bleiben würde.

Nur zu bald erreichte sie die Türen, die nach draußen führten. Einen Augenblick hielt sie auf der obersten Stufe der abgewetzten Marmortreppe inne. Im Hof unter ihr hatte sich eine halbe Kompanie Wachen in den strahlenden grünen Rüstungen der Acoma versammelt. Einige zeigten frisch verbundene Wunden, aber sie alle nahmen Haltung an und salutierten mit der Faust auf dem Herz, als ihre Herrin in Sicht kam. Mara schluckte ihre Angst hinunter: wenn verwundete Soldaten als ihre Eskorte dienten, mußte der Kampf tatsächlich sehr heftig gewesen sein und vielen mutigen Kriegern das Leben gekostet haben. Maras Wangen röteten sich vor Wut darüber, daß die Acoma gezwungen waren, ein solches Zeichen der Schwäche zu liefern. Dankbar über die Tempelrobe, die ihre zitternden Knie verbarg, schritt sie die Stufen hinab. Am Fuß der Treppe stand eine Sänfte, bei der ein Dutzend Sklaven schweigend wartete. Als die Lady der Acoma Platz genommen hatte, bezogen Papewaio und Keyoke links und rechts der Sänfte Position. Auf Keyokes Kommando ergriffen die Sklaven die Stangen und hoben die Sänfte auf ihre schweißbedeckten Schultern. Maya saß starr da, umgeben von dem Schleier der leichten, bestickten Vorhänge, während die Soldaten sich vor und hinter ihrer Herrin aufstellten.

Die Sänfte schwankte leicht, als die Sklaven auf den Fluß zugingen. Vorsichtig wählten sie einen geeigneten Weg durch die Menschenmenge, die die Straßen der Heiligen Stadt bevölkerte. Sie überholten Wagen, die von trägen sechsbeinigen Needras gezogen wurden, und wurden wiederum selbst überholt von rennenden Boten und hastigen Trägern, die mit Bündeln auf Kopf und Schultern zu Kunden eilten, die bereit waren, für außergewöhnlich schnelle Lieferung einen besonderen Preis zu zahlen.

Der Lärm und das Gewirr des Marktes vor den Toren ließen Mara erneut zusammenschrecken; im Schutz des Tempels hatte sie den Schock über Keyokes Auftauchen noch nicht richtig wahrgenommen. Jetzt, da die Erkenntnis sie überwältigte, kämpfte sie gegen den Impuls an, Tränen auf den Polstern der Sänfte zu vergießen. Sie wollte noch nicht sprechen, als könnte die Stille die Wahrheit zurückhalten. Aber sie war eine Tsurani – und eine Acoma. Feigheit würde weder die Vergangenheit ändern noch die Zukunft für immer hinausschieben. Sie holte tief Luft. Dann, während sie den Vorhang zur Seite zog, um Keyoke sehen zu können, sprach sie aus, was niemals in Zweifel gestanden hatte.

»Sie sind beide tot.«

Keyoke bejahte mit einem kurzen Nicken. »Euer Vater und Bruder wurden zu einem sinnlosen Angriff gegen eine barbarische Streitmacht gezwungen. Es war Mord.« Sein Gesicht zeugte von Gelassenheit, doch seine Stimme verriet die Bitternis, während er forsch neben seiner Herrin herschritt.

Die Sänfte schaukelte, als die Sklaven einem Wagen mit hoch aufgetürmten Jomach-Früchten ausweichen mußten. Sie folgten jetzt einer Straße, die hinunter zum Kai führte. Mara betrachtete ihre geballten Hände. Mit all ihrer Konzentration zwang sie die Faust, sich langsam zu öffnen und zu entspannen. »Erzählt mir, was geschehen ist, Keyoke«, sagte sie nach einer Zeit des Schweigens.

»Als der Schnee in der barbarischen Welt schmolz, wurden wir ausgeschickt, um uns einem möglichen Angriff der Barbaren entgegenzustellen.« Die Rüstung quietschte, als der alte Krieger die Schultern straffte und gegen die Erinnerung an Erschöpfung und Niederlage ankämpfte. Doch seine Stimme blieb gelassen. »Die Soldaten der barbarischen Städte Zun und LaMut befanden sich bereits auf dem Schlachtfeld, viel früher als erwartet. Wir schickten unsere Läufer zum Kriegsherrn, der in einem Tal in jenen Bergen lagerte, die die Barbaren die Grauen Türme nennen. Der Kriegsherr war abwesend, und so befahl sein Unterkommandeur Eurem Vater, die Barbaren anzugreifen. Wir –«

Mara unterbrach ihn. »Dieser Unterkommandeur ist ein Minwanabi, nicht wahr?«

Keyokes wettergegerbtes Gesicht zeigte einen Hauch von Anerkennung, als würde er ihr anrechnen, daß sie trotz der Trauer ihren Verstand benutzte. »Ja. Es ist Tasaio, der Neffe von Lord Jingu von den Minwanabi, der einzige Sohn seines toten Bruders.« Mara kniff die Augen zusammen, als er mit seiner Erzählung fortfuhr. »Wir waren deutlich in der Unterzahl. Euer Vater wußte es – wir alle wußten es –, aber er verhielt sich ehrenhaft. Ohne Widerrede folgte er dem Befehl. Wir griffen an. Der Unterkommandeur hatte versprochen, uns an der rechten Flanke zu unterstützen, doch seine Truppen tauchten niemals auf. Statt einen koordinierten Angriff mit unseren Truppen durchzuführen, behaupteten die Krieger der Minwanabi ihre Stellung, als wollten sie sich auf einen Gegenangriff vorbereiten. Tasaio hatte es so befohlen. Doch genau in dem Augenblick, als wir von einem Gegenangriff fast überwältigt wurden, kam Unterstützung aus dem Tal. Es waren Teile der Streitkräfte unter dem Banner von Omechkel und Chimiriko. Sie hatten keine Ahnung von dem Verrat und kämpften tapfer, um uns aus dem Griff der Barbaren zu befreien. Dieses Mal griffen die Minwanabi an, als versuchten sie den Gegenangriff zurückzuschlagen. Sie trafen genau in dem Moment ein, als die Barbaren sich zurückzogen. Für alle, die nicht von Anfang an dabeigewesen waren, war es einfach nur ein mißglückter Zusammenprall mit dem barbarischen Feind. Doch die Acoma wissen, daß die Minwanabi sie verraten haben.«

Mara kniff ihre Augen zu schmalen Schlitzen zusammen, und ihr Mund verkrampfte sich. Für einen kurzen Augenblick verriet Keyokes Gesicht seine Sorge, das Mädchen könnte das Andenken ihres Vaters beschmutzen und zu weinen beginnen, bevor die Tradition es ihr gestattete. Aber als Mara dann sprach, hatte sie ihre Wut unter Kontrolle, und ihre Stimme klang ruhig. »Das heißt also, der Lord von Minwanabi nutzte die Gunst des Augenblicks und fädelte den Tod meines Vaters ein, trotz unserer Allianz in der Kriegspartei?«

Keyoke rückte seinen Helm zurecht. »In der Tat, Mylady.

Jingu von den Minwanabi muß Tasaio befohlen haben, die Anweisungen des Kriegsherrn zu ändern. Jingu ist sehr kühn; der Zorn des Kriegsherrn und ein unehrenhafter Tod wären Tasaios Lohn gewesen, wenn unsere Armee die Position gegen die Barbaren verloren hätte. Doch Almecho braucht die Unterstützung der Minwanabi bei der Eroberung, und wenn er auch wütend auf Jingus Neffen ist, so verhält er sich doch ruhig. Er hat nichts verloren. Nach außen hin war es lediglich ein Unentschieden ohne Sieger und Besiegten. Aber innerhalb des Spiels des Rates war es der Triumph der Minwanabi über die Acoma.« Zum ersten Mal in ihrem Leben glaubte Mara einen Hauch von Gefühl in Keyokes Stimme zu hören. Beinahe bitter sagte er: »Auf Befehl Eures Vaters sollten Papewaio und ich nicht an dem Angriff teilnehmen. Er befahl uns, mit dieser kleinen Kompanie zurückzubleiben – und trug uns auf, Euch zu beschützen, sollten sich die Dinge so entwickeln, wie sie es dann taten.« Er zwang seiner Stimme wieder den gewohnt forschen Ton auf. »Lord Sezu wußte, daß er und Euer Bruder diesen Tag vermutlich nicht überleben würden.«

Mara sank in die Kissen zurück. Ein dicker Knoten bildete sich in ihrem Magen. Ihr Kopf schmerzte, und sie spürte, wie sich ihre Brust zuschnürte. Sie nahm einen tiefen, langen Atemzug und blickte durch die andere Öffnung der Sänfte, wo Papewaio mit einem bemüht ausdruckslosen Gesicht marschierte. »Und was sagt Ihr dazu, mein kühner Pape?« fragte sie. »Wie sollen wir auf den Mordanschlag reagieren, den sie unserem Haus zugefügt haben?«

Papewaio kratzte sich geistesabwesend mit dem linken Daumen über die Narbe an seinem Kinn, wie er es oft in Zeiten großer Anspannung tat. »Wie Ihr wünscht, Mylady.«

Die Haltung des Truppenführers der Acoma war oberflächlich betrachtet ungezwungen, doch Mara spürte, daß er am liebsten seinen Speer und das blanke Schwert in den Händen gehalten hätte. Einen stürmischen, wütenden Augenblick dachte

Mara an sofortige Vergeltung. Auf ihren Befehl hin würde Papewaio den Lord der Minwanabi in seiner eigenen Domäne angreifen, inmitten seiner Armee. Doch obwohl der Krieger es als Ehre auffassen würde, bei einer solchen Tat zu sterben, wischte sie den dummen Impuls beiseite. Weder Papewaio noch irgendein anderer in der grünen Rüstung der Acoma würde sich dem Lord der Minwanabi auch nur auf einen halben Tagesmarsch nähern können. Abgesehen davon sollte eine solche Treue, wie Papewaio sie besaß, streng bewacht, niemals jedoch verschwendet werden.

Nicht mehr den prüfenden Blicken der Priester ausgesetzt, studierte Keyoke Maras Gesicht. Sie begegnete seinem Blick und hielt ihm stand. Sie wußte, daß sie grimmig aussah, daß ihr Gesicht mitgenommen und blaß war, aber sie wußte ebenfalls, daß sie sich angesichts dieser Neuigkeiten sehr gut gehalten hatte. Keyoke schaute wieder nach vorn, während er auf die nächste Frage oder einen weiteren Befehl seiner Herrin wartete.

Die Aufmerksamkeit eines Mannes, auch wenn es sich um ein langjähriges Mitglied des Hauses handelte, veranlaßte Mara, Bilanz über sich zu ziehen, ohne Illusionen, weder besonders kritisch noch allzu schmeichelnd. Sie war eine gutaussehende junge Frau, nicht auffallend hübsch, besonders dann nicht, wenn sie ihre Brauen in Gedanken wölbte oder vor Ärger die Stirn runzelte. Aber ihr Lächeln konnte ziemlich entwaffnend sein – zumindest hatte ein Junge es einmal behauptet –, und sie besaß etwas eigenartig Gewinnendes, eine geistvolle Energie, die sie manchmal sehr lebhaft erscheinen ließ. Sie war schlank und bewegte sich mit einer gewissen Geschmeidigkeit, und ihr Körper hatte den Blick von mehr als nur einem Sohn benachbarter Häuser auf sich gezogen. Jetzt würde sie einen dieser Söhne zu ihrem Verbündeten machen müssen, um sich der Woge des Schicksals entgegenstellen zu können, die die Acoma auszulöschen drohte. Mit halbgeschlossenen Augen dachte sie an die ungeheuerliche Verantwortung, die jetzt auf ihr lastete. Sie begriff mit einem flauen Gefühl im Magen, daß ihre Vorzüge als Frau – Schönheit,

Geist, Charme, Liebreiz – jetzt alle in den Dienst der Acoma gestellt werden mußten, zusammen mit dem, was immer die Götter ihr an Intelligenz mitgegeben haben mochten. Sie kämpfte gegen die Furcht an, daß ihre Fähigkeiten möglicherweise dieser Aufgabe nicht gewachsen waren; und dann, bevor sie es merkte, rief sie sich die Gesichter ihres Vaters und ihres Bruders in Erinnerung. Trauer stieg in ihr empor, aber sie zwang sie tief in ihr Inneres zurück. Schmerz und Trauer mußten bis später warten.

»Wir haben noch vieles zu besprechen, Keyoke, aber nicht jetzt«, sagte Mara weich. In dem Gewimmel, das auf den Straßen der Stadt herrschte, konnten sich überall Feinde verbergen: Spione, Attentäter oder verkleidete Informanten. Mara schloß wieder die Augen vor den Schrecknissen, die nicht nur ihre Einbildung, sondern auch die reale Welt bereithielt. »Wir werden uns unterhalten, wenn nur jene Ohren zuhören können, die den Acoma loyal gesonnen sind.« Keyoke grunzte Zustimmung. Still dankte Mara den Göttern, daß sie ihn verschont hatten. Er war ein Fels, und einen solchen würde sie an ihrer Seite benötigen.

Erschöpft ließ Mara sich wieder in die Kissen zurücksinken. Sie mußte ihre Trauer beiseite schieben, um nachdenken zu können. Der mächtigste Feind ihres Vaters, Lord Jingu von den Minwanabi, hatte eines seiner Lebensziele, die Auslöschung der Acoma, beinahe erreicht. Die Blutfehde zwischen den Acoma und den Minwanabi existierte bereits seit Generationen, und wenn es auch keinem Haus gelang, das andere zu beherrschen, so mußte doch immer wieder das eine oder andere darum kämpfen, sich selbst zu schützen. Aber jetzt waren die Acoma nachhaltig geschwächt worden, und die Minwanabi standen auf der Höhe ihrer Macht, maßen ihre Stärke sogar mit der Familie des Kriegsherrn. Jingu besaß bereits seine eigenen Vasallen. Einer der ersten war der Lord der Kehotara, dessen Macht der von Maras Vater entsprochen hatte. Und je höher der Stern der Minwanabi stieg, desto mehr würden sich mit ihm verbünden.

Lange Zeit blieb Mara hinter den flatternden Vorhängen verborgen. Nach außen erschien es, als würde sie schlafen. Ihre Situation war von trauriger Eindeutigkeit. Alles, was dem Lord der Minwanabi noch im Weg stand, war sie, ein junges Mädchen, das nur zehn Schläge davon entfernt gewesen war, eine Dienerin Lashimas zu werden. Dieser Gedanke hinterließ einen bitteren Geschmack in ihrem Mund. Nun, wenn sie zumindest so lange überleben wollte, um die Ehre der Familie wieder herstellen zu können, würde sie über ihre Möglichkeiten, einen Plan und eine Strategie nachdenken müssen, und sie würde sich am Spiel des Rates beteiligen müssen. Irgendwie würde sie einen Weg finden müssen, wie sie den Lord einer der Fünf Großen Familien des Kaiserreiches von Tsuranuanni daran hindern konnte, seinen Willen durchzusetzen.

Mara blinzelte und zwang sich aufzuwachen. Sie hatte unruhig gedöst und versuchte ihre Anspannung zu mildern, während die Sänfte durch die geschäftigen Straßen von Kentosani, der Heiligen Stadt, getragen worden war. Jetzt ruckelte die Sänfte etwas, als sie am Kai abgesetzt wurde.

Mara warf einen Blick durch die Vorhänge, doch sie war zu benommen, um Vergnügen am Treiben der Leute bei den Docks zu finden. Als sie die Heilige Stadt zum ersten Mal gesehen hatte, war sie gefesselt gewesen von der farbenfrohen Vielfalt der Menge, von den vielen Menschen, die aus allen Ecken des Kaiserreiches zu kommen schienen. Schon der bloße Anblick der Hausboote, die von den Städten flußaufwärts und flußabwärts kamen, hatte sie erfreut. Mit Bannern geschmückt schaukelten sie an den Anlegestellen hin und her; zwischen den geschäftig an ihnen vorbeieilenden Handelskähnen hatten sie einen ebenso stolzen Eindruck hinterlassen wie aufgeputzte Vögel zwischen Hühnern auf einem Bauernhof. Alles, das Aussehen, die Geräusche, die Gerüche, war so anders gewesen, als sie es von den Ländereien ihres Vaters gewohnt war – ihren eigenen Ländereien jetzt, verbesserte sie sich still. Die Erkenntnis brachte den

Schmerz zurück, und sie bemerkte die Sklaven nicht, die sich in der grellen Sonne plagten. Ihre schwitzenden, nahezu nackten Körper waren rußbedeckt, während sie große Ballen auf die Flußkähne hievten. Im Gegensatz zum ersten Mal, als sie in der Begleitung der Schwestern Lashimas hierhergekommen war, errötete sie jetzt nicht. Männliche Nacktheit war nichts Neues für sie gewesen; als Kind hatte sie in der Nähe der Unterkünfte der Soldaten gespielt, während die Männer badeten, und jahrelang war sie mit ihrem Bruder und Freunden in dem See oberhalb der Needra-Weide schwimmen gegangen. Doch der Anblick nackter Männer schien nun, nachdem sie der Welt des Fleisches entsagt hatte, etwas anderes zu sein. Und als die sie begleitende Schwester Lashimas befohlen hatte, nicht hinzuschauen, war der Wunsch, verstohlene Blicke auf die Männer zu werfen, nur um so stärker geworden. An diesem Tag hatte sie sich regelrecht zwingen müssen, nicht auf die schlanken, muskulösen Körper zu starren.

Heute jedoch vermochten die Körper der Sklaven keinen Reiz auf sie auszuüben, ebensowenig wie die Rufe der Bettler, die all denen die Segnungen der Götter versprachen, die sich entschieden, eine Münze mit den weniger Glücklichen zu teilen. Mara ignorierte auch die Flußschiffer, die in der hochmütigen Haltung derer vorbeibummelten, die ihr ganzes Leben auf dem Wasser verbracht hatten und die Landbewohner insgeheim verachteten; sie hatten laute, harte Stimmen und einen ungehobelten Humor. Alles schien viel weniger farbig, weniger lebhaft und längst nicht mehr so einnehmend, als sie jetzt mit schlagartig älter gewordenen Augen um sich blickte. Die Zeit, da sie einfach nur staunen und sich dem Wunder überlassen konnte, war vorbei. Jetzt warf jede sonnenbeschienene Fassade einen dunklen Schatten. Und in diesen Schatten schmiedeten die Feinde neue Pläne.

Mara stieg schnell aus der Sänfte. Trotz des weißen Umhangs, der sie als Novizin Lashimas kennzeichnete, behielt sie die Würde bei, die von der Herrin der Acoma erwartet wurde. Sie blickte unbeeindruckt nach vorn, während sie auf die Barke zuging, die sie flußabwärts nach Sulan-Qu bringen würde. Papewaio bahnte ihr den Weg, indem er ein paar gewöhnliche Arbeiter grob zur Seite drängte. Andere Soldaten strömten an ihnen vorbei, in strahlende Farben gekleidete Wächter, die ihre Herren auf dem Weg vom Anlegeplatz zur Stadt begleiteten. Keyoke behielt sie wachsam im Auge, als er neben Mara das Dock überquerte.

Als die beiden Offiziere sie die Laufplanke hinaufdrängten, sehnte Mara sich nach einem dunklen, ruhigen Ort, an dem sie sich ihrer Trauer hätte hingeben können. Aber im gleichen Augenblick, da sie ihren Fuß auf das Deck gesetzt hatte, eilte der Bootsmeister zu ihr, um sie zu begrüßen. Seine kurze, rotviolette Robe wirkte beinahe zu grell nach der nüchternen Kleidung der Priester und Schwestern in dem Orden. Jadeschmuck klimperte an den Handgelenken, als er sich unterwürfig verneigte und seiner vornehmen Passagierin die beste Unterbringung anbot, die sein bescheidenes Boot zu bieten hatte – ein Stapel Kissen unter einem runden Baldachin, von dessen Rand ein Gazevorhang herabhing. Mara ließ den Mann weiter katzbuckeln, bis sie sich gesetzt hatte, denn dies erforderte die Höflichkeit, sollte der Mann nicht unnötigerweise sein Gesicht verlieren. Nachdem sie sich niedergelassen hatte, ließ sie den Bootsmeister durch ihre Schweigsamkeit wissen, daß seine Gegenwart nicht länger benötigt wurde. Der Mann, der in ihr nur eine gleichgültige Zuhörerin für sein Geplauder fand, ließ den dünnen Vorhang herab, der Mara zumindest ein wenig private Atmosphäre verschaffte. Keyoke und Papewaio saßen ihr gegenüber, während die Wachen der Familie um den Baldachin herumstanden; zu ihrer üblichen Aufmerksamkeit hatte sich jetzt noch eine grimmige, kampfbereite Anspannung gesellt.

Mara schien auf das unruhig wirbelnde Wasser zu starren. »Keyoke, wo ist das Boot meines Vaters ... mein eigenes? Und wo sind meine Zofen?« fragte sie.

»Euer Boot liegt im Hafen von Sulan-Qu, Mylady«, antwortete der alte Krieger. »Ich hielt das Risiko, von den Soldaten der Minwanabi oder ihrer Verbündeten angegriffen zu werden, für geringer, wenn wir einen öffentlichen Kahn benutzen. Der Gedanke, daß Zeugen überleben könnten, hindert sie vielleicht daran, uns als verkleidete Banditen zu überfallen. Und was Eure Zofen betrifft ... ich fürchtete, sie könnten sich als Behinderung herausstellen, sollten wir dennoch Schwierigkeiten bekommen.« Keyoke ließ seinen Blick über das Hafengebiet schweifen, während er sprach. »Dieses Schiff wird in der Nacht auf andere Boote stoßen, und so werden wir niemals allein auf dem Fluß sein.«

Mara nickte, sie hielt ihre Augen ein paar Sekunden geschlossen. »Also gut«, sagte sie dann weich. Sie hatte sich danach gesehnt, sich zurückziehen zu können, und das war auf dieser öffentlichen Barke unmöglich, doch Keyokes Sorgen waren nur zu begründet.

Es war Lord Jingu zuzutrauen, daß er eine ganze Kompanie Soldaten opferte, nur um die Letzte der Acoma zu vernichten, und sicherlich wäre es kein Problem für ihn, genug Männer gegen Maras Wachen auszuschicken, um sie überwältigen zu können. Aber er würde es nur riskieren, wenn er sich des erfolgreichen Ausgangs ganz sicher sein und den anderen Lords im Hohen Rat vortäuschen könnte, von den Ereignissen nichts gewußt zu haben. Alle, die am Spiel des Rates beteiligt waren, würden zwar zu dem Schluß kommen können, wer einen solchen Mord angeordnet hatte, doch die Form mußte gewahrt bleiben. Würde auch nur ein Reisender entkommen oder ein Krieger der Minwanabi erkannt werden oder würde der Bootsmann einer anderen Barke zufällig eine nicht für seine Ohren bestimmte Bemerkung aufschnappen – es wäre um Jingu geschehen. Wenn öffentlich enthüllt werden würde, daß er an einem solch verräterischen Hinterhalt beteiligt gewesen war, würde er im Rat viel Prestige verlieren. Möglicherweise würden seine »loyalen« Verbündeten sogar den Verdacht hegen, daß er auf dem Weg wäre, die Kontrolle zu verlieren. Dann jedoch hätte er von seinen Freunden genauso viel zu befürchten wie von seinen Feinden. Das waren die unausgesprochenen Regeln des Spiels des Rates. Keyokes Entscheidung für ein öffentliches Transportmittel war also im Grunde eine ebenso wirkungsvolle Abschreckung gegen einen möglichen verräterischen Angriff wie weitere hundert bewaffnete Männer.

Die Stimme des Bootsbesitzers zerriß die Luft, als er den Sklaven befahl, die Anlegeleinen zu lösen. Einen kurzen Moment holperte und stampfte das Boot, dann glitt es fort aus dem Hafen in die träge wirbelnde Strömung des Flusses. Mara lehnte sich zurück, es war jetzt nicht mehr unangemessen, wenn sie sich ganz offensichtlich entspannte. Die Sklaven trieben die Barke vorwärts; ihre dünnen, sonnengebräunten Körper bewegten sich gleichmäßig zu dem Takt eines einfachen Liedes.

»Haltet sie in der Mitte«, sang der Steuermann.

»Stoßt nicht ans Ufer«, antworteten die Ruderer.

Der Gesang entwickelte einen deutlichen Rhythmus, und der Steuermann ergänzte ihn mit schlichten Versen. »Ich kenne eine häßliche Frau!« rief er.

»Stoßt nicht ans Ufer!«

»Ihre Zunge war scharf wie ein Messer!«

»Stoßt nicht ans Ufer!«

»Ich betrank mich eines Sommerabends!«

»Stoßt nicht ans Ufer!«

»Und nahm sie dann zur Frau!«

Das schlichte Lied beruhigte Mara, und sie ließ ihre Gedanken treiben. Ihr Vater hatte lange gegen ihren Wunsch, das Gelübde abzulegen, protestiert. Jetzt, wo Entschuldigungen nicht mehr möglich waren, bereute Mara bitterlich, wie nah sie offenem Trotz gekommen war. Ihr Vater hatte nur deshalb nachgegeben, weil die Liebe zu seiner Tochter größer gewesen war als sein Wunsch nach einer politisch sinnvollen Heirat. Ihr Abschied war hitzig gewesen. Lord Sezu, Herr der Acoma, war manchmal wie ein Harulth – das riesige Raubtier, das die Hirten und Jäger am meisten fürchteten –, und in einer Schlacht gegen Feinde konnte er sich wie ein Wahnsinniger gebärden. Niemals jedoch hatte er es fertiggebracht, seiner Tochter etwas abzuschlagen, wie unvernünftig ihre Forderungen auch gewesen sein mochten. Und wenn auch seine Beziehung zu ihrem Bruder in mancherlei Hinsicht viel intensiver und wichtiger gewesen war, so hatte er ihr gegenüber doch stets Nachsichtigkeit und Milde walten lassen. Nur ihre Amme Nacoya hatte sie während ihrer Kindheit bändigen können.

Mara schloß die Augen. Die Barke bot ein bißchen Sicherheit, und sie konnte sich nun in den dunklen Schutz des Schlafes zurückziehen. Diejenigen auf der anderen Seite der Vorhänge, die diesen winzigen Pavillon bildeten, würden annehmen, daß sie der Langeweile einer langen Fahrt entfloh. Aber nur schwer fand sie die ersehnte Ruhe, denn Erinnerungen an den Bruder, den sie geliebt hatte wie den Atem in ihrer Lunge, drängten sich in ihre Gedanken. Lanokota mit seinen funkelnden, dunklen Augen, der stets ein Lächeln für seine angebetete kleine Schwester bereitgehalten hatte. Lano, der schneller als jeder Krieger aus dem Haus seines Vaters rennen konnte und dreimal hintereinander die Sommerspiele in Sulan-Qu gewonnen hatte, eine Meisterleistung, die bis jetzt unübertroffen geblieben war. Lano hatte immer Zeit für Mara gehabt, hatte ihr sogar das Ringen beigebracht – und sich den Zorn ihrer Amme Nacoya zugezogen, weil er ein Mädchen zu solch unmädchenhaftem Zeitvertreib verführt hatte. Immer hatte Lano einen dummen – und gewöhnlich schmutzigen – Witz bereit, mit dem er seine Schwester zum Lachen und Erröten brachte. Mara wußte, daß jeder Bewerber an ihrem Bruder gemessen worden wäre, hätte sie nicht ein Leben der Besinnung gewählt. Lano, dessen glückliches Lachen nie mehr durch die Nacht hallen würde, wenn sie in der Halle zu Abend aßen. Selbst ihr Vater, ein durch und durch ernster Mann, hatte gelächelt – unfähig, sich dem ansteckenden Humor seines Sohnes zu entziehen. Mara hatte ihren Vater respektiert und bewundert, aber ihren Bruder hatte sie geliebt, und tiefe Trauer überschwemmte sie nun.

Mara bekämpfte die aufwallenden Gefühle. Dies war nicht der rechte Ort, sie durfte erst später trauern. Sie richtete ihre Aufmerksamkeit wieder auf praktische Angelegenheiten. »Hat man die Leichen meines Vaters und meines Bruders geborgen?« wollte sie von Keyoke wissen.

»Nein, Mylady, sie sind nicht gefunden worden«, antwortete Keyoke mit Bitterkeit in der Stimme.

Mara biß sich auf die Lippen. Sie hatte also nicht einmal ihre Asche, um sie im Heiligen Hain bestatten zu können, sondern mußte statt dessen etwas auswählen, das an ihren Vater und ihren Bruder erinnerte, einen Gegenstand, den sie besonders liebgewonnen hatten. Sie würden dann neben dem heiligen Natami – so nannte man den Fels, der die Seele der Acoma enthielt – begraben werden, damit ihre Geister zurück zum Land der Acoma finden und dort neben ihren Ahnen die ersehnte Ruhe erhalten konnten, bis sich das Rad des Lebens von neuem drehte. Mara schloß wieder die Augen, zum Teil aus seelischer Erschöpfung, zum Teil, um die Tränen zurückzudrängen. Doch die Erinnerungen rüttelten sie immer wieder wach, und so versuchte sie erfolglos, sich auszuruhen. Dann, nach einigen Stunden, bekamen das Schaukeln des Bootes, der Gesang des Steuermanns und die antwortenden Verse der Sklaven etwas Vertrautes. Ihr Geist und ihr Körper paßten sich dem Rhythmus an, und sie entspannte sich. Die Wärme des Tages und die Ruhe des Flusses verbündeten sich schließlich, um Mara in einen tiefen Schlaf zu wiegen.

Im topasfarbenen Licht der Morgendämmerung legte die Barke im Hafen von Sulan-Qu an. Nebel wirbelte in kleinen Spiralen vom Fluß auf, während Läden und Buden am Ufer ihre verhängten Fenster öffneten und sich auf den bevorstehenden Markt vorbereiteten. Keyoke sorgte dafür, daß Maras Sänfte zügig an Land getragen wurde, solange die Straßen noch frei von der erdrückenden Menge waren; schon bald würden Wagen und Träger, Käufer und Bettler durch die Marktstraßen drängen. In wenigen Minuten waren die Sklaven bereit. Immer noch in den weißen Umhang der Schwesternschaft Lashimas gekleidet, der mittlerweile vom sechstägigen Gebrauch reichlich zerknittert war, kletterte Mara müde in die Sänfte. Sie lehnte sich zurück gegen die Kissen, die mit dem Symbol ihrer Familie, dem Shatra-Vogel, bestickt waren, und begriff, wie sehr sie die Rückkehr nach Hause fürchtete. Sie konnte sich nicht vorstellen, wie die luftigen Räume des großen Hauses jetzt ohne Lanos ausgelassener Stimme auskommen konnten, und sie mochte nicht an die Kissen und Pelze im Arbeitszimmer ihres Vaters denken. Niemals mehr würden dort Schriftrollen liegen, die ihr Vater achtlos fallen gelassen hatte, wenn er zu müde zum Lesen der Berichte geworden war. Mara lächelte leicht, als sie an die Abneigung ihres Vaters für alles Geschäftliche dachte, obwohl er darin sehr fähig gewesen war. Er hatte die Angelegenheiten der Kriegsführung vorgezogen, die Spiele, die Politik; doch sie erinnerte sich auch an seinen Ausspruch, daß alles Geld kostete und der Handel niemals vernachlässigt werden durfte.

Mara gestattete sich einen beinah hörbaren Seufzer, als die Sänfte emporgehoben wurde. Sie wünschte sich etwas mehr Schutz durch die Vorhänge, als sie im frühen Morgenlicht den Blicken der Bauern und Arbeiter auf den Straßen standhalten mußte. Sie thronten hoch oben auf ihren Gemüsewagen und hinter Marktbuden mit aufgestapelten Waren und sahen zu, wie die große Lady und ihr Gefolge vorbeizogen. Das ständige Achten auf ihre Erscheinung ermüdete Mara, und nur mühsam ertrug sie die unruhige Reise durch die rasch voller werdenden Straßen. Ihre Gedanken schweiften ab, und sie begann zu grübeln, und wenn sie auch nach außen hin wachsam schien, so schenkte sie in

Wirklichkeit dem sonst so unterhaltsamen Blick der Stadt keinerlei Aufmerksamkeit.

Die papiernen Fensterläden der Balkone über ihr wurden beiseite geschoben, als Händler ihre Waren hoch über den Köpfen der Käufer ausstellten. War das Feilschen beendet, wurde der vereinbarte Preis in einem Korb hinaufgezogen und dann im Gegenzug die Waren hinabgelassen. Die offiziell erlaubten Prostituierten schliefen noch, und so blieb jeder fünfte oder sechste Balkon geschlossen.

Mara lächelte leicht und erinnerte sich daran, wie sie die Frauen der Ried-Welt zum ersten Mal gesehen hatte. Seit Generationen war es üblich, daß die Prostituierten sich auf den Balkonen zeigten. Ihre Gewänder hingen in aufreizender Unordnung um ihre Schultern, wenn sie sich in der immer gegenwärtigen Hitze der Stadt Luft zufächelten. All die Frauen waren wunderschön gewesen, ihre Gesichter in lieblichen Farben bemalt und die Haare nahezu königlich hochgebunden. Selbst die dürftige Kleidung war von kostbarstem Stoff und mit feinster Stickerei versehen. Bei ihrem Anblick war der sechsjährigen Mara spontan ein Freudenschrei entfahren. Allen in Reichweite hatte sie verkündet, daß sie eine von den Frauen auf den Balkonen werden würde, wenn sie erwachsen wäre. Es war das einzige Mal in ihrem Leben, daß sie ihren Vater sprachlos erlebt hatte. Lano hatte sie wegen dieses Zwischenfalls bis zu dem Morgen, als sie zum Tempel aufgebrochen war, aufgezogen. Jetzt würden seine spielerisch-harmlosen Sticheleien sie nie mehr beschämen können.

Die Trauer rührte Mara beinahe zu Tränen, und sie wandte sich von den Erinnerungen ab. Sie suchte Ablenkung außerhalb der Sänfte, wo schlaue Straßenhändler an den Ecken ihre Waren von Schubkarren verkauften, Bettler ihre Geschichten voller unglücklicher Ereignisse den Vorbeigehenden aufdrängten, Jongleure lustige Kunststücke vorführten und Händler seltene, wunderschöne Seide anboten. Aber all dies reichte nicht, um ihre Seele vor dem Schmerz zu schützen.

Schließlich blieb das geschäftige Treiben des Marktes hinter ihnen zurück, und sie verließen die Stadt. Im Süden von Sulan-Qu erstreckte sich bebautes Acker- und Weideland bis zu den bläulichen Bergen am Horizont; die Kyamaka-Bergkette war zwar nicht so zerklüftet und auch nicht so hoch wie der Hohe Wall im Norden, doch die Täler waren wild genug, um Banditen und Gesetzlosen Unterschlupf bieten zu können.

Die Straße zu Maras Gütern führte durch einen Sumpf, der sich allen Versuchen, ihn trockenzulegen, hartnäckig widersetzt hatte. Ganze Schwärme von Insekten fielen hier über die Träger her, die ihrem Unmut lautstark Luft machten. Eine drastische Zurechtweisung von Keyoke brachte sie zum Schweigen.

Dann führte der Weg durch eine Gruppe von Ngaggi-Bäumen, deren große Äste ein Dach aus grünblauem Schatten formten. Die Reisenden kamen jetzt durch hügeligeres Land und überquerten immer wieder leuchtend bemalte Brücken, da der Strom, der den Sumpf mit Wasser versorgte, unablässig jeden Weg kreuzte, den die Menschen gebaut hatten. Sie kamen zu einem Gebetstor, einem herrlich bemalten Bogen, den wohlhabende Männer einst hatten errichten lassen; es war ein Zeichen des Dankes für den Segen der Götter. Als die Reisenden unter dem Bogen hindurchkamen, sprachen alle ein stilles Dankesgebet und wurden dafür mit einem kleinen Segen belohnt. Und als das Gebetstor hinter ihnen immer kleiner wurde, erkannte Mara, daß sie in der vor ihr liegenden Zeit auf die ganze Gnade der Götter angewiesen war, wenn die Acoma überleben sollten.

Die Gruppe verließ die Straße und wandte sich ihrem eigentlichen Ziel zu. Shatra-Vögel suchten in Thyza-Halmen nach Futter, pickten vornübergebeugt wie alte Männer nach Insekten und Larven. Weil die Schwärme für eine gute Ernte sorgten, wurden die leicht dümmlich aussehenden Geschöpfe als Zeichen des Glücks betrachtet. Als solches schätzten auch die Acoma sie, und so waren die Shatra zum zentralen Symbol auf dem First des

Hauses geworden. Der vertraute Anblick der Shatra-Vögel mit den staksigen Beinen und den sich unaufhörlich bewegenden spitzen Ohren vermochte Mara jedoch nicht zu erheitern; sie empfand vielmehr eine tiefe Furcht, da die Vögel und Arbeiter ihr ankündigten, daß sie das Gebiet der Acoma erreicht hatten.

Die Träger wurden jetzt schneller. Oh, wie sehr wünschte Mara, sie würden langsamer werden oder sich umdrehen und sie an einen ganz anderen Ort bringen. Doch ihre Ankunft war bereits von den Arbeitern bemerkt worden, die in den Wäldchen zwischen den Feldern und den Wiesen in der Nähe des großen Hauses Reisigbündel sammelten. Einige riefen etwas oder winkten, während sie gebeugt von dem Gewicht der Holzbündel, die auf ihrem Rücken lagen und mit einem Band an ihrer Stirn befestigt waren, vorbeigingen. Wärme lag in ihrem Gruß, und trotz der Umstände ihrer Rückkehr verdienten sie mehr als nur Unnahbarkeit von ihrer neuen Herrin.

Mara riß sich zusammen und richtete sich auf; sie lächelte leicht und nickte ihnen zu. Um sie herum breiteten sich ihre Ländereien aus, die sie beim letzten Mal mit der Gewißheit betrachtet hatte, niemals wieder zurückzukehren. Die Hecken, die bearbeiteten Felder und die ordentlichen Nebengebäude, in denen die Arbeiter wohnten, waren unverändert. Allerdings war sie ja auch nur etwas weniger als ein Jahr fort gewesen, dachte sie dann.

Die Sänfte passierte die Needra-Wiesen. Die mittägliche Luft war erfüllt vom kläglichen Muhen der Herde und von den »Ho-ho-ho«-Rufen der Hirten, die mit ihren Stachelstöcken herumwedelten und die Tiere auf die Pferche zutrieben, wo sie nach Parasiten abgesucht werden würden. Mara betrachtete die grasenden Kühe. Die Sonne ließ ihr graues Fell goldgelb schimmern. Einige hoben ihre stumpfen Mäuler, als stämmige Bullenkälber Angriffe vortäuschten, dann aber auf ihren sechs kurzen Beinen davontrotteten und hinter ihren Müttern Schutz suchten. Mara schien es, als würden einige fragen, wann Lano käme, um seine wilden Spielchen mit den übellaunigen Zuchtbullen zu treiben.

Der Schmerz des Verlustes wurde immer stärker, je näher sie ihrem Heim kam. Mara zwang sich zu einem tapferen Gesichtsausdruck, als die Sänftenträger in den weiten, von Bäumen gesäumten Weg einbogen, der zum Herzen ihrer Güter führte.

Vor ihr lag das große Herrenhaus, errichtet aus Balken und papierdünnen Läden, die jetzt genug zurückgeschoben waren, um in der Mittagshitze auch noch die kleinste Brise hereinzulassen. Mara fühlte, wie ihr der Atem stockte. Es sprangen keine Hunde zwischen den Akasi-Blumen umher. Sonst warteten sie mit heraushängenden Zungen und wedelnden Schwänzen auf die Rückkehr des Herrn des Hauses. In seiner Abwesenheit blieben die Tiere immer in der Hundehütte; jetzt war die Abwesenheit endgültig. Dennoch, so verzweifelt und leer ihr Heim auch ohne ihren geliebten Vater und Bruder schien, bedeutete es doch endlich die Ruhe der Abgeschiedenheit. Bald würde Mara sich in den Heiligen Hain zurückziehen und ihrer Trauer freien Lauf lassen können, die sie in diesen anstrengenden sieben Tagen so lange hatte in ihrem Innern verbergen müssen.

Als die Sänfte und ihr Gefolge an einer Baracke vorbeikamen, stellten sich die Soldaten der Heimatgarnison entlang des Weges auf und nahmen Haltung an. Ihre Rüstungen glänzten, die Waffen und Abzeichen waren tadellos, doch abgesehen von Keyoke und Papewaio wies nur noch ein einziger weiterer Federbusch auf die Anwesenheit eines Offiziers hin. Mara spürte Kälte in sich aufsteigen und blickte Keyoke an. »Warum sind hier so wenig Krieger, Kommandeur? Wo sind die anderen?«

Keyoke hielt den Blick nach vorn gerichtet, er ignorierte den Staub, der an seiner polierten Rüstung klebte, und den Schweiß, der unter seinem Helm hervortropfte. »Alle, die in der Lage dazu waren, sind zurückgekehrt, Mylady«, sagte er steif.

Mara schloß die Augen, sie war unfähig, den Schock zu verbergen. Keyokes einfache Bemerkung bedeutete, daß zweitausend Soldaten mit ihrem Vater und ihrem Bruder gestorben waren. Viele von ihnen waren dem Haus durch jahrelangen, treuen

Dienst verbunden gewesen, einige hatten gar Wache an Maras Krippe gestanden. Die meisten waren ihren Vätern und Großvätern in den Dienst bei den Acoma gefolgt.

Betäubt und sprachlos zählte Mara die vor ihr stehenden Soldaten und rechnete jene hinzu, die als Leibwächter mit ihr gereist waren. Siebenunddreißig Krieger blieben in ihrem Dienst, ein trauriger Bruchteil der Garnison, die ihr Vater einst befehligt hatte. Von den zweitausendfünfhundert Kriegern, die einst das Grün der Acoma getragen hatten, waren fünfhundert abkommandiert, um die Besitztümer der Acoma in entfernten Städten und Provinzen zu schützen. Dreihundert waren bereits vor diesem Feldzug im Spaltkrieg gegen die Barbaren gefallen. Und jetzt, während bisher zweitausend Soldaten den Acoma auf der Höhe ihrer Macht gedient hatten, wurde das Gut nur noch von weniger als fünfzig Männern geschützt. Mara schüttelte traurig den Kopf. Viele Frauen außer ihr hatten Verluste im Spaltkrieg zu beklagen. Verzweiflung erfüllte ihr Herz, als sie begriff, daß die Streitkräfte der Acoma zu gering waren, um einem Angriff widerstehen zu können, nicht einmal einem Überfall durch Banditen, sollte eine kühne Bande sie von den Bergen her angreifen. Aber Mara wußte ebenfalls, warum Keyoke das Gut einem solchen Risiko ausgesetzt hatte und einen großen Teil – vierundzwanzig von siebenunddreißig – der verbliebenen Soldaten zu ihrer Bewachung mitgenommen hatte. Nicht ein einziger Spion der Minwanabi durfte erfahren, wie schwach die Acoma waren. Hoffnungslosigkeit umhüllte sie wie eine erstickende Decke.

»Warum habt Ihr mir das nicht früher mitgeteilt, Keyoke?« Aber sie erhielt nur Schweigen als Antwort. Und Mara wußte die Antwort auch so. Ihr treuer Kommandeur hatte befürchtet, daß sie vollständig zusammenbrechen würde, wenn sie alle Neuigkeiten auf einmal erführe; etwas, das auf keinen Fall geschehen durfte. Zu viele Soldaten der Acoma waren gestorben, als daß sie einfach hätte aufgeben können. Wenn Hoffnungslosigkeit sie überwältigte, würde das Opfer, das die Krieger für die Ehre der

Acoma gebracht hatten, zu bloßem Hohn und Spott verkommen, und ihr Tod wäre Verschwendung gewesen. Mara war kopfüber in das Spiel des Rates gestoßen worden; jetzt benötigte sie jedes bißchen ihres Verstandes und ihrer Schläue, um den Intrigen und Fallstricken zu entgehen, die ihrer unerfahrenen Füße harrten. Der Verrat an ihrem Haus würde erst beendet sein, wenn sie – unerfahren und allein – den Lord der Minwanabi und seine Anhänger besiegt hatte.

Die Sklaven blieben im Hof stehen. Mara holte tief und zitternd Luft. Mit hocherhobenem Kopf zwang sie sich, aus der Sänfte zu steigen; dann betrat sie die schnörkeligen Bögen des Portikus, der das Haus säumte. Mara wartete, während Keyoke die Träger mit der Sänfte fortschickte und ihrer Eskorte neue Befehle gab. Dann, als der letzte Soldat salutiert hatte, wandte sie sich um. Der Hadonra, ihr Gutsverwalter, verbeugte sich vor ihr, doch der Mann mußte neu auf dem Posten sein, da ihr sein leicht schielender Blick nicht vertraut war. Aber neben ihm stand die winzige, verhutzelte Gestalt Nacoyas. Hinter den beiden warteten noch andere Bedienstete.

Wieder traf Mara die gewaltige Veränderung ihrer Situation wie ein Schlag. Zum ersten Mal in ihrem Leben konnte sie sich nicht in die tröstenden Arme der alten Frau flüchten. Als Lady der Acoma mußte sie höflich nicken und dann an ihnen vorbeischreiten, während Nacoya und der Hadonra ihr die Holzstufen hinauf in die schattige Dunkelheit des großen Hauses folgten. Heute mußte sie sich zusammenreißen und so tun, als würde sie die schmerzhafte Spiegelung ihrer eigenen Trauer in Nacoyas Augen nicht bemerken. Mara biß sich leicht auf die Lippen, dann hielt sie inne. Diese nervöse Angewohnheit hatte ihr bei vielen Gelegenheiten den Tadel Nacoyas eingebracht. Statt dessen holte das Mädchen tief Luft und betrat das Haus ihres Vaters. Das fehlende Echo seiner Schritte auf dem polierten Boden vermittelte ihr ein Gefühl der Einsamkeit.

»Lady?«

Mara blieb stehen, die Hände unter dem zerknitterten weißen Umhang zu Fäusten geballt. »Was ist?«

Der Hadonra ergriff wieder das Wort. »Willkommen zu Hause, Mylady«, fügte er den formellen Gruß hinzu. »Ich bin Jican, Lady.«

»Was ist aus Sotamu geworden?« fragte Mara leise.

Jican blickte auf den Boden. »Er ist aus Kummer gestorben, Mylady, seinem Herrn in den Tod gefolgt.«

Mara brachte nur ein kurzes Nicken zustande und strebte weiter auf ihre Gemächer zu. Es überraschte sie nicht zu hören, daß der alte Hadonra sich geweigert hatte, Nahrung oder Flüssigkeit zu sich zu nehmen, nachdem Lord Sezu gestorben war. Da er bereits ein alter Mann gewesen war, konnte es nur wenige Tage gedauert haben. Geistesabwesend dachte sie darüber nach, wer wohl Jican zu seinem Nachfolger ernannt hatte. Als sie sich anschickte, einen der langen Säulengänge am Rande des in der Mitte des Hauses liegenden Gartens entlangzugehen, hielt Nacoya sie auf. »Mylady, Eure Gemächer liegen auf der anderen Seite des Gartens.«

Mit Mühe brachte Maya ein weiteres Nicken zustande. Ihren persönlichen Besitz hatte man vermutlich bereits in die Gemächer ihres Vaters geschafft – die größten im ganzen Gebäude.

Sie ging steif weiter und schritt die Länge des rechteckigen Gartens entlang, der in jedem großen tsuranischen Haus das Herzstück bildete. Das geschnitzte, hölzerne Gitterwerk, das die Balkone über ihr einfaßte und die Blumenbeete und den Brunnen unter den Bäumen im Hof umgab, wirkte nach der Steinarchitektur der Tempel befremdlich. Mara ging weiter, bis sie vor der Tür zu den Gemächern ihres Vaters stand. Auf den Laden war eine Kampfszene gemalt, eine legendäre Schlacht, die die Acoma gegen einen langvergessenen Feind gewonnen hatten. Der Hadonra Jican schob die Tür auf.

Mara zögerte einen Augenblick. Es versetzte ihr einen Stich, ihr eigenes Hab und Gut in den Gemächern ihres Vaters zu sehen, und beinahe verlor sie die Kontrolle. Es war, als hätte der Raum selbst sie betrogen. Zusammen mit dieser merkwürdigen Verzweiflung kam die Erinnerung: Das letzte Mal hatte sie diese Türschwelle an jenem Abend betreten, als sie mit ihrem Vater gestritten hatte. Obwohl sie normalerweise ein ausgeglichenes und gehorsames Kind gewesen war, hatte sie damals die Wut genauso erfaßt wie ihn.

Mit hölzernen Schritten ging Mara weiter. Sie betrat das leicht erhöhte Podest, ließ sich in die Kissen sinken und winkte die Zofen, die auf ihre Anweisungen warteten, zur Seite. Keyoke, Nacoya und Jican traten ein und verbeugten sich formell vor ihr. Papewaio blieb an der Tür stehen und beobachtete vom Garten aus den Eingang.

»Ich möchte mich etwas ausruhen«, sagte Mara mit rauher Stimme. »Die Reise hat mich sehr ermüdet. Laßt mich jetzt allein.« Die Dienerinnen verließen sofort den Raum, doch die anderen drei zögerten. »Was ist los?« fragte Mara.

Nacoya antwortete: »Es gibt eine Menge zu tun – vieles davon kann nicht warten, Mara-anni.«

Die Verniedlichung ihres Namens war von Nacoya als liebevolle Geste gemeint, doch für Mara wurde sie nur zum Zeichen all dessen, was sie verloren hatte. Sie biß sich auf die Lippe, als der Hadonra sagte: »Mylady, viele Angelegenheiten sind seit … seit dem Tod Eures Vaters unbeachtet liegengeblieben. Eine Reihe von Entscheidungen muß schnell getroffen werden.«

Keyoke nickte. »Lady, Eure Erziehung hat all das außer acht gelassen, was man wissen muß, um ein großes Haus führen zu können. Ihr müßt jetzt die Dinge lernen, die wir Lanokota beigebracht haben.«

Das unangenehme Gefühl bei der Erinnerung an die wütenden Sätze, die sie in der letzten Nacht mit ihrem Vater ausgetauscht hatte, löste sich schlagartig auf, als Mara erneut bewußtgemacht wurde, daß ihr Bruder nicht länger Erbe war. »Nicht jetzt. Noch nicht.« Sie flehte beinahe.

Nacoya ergriff wieder das Wort. »Kind, Ihr dürft Eurem Namen nicht untreu werden. Ihr –«

Maras Stimme wurde lauter, sie war voller Gefühle, die sie zu lange hatte zurückhalten müssen. »Ich sagte, jetzt nicht! Die Zeit der Trauer steht noch bevor! Ich werde Euch anhören, wenn ich beim Heiligen Hain gewesen bin.« Bei den letzten Worten erstarb ihre Wut wieder, als wäre dieses kurze Aufflackern alles gewesen, was sie an Energie hatte hervorbringen können. »Bitte«, sagte sie weich.

Jican war bereit, sich zurückzuziehen, und er zupfte geistesabwesend an seiner Livree. Er warf einen Blick auf Keyoke und Nacoya, doch beide blieben stehen. Keyoke ergriff das Wort: »Lady, Ihr müßt uns anhören. Schon bald werden unsere Feinde sich aufmachen, um uns zu vernichten. Sowohl der Lord der Minwanabi als auch der Lord der Anasati halten das Haus der Acoma für geschlagen. In den nächsten Tagen wird vermutlich noch niemand erfahren, daß Ihr nicht das endgültige Gelübde abgelegt habt, aber wir können uns nicht darauf verlassen. Möglicherweise haben Spione bereits von Eurer Rückkehr berichtet; wenn dies der Fall ist, werden Eure Feinde in genau diesem Augenblick einen Plan aushecken, wie sie dieses Haus für immer und ewig zerstören können. Ihr dürft die Verantwortung nicht einfach beiseite schieben. Ihr müßt in kurzer Zeit viel lernen, wenn die Acoma noch eine Hoffnung auf Überleben haben sollen. Der Name und die Ehre Eurer Familie liegen jetzt in Euren Händen.«

Mara neigte ihr Kinn auf eine Weise, die sich seit ihrer Kindheit nicht verändert hatte. »Laßt mich allein«, flüsterte sie.

Nacoya trat auf das Podest. »Kind, hör auf Keyoke. Unsere Feinde sind kühn geworden durch unseren Verlust, und Euch bleibt keine Zeit für Selbstmitleid. Die Erziehung, die Ihr einmal erhalten habt, um die Frau eines Sohnes eines anderen Hauses zu werden, ist unpassend für eine Herrscherin.«

Mara hob ihre Stimme, die Spannung brachte das Blut in ihren

Ohren zum Rauschen. »Ich habe nicht darum gebeten, Herrscherin zu sein!« Sie war jetzt an einem Punkt, wo nur ihre Wut sie davor bewahrte, in Tränen auszubrechen. »Bis vor einer Woche war ich eine Dienerin Lashimas, und das war alles, was ich mir in diesem Leben gewünscht hatte! Wenn die Ehre der Acoma auf mir ruht und von meiner Rache an den Minwanabi abhängig ist, wenn ich Rat und Unterricht benötige, wird das alles warten müssen, bis ich den Heiligen Hain besucht und dem Andenken der Erschlagenen meine Verehrung bewiesen habe!«

Keyoke warf Nacoya einen Blick zu, und diese nickte. Die junge Herrin der Acoma stand kurz vor einem Zusammenbruch, und sie würden sich ihr fügen müssen. Die alte Amme sagte: »Im Hain ist alles vorbereitet. Ich habe für Euren Vater das Zeremonienschwert und für Lanokota die Robe des Mannbarkeitsritus ausgewählt, um den Geist der beiden zurückzuholen, wenn es Euch recht ist.« Keyoke zeigte auf die beiden Gegenstände, die auf einem reichverzierten Kissen lagen.

Der Anblick des väterlichen Schwertes, das er bei Festlichkeiten getragen hatte, und der Robe ihres Bruders, die er während der Zeremonie der Mannbarkeit überreicht bekommen hatte, war mehr, als das erschöpfte, leidgeprüfte Mädchen ertragen konnte. »Laßt mich allein!« rief sie mit tränenerstickter Stimme.

Die drei zögerten, obwohl Ungehorsam gegenüber der Lady der Acoma Strafen bis hin zum Tod nach sich ziehen konnte. Der Hadonra war der erste, der sich umdrehte und die Gemächer seiner Herrin verließ. Keyoke folgte ihm, doch als Nacoya sich ebenfalls umwandte, wiederholte sie noch einmal: »Kind, im Hain ist alles vorbereitet.« Dann ging sie hinaus und schob langsam die große Tür hinter sich zu.

Endlich allein, ließ Mara ihren Tränen freien Lauf. Dennoch hielt sie ihr Schluchzen in Grenzen, als sie aufstand und das Kissen mit dem Schwert und dem Umhang aufhob.

Die Trauerzeremonie war eine private Angelegenheit; nur Mitglieder der Familie durften die Lichtung der Besinnung betreten. Aber unter normalen Umständen hätte eine würdevolle Prozession aus Bediensteten und anderen Angehörigen des Haushalts die überlebenden Familienmitglieder bis zur Hecke am Eingang begleitet. Jetzt tauchte statt dessen aus einer der hinteren Türen ihrer Gemächer eine einzelne Gestalt auf. Vorsichtig trug Mara das Kissen; ihre weiße Robe war verknittert und schmutzig, wo der Saum im Staub schleifte.

Selbst taub und blind hätte sie sich an den Weg erinnert. Ihre Füße kannten den Pfad bis zum letzten Stein, der in die knotige Wurzel des Ulo-Baums neben dem Zeremonientor eingeschlagen worden war. Die dichte Hecke, die den Hain umgab, schützte vor neugierigen Blicken. Nur Familienmitglieder der Acoma waren hier zugelassen, abgesehen von einem Priester Chochocans, der den Hain weihte, und dem Gärtner, der sich um die Büsche und Blumen kümmerte. Eine Hecke hinter dem Tor verhinderte, daß jemand von außen hineinschauen konnte.

Mara trat ein und eilte in das Herz des Hains. Dort, inmitten einer kleinen Gruppe gestutzter, lieblich blühender Obstbäume, lag der heilige Teich, der von einem kleinen Bach gespeist wurde. Die gekräuselte Oberfläche spiegelte durch einen Vorhang aus überhängenden Zweigen hindurch das Blaugrün des Himmels wider. Am Ufer ragte ein großer Stein aus der Erde, ausgewachsen und geglättet von den Naturgewalten; der Shatra-Vogel der Acoma war einst tief in die Oberfläche eingemeißelt worden, aber jetzt war das Wappen kaum noch sichtbar. Dies war der Natami ihrer Familie: der heilige Fels, der den Geist der Acoma enthielt. Sollten die Acoma eines Tages flüchten müssen, so würde dieses höchstgeschätzte Stück fortgetragen werden, und alle Mitglieder des Clans würden ihr Leben einsetzen, um es zu schützen. Denn sollte der Natami in die Hände anderer fallen, hätte die Familie aufgehört zu existieren. Mara warf einen Blick auf die Hecke an der anderen Seite. Drei Natami, die die Ahnen der Acoma an sich genommen hatten, waren unter einer Tafel vergraben worden, damit ihre gemeißelten Wappen niemals wieder das Sonnenlicht erblickten. Maras Vorfahren hatten drei Familien im Spiel des Rates ausgelöscht. Jetzt drohte ihrer eigenen das gleiche Schicksal.

In der Nähe des Steins war ein Loch gegraben worden; daneben türmte sich die noch feuchte Erde. Mara legte das Kissen mit dem Schwert ihres Vaters und die Robe ihres Bruders hinein. Mit bloßen Händen warf sie die Erde zurück in das Loch, drückte sie fest, ohne darauf zu achten, daß sie dabei ihr weißes Gewand beschmutzte.

Dann hockte sie sich auf die Fersen. Plötzlich spürte sie einen unwiderstehlichen Drang zu lachen. Ein merkwürdiges, kühles Schwindelgefühl erfaßte sie, und sie wurde argwöhnisch. Obwohl sie hier am richtigen Ort war, schienen der Schmerz und die so lange zurückgehaltenen Tränen jetzt nicht kommen zu wollen.

Sie nahm einen tiefen Atemzug und unterdrückte das Lachen. In ihren Gedanken blitzten Bilder auf, und sie fühlte Hitze in ihren Brüsten, ihren Hals und ihre Wangen steigen. Die Zeremonie mußte weitergehen, trotz ihrer sonderbaren Gefühle.

Neben dem Teich lagen ein kleines Fläschchen, eine schwach qualmende Kohlenpfanne, ein winziger Dolch und ein sauberes, weißes Kleid. Mara ergriff das Fläschchen und zog den Pfropfen heraus. Sie goß das wohlriechende Öl in den Teich, sandte kurzlebige Schimmer zerbrochener Lichtfetzen über seine Oberfläche. »Ruhe nun, mein Vater. Ruhe nun, mein Bruder. Kehrt zurück in Eure Heimaterde und schlaft bei Euren Ahnen«, sagte sie mit weicher Stimme.

Sie legte das Fläschchen beiseite und riß mit einem kräftigen Ruck das Oberteil ihres Gewandes auf. Trotz der Hitze fröstelte sie, als die kühle Brise auf die so plötzlich entblößte, feuchte Haut traf. Sie zerrte ein weiteres Mal an ihrem Umhang, wie es die Traditionen ihrer Ahnen verlangten. Beim zweiten Mal schrie sie auf, aber es war nur ein halbherziger Ton, kaum mehr als ein Wimmern. Der Brauch verlangte, daß man den Verlust vor den Ahnen zeigte.

Wieder zerrte sie an dem Gewand, riß es jetzt von der linken Schulter herunter, so daß es bis zur Taille hinabhing. Aber der Schrei, der kurz darauf folgte, enthielt mehr Wut über den Verlust als Trauer. Mit der linken Hand befreite sie jetzt auch die rechte Schulter von dem Stoff. Dieses Mal kam ihr Schluchzen aus vollem Hals, als der Schmerz aus der Tiefe ihres Bauches hervorbrach.

Diese Traditionen, deren Ursprünge im Laufe der Zeit verlorengegangen waren, boten zumindest ein wenig Erlösung. Jetzt kam all die Qual hervor, die sie so lange hatte zurückhalten müssen, brach sich Bahn von den Lenden über den Bauch und die Brust, bis sie als Schrei ihrem Mund entfuhr. Der klagende Laut eines verletzten Tieres erscholl auf der Lichtung, als Mara sich ihrer Wut, ihrer Empörung, ihrer Qual und dem Verlust hingab.

Schrill schreiend vor Trauer und beinahe blind vor Tränen stieß sie mit ihrer Hand in die nahezu erloschene Kohlenpfanne. Sie ignorierte den Schmerz der wenigen noch heißen Kohlestückchen und rieb Asche über Brüste und Bauch, um damit zu symbolisieren, daß ihr Herz in Asche lag. Wieder wurde ihr Körper von tiefen Schluchzern geschüttelt, als ihr Geist endgültige Erlösung von den Schrecken suchte, die die Ermordung ihres Vaters, ihres Bruders und Hunderter von treuen Kriegern hinterlassen hatte. Ihre linke Hand schoß nach vorn und griff in die Erde neben dem Natami. Sie schmierte die feuchte Erde in ihr Haar und schlug sich mit der Faust gegen den Kopf. Sie war eins mit der Acoma-Erde, bedeutete dies, und zu dieser Erde würde sie wieder zurückkehren, wie auch die Geister der Erschlagenen zurückkehrten.

Jetzt schlug sie mit der Faust auf ihre Hüfte, begann den Trauergesang, der zwischen ihren Schluchzern beinahe unverständlich blieb. Und während ihre Klagelaute den Hain erfüllten, wiegte sie sich auf den Knien langsam vor und zurück.

Dann ergriff sie den kleinen metallenen Dolch, ein Familienerbstück von beachtlichem Wert, der seit Jahrhunderten nur für diese Zeremonie benutzt wurde. Sie zog die Klinge aus der Scheide und brachte sich einen Schnitt am linken Arm bei. Der heiße Schmerz war ein harter Gegensatz zu dem elenden Gefühl in ihrer Brust.

Entsprechend dem Brauch hielt sie die kleine Wunde über den Teich, ließ die Blutstropfen hineinfallen und sich mit dem Wasser vermischen. Wieder zerrte sie an ihrem Gewand und riß jetzt auch den restlichen Stoff bis auf ein paar Fetzen von ihrem Körper. Nackt bis auf einen Lendenschurz warf sie die Lumpen mit einem erstickten Schrei von sich. Sie zog an ihren Haaren, zwang den Schmerz dazu, sie von der Trauer zu läutern, stimmte altehrwürdige Worte an, rief ihre Ahnen herbei, um Zeugen ihres Leidens zu werden. Dann warf sie sich auf die frische Erde über der Bestattungsstelle und legte ihren Kopf auf den Natami ihrer Familie.

Nun, da die Zeremonie abgeschlossen war, floß Maras Trauer dahin wie das aus dem Teich strömende Wasser, nahm ihre Tränen und ihr Blut mit zum Fluß und von dort weiter zur fernen See. So, wie das laute Wehklagen ihren Schmerz linderte, würde die Zeremonie sie schließlich läutern, aber jetzt war der Augenblick der privaten Trauer, in dem sie sich ihrer Tränen nicht zu schämen brauchte. Und Mara gab sich ihrer Trauer hin, als Wogen des Kummers aus der Tiefe ihrer Seele emporstiegen und eine nach der anderen über sie hereinbrach.

Ein Geräusch erklang, wie das Rascheln von Blättern, als würde sich jemand in den Zweigen über ihr bewegen. Ganz und gar gefangen in ihrem Kummer, nahm Mara es kaum wahr; selbst dann nicht, als eine dunkle Gestalt neben ihr auf den Boden sprang. Bevor sie ihre Augen öffnen konnte, zerrten kräftige Finger an ihren Haaren. Maras Kopf wurde nach hinten gerissen. Panische Angst ergriff sie, und sie versuchte sich zu wehren. Verschwommen erkannte sie einen Mann in einem schwarzen Umhang hinter sich. Von einem kräftigen Schlag mitten ins Gesicht halbbetäubt, spürte sie, daß der Mann ihre Haare losgelassen hatte und ihr einen Strick über den Kopf schieben wollte. Instinktiv griff sie danach. Ihre Finger verhedderten sich in dem Seil, das sie innerhalb weniger Sekunden hätte töten sollen, doch als der Mann die Garrotte festzog, verhinderte ihre Handfläche, daß der Knoten in der Mitte ihre Luftröhre zudrückte. Dennoch gelang es ihr nicht zu atmen. Ihr Versuch, um Hilfe zu schreien, scheiterte. Sie versuchte sich wegzudrehen, aber der Attentäter hielt sie fest. Sie erinnerte sich an einen Fußtritt der Ringer, den ihr Bruder ihr einmal beigebracht hatte, erhielt jedoch nur eine spöttische Mischung aus Lachen und Grunzen dafür. Trotz ihrer Fähigkeiten war Mara kein Gegner für diesen Angreifer.

Das Seil wurde fester zugezogen und schnitt schmerzhaft in Hand und Nacken. Mara schnappte nach Luft, aber es kam keine, und ihre Lungen brannten. Während sie wie ein Fisch an einem Angelhaken zappelte, stellte der Mann sie aufrecht hin. Nur indem sie verzweifelt das Seil mit der einen Hand festhielt, konnte sie verhindern, daß ihr Genick brach. Maras Ohren tönten schrill von dem wild klopfenden Blut. Hilflos fuchtelte sie mit der freien Hand herum, verhedderte sich in der Kleidung des Angreifers. Sie riß kräftig daran, war aber zu schwach, um den Mann aus dem Gleichgewicht zu bringen. In ihrem Kopf erscholl ein Tosen wie von einer stürmischen Brandung, und nur schwach vernahm sie das angestrengte Atmen des Mannes, als er sie vom Boden hob. Vergeblich versuchte sie noch einmal Atem zu schöpfen, dann versank sie langsam in tiefer Dunkelheit.

Zwei

Abwägungen

Mara spürte etwas Nasses auf ihrem Gesicht.

Während ihre Sinne langsam zurückkehrten, erkannte sie verwirrt, daß Papewaio ihren Kopf sanft in seine Armbeuge gebettet hatte, während er ihr Gesicht mit einem feuchten Lappen betupfte. Mara öffnete den Mund, um etwas zu sagen, doch ihr Hals zog sich zusammen. Sie hustete, schluckte dann mühsam. Sie blinzelte mit den Augen und versuchte ihre Gedanken zu ordnen; aber sie begriff nur, daß ihr Nacken und Hals fürchterlich schmerzten und der Himmel über ihr in einem unglaublichen Blaugrün erstrahlte. Dann bewegte sie die rechte Hand; ein qualvoller Schmerz durchzuckte sie und brachte schlagartig die Erinnerung zurück.

»Was ist mit dem Attentäter?« fragte sie kaum hörbar.

Papewaio deutete mit dem Kopf auf eine Gestalt, die neben dem glitzernden Teich lag. »Tot.«

Mara wandte sich um; ungeachtet ihrer Schmerzen wollte sie es selbst sehen. Der Körper des Mannes lag auf der Seite, die Finger der einen Hand hingen im blutgefärbten Wasser. Er war klein und auffallend schlank, besaß einen beinahe zarten Körperbau und war in eine schlichte schwarze Robe und wadenlange Hosen gekleidet. Seine Kapuze und Maske waren jetzt zur Seite gerutscht und enthüllten ein weiches, jungenhaftes Gesicht mit einer blauen Tätowierung auf der linken Wange – eine Hamoi-Blume, stilisiert zu sechs konzentrischen Kreisen wellenförmiger Linien. Beide Hände waren bis zu den Handgelenken rotgefärbt. Mara schauderte, ihr Körper brannte noch immer bei der Erinnerung an das, was diese Hände ihr angetan hatten.

Papewaio half ihr auf die Beine. Er ließ den Lappen, ein abgerissenes Stück ihres Kleides, zu Boden fallen und reichte ihr den weißen Umhang, der eigentlich für das Ende der Zeremonie gedacht gewesen war. Mara kleidete sich an; sie beachtete die Flecken nicht, die ihre verletzten Hände auf dem zart bestickten Material hinterließen. Sie nickte, und Papewaio führte sie von der Lichtung.

Mara folgte dem Pfad, dessen Vertrautheit nicht länger Beruhigung und Trost verströmte. Der grausame Einschnitt des Seils an ihrem Hals hatte sie zu der Erkenntnis gezwungen, daß ihre Feinde sie sogar mitten im Herzen der Domäne der Acoma treffen konnten. Die Sicherheit der Kindheit war für immer vorüber. Die dunklen Hecken, die die Lichtung umgaben, schienen jetzt eine Freistätte für Attentäter zu sein, und der Schatten unter dem Ulo-Baum mit seinen weit ausladenden Ästen ließ sie erschauern. Mara rieb sich über die verletzte, blutige Hand und unterdrückte den Impuls, vor Furcht zusammenzuzucken. Obwohl sie so erschreckt war wie ein Thyza-Vogel beim Schatten eines goldenen, über ihm kreisenden Mördervogels, trat sie mit jenem Rest von Etikette durch das Zeremonientor, der von der Herrscherin eines großen Hauses erwartet wurde.

Nacoya und Keyoke warteten schon draußen, zusammen mit dem Gärtner und zweien seiner Gehilfen. Niemand außer Keyoke sprach. »Nun?« fragte er nur.

Papewaio antwortete in grimmigen, knappen Sätzen: »Wie du vermutet hast. Ein Attentäter erwartete sie. Ein Hamoi Tong.«

Nacoya breitete ihre Arme aus und schloß Mara in die Umarmung jener Hände, die seit ihrer Kindheit ihre Wunden und Verletzungen gelindert hatten. Doch zum ersten Mal fand Mara darin nur wenig Geborgenheit. »Hamoi Tong, Keyoke?« fragte sie mit einer vom Würgen immer noch krächzenden Stimme.

»Die Roten Hände der Bruderschaft der Blume, Mylady. Angeheuerte Mörder, die keinem Stamm angehören; Fanatiker, die glauben, daß Turakamu diejenigen heiligt, die töten oder getötet werden. Sie sind überzeugt, daß der Tod das einzige Gebet ist, das der Gott erhören wird. Wenn sie einen Auftrag annehmen, schwören sie, ihr Opfer zu töten oder bei dem Versuch zu sterben.« Er hielt inne, während der Gärtner spontan eine Handbewegung machte, die den Schutz der Götter erbat; der Rote Gott war sehr gefürchtet. »Dennoch haben viele der Mächtigen begriffen, daß die Bruderschaft ihr einzigartiges Gebet nur dann ausspricht, wenn der Tong eine große Summe erhalten hat«, fügte Keyoke leicht zynisch hinzu. »Und die Hamoi sind sehr anpassungsfähig, wenn es darum geht, wessen Seele dieses Gebet an Turakamu herantragen soll.« Jetzt hatte seine Stimme einen deutlich mürrischen Unterton.

»Warum wurde ich nicht schon früher darüber informiert?«

»Dies zählt nicht zu den gewöhnlichen Huldigungen Turakamus, Mylady. Es gehört zu den Dingen, über die Väter mit ihren Töchtern nicht sprechen, wenn sie keine Erbinnen sind.« Nacoyas Stimme erhielt einen leichten Vorwurf.

Da es jetzt zu spät für gegenseitige Beschuldigungen war, meinte Mara: »Ich beginne zu erkennen, weshalb Ihr meintet, wir müßten einige Dinge sofort besprechen.« Sie erwartete, nun in ihre Gemächer geführt zu werden, und wandte sich um. Doch die alte Frau hielt sie fest, und Mara war zu zittrig, um dagegen anzukämpfen. Sie gab dem Druck nach und blieb stehen.

Papewaio löste sich aus der Reihe der anderen und trat nach vorn, dann sank er vor ihr auf ein Knie ins Gras. Der Schatten des Zeremonientores fiel auf sein Gesicht und machte es unmöglich, den Ausdruck darauf zu erkennen, als er sein Schwert zog und, die Spitze gegen die eigene Brust gerichtet, Mara den Griff des Schwertes anbot. »Mylady, ich bitte darum, mein Leben mit der Klinge beenden zu dürfen.«

Einen langen Augenblick starrte Mara ihn verständnislos an. »Was wollt Ihr?«

»Ich bin in den Heiligen Hain der Acoma eingedrungen, Mylady.«

Da ihre Gedanken bisher nur um das Attentat gekreist waren, war Mara bis zu diesem Moment das Ausmaß von Papewaios Tat nicht bewußt geworden. Er hatte den Hain betreten, um sie zu retten – trotz des Wissens, daß ein solcher Verstoß ihm den sicheren Tod bescheren würde, ohne jede Möglichkeit auf Begnadigung.

Während Mara nicht in der Lage war, etwas zu erwidern, versuchte Keyoke vorsichtig, sich für Papes Anliegen einzusetzen. »Ihr habt Jican, Nacoya und mir untersagt, Euch auf die Lichtung zu begleiten, Lady. Papewaio wurde nicht erwähnt. Er hielt sich in der Nähe des Zeremonientores verborgen; als er die Geräusche eines Kampfes hörte, schickte er den Gärtner nach uns und trat ein.«

Der Kommandeur der Acoma bedachte seinen Kameraden mit einer seiner spärlichen Gefühlsregungen; für einen kurzen Augenblick zog er die Mundwinkel nach oben, als würde er nach einem schweren Kampf Sieg wittern. Dann war das schwache Lächeln auch schon wieder verschwunden. »Jeder von uns wußte, daß ein solches Attentat auf Euch nur eine Frage der Zeit sein würde. Unglücklicherweise wählte der Attentäter ausgerechnet diesen Ort. Pape kannte den Preis für das Betreten der Lichtung.«

Es war eindeutig, was Keyoke Mara zu erklären versuchte: Papewaio hatte Maras Ahnen brüskiert, indem er die Lichtung betreten hatte, und daher den Tod verdient. Nicht einzutreten hätte jedoch zu einem weitaus schlimmeren Schicksal geführt. Nach dem Tod des letzten Familienmitglieds der Acoma wären jeder Mann, jede Frau, alle, die Papewaio zu seinen Freunden zählte, zu Personen ohne Haus geworden, kaum mehr als Sklaven oder Gesetzlose. Kein Krieger hätte etwas anderes tun können als Papewaio getan hatte; sein Leben war der Ehre der Acoma geweiht. Keyoke erklärte Mara also, daß Pape den Tod eines Kriegers verdient hatte, den Tod durch die Klinge, denn er hatte das Leben seiner Herrin und all derer, die er liebte, über sein eigenes gestellt. Aber der Gedanke daran, daß dieser treue Krieger als Folge ihrer eigenen Dummheit und Unerfahrenheit sterben sollte, war zuviel für Mara. So sagte sie spontan: »Nein.«

Papewaio, der die Antwort als Weigerung verstand, ihm das Recht auf einen ehrenvollen Tod zuzugestehen, beugte den Kopf. Das schwarze Haar verbarg seine Augen, als er das Schwert in einer glatten, schnellen Bewegung durch die Luft führte und die Klinge vor den Füßen seiner Herrin in den Boden trieb. Mit offenem Bedauern winkte der Gärtner seine beiden Gehilfen herbei. Sie hatten Seile bei sich und eilten jetzt an Papewaios Seite. Einer begann, seine Hände am Rücken zusammenzubinden, während der andere eine lange Schlinge über einen dicken Ast warf.

Einen Augenblick verstand Mara gar nichts, dann begriff sie plötzlich: Sie bereiteten Papewaio für den schmählichsten aller Tode vor, für das Erhängen, eine Form der Exekution, die nur bei Verbrechern und Sklaven angewendet wurde. Mara schüttelte den Kopf. »Halt!«

Alle verharrten reglos. Die Gehilfen des Gärtners behielten die Hände halb erhoben in der Luft, schauten zuerst auf den Gärtner, dann auf Nacoya und Keyoke, schließlich auf ihre Gebieterin. Sie kamen dieser Pflicht mit sichtlichem Widerstreben nach, und die verwirrenden Wünsche ihrer Herrin vergrößerten ihr Unbehagen noch.

»Kind, so lautet das Gesetz«, sagte Nacoya.

Mara fühlte den unbändigen Drang, sie alle anzuschreien. Sie schloß die Augen. Die Anspannung, ihre Trauer, das Attentat und jetzt diese Eile, mit der Papewaio für eine Handlung hingerichtet werden sollte, die durch ihre eigene unverantwortliche Haltung herbeigeführt worden war – all das überstieg beinahe ihre Kräfte. Sorgfältig darauf bedacht, nicht in Tränen auszubrechen, antwortete Mara mit fester Stimme: »Nein ... ich habe mich noch nicht entschieden.« Sie schaute sie der Reihe nach an; ihre Gesichter waren unbewegt. »Ihr werdet alle warten, bis es soweit ist. Pape, hebt Euer Schwert auf.«

Ihr Befehl barg eine krasse Mißachtung der Tradition, doch Papewaio gehorchte still. Mara sprach mit dem Gärtner, der unbehaglich dabeistand. »Schafft den Körper des Attentäters von der Lichtung.« Aus dem plötzlichen Bedürfnis heraus, ihrer Wut irgendwie Ausdruck zu verleihen, fügte sie hinzu: »Zieht ihn aus und hängt ihn neben der Straße an einen Baum, damit er jedem Spion, der sich näher heranwagt, als Warnung dient. Dann säubert den Natami und legt den Teich trocken; beide sind verunreinigt worden. Wenn dies geschehen ist, schickt nach den Priestern Chochocans. Sie sollen kommen und den Hain erneut weihen.«

Obwohl die anderen sie unschlüssig anstarrten, wandte Mara ihnen den Rücken zu. Nacoya bewegte sich als erste. Mit einem scharfen Schnalzen ihrer Zunge begleitete sie ihre junge Herrin in die kühle Stille des Hauses. Papewaio und Keyoke schauten voller beunruhigter Gedanken hinterher, während der Gärtner davoneilte, um die Befehle seiner Herrin auszuführen.

Die beiden Gehilfen des Gärtners rollten das Seil wieder zusammen, während sie Blicke austauschten. Es schien, als hätte das Unglück, das über die Acoma hereingebrochen war, mit dem Vater und dem Sohn noch nicht sein Ende gefunden. Maras Herrschaft als Lady der Acoma würde möglicherweise tatsächlich nur von kurzer Dauer sein, denn ihre Feinde würden nicht ruhen, während sie die komplexen Feinheiten des Spiels des Rates studierte. Dennoch, darin schienen die beiden Männer im stillen übereinzustimmen, lagen solche Angelegenheiten in den Händen der Götter, und schon immer wurden die einfachen Menschen im Sog der Mächtigen mitgerissen, von ihrem Aufstieg – und von ihrem Untergang. Das war weder grausam noch ungerecht. Es war einfach Schicksal.

Ab dem Augenblick, da die Lady der Acoma sich in die Abgeschiedenheit ihrer Gemächer zurückgezogen hatte, übernahm Nacoya das Kommando. Sie erteilte den Bediensteten entsprechende Befehle, und diese eilten geschäftig hin und her, um es ihrer Herrin bequem zu machen. Sie bereiteten ein duftendes Bad vor, während Mara auf den Kissen ruhte und ihre Finger geistesabwesend an der feinen Stickerei mit den Shatra-Vögeln spielten. Jemand, der sie nicht kannte, mochte vielleicht glauben, daß ihre Schweigsamkeit eine Folge des Schreckens und der Trauer war; Nacoya jedoch kannte die angespannte Intensität in den dunklen Augen des Mädchens und ließ sich nicht täuschen. Angespannt, ärgerlich und entschlossen versuchte Mara bereits, die weitreichende politische Bedeutung dieses Angriffes auf ihre Person zu ergründen. Sie ertrug die Fürsorge der Zofen ohne die gewöhnliche Rastlosigkeit und schwieg, während die Dienerinnen sie badeten und ihre Wunden versorgten. Eine Kräuterkompresse wurde auf ihre zerkratzte, mit blauen Flecken übersäte rechte Hand gelegt. Nacoya hockte ängstlich dabei, während Mara von zwei älteren Frauen heftig eingerieben wurde, wie sie es zuvor bei Lord Sezu getan hatten. Ihre alten Finger waren erstaunlich kräftig; sie machten die verspannten Stellen ausfindig und massierten sie nach und nach weg. Als Mara anschließend in einem sauberen Gewand dasaß, fühlte sie sich zwar immer noch müde, aber durch die Behandlung der alten Frauen war die nervöse Erschöpfung von ihr gewichen.

Nacoya brachte dampfende Chocha in einer feinen Porzellantasse. Mara setzte sich vor einen niedrigen Steintisch und schlürfte das bittere Getränk; sie zuckte leicht zusammen, als die Flüssigkeit ihren mitgenommenen Hals hinabrann. Auf der Lichtung war sie von dem Angriff so erschreckt gewesen, daß sie nicht viel mehr als ein kurzes Aufflackern von Panik und Furcht gespürt hatte. Jetzt stellte sie überrascht fest, daß sie zu erschöpft war, um überhaupt irgendeine Reaktion zu verspüren. Das Licht des späten Nachmittags leuchtete hinter den Papierläden der Fenster, wie in ihrer Kindheit. In weiter Ferne konnte sie das Pfeifen der Hirten auf den Needra-Wiesen hören, und ganz in der Nähe erklang Jicans Stimme, der gerade einen Haus-Sklaven wegen seiner Ungeschicklichkeit zurechtwies. Mara schloß die Augen. Sie war beinahe in der Lage, sich das weiche Kratzen vorzustellen, mit dem die Feder ihres Vaters über das Pergament geglitten war, wenn er Anweisungen an entfernte Untergebene niedergeschrieben hatte. Der Verrat der Minwanabi hatte solchen Erinnerungen jedoch für immer ein Ende gesetzt. Widerstrebend widmete sich Mara der still wartenden Nacoya.

Die alte Amme hatte an der anderen Seite des Tisches Platz genommen. Ihre Bewegungen waren langsam, ihr Gesichtsausdruck von Sorgen gezeichnet. Der zarte Muschelschmuck, der ihre geflochtenen Haare zusammenhielt, hing etwas schief, so als würde es mit dem Alter immer schwieriger, nach oben zu greifen, um die Haarnadel sauber anzubringen. Obwohl Nacoya nur eine Dienerin war, verstand sie viel von den Künsten und Feinheiten des Spiels des Rates. Jahrelang hatte sie Lord Sezu als rechte Hand gedient, dann seine Tochter erzogen, nachdem seine Frau bei der Geburt gestorben war. Die alte Amme war für sie wie eine Mutter gewesen, und Mara wußte nur zu gut, daß die alte Frau jetzt auf einen Kommentar von ihr wartete. »Ich habe einige schwere Fehler gemacht, Nacoya.«

Die Amme antwortete mit einem knappen Nicken. »Ja, Kind. Wäre etwas mehr Zeit zur Vorbereitung gewesen, hätte der Gärtner die Lichtung vor Eurem Eintreten untersuchen können. Er hätte den Attentäter entdeckt oder wäre getötet worden, aber sein Verschwinden hätte Keyokes Aufmerksamkeit erregt, und er hätte die Lichtung mit Kriegern umstellen können. Der Attentäter wäre gezwungen gewesen, herauszukommen oder dort drinnen zu verhungern. Wäre der Hamoi-Mörder jedoch vor dem Gärtner geflohen und hätte draußen herumgelungert, so hätten Eure Soldaten sicher sein Versteck gefunden.« Die Amme faltete ihre Hände im Schoß, und ihr Tonfall wurde jetzt härter. »Euer Feind rechnete damit, daß Ihr Fehler machen würdet ... wie Ihr es ja auch getan habt.«

Mara akzeptierte die Zurechtweisung; ihre Augen folgten den

trägen Dunstschleiern, die ihrer Tasse Chocha entstiegen. »Aber derjenige, der den Mörder geschickt hat, hat sich ebenso geirrt.«

»Das ist wahr.« Nacoya wandte den Blick, der in weite Ferne gerichtet gewesen war, wieder ihrer Herrin zu. »Er plante die dreifache Entehrung der Acoma, indem er Euch im Heiligen Hain der Familie töten lassen wollte, nicht ehrenvoll mit der Klinge, sondern durch Erwürgen, als wärt Ihr eine Gesetzlose oder Sklavin, die in Schande sterben mußte!«

»Aber als Frau –«

»Ihr seid jetzt eine Herrscherin«, stieß Nacoya heftig hervor. Lackierte Armreifen klirrten, als sie in einer ungeduldigen Geste mit der Faust auf ihr Knie schlug. »Von dem Augenblick an, da Ihr die Herrschaft über dieses Haus angetreten habt, Kind, seid Ihr zu einem Mann geworden, mit allen Rechten und Privilegien, die das Herrschen mit sich bringt. Ebenso wie zuvor Euer Vater als Lord der Acoma behauptet Ihr jetzt die Macht, und deshalb hätte der Tod durch den Strang genausoviel Scham über Euer Haus gebracht, als wenn Euer Vater oder Euer Bruder auf diese Weise gestorben wären.«

Mara biß sich auf die Lippe, nickte und nahm noch einen Schluck Chocha. »Und die dritte Entehrung?«

»Dieser Hundesohn von Hamoi hatte sicherlich geplant, den Natami der Acoma zu stehlen und damit den Namen Eurer Familie für immer auszulöschen. Ohne Clan und Ehre wären Eure Soldaten zu Grauen Kriegern geworden, zu Ausgestoßenen, die in der Wildnis leben müssen. Alle Eure Bediensteten hätten ihr Leben als Sklaven beendet.« Nacoya endete voller Bitterkeit: »Der Lord der Minwanabi ist sehr arrogant.«

Mara stellte die Tasse Chocha fein säuberlich in die Mitte des Tabletts. »Du glaubst also, daß Jingu dafür verantwortlich ist?«

»Der Mann ist trunken von seiner eigenen Macht. Er steht jetzt nach dem Kriegsherrn an zweiter Stelle im Hohen Rat. Sollte das Schicksal Almecho von seinem weiß-goldenen Thron stoßen, würde sicherlich ein Minwanabi sein Nachfolger werden.

Der einzige andere Feind Eures Vaters, der Euren Untergang wünscht, ist der Lord der Anasati. Aber er ist viel zu klug, um ein solch schamvolles Attentat einzufädeln – das dann auch noch so schlecht ausgeführt wird. Hätte er den Hamoi-Mörder gesandt, seine Anordnungen wären einfach gewesen: Euer Tod um jeden Preis. Der Attentäter hätte einen vergifteten Pfeil aus einem Versteck abschießen können, er hätte Euch rasch ein Messer zwischen die Rippen stoßen und sich schnell davonmachen können, um die Nachricht Eures Todes zu verbreiten.«

Nacoya nickte entschieden, als hätte das Gespräch ihre eigenen Gedanken bestätigt. »Nein, der Lord der Minwanabi mag der mächtigste Mann im Hohen Rat sein, aber er benimmt sich wie ein wütend gewordener Harulth, der Bäume niederreißt, um einen Gazen zu zertrampeln.« Sie breitete ihre Finger aus und deutete mit ihnen die Größe des scheuen kleinen Tieres an, das sie erwähnt hatte. »Er hat seine Position von seinem mächtigen Vater geerbt, und er hat starke Verbündete. Der Lord der Minwanabi ist gerissen, aber nicht sehr schlau. Der Lord der Anasati hingegen ist sowohl gerissen als auch schlau. Er ist jemand, vor dem man sich unbedingt in acht nehmen muß.« Nacoya gestikulierte mit ihrer Hand in der Luft. »Er gleitet durch den Sumpf wie eine Relli, leise und verstohlen, und er schlägt ohne Vorwarnung zu. Dieser Mordversuch wirkt, als hätte der Lord der Minwanabi dem Attentäter Euren Tod aufgetragen und gleichzeitig dafür gesorgt, daß der Stempel seiner Familie zu erkennen war.« Nacoya kniff gedankenvoll die Augen zusammen. »Daß er so schnell von Eurer Rückkehr erfahren hat, spricht für seine Spione. Wir hatten angenommen, er würde erst einige Tage später herausfinden, daß jetzt Ihr die Herrscherin seid. Wenn er den Hamoi so schnell schicken konnte, muß er gewußt haben, daß Ihr das Gelübde nicht abgelegt habt, seit Keyoke Euch aus dem Tempel holte.« Sie schüttelte mit einem leichten Selbstvorwurf den Kopf. »Wir hätten damit rechnen müssen.«

Mara dachte über Nacoyas Rat nach, während ihre Tasse

Chocha auf dem Tisch langsam abkühlte. Sie war sich ihrer neuen Verantwortung so bewußt wie niemals zuvor und akzeptierte, daß unangenehme Angelegenheiten nicht mehr länger aufgeschoben werden durften. Obwohl sich die lockigen Haare mädchenhaft um ihre Wangen kräuselten und der Umhang mit dem kunstvollen Kragen viel zu groß für sie war, richtete sie sich mit der Entschlossenheit einer Herrscherin auf. »Ich mag dem Lord der Minwanabi zwar wie ein Gazen erschienen sein, aber jetzt hat er diesen Pflanzenfresser gelehrt, Reißzähne zu entwickeln. Schickt nach Keyoke und Papewaio.«

Ihr Befehl setzte einen Läufer in Bewegung, einen kleinen Sklavenjungen mit Sandalen an den Füßen, der wegen seiner Flinkheit ausgewählt worden war. Er sprang von seinem Posten an der Tür auf, um die Nachricht zu überbringen. Die Krieger erschienen nur kurze Zeit später; beide hatten auf ihren Ruf gewartet. Keyoke trug seinen offiziellen Helm; der Federbusch, der auf seine Stellung hinwies, raschelte am Türsturz, als er eintrat. Barhäuptig, aber beinahe genauso groß, folgte Papewaio seinem Kommandeur. Er bewegte sich mit der gleichen Anmut und Stärke, die ihn nur wenige Stunden zuvor befähigt hatten, einen Mörder umzubringen. Sein Gesichtsausdruck verriet keine Spur von den Gedanken über sein unentschiedenes Schicksal. Der Anblick seines Gesichts, das noch gelassener wirkte als sonst, und der Stolz in seiner Haltung ließen in Mara das Gefühl aufsteigen, als würde das Urteil, das sie jetzt fällen mußte, womöglich ihre Kräfte übersteigen.

Ihre Anspannung war jedoch nicht sichtbar, als die Krieger formell vor ihrem Tisch niederknieten. Der grüne Federbusch Keyokes zitterte leicht in der Luft; er war nahe genug, daß Mara ihn hätte berühren können. Sie unterdrückte ein plötzliches Beben und bedeutete den Männern, sich zu setzen. Ihre Zofe bot ihnen heiße Chocha an, aber nur Keyoke nahm eine Tasse. Papewaio schüttelte lediglich kurz den Kopf, als glaubte er, sich besser auf seine Gestik als auf seine Stimme verlassen zu können.

»Ich habe einen Fehler gemacht«, sagte Mara. »Ich werde versuchen, einen solchen Fehler nicht wieder zu machen –« Sie hielt abrupt inne, runzelte die Stirn und machte eine nervöse Bewegung, die die Schwestern von Lashima ihr abzugewöhnen versucht hatten. »Nein«, sagte Mara. »Ich muß es noch besser machen, denn im Tempel habe ich gelernt, daß meine Ungeduld manchmal mein Urteilsvermögen einschränkt. Keyoke, zwischen uns muß es ein Handzeichen geben, das ankündigt, wenn mein Leben oder die Existenz der Acoma in einer Art und Weise bedroht ist, die ich nicht verstehen kann. Dann wird sich vielleicht der Wahnsinn dieses Tages niemals wiederholen.«

Keyoke nickte, sein vernarbtes Gesicht blieb gelassen, doch sein Verhalten drückte Zustimmung aus. Er dachte einen Augenblick nach und fuhr mit dem Knöchel seines Zeigefingers über eine alte Wunde, die sein Kinn zerfurchte. »Lady, würdet Ihr diese Geste als Warnung erkennen, selbst an einem öffentlichen Ort voller Menschen?«

Mara lächelte beinahe. Keyoke hatte eine nervöse Angewohnheit Papewaios gewählt, das einzige Zeichen, das verriet, wenn er angespannt war. Keyoke wurde niemals unruhig; ihr Kommandeur, glaubte sie, verlor nie die Kontrolle, weder in gefährlichen oder angespannten Situationen noch in der Schlacht. Wenn er sich in ihrer Gegenwart an der Narbe kratzte, würde sie es also bemerken und hoffentlich wachsam werden. »Sehr gut. Machen wir es also so, Keyoke.«

Eine angespannte Stille breitete sich aus, als Mara ihre Aufmerksamkeit dem anderen Krieger zuwandte. »Mein mutiger Pape, hätte ich nicht zuallererst einen Fehler begangen, wäre ich jetzt tot und all unsere Güter und die zu den Acoma gehörenden Menschen wären ohne Herrin.« Sie wünschte, den Augenblick hinauszögern zu können, da sie das Urteil würde fällen müssen. »Wenn ich nur gesagt hätte, daß niemand mir zum Hain folgen darf …« Sie ließ den Satz unbeendet in der Luft hängen. Alle wußten, daß ihr Befehl bis zum letzten befolgt worden wäre; die

Pflicht hätte Papewaio gezwungen, im Haus zu bleiben und seine Herrin ihrem Schicksal zu überlassen.

»Und jetzt muß einer meiner verdientesten Offiziere sein Leben für einen loyalen und ehrenvollen Dienst dem Haus gegenüber hingeben«, sagte Mara.

»So ist das Gesetz«, bemerkte Keyoke. Seine unbeweglichen Gesichtszüge zeigten keinerlei Spur von Trauer oder Wut. Er war erleichtert, daß Mara die Kraft hatte, ihre Pflicht auszuüben, und der Federbusch auf seinem Kopf beruhigte sich.

Mara seufzte. »Ich fürchte, es gibt keinen anderen Weg.«

»Nein, Kind«, sagte Nacoya. »Ihr müßt die Art und den Zeitpunkt von Papes Tod festlegen. Ihr könnt ihm erlauben, sich in sein Schwert zu stürzen, und ihm dadurch den ehrenvollen Tod eines Kriegers zugestehen. Er hat zumindest das verdient, Mistress.«

Maras dunkle Augen funkelten; sie war wütend darüber, einen solch unerschütterlichen, treuen Diener verschwenden zu müssen, und zog gedankenvoll ihre Brauen zusammen. Eine Zeitlang sprach niemand. »Ich glaube nicht«, verkündete sie dann abrupt.

Keyoke schien etwas sagen zu wollen, doch dann nickte er einfach nur, während Papewaio mit dem Daumen über sein Kinn fuhr: Zeichen seiner starken Anspannung. Die Geste rüttelte Mara auf, und sie fuhr schnell fort: »Mein Urteil lautet folgendermaßen: Treuer Pape, es ist eindeutig, daß Ihr sterben müßt. Aber ich werde den Ort und die Umstände Eures Todes bestimmen, wenn ich es für richtig halte. Bis dahin werdet Ihr mir dienen wie bisher. Ihr werdet das schwarze Band der Verdammten um Euren Kopf tragen, damit alle wissen, daß ich das Todesurteil über Euch gesprochen habe.«

Papewaio nickte kurz. »Wie Ihr wünscht, Mistress.«

»Und sollte das Schicksal meinen Tod vor dem Eurigen bestimmen«, fügte Mara hinzu, »so habt Ihr die Erlaubnis, durch Eure eigene Klinge zu sterben … oder meinen Tod zu rächen, ganz wie es Euch beliebt.« Sie war sicher, welchen Weg Pape einschlagen würde. Und Papewaio blieb weiterhin in ihrem Dienst, bis sie Zeit und Art seiner Hinrichtung bestimmt hatte.

Mara betrachtete ihre drei engsten und treuesten Vertrauten. Sie fürchtete halb, daß jemand ihr ungewöhnliches Urteil anfechten würde. Doch Pflicht und Gebräuche forderten unbedingt Gehorsam, und niemand von ihnen sah sie an. In der Hoffnung, ehrenvoll gehandelt zu haben, entließ Mara die beiden Krieger. »Geht jetzt und widmet Euch Euren Aufgaben.«

Keyoke und Papewaio erhoben sich sofort. Sie nickten mit steifer Förmlichkeit, drehten sich um und verließen den Raum. Alt und langsam geworden in ihren Bewegungen, vollführte Nacoya ihre Verneigung weniger anmutig. Sie richtete sich auf, und eine Spur von Anerkennung zeichnete sich auf ihrem Gesicht ab. »Das war hervorragend, Tochter Sezus«, flüsterte sie. »Ihr rettet Papes Ehre und bewahrt Euch einen überaus loyalen Diener. Er wird das schwarze Band der Schande tragen, als wäre es ein Zeichen der Ehre.« Dann, als wäre sie erschreckt über ihre eigene Kühnheit, verschwand die alte Amme hastig.

Die bei der Tür wartenden Dienerinnen mußten zweimal ansetzen, ehe Mara sie bemerkte. »Mistress wünschen?«

Die Gefühle und Anspannung des Nachmittags hatten die Herrin der Acoma völlig erschöpft. Der erwartungsvolle Ausdruck in den Gesichtern der Dienerinnen ließ sie erkennen, daß der Nachmittag längst vergangen war. Blaue Schatten legten sich auf die papiernen Läden der Tür und warfen ein trübes, finsteres Licht auf die dekorativ gemalten Jagdszenen. Voller Sehnsucht nach dem einfachen Leben ihrer Kindheit beschloß Mara, sich heute noch einmal dem formellen Abendessen zu entziehen. Morgen war früh genug, sich den Tatsachen zu stellen und den Platz ihres Vaters am Kopfende des Tisches einzunehmen. »Laß die frische Abendbrise ein und zieh dich dann zurück«, sagte sie zu der Zofe.

Die Dienerin beeilte sich, ihren Wünschen nachzukommen, und öffnete die großen Außenläden, die nach Westen zeigten.

Die orangefarbene Sonne hing tief, als würde sie den violetten Rand des Horizonts küssen. Ein rotgoldenes Licht lag auf den Sümpfen, wo die Shatra-Vögel sich gegen Abend sammelten. Noch während Mara sie beobachtete, schwangen sich die staksigen Geschöpfe in die Luft. Innerhalb weniger Minuten war der Himmel mit ihren anmutigen, eleganten Silhouetten bedeckt, und sie wirbelten über scharlachrot und pinkfarben flammende Wolken, vermischt mit dem Indigo der hereinbrechenden Nacht. Der Anblick war majestätisch. Obwohl Mara dieses Schauspiel in ihrer Kindheit unendlich oft gesehen hatte, raubten die Vögel ihr immer noch den Atem. Sie bemerkte nicht, wie die Zofe sich auf Zehenspitzen aus dem Zimmer schlich, und starrte fast eine Stunde gebannt auf die Vogelschwärme, die sich zu Tausenden sammelten und ihre Kreise zogen, ruhig dahinglitten, herunterstießen und wieder aufstiegen, während das Licht langsam nachließ. Als die Sonne verschwunden war, ließen die Vögel sich auf der Erde nieder. Im silbrigen Dämmerlicht sammelten sie sich in den Sümpfen, hockten nah zusammen, um die Raubtiere zu täuschen, während sie schliefen.

Die Dienerinnen kehrten in der warmen, lieblichen Stunde der Dämmerung zurück und brachten Öl für die Lampen und Kräutertee. Aber die Erschöpfung hatte Mara schließlich überwältigt. Sie fanden sie schlafend in den Kissen, eingelullt von den vertrauten Geräuschen der Hirten, die die Needra-Herden in die Unterstände trieben. In der Ferne erklang der traurige Gesang eines Küchenjungen, während er Thyza-Brot für das Morgenmahl knetete – ein sanfter Gegensatz zu den aus einiger Entfernung herüberklingenden Rufen von Keyokes Wachen, die auf dem Anwesen ihre Runden machten, um die Sicherheit der neuen Herrin der Acoma zu gewährleisten.

Mara war an die Disziplin des Tempellebens gewöhnt und erwachte sehr früh. Die ungewohnte Umgebung ließ sie zunächst verwirrt blinzeln; dann erinnerte die kostbare Tagesdecke über der Bettdecke sie daran, daß sie als Herrscherin der Acoma im Zimmer ihres Vaters lag. Ausgeruht, doch mit immer noch schmerzenden Verletzungen, die sie an den Attentäter der Minwanabi erinnerten, rollte sie sich auf die Seite. Ein paar Strähnen ihres üppigen Haares verfingen sich in ihren Wimpern; ungeduldig strich sie sie beiseite.

Die Morgendämmerung sandte ihre Strahlen durch die gen Osten gerichteten Fensterläden. Das Pfeifen eines Hirten, der die Needras auf die Weide zum Grasen trieb, vermischte sich mit dem morgendlichen Gezwitscher der Vögel. Mara war durch die Erinnerungen unruhig geworden und erhob sich.

Ihre Zofen bemerkten nicht, daß sie aufstand. Barfuß und dankbar über das Alleinsein schritt das Mädchen durch den Raum und griff nach dem Haken des Fensterladens. Sie schob ihn so leise wie möglich zurück. Kühle Luft liebkoste ihre Haut zwischen den losen Falten ihres Gewandes. Tief sog Mara den Geruch des Morgentaus und feuchter Erde und den kostbaren Duft der Akasi-Blumen ein. Aus dem sumpfigen Marschland stiegen Nebelschwaden auf, umflossen die an Kohlezeichnungen erinnernden Bäume und Hecken und hüllten auch die einsame Silhouette eines Hirten ein, der die trägen Needras vorantrieb.

Der Soldat, der im Hof Wache hielt, drehte sich bei seinem Rundgang um und bemerkte, daß das Mädchen in dem weißen Gewand und mit den vom Schlaf verworrenen Haaren seine Herrscherin war. Er verneigte sich ernst. Mara nickte geistesabwesend, als er sich wieder seiner Pflicht widmete. Sie betrachtete die weiten Ausmaße des Familienanwesens, zu einer Zeit, da der Morgen noch ungestört war vom Lärm und Gewirr des Tages. Bald würden alle, die auf dem Anwesen arbeiteten, geschäftig ihren Aufgaben nachgehen, in diesem Augenblick jedoch konnte Mara noch in Ruhe einen gelassenen Blick auf das werfen, was jetzt ihrem Schutz unterstand. Ihre Brauen wölbten sich besorgt, als sie begriff, wieviel sie noch zu lernen hatte, um dieses Anwesen wirklich führen zu können. Zum jetzigen Zeitpunkt kannte sie noch nicht einmal das genaue Ausmaß ihres Erbes. Sie konnte sich erinnern, daß es auch Besitztümer in anderen Provinzen gab, aber sie wußte weder etwas über ihre Lage noch über ihren Wert. Ihr Vater hatte Einzelheiten über alles, was Ackerbau und Viehzucht betraf, nie sehr gemocht, und wenn er auch über sein Vermögen und das Wohlergehen seiner Leute mit Weisheit gewacht hatte, so war er in den Unterhaltungen mit Mara stets zu anderen Dingen abgeschweift, die ihn mehr interessiert hatten und von leichterer Natur gewesen waren.

Als die Zofe leise von der Zimmertür her rief, schloß Mara den Fensterladen wieder. »Ich werde mich sofort ankleiden und frühstücken«, ordnete sie an. »Dann möchte ich im Arbeitszimmer mit diesem neuen Hadonra, Jican, sprechen.«

Die Zofe verbeugte sich und eilte zu dem Kleiderschrank, während Mara ihr verworrenes Haar zu ordnen versuchte. Sie hatte sich im Tempel daran gewöhnen müssen, ohne die angenehme Hilfe von Dienerinnen auszukommen, und so hatte sie auch jetzt automatisch nach der Bürste gegriffen.

»Mylady, mache ich es Euch nicht recht?« Die Stimme und Haltung der jungen Zofe verrieten ihre starke Anspannung.

Mara runzelte die Stirn, sie ärgerte sich über ihren gedankenlosen Fehler. »Du machst es sehr gut.« Sie reichte der Zofe die Bürste und verharrte still, während die Dienerin sich ihrem Haar widmete. Während sie arbeitete, gestand Mara sich ein, daß ihre Entscheidung, Jican zu treffen, sowohl der Versuch war, Nacoya zu entgehen, als auch mehr über ihr Gut zu erfahren. Die alte Amme hatte die Angewohnheit, am frühen Morgen mürrisch zu sein. Und abgesehen von ihrer gewohnten Übellaunigkeit würde Nacoya ganze Bände voller Ermahnungen für ein junges Mädchen über ihre Verantwortung als Herrscherin zum besten geben.

Mara seufzte, und die Zofe hielt inne, wartete auf ein Zeichen ihrer Herrin, ob etwas nicht in Ordnung sei. Als Mara jedoch nichts sagte, fuhr das Mädchen fort, zaghaft, als würde sie die

Mißbilligung ihrer Lady fürchten. Mara grübelte über die Fragen, die sie Jican stellen konnte, und wußte bereits, daß sie sich mit Nacoyas scheltendem Wesen würde arrangieren müssen. Wieder stieß sie einen Seufzer aus, wie früher, wenn sie für irgendeinen kindischen Unfug eine von Nacoyas Strafen hatte erdulden müssen. Erneut hielt die Zofe inne, um zu sehen, ob ihre Herrin unzufrieden mit ihr war. Nach einer kurzen Pause fuhr das Mädchen fort, die Haare ihrer Mistress zu richten, und Mara verlor sich in Gedanken über die Verwaltung ihres Anwesens.

Später saß Mara angekleidet und ordentlich zurechtgemacht mit aufgestützten Ellbogen auf einem Stapel Kissen. Vor lauter Konzentration knabberte sie mit den Zähnen sanft an der Unterlippe, während sie die letzten Exemplare eines nicht unerheblichen Stapels an Schriftrollen durchsah. Der Hadonra Jican, klein, sonnengebräunt und nervös wie ein Thyza-Vogel, schaute ihr über die Schulter. Gerade hob er seinen Finger, um auf etwas zu deuten.

»Die Guthaben sind hier eingetragen, Mylady. Wie Ihr seht, sind sie von beträchtlicher Höhe.«

»Ich erkenne es, Jican.« Mara legte die Rolle auf die Knie, als Nacoya ihren Kopf durch die Tür steckte. »Ich bin beschäftigt, Nacoya. Ich werde bald Zeit für dich haben und mit dir sprechen, vielleicht gegen Mittag.«

Die alte Amme schüttelte den Kopf; ihre Haarnadeln saßen so schief wie immer. »Mit Eurer Erlaubnis, Mylady, es ist bereits eine Stunde nach Mittag.«

Mara wölbte überrascht die Brauen. Sie konnte die Ungeduld ihres Vaters, was die Verwaltung seiner abgelegenen Ländereien betraf, nachempfinden. Die Aufgabe war komplizierter, als sie vermutet hatte. Dennoch fand sie, anders als ihr Vater, auch die Feinheiten der Buchhaltung faszinierend. »Ich habe die Zeit vergessen. Aber Jican ist beinahe fertig. Du kannst draußen warten, wenn du möchtest«, sagte sie mit einem reumütigen Lächeln, als sie Nacoyas Ungeduld bemerkte.

Nacoya schüttelte verneinend den Kopf. »Es ist zuviel zu tun, Lady. Schickt Euren Läufer nach mir, wenn Ihr Zeit habt. Aber wartet nicht zu lange. Es müssen einige Entscheidungen getroffen werden, für die es morgen zu spät ist.«

Die Amme verschwand wieder. Mara hörte, wie sie unterwegs stehenblieb und Keyoke etwas zubrummte, der in dem dahinterliegenden Gang Wache hielt. Dann widmete sie sich wieder Jican und ihrer Unterrichtsstunde in Handel und Wirtschaft. Mara griff nach einer anderen Rolle. Dieses Mal erklärte sie die Bilanz selbst, ohne Jicans Hilfe. »Es mangelt uns vielleicht an Kriegern, Jican. Aber wir haben viele Besitztümer, sind möglicherweise sogar reich.«

»Das ist nicht schwer, Mistress. Sotamu hatte während der Jahre, in denen er Eurem Vater gedient hat, eindeutige Unterlagen angefertigt. Ich folge nur seinem Beispiel. In den letzten drei Jahren gab es sehr gute Thyza-Ernten, während die Hwaet-Braunfäule in den Provinzen der Ebene die Preise aller Getreidearten in die Höhe getrieben hat – Thyza, Ryge, Maza und sogar Milat. Bei einer solchen Knappheit an Hwaet würde nur ein allzu bequemer Verwalter sein Thyza nach Sulan-Qu schleppen und es dort verkaufen. Es kostet nicht viel mehr Mühe, mit einem Makler des Konsortiums der Kornhändler in der Stadt der Ebene zu verhandeln.« Der kleine Mann seufzte unbehaglich. »Mylady, ich möchte nicht respektlos gegenüber jemandem Eurer erhabenen Klasse scheinen, aber ich habe viele mächtige Herren gekannt, die die Einzelheiten der geschäftlichen Arbeit verschmähten. Zur gleichen Zeit jedoch verweigerten sie auch ihren Hadonras und Maklern, unabhängig für sie zu handeln. Daher haben wir mit großen Häusern verhandelt und die Händler der Stadt gemieden, wann immer wir konnten. Dies hat uns oftmals große Profite beschert.«

Der Hadonra hielt inne, die Hände bescheiden vor sich ausgestreckt. Dann, ermutigt durch die Tatsache, daß Mara ihn nicht unterbrach, fuhr er fort: »Und die Züchter … sie sind ein Geheimnis. Es ist ebenfalls nicht respektlos gemeint, aber die Herren des Nordens scheinen besonders kurzsichtig zu sein, was die Wahl von Zuchtbullen angeht.« Der kleine Mann fühlte sich jetzt etwas ungezwungener und zuckte verwundert mit den Schultern. »Ein übellauniger Bulle, der schwer zu handhaben, doch muskulös und grimmig ist und voller Ungeduld mit den Hufen scharrt, oder einer mit einem großen« – er senkte beschämt den Blick – »äh, männlichen Organ verkauft sich besser als ein fettes Tier, das gutes Fleisch zeugen wird, und auch besser als ein sanftmütiges, das eine gute, solide Herde heranzüchtet. So bringen Tiere, die ein vorsichtiger Mann vielleicht kastrieren oder schlachten ließe, Höchstpreise, während die besten hierbleiben. Und dann wundern die Leute sich über die Qualität unserer Herden und sagen: ›Wie kann das Fleisch der Acoma-Tiere so gut schmecken, wenn sie doch so schwache Bullen halten?‹ Ich verstehe dieses Denken nicht.«

Mara lächelte leicht; es war der erste entspannte Ausdruck in ihrem Gesicht, seit sie den Tempel verlassen hatte. »Diese edlen Herren suchen Tiere, die ihre eigene Männlichkeit widerspiegeln. Ich habe dieses Bedürfnis nicht. Und da ich auch kein Bedürfnis danach habe, mit irgendeinem Tier aus dem Zuchtstall verwechselt zu werden, dürft Ihr weiterhin die Kühe und Bullen auswählen, ohne darauf achten zu müssen, ob ihr Charakter zu meinem paßt.« Jican riß einen Moment die Augen weit auf, dann begriff er, daß das Mädchen einen Witz gemacht hatte. Er stimmte ein wenig scheu in ihr Lachen ein. »Ihr habt Eure Sache gut gemacht«, fügte Mara hinzu.

Bei diesem Dank lächelte der Mann, als wäre ein großes Gewicht von seinen Schultern genommen. Er genoß die ungewohnte Verantwortung seiner neuen Arbeit ganz offensichtlich, und er hatte befürchtet, daß die neue Herrin ihn fortschicken würde. Jetzt war er doppelt zufrieden, daß er nicht nur als Hadonra weiterarbeiten würde, sondern Lady Mara sogar seinen Wert erkannt hatte.

Aber Mara hatte von ihrem Vater auch den Sinn für das Herrschen geerbt – selbst wenn sich diese Fähigkeiten erst nach und nach zeigen würden – und wußte, daß sie in ihm einen fähigen, vielleicht sogar begnadeten Gutsverwalter besaß. »Euer Fleiß und Eifer bringen den Acoma soviel Ehre wie der Mut unserer Soldaten«, sagte sie deshalb. »Ihr könnt jetzt gehen und Euch Euren Aufgaben widmen.«

Kniend verbeugte Hadonra sich, bis seine Stirn den Boden berührte; eine Ehrerbietung, die bei einem Mann seiner Position mehr Unterwürfigkeit ausdrückte, als von ihm verlangt wurde. »Ich bade im Glanz des Lobes meiner Herrin.«

Jican erhob sich und ging hinaus, während eine Hausdienerin herbeikam und die auf dem Boden verstreuten Rollen einsammelte. Nacoya eilte durch die Tür, als der Hadonra an ihr vorbeiging. Weitere Diener folgten ihr mit Tabletts voller Erfrischungen, und mit einem Seufzen wünschte sich Mara, ihre ganz offensichtlich reichhaltige Dienerschaft könnte sich in kräftige Krieger verwandeln.

Nacoya verbeugte sich und nahm Platz, bevor Mara die Möglichkeit hatte, ihr die Erlaubnis dazu zu geben. »Denkt meine Herrin, sie könnte den ganzen Morgen arbeiten, ohne irgend etwas zu sich zu nehmen?« fragte sie. Die Dienerinnen verursachten leise klirrende, raschelnde Geräusche, als sie die Tabletts absetzten und anrichteten. Nacoyas alte dunkle Augen sahen Mara kritisch an. »Ihr habt an Gewicht verloren, seit Ihr zum Tempel aufgebrochen sind. Einige Männer könnten Euch für dürr halten.«

Immer noch mit dem beschäftigt, was sie mit Jican besprochen hatte, antwortete Mara, als hätte sie nicht zugehört: »Ich habe angefangen, etwas über mein Gut und meine Besitztümer zu lernen. Du hast eine gute Wahl getroffen, als du dich für Jican entschieden hast, Nacoya. Obwohl ich mich gerne und mit Wohlwollen an Sotamu erinnere, scheint mir dieser Mann doch ein Meister zu sein, was die Angelegenheiten des Handels betrifft.«

Nacoyas Haltung wurde etwas weicher. »Ich hatte es vermutet, Mistress, doch ich mußte zu der Zeit schnell entscheiden.«

»Du hast es gut gemacht.« Mara betrachtete das hübsch angeordnete Essen, und der Geruch des frischen Thyza-Brotes ließ ihren Hunger erwachen. Sie griff nach einer Scheibe, runzelte dann die Stirn und meinte: »Und ich bin nicht dürr. Unsere Mahlzeiten im Tempel waren nicht so dürftig, wie du denkst.« Sie nahm einen Bissen und kaute gedankenvoll. Sie blickte ihre unbezwingbare Amme an. »Also, was gibt es zu tun?«

Nacoya schürzte die Lippen; ein sicheres Zeichen, daß sie etwas vorhatte, das für sie ein schwieriges Thema war. »Wir müssen schnell dafür sorgen, daß dieses Haus gestärkt wird, Lady. Ohne weitere Blutsverwandte seid Ihr für viele ein allzu attraktives Ziel. Selbst jene, die bisher vielleicht keinen Anlaß zur Zwietracht mit den Acoma hatten, könnten jetzt neidische und zielstrebige Blicke auf Euren Besitz werfen. Die Ländereien und Herden hätten einen nicht ganz so mächtigen Herrn wohl nicht dazu verleitet, gegen Euren Vater vorzugehen, aber gegen ein junges Mädchen ohne Erfahrung und Kenntnisse? ›Hinter jedem Vorhang steckt eine Hand‹«, zitierte sie.

»›Und in jeder Hand ein Messer‹«, beendete Mara. Sie legte ihr Brot beiseite. »Ich verstehe, Nacoya. Ich habe daran gedacht, nach Rekruten zu schicken.«

Nacoya schüttelte den Kopf mit solchem Nachdruck, daß ihr sorgfältig befestigtes Haar sich zu lösen drohte. »Das ist zu diesem Zeitpunkt ein schwieriger und gefährlicher Versuch.«

»Weshalb?« Mara vergaß in ihrem Ärger das Essen. »Ich bin gerade mit Jican das Vermögen der Acoma durchgegangen. Wir haben mehr als genug, um zweitausendfünfhundert Soldaten zu halten. Wir haben sogar genug, um die Rekrutierungslöhne zu zahlen.«

Aber Nacoya hatte sich nicht darauf bezogen, daß ein neuer Herr den früheren Herrn für die Ausbildung jedes Rekruten entschädigen mußte. Sanft erinnerte sie Mara: »Es sind zu viele gestorben, Mara-anni. Es sind zu wenig Familienbande übriggeblieben, als daß sie von Bedeutung wären.« Nach der Tradition der Tsurani konnte ein Soldat nur dann in der Garnison eines bestimmten Hauses dienen, wenn bereits ein Verwandter dort als Soldat beschäftigt war. Da den ältesten Söhnen zudem dieselbe Loyalität wie ihren Vätern nachgesagt wurde, beschränkte sich dieses Verfahren auf die zweiten und späteren Söhne. Nacoya behielt dies im Kopf, als sie weitersprach: »Euer Vater hat sich bereits bemüht, alle verfügbaren Männer zu rekrutieren, als er sich an der Eroberung der barbarischen Welt beteiligte. Die meisten der fähigen Männer sind also schon fort. Jene, die Ihr jetzt noch finden werdet, sind jung und unerfahren. Der Lord der Minwanabi wird handeln, bevor sich diese als wirklich brauchbar herausstellen können.«

»Daran habe ich auch schon gedacht.« Mara griff unter den Schreibtisch vor sich und holte ein Kästchen hervor, das mit kostbaren Schnitzereien verziert war. »Ich habe heute morgen nach der Gilde der Träger geschickt. Der Träger, der hier erscheinen wird, erhält dieses Kästchen, das er verschlossen und ohne weitere Mitteilung dem Lord der Minwanabi übergeben soll.« Grimmig reichte Mara den Kasten Nacoya.

Nacoya öffnete das feingearbeitete Schloß und zog eine Braue empor, als sie sah, was darin lag. Es war eine einzelne rote Kordel mit dem Blut von Maras Hand, zusammengerollt neben einer Shatra-Feder. Nacoya schloß den Kasten wieder, als würde er eine purpurne Dhast enthalten, die giftigste Schlange überhaupt. »Ihr erklärt dem Haus der Minwanabi damit offiziell die Blutfehde.«

»Ich erkenne nur die Fehde an, die bereits vor Ewigkeiten begonnen hat!« schoß Mara zurück. Der Mord an ihrem Vater und ihrem Bruder war noch zu frisch, als daß sie sich jetzt mäßigen konnte. »Ich erkläre Jingu lediglich, daß eine weitere Generation der Acoma bereitsteht, um sich ihm entgegenzustellen.« Peinlich berührt über ihre eigenen Gefühle starrte das Mädchen jetzt auf das Tablett mit dem Essen. »Mutter meines Herzens, ich bin noch unerfahren in dem Spiel des Rates, aber ich erinnere mich an viele Nächte, in denen Vater mit Lano seine Pläne diskutierte, seinem Sohn jeden Schritt beibrachte und auch die Gründe dafür. Damals hat auch seine Tochter zugehört.«

Nacoya stellte das Kästchen beiseite und nickte. Mara schaute auf, sie schwitzte leicht in der Hitze, hatte sich jedoch unter Kontrolle. »Unser Feind, der Lord der Minwanabi, wird glauben, daß mehr dahintersteckt, als es der Fall ist. Er wird sich bemühen, jeden Zug, von dem er glaubt, daß wir ihn tun, abzuwehren, und uns dadurch die Möglichkeit geben, einen Plan zu schmieden. Alles, was ich im Augenblick erhoffen kann, ist, etwas Zeit zu gewinnen.«

Nacoya schwieg einen Augenblick, dann sagte sie: »Tochter meines Herzens, Eure Kühnheit ist bewundernswert, und dennoch, wenn diese Geste Euch auch einen Tag, eine Woche, womöglich gar mehr verschafft, am Ende wird der Lord der Minwanabi doch etwas unternehmen, um die Acoma auszulöschen.« Die alte Amme beugte sich nach vorn, um den folgenden Worten mehr Nachdruck zu verleihen. »Ihr müßt Verbündete finden, und dafür bleibt Euch nur eine Möglichkeit. Ihr müßt heiraten. Und zwar so schnell wie möglich.«

Mara schoß so schnell in die Höhe, daß ihr Knie gegen das Tischbein des Schreibtisches stieß. »Nein!« Eine bedrückende Stille entstand, während sich ein loses Stück Pergament in die Suppe verirrte.

Nacoya mißachtete den Ausbruch ihrer Herrin schroff. »Ihr habt keine andere Wahl, Kind. Als Herrscherin müßt Ihr von den jüngeren Söhnen einiger bestimmter Häuser des Kaiserreichs einen Gatten wählen. Eine Heirat mit einem Sohn der Shinzawai, der Tukareg oder der Chochapan würde eine Allianz mit einem Haus bedeuten, das in der Lage ist, uns zu beschützen.« Sie wurde einen Augenblick still. »So lange das überhaupt jemand tun kann. Doch im Laufe der Zeit könnte sich das Gleichgewicht der Macht ändern.«

Das Blut schoß Mara in die Wangen, und ihre Augen weiteten sich. »Ich habe keinen dieser Jungen gesehen, die du erwähnt hast. Ich werde keinen Fremden heiraten!«

Nacoya blieb dabei. »Wut spricht jetzt aus Euch, und Euer Herz bestimmt Euren Verstand. Wäret Ihr nicht in den Tempel eingetreten, wäre Euer Gatte unter denen ausgewählt worden, die Euer Vater oder später Euer Bruder für wert genug befunden hätte. Als Lady der Acoma müßt Ihr ebensoviel für das Wohl Eures Hauses tun. Ich lasse Euch jetzt allein, damit Ihr darüber nachdenken könnt.«

Die Amme legte ihre alten Finger um das Kästchen, das von der Trägergilde zum Lord von Minwanabi gebracht werden sollte. Sie verneigte sich steif und ging.

Mara saß in wütendem Schweigen da; ihre Augen waren, ohne wirklich etwas zu sehen, auf das durchtränkte Stück Pergament gerichtet, das langsam in den Tiefen der Suppenschüssel verschwand. Der Gedanke an eine Heirat rief eine namenlose Furcht hervor, die irgendwo tief in ihrer Trauer wurzelte. Sie zitterte, obwohl es ein heißer Tag war, und schnippte mit den Fingern nach den Dienerinnen, damit sie die Tabletts abräumten. Sie würde etwas ruhen und sich zurückziehen, um das zu bedenken, was ihre alte Amme vorgeschlagen hatte.

Auf Keyokes Rat blieb Mara den ganzen Nachmittag im Bereich des Hauses. Sie hätte sich zwar lieber mit der Sänfte einen Überblick über die Güter der Familie verschafft, aber dazu gab es nicht genügend Krieger. Ein großes Gefolge wäre nötig gewesen, um auf offenem Gelände für ihren Schutz zu sorgen, und dadurch hätten weniger Wachen für die üblichen Patrouillen zur Verfügung gestanden. Zu pflichtbewußt, um untätig herumzusitzen, studierte Mara weitere Unterlagen, um sich mit den entfernteren Besitztümern ihrer Familie vertraut zu machen. Sie ließ sich eine leichte Mahlzeit bringen. Die Schatten wurden länger, und in der Hitze des Nachmittags schien alles zu erstarren.

Die Arbeit ließ die Lady der Acoma einen feinen, aber wichtigen Aspekt tsuranischen Lebens erkennen. Zwar hatte ihr Vater es oft betont, doch erst jetzt begriff sie die Bedeutung seiner Worte wirklich: Ehre und Tradition bildeten nur zwei Wände eines großen Hauses; die zwei anderen waren Macht und Reichtum. Diese letzten beiden waren es auch, die das Dach vor dem Einsturz bewahrten. Mara hielt den Griff der Pergamentrolle krampfhaft fest. Wenn es ihr irgendwie gelingen könnte, die Feinde, die ihr nach dem Leben trachteten, so lange in Schach zu halten, bis sie stark genug wäre, um sich am Spiel des Rates zu beteiligen, dann … Sie beendete den Gedanken nicht. Das vordringliche Problem war jetzt, die Lords der Minwanabi und Anasati in Schach zu halten. Vergeltung war ein nutzloser Traum, solange sie das Überleben ihrer Familie nicht sicherstellen konnte.

Tief in Gedanken versunken hörte Mara nicht, wie Nacoya ihr von der Tür aus leise etwas zurief. »Mistress?« wiederholte die Amme.

Mara schaute verwirrt auf und winkte die Nacoya herein. Sie wartete gedankenverloren und unnahbar, während die alte Frau sich verbeugte und dann vor ihr niederkniete.

»Lady, ich habe über unser Gespräch von heute nachmittag nachgedacht, und ich bitte Euch, meinen Vorschlag in Ruhe anzuhören.«

Mara kniff die Augen zusammen. Sie verspürte keine große Lust bei dem Gedanken, die Diskussion über eine Heirat fortzuführen, doch die immer noch schmerzenden Stellen an ihrem Körper gemahnten sie an die Notwendigkeit, sich umsichtig zu verhalten. Daher legte sie die Rollen zur Seite und gab Nacoya mit einem Wink die Erlaubnis, fortzufahren. »Euer Status als Herrscherin der Acoma würde sich durch eine Heirat nicht ändern. Zwar würde ein Ehemann an Eurer rechten Seite sitzen, doch er hätte nicht das Recht, über die Angelegenheiten des Hauses zu bestimmen, sofern Ihr es ihm nicht zugesteht. Er –«

Mara machte eine abwehrende Handbewegung. »Das weiß ich bereits alles.«

Die alte Amme machte es sich auf der Matte vor ihrer Herrin etwas bequemer. »Ich bitte um Vergebung, Lady. Als ich heute nachmittag mit Euch sprach, hatte ich vergessen, daß eine Dienerin Lashimas die weltlichen Angelegenheiten jenseits des Tempels aus den Augen verliert. All die Dinge zwischen Jungen und Mädchen – das Treffen mit den Söhnen edler Häuser, das Küssen und die spielerischen Formen des Berührens – blieben Euch im letzten Jahr und länger verschlossen. Der Gedanke an Männer...« Die wachsende Anspannung durch Maras Schweigen entmutigte Nacoya, und sie stockte; doch dann riß sie sich zusammen und beendete ihren Vortrag. »Vergebt dem Gerede einer alten Frau. Ihr wart eine Jungfrau – und seid es noch.«

Diese Aussage ließ Mara erröten. Während der Zeit im Tempel war ihr befohlen worden, die Belange des Fleisches zu verdrängen. Doch Nacoyas Sorge, das Mädchen könnte mit dieser Angelegenheit nicht umgehen, war unbegründet; ganz im Gegenteil war es für Mara ein harter Kampf gewesen, das beiseite zu schieben, was sie vergessen sollte. Nur zu oft hatte sie sich dabei ertappt, wie sie während des Tages von Jungen aus ihrer Kinderzeit träumte.

Mara rieb nervös an dem Verband, der die verletzte Hand bedeckte. »Mutter meines Herzens, ich bin noch immer eine Jungfrau. Aber ich verstehe sehr gut, was zwischen einem Mann und einer Frau geschieht.« Mit einem gewissen Nachdruck, als wäre sie ungehalten, bildete sie mit Daumen und Zeigefinger der linken Hand einen Kreis, in den hinein sie den rechten Zeigefinger stieß. Hirten, Bauern und Soldaten benutzten dieses Zeichen, um Unzucht anzudeuten. Wenn es auch nicht obszön war, Sexualität war ein Aspekt des Lebens, dem die Tsuranis unbefangen begegneten, so war ihre Geste doch sehr gewöhnlich und ziemte sich nicht für die Herrin eines großen Hauses.

Nacoya war jedoch zu weise, um sich derart provozieren zu lassen. »Mistress, ich weiß, daß Ihr mit Eurem Bruder bei den Soldaten und Hirten gespielt habt. Ich weiß, daß Ihr gesehen habt, wie die Bullen die Kühe besteigen. Und noch viel mehr.« Die Nähe und Enge des tsuranischen Lebens hatten es unumgänglich gemacht, daß Mara und ihr Bruder viele Male in Hörweite deutlicher Leidenschaft geraten waren. Gelegentlich waren sie sogar in ein Stelldichein zwischen Sklaven oder Dienern geplatzt.

Sie zuckte mit den Achseln, als wäre die Angelegenheit nur von geringer Bedeutung.

»Kind, Ihr versteht vielleicht, was zwischen einem Mann und einer Frau hier vorgeht.« Die Amme tippte sich mit dem ausgestreckten Zeigefinger an den eigenen Kopf, dann deutete sie auf ihr Herz. »Aber Ihr versteht nicht, was hier geschieht oder« – jetzt zeigte sie auf ihre Lenden – »hier. Ich mag zwar alt sein, doch ich erinnere mich noch. Mara-anni, eine Herrscherin ist auch eine Kriegerin. Ihr müßt Euren Körper beherrschen. Ihr müßt lernen, Schmerz zu überwinden.« Die Amme wurde nachdenklich, als alte Erinnerungen zurückkehrten. »Und manchmal ist die Leidenschaft schmerzhafter als jede Schwertstunde.« Das Sonnenlicht stand jetzt tief und fiel durch die Läden; es betonte ihre festen Gesichtszüge, als sie sich wieder auf Mara konzentrierte. »Bis Ihr Euren eigenen Körper kennengelernt habt und jedes seiner Bedürfnisse beherrscht, seid Ihr verletzbar. Eure Stärken und Schwächen sind gleichzeitig die der Acoma. Ein gutaussehender Mann, der Euch süße Worte ins Ohr flüstert, dessen Berührung in Euren Lenden ein Feuer entfacht, vermag Euch ebenso leicht zu zerstören wie der Hamoi Tong.«

Jetzt wurde Mara tiefrot, und ihre Augen blitzten hitzig. »Was schlagt Ihr also vor?«

»Eine Herrscherin muß frei davon sein«, sagte Nacoya. »Nach dem Tod Eurer Mutter unternahm Lord Sezu gewisse Schritte, um sicherzustellen, daß die Bedürfnisse des Fleisches ihn nicht zu dummen Taten veranlassen würden. Die Begierde nach einer Tochter des falschen Hauses hätte die Acoma ebenso vernichten können wie ein verlorener Kampf. Während Ihr im Tempel wart, ließ er Frauen aus der Ried-Welt hierher bringen –«

»Nacoya, solche Frauen waren bereits hier, als ich noch jünger war. Ich erinnere mich daran.« Mara holte ungeduldig Luft und bemerkte an dem schweren Geruch der Akasi, daß jenseits der Fensterläden Sklaven im Garten arbeiteten.

Aber die süßliche Luft schien keine Wirkung auf Nacoya zu haben. »Lord Sezu handelte nicht immer nur für sich, Mara-anni. Manchmal kamen die Frauen auch zu Lanokota, damit er die Dinge zwischen Männern und Frauen verstehen lernte und nicht den Absichten listiger Töchter und den Plänen ihrer Väter zum Opfer fallen würde.«

Der Gedanke, daß ihr Bruder mit solchen Frauen zusammen gewesen war, überwältigte Mara mit unerwarteter Heftigkeit; doch die Nähe der Sklaven zwang sie, sich korrekt zu verhalten. »Also noch einmal, was schlägst du vor?«

»Ich werde nach einem Mann aus der Ried-Welt schicken, der erfahren ist in –«

»Nein!« Mara schnitt ihr das Wort ab. »Ich will davon nichts hören!«

Nacoya beachtete den Einwand ihrer Herrin nicht. »– den verschiedenen Arten der körperlichen Lust. Er wird Euch alles lehren –«

»Ich sagte nein, Nacoya!«

»– was Ihr wissen müßt, damit sanfte Berührungen und süße Worte in der Dunkelheit Euch nicht betören können.«

Mara stand am Rande eines Wutanfalls. »Ich befehle dir, sofort aufzuhören!«

Nacoya hielt ihre nächsten Worte zurück. Die beiden Frauen sahen sich einen langen, schweigsamen Augenblick an, und keine von ihnen rührte sich. Schließlich neigte die alte Amme den Kopf hinab, bis ihre Stirn die Matte berührte, auf der sie kniete – das flehende Zeichen eines Sklaven. »Ich bin beschämt. Ich habe meine Herrin verärgert.«

»Geh! Laß mich allein!«

Die alte Frau stand auf; das Rascheln ihres Gewandes und der steife, alte Rücken spiegelten ihre Mißbilligung wider, als sie aus dem Zimmer verschwand. Mara winkte die Dienerin fort, die jetzt erschien, um weitere Wünsche ihrer Herrin zu erfüllen. Allein und umgeben von den kunstvollen, wunderschön beschriebenen Rollen, die im Namen der Ehre verbargen, was in Wirklichkeit ein grausames und tödliches Geflecht aus Intrigen war, versuchte Mara die Verwirrung zu ordnen, die Nacoyas Vorschlag hinterlassen hatte. Sie fand keinen Namen für die in ihr aufsteigende Furcht, die sie gefangennahm.

Sie schlang die Arme um sich und schluchzte lautlos. Ohne den Trost ihres Bruders und umgeben von Verschwörungen, Bedrohungen und der unsichtbaren Gegenwart ihrer Feinde, beugte die Lady der Acoma den Kopf, während ihre Tränen den Verband an ihrer Hand durchnäßten und in den langsam heilenden Wunden brannten.

Eine Glocke läutete schwach in der Ferne, das Zeichen für die Sklaven, sich zum Abendessen in ihre Unterkünfte zu begeben. Auch diejenigen, die sich um die Akasi-Beete gekümmert hatten, standen auf und legten ihr Werkzeug nieder. Ihre Herrin saß hinter dünnen Papierläden und stieß die Schriftrollen zur Seite. Sie rieb sich über die vom Weinen geschwollenen Augen und rief mit leiser Stimme eine Dienerin herbei, die die Fenster im Arbeitszimmer öffnen und frische Luft hereinlassen sollte.

Dann stand sie auf. Sie fühlte sich leer und erschöpft, aber der feste Zug um ihre Lippen war bereits wieder zurückgekehrt. Gedankenvoll biß sie sich auf die Lippe und lehnte am polierten Rahmen des Fensterladens. Es mußte neben der Heirat noch eine andere Möglichkeit geben. Sie dachte angestrengt nach, fand aber keine Lösung. Die Sonne stand tief am westlichen Horizont, riesig und golden. Hitzeschleier hingen über den Feldern in der Ferne, und nicht ein einziger Vogel war am grünblauen Himmel über ihr zu sehen. Auf den weißen Steinen verwelkten Akasi-Blätter, die von den Arbeitern abgeschnitten worden waren; sie betonten die Zerbrechlichkeit der schläfrigen Stille, die das Herrenhaus jetzt umgab. Mara gähnte; Trauer und Sorgen hatte sie müde gemacht.

Plötzlich hörte sie jemanden laut rufen. Aufs höchste alarmiert, schoß sie in die Höhe. Ein paar Gestalten rannten eilig über die Straße auf die Baracken der Wächter zu. Mara wußte, das konnte nur mit schlechten Nachrichten zu tun haben, und so kehrte sie den Fensterläden den Rücken. Genau in diesem Augenblick eilte eine Dienerin in das Arbeitszimmer.

Hinter ihr folgte ein staubiger und verschwitzter Krieger. Er keuchte noch von der Anstrengung, denn schließlich hatte er in voller Rüstung eine ziemlich lange Strecke zurückgelegt. Ehrerbietig verbeugte er sich. »Mistress, mit Eurer Erlaubnis.«

Mara spürte, wie sich ein Knoten in ihrem Magen zusammenzog. Es fängt bereits an, sagte sie sich in Gedanken. Trotz ihres tränenverschmierten Gesichts bewahrte sie Haltung. »Sprecht«, sagte sie.

Der Soldat schlug sich zum Salut mit der Faust gegen die Brust. »Mistress, der Kommandeur schickt Euch folgende Nachricht: Gesetzlose haben die Herden überfallen.«

»Schickt nach meiner Sänfte. Schnell!«

»Wie Ihr wünscht, Mistress.« Die Dienerin, die den Soldaten hergeführt hatte, rannte aus dem Zimmer.

Mara wandte sich an den Krieger: »Bereitet meine Eskorte vor.«

Der Mann verneigte sich und verschwand ebenfalls. Mara löste das leichte, kurze Gewand, das die edlen Frauen der Tsurani in der privaten Atmosphäre ihres Heims gewöhnlich trugen. Sie warf es einer ihrer Zofen zu, während eine andere bereits mit Reisekleidung zu ihr eilte – sie war länger und unauffälliger im Schnitt. Mara schlang noch einen dünnen Schal um den Nacken, um die unverheilten Stellen zu verbergen, und trat nach draußen.

Die Sänftenträger warteten bereits schweigend; sie waren nackt bis auf ihre Lendenschurze und schwitzten in der Hitze. Vier Krieger waren bei ihnen; hastig banden sie die Helme fest und rückten die Waffen an ihren Gürteln zurecht. Der Soldat, der geschickt worden war, um Mara zu benachrichtigen, reichte ihr achtungsvoll seine Hand und half seiner Herrin auf die Kissen. Dann gab er den Trägern und der Eskorte ein Zeichen. Die Sänfte schwankte leicht und bewegte sich mit einem Ruck nach vorn, als die Träger der drängenden Situation entsprechend auf die in größerer Entfernung gelegenen Weiden zueilten.

Die Reise endete weit eher, als Mara erwartet hatte, noch Meilen von den Grenzen ihres Besitzes entfernt. Das war ein entmutigendes Zeichen, denn Banditen wagten sich niemals so weit in das Innere eines Anwesens, wenn die Wachen in regelmäßigen Abständen und ausreichender Anzahl ihre Runden machten. Mara schob die Gazevorhänge zur Seite; ihre Wut ließ die Bewegung ungewöhnlich schroff erscheinen. »Was ist geschehen?«

Keyoke wandte sich von zwei Soldaten ab, die gerade den Boden nach Spuren absuchten, um etwas über die Anzahl der Plünderer zu erfahren. Seine ledrigen Gesichtszüge ließen nicht erkennen, ob er ihr tränenverschmiertes Gesicht wahrgenommen hatte. Er wirkte sehr beeindruckend, wie er so in der glänzenden Rüstung vor ihr stand, den Helm mit dem Federbusch am Gürtel befestigt, und auf eine offene Stelle im Zaun zeigte, die spärlich bekleidete Sklaven bereits wieder reparierten. »Gesetzlose, Mylady. Zehn oder vielleicht ein Dutzend. Sie töteten einen Hirtenjungen, brachen durch den Zaun und trieben einige Needras fort.«

»Wie viele?« Mara bedeutete ihm, ihr aus der Sänfte zu helfen. Das Gras fühlte sich merkwürdig unter den Sandalen an, nachdem sie monatelang in den Grenzen des Tempels gelebt und an den Widerhall der Steine gewöhnt gewesen war; ebenso unerwartet traf sie der Geruch der fruchtbaren Erde und der Khala-Reben, die sich am Zaun entlangrankten. Mara schüttelte die momentane Ablenkung ab und begrüßte Jican; dabei runzelte sie die Stirn, wie ihr Vater es getan hatte, wenn auf den Gütern einmal etwas schiefgegangen war.

Zwar hatte der neue Hadonra wenig Kontakt mit dem früheren Lord der Acoma gehabt, doch dessen Blick war legendär gewesen. Nervös preßte Jican die Schreibtafel an sich und verbeugte sich. »Lady, Ihr habt höchstens drei oder vier Kühe verloren. Ich kann es Euch aber erst mit Sicherheit sagen, wenn wir die umherstreunenden Tiere zusammengetrieben haben.«

Mara mußte sich anstrengen, um das Gebrüll der erregten Tiere und das Pfeifen der Hirten zu übertönen, deren lange Stöcke und Peitschen hörbar durch die Luft zischten, während sie ihre Schützlinge in die Koppel trieben. »Umherstreunende Tiere?«

Diesmal antwortete Keyoke; er war unzufrieden über Jicans Zaghaftigkeit. Seine Stimme paßte eigentlich besser zu einem Schlachtfeld in der barbarischen Welt als zu der zertrampelten Erde einer Needra-Weide. »Die Tiere auf dieser Weide standen kurz vor dem Gebären. Der Geruch des Blutes verwirrte sie, und sie stürzten davon, was wiederum die Hirten alarmierte.« Er hielt inne und konzentrierte seinen Blick auf die entfernten Wälder.

Keyokes Anspannung verstärkte Maras Besorgnis. »Was beunruhigt Euch, Keyoke? Sicherlich nicht der Verlust einiger Kühe und der Mord an einem Sklavenjungen.«

»Nein, Lady.« Er hatte den Blick noch immer auf den Wald gerichtet. Dann schüttelte der alte Soldat den Kopf. »Ich bedaure den Verlust von wertvollem Besitz, aber die Kühe und der Junge sind sicherlich das geringere Problem.« Er hielt inne, als einer der Aufseher etwas rief; die Sklaven mühten sich ab, einen neuen Pfosten aufzustellen. Der Kommandeur offenbarte jetzt seine schlimmsten Befürchtungen. »Seit dieser Hund von Hamoi versuchte, Euch das Leben zu nehmen, sind wir sehr wachsam. Dies waren keine gewöhnlichen Diebe. Der Überfall geschah am hellichten Tag; sie schlugen zu und verschwanden. All das läßt auf eine gute Planung und genaue Kenntnis unserer Patrouillen schließen.«

Mara spürte eisige Furcht in sich aufsteigen, doch sie zwang sich, ruhig zu bleiben. »Spione?« Es wäre dem Lord der Anasati zuzutrauen, durch einen vorgetäuschten Überfall von »Banditen« die Stärke der Acoma in Erfahrung zu bringen.

Keyoke fingerte an seinem Schwert herum. »Ich glaube nicht, Mistress.« Er bewies einmal mehr seinen beinahe unheimlichen Scharfsinn, als er seinen Verdacht begründete: »Die Minwanabi sind niemals so raffiniert, und die Anasati haben so weit südlich keinen Vorposten, von dem sie so schnell einen solchen Angriff hätten organisieren können. Nein, dies scheint das Werk von Soldaten zu sein, und zwar ganz sicherlich von herrenlosen.«

»Die Grauen Krieger?« Mara dachte an die rauhen, clanlosen Männer, die in den Bergen hausten und sich häufig zu Banden zusammenschlossen. Zum jetzigen Zeitpunkt, da die Acoma so wenig Soldaten besaßen, stellten die Grauen Krieger unter der Führung eines klugen Anführers eine ebensolche Gefahr dar wie irgendein finsterer Plan ihrer Feinde.

Keyoke schlug den Staub von seinen Hosenbeinen und betrachtete wieder die Hügel, die jetzt im Schatten der Dämmerung dunkel wurden. »Mit Eurer Erlaubnis möchte ich Kundschafter aussenden. Wenn für diese Plünderung wirklich Graue Krieger verantwortlich sind, so suchten sie etwas zu essen, und folglich müßten Feuerstellen vorhanden sein. Wenn dies jedoch nicht so ist, können wir davon ausgehen, daß die Kunde von unserer Schwäche unseren Feinden schnell zu Ohren kommen wird.«

Er sprach nicht von einem Gegenangriff. Auf eine vorsichtige Weise subtil, wie Nacoya es nicht war, erkannte Mara an seinem Schweigen, daß eine offene Zurschaustellung ihrer Streitkräfte nur zu leicht in einem Desaster enden konnte. Sie hatten nicht einmal genügend Krieger, um eine Bande von Needra-Dieben zu vertreiben. Wie tief die Acoma gesunken sind! dachte Mara. Sie gab ihre Zustimmung zu Keyokes Vorschlag, und der Kommandeur eilte davon, um seinen Soldaten die entsprechenden Befehle zu erteilen. Die Sänftenträger richteten sich auf; sie warteten begierig darauf, nach Hause zurückzukehren, wo ihr Essen auf den Tischen der Unterkünfte erkaltete. Die Lady jedoch war noch nicht soweit. Sie wußte, daß Nacoya sie schelten würde, weil sie sich dort länger als notwendig aufhielt, doch der Hauptgrund ihrer unmittelbaren Bedrohung schien der Mangel an neuen Kriegern zu sein. Der Gedanke an eine Heirat als einzige Lösung behagte ihr immer noch nicht, und so winkte sie Keyoke zu sich heran.

Er verbeugte sich; sein Gesicht war dunkel vom Schatten. »Die Nacht bricht heran, Mistress. Wenn ich Euch einen Rat geben darf, nehmt mein Angebot an, Euch zu begleiten. Eure Sicherheit könnte in der Dunkelheit bedroht sein.«

Ein Gefühl der Wärme durchströmte Mara, als sie der gleichen Eigenschaften gewahr wurde, die bereits Lord Sezu an seinem Kommandeur geschätzt hatte. Sie lächelte und nahm dankbar die Hilfe des alten Kriegers an, während sie sich wieder in die Sänfte begab. Dann sprach sie ihn direkt auf das vor ihnen liegende Problem an. »Habt Ihr bereits damit begonnen, neue Krieger zu rekrutieren?«

Keyoke gab den Trägern den Befehl zum Abmarsch, dann schritt er in gleichem Tempo neben ihr her. »Mylady, zwei unserer Männer haben mit Cousins in entfernten Städten Kontakt aufgenommen und nach jüngsten Söhnen gefragt, die in Euren Dienst treten könnten. In ein bis zwei Wochen werde ich zwei weiteren erlauben, einen solchen Versuch zu unternehmen. Wenn ich es schneller vorantreibe, wird schon bald jede Kaserne von Ambolina bis Dustari wissen, daß die Acoma kaum noch Soldaten besitzen.«

Licht flackerte in den Schatten auf, als die Männer an den Zäunen Laternen entzündeten, um ihre Arbeit fortsetzen zu können. Als sich die Sänfte der Herrin auf das Herrenhaus zubewegte, begann erst einer, dann ein anderer zaghaft zu singen, bis schließlich alle einstimmten. Mara war sich bewußt, daß ihrer aller Sicherheit von ihrer Entscheidung, ihrem Urteil abhing. »Sollen wir Verträge abschließen?«

Keyoke blieb stehen. »Söldner? Gewöhnliche Karawanenwächter?« Mit wenigen kräftigen Schritten hatte er die Sänfte wieder eingeholt. »Unmöglich. Sie wären nicht zuverlässig. Männer, die nicht durch einen Blutsschwur mit dem Natami der Acoma verbunden sind, wären mehr als nutzlos. Sie schulden Euch keine Ehre. Um Euch gegen die Feinde Eures Vaters zu wehren, benötigt Ihr jedoch Krieger, die Euch ohne Zögern gehorchen, die auf Euren Befehl hin sogar sterben würden. Zeigt mir einen Mann, der für Geld sterben würde, und ich schwöre Euch, ich nehme ihn in unsere Dienste. Nein, Lady, ein Haus heuert Söldner nur für einfache Aufgaben an, für das Bewachen von Lagerräumen, für Patrouillen zum Schutz gegen gewöhnliche Diebe. Und auch dies wird nur getan, um den freien Kriegern zu ermöglichen, ehrenvolleren Pflichten nachzugehen.«

»Dann brauchen wir Söldner«, sagte Mara. »Und wenn es nur deshalb ist, um die Grauen Krieger daran zu hindern, sich an unseren Needras zu mästen.«

Keyoke band den Helm los und fingerte in der zunehmenden Dunkelheit an den Federn herum. »Mylady, in besseren Zeiten ja. Aber nicht jetzt. Die Hälfte der Männer, die Ihr anheuern würdet, wären Spione. Da ich nur ungern Ehre an herrenlose Männer abtrete, müssen wir warten und akzeptieren, daß sich unsere Reihen nur langsam wieder auffüllen.«

»Und sterben.« Mara hatte sich noch längst nicht mit Nacoyas Vorschlag angefreundet, doch die Idee einer Heirat schien unausweichlich näher zu rücken. Voller Bitterkeit preßte Mara die Lippen zusammen.

Keyoke war verwirrt, da er eine solche Anwandlung bei dem Mädchen bisher noch nicht erlebt hatte. Er befahl den Sänftenträgern anzuhalten. »Mylady?«

»Wann wird der Lord der Minwanabi von dem Ausmaß des Schadens, den er mit seinem Verrat angerichtet hat, erfahren?« Mara hob den Kopf; ihr Gesicht war kaum mehr als ein blasses Oval zwischen den weißen Vorhängen. »Früher oder später werden seine Spione erfahren, daß das Herz dieses Hauses schwach ist und nur noch eine Handvoll gesunder Krieger zur Verfügung steht, obwohl wir die Illusion aufrechterhalten, als hätten wir ausreichenden Schutz. Auch unsere entfernteren Besitztümer sind nahezu am Ende und werden nur durch eine List am Leben gehalten – durch alte Männer und unausgebildete Jungen, die in Kriegsrüstungen aufmarschieren. Wir leben wie die Gazen, halten die Luft an und hoffen, daß der Harulth uns nicht zertrampeln wird! Doch diese Hoffnung ist trügerisch. Jeden Tag kann unser Spiel durchschaut werden, und dann wird der Lord, der unseren Untergang will, zu einem brutalen Schlag gegen uns ausholen.«

Keyoke setzte den Helm auf; langsam und nachdenklich befestigte er wieder den Riemen unter dem Kinn. »Eure Soldaten werden sterben, um Euer Leben zu schützen, Mylady.«

»Genau das, Keyoke.« Nachdem sie einmal damit begonnen hatte, konnte Mara das Gefühl von Hoffnungslosigkeit und Verzweiflung, das in ihr aufwallte, nicht mehr unterdrücken. »Sie alle werden sterben. Genau wie Ihr und Pape, selbst die alte Nacoya. Dann werden die Feinde, die meinen Vater und meinen Bruder ermordet haben, meinen Kopf und den Natami der Acoma zum Lord der Minwanabi bringen und ... die Acoma werden für immer ausgelöscht sein.«

Schweigend ließ der alte Soldat die Hände sinken. Er konnte den Worten seiner Herrin nichts entgegensetzen, und ihm fiel nichts ein, womit er sie hätte beruhigen können. Mit ruhiger Stimme befahl er den Trägern, sich wieder in Bewegung zu setzen, auf das Herrenhaus zu mit seinen Lichtern und der trostspendenden Schönheit und Kunst, die das Herz des Acoma-Vermächtnisses bildeten.

Die Sänfte ruckelte leicht, als die Sklaven die unebenen Wiesen verließen und den Kiesweg betraten. Beschämt über ihren Ausbruch löste Mara die Befestigung des Vorhangs wieder, um sich vor den Blicken der anderen zu schützen. Keyoke war einfühlsam genug, um damit zu rechnen, daß sie weinen könnte, und so blickte er starr und förmlich nach vorn. Ehrenvoll zu überleben erschien ihm wie eine unerreichbare Hoffnung, seit Lord Sezu und sein Sohn gestorben waren. Doch um des Wohls seiner Herrin willen, deren Leben er bewachte und schützte, widersetzte er sich der Überzeugung, die inzwischen unter den anderen überlebenden Kriegern verbreitet war: der Gedanke nämlich, die Götter würden dieses Haus mit Mißfallen betrachten, und das Glück der Acoma wäre unwiderruflich im Schwinden begriffen.

Maras Worte rissen den Kommandeur aus seinen Gedanken. Eine unerwartete Entschlossenheit lag in ihrer Stimme. »Keyoke, wenn ich sterben würde und Ihr würdet mich überleben, was wäre dann?«

Keyoke deutete auf die Hügel, die hinter ihnen lagen; dorthin hatten sich die Plünderer mit ihrer Beute zurückgezogen. »Wenn ich nicht Eure Erlaubnis hätte, mir mit der Klinge das Leben zu nehmen, würde ich genau wie sie werden, Mistress. Ein Wanderer, herrenlos und allein, ohne Ziel und Identität, ein grauer Krieger ohne Möglichkeit, die Farben eines Hauses zu tragen.«

Mara schob den Vorhang mit einer Hand zurück, so daß sie durch eine kleine Lücke hinaussehen konnte. »Diese Banditen, sind das alles solche Männer?«

»Zum Teil. Einige sind gewöhnliche Verbrecher, andere Diebe und Räuber, ein paar Mörder. Viele jedoch sind Soldaten, die ihre Herren überlebten.«

Die Sänfte bewegte sich jetzt auf den Innenhof des Herrenhauses zu, wo Nacoya mit einigen Bediensteten wartete. Mara fuhr rasch fort: »Sind es ehrbare Männer, Keyoke?«

Der Kommandeur sah seine Herrin ohne jeden Hinweis auf

einen Vorwurf an. »Ein Soldat, der nicht zu einem Haus gehört, kann keine Ehre besitzen, Mistress. Bevor sein Herr starb? Ich vermute, die Grauen Krieger waren einst gute Männer, doch den Herrn zu überleben ist ein Zeichen, daß man das Mißfallen der Götter erregt hat.«

Die Sänfte war jedoch im Innenhof angekommen, und die Träger setzten sie mit einem kaum wahrnehmbaren Ruck ab. Mara streifte die Vorhänge zurück und ließ sich von Keyoke beim Aussteigen helfen. »Kommandeur, ich möchte, daß Ihr heute nacht in meine Gemächer kommt, sobald Eure Kundschafter von den Hügeln zurückgekehrt sind. Ich habe einen Plan mit Euch zu besprechen, während alle anderen schlafen.«

»Wie Ihr wünscht, Mistress.« Keyoke verbeugte sich und preßte salutierend die Faust gegen die Brust. Für einen kurzen Augenblick jedoch, als Diener mit Laternen auf sie zueilten, sah sie eine Spur von Anerkennung auf dem vernarbten Gesicht des Kriegers.

Das Treffen zwischen Mara und Keyoke zog sich bis tief in die Nacht hin. Die Sterne glitzerten wie Eis. Das gekerbte, kupfergoldene Profil von Kelewans Mond stand im Zenit, als der alte Krieger den Helm aufnahm, der neben seinen Knien gelegen hatte. »Mylady, Euer Plan ist von gefährlicher Kühnheit. Doch da niemand einen Angriff von einem Gazen erwartet, könnte er funktionieren.«

»Er *muß* funktionieren!« Mara richtete sich in der Dunkelheit auf. »Wenn nicht, ist unser aller Stolz so gut wie dahin. Es bringt nicht viel Ehre, wenn ich als Gegenleistung für eine Heirat um Sicherheit bitten muß; es würden nur jene belohnt, die uns mit intriganten Plänen zu zerstören trachteten. Unser Haus wäre nicht länger ein wichtiger Spieler im Spiel des Rates, und die Geister meiner Ahnen wären aus dem Gleichgewicht. Nein, ich glaube, mein Vater hätte hierzu gesagt: ›Nicht immer ist Sicherheit das Wichtigste.‹«

Keyoke verschloß den Helm mit einer Sorgfalt, die der Vorbereitung auf einen Kampf ähnelte. »Wie Mylady wünscht. Aber ich beneide Euch nicht um die Aufgabe, Nacoya davon zu berichten.« Er verbeugte sich, stand auf und ging zu dem Fensterladen, der nach draußen führte.

Er schlüpfte hindurch und trat nach draußen. Mondlicht tauchte die Blumenbeete in sattes Gold. Die Gestalt des Kommandeurs war vor dem hellen Licht nur als Silhouette zu erkennen, und es schien, als wären seine Schultern aufrechter, seine Haltung etwas weniger angespannt. Mara erkannte erleichtert, daß Keyoke es vorzog, die Probleme der Acoma auf militärische Weise zu lösen. Er ging lieber das Risiko eines solchen Plans ein, als daß er die Familie der Acoma durch eine Heirat an die Gnade eines stärkeren Hauses fesselte. In einer Mischung aus Furcht und freudiger Erregung öffnete sie ihre verkrampften, feuchten Finger.

»Ich werde zu meinen Bedingungen heiraten – oder gar nicht«, murmelte sie in die Nacht hinaus. Dann lehnte sie sich in die Kissen zurück. Der Schlaf kam nur zögernd. Die Erinnerungen an Lano vermischten sich mit den Gedanken an die jungen, prahlerischen Söhne großer Häuser, von denen sie schließlich einen würde als Freier auswählen müssen.

Als der Morgen anbrach, war es bereits sehr warm. Ein trockener Wind wehte aus dem Süden und ließ nur in geschützten Senken noch etwas Feuchtigkeit aus der Regenzeit übrig. Die Needras, die auf die Weiden getrieben wurden, wirbelten ockerfarbene Staubwolken auf. Mara saß im inneren Garten im Schatten der Bäume und ließ sich von dem Plätschern eines reichverzierten Springbrunnens beruhigen. Sie trug ein hochgeschlossenes Kleid aus Saffron und wirkte jetzt sogar noch jünger als siebzehn; ihre Augen waren zu hell und ihr Gesicht überschattet von Schlafmangel. Dennoch hatte ihre Stimme einen gebieterischen Ton, als sie Nacoya herbeirief.

Die alte Amme kam rasch zu ihr – griesgrämig wie immer um diese Tageszeit. Maras Ruf mußte sie während des Ankleidens erreicht haben, denn ihr Haar war nur eilig zurückgebunden. Mit verärgert zusammengepreßten Lippen verneigte sie sich brüsk. »Mylady wünschen?«

Die Lady der Acoma erteilte ihr mit einer Geste die Erlaubnis, sich zu setzen. Nacoya lehnte ab; ihre Knie schmerzten, und sie hatte keine Lust, um diese frühe Stunde mit einem dickköpfigen Mädchen zu streiten, deren Halsstarrigkeit die Ehre ihrer Ahnen in den Ruin treiben würde.

Mara lächelte ihre frühere Amme freundlich an. »Nacoya, ich habe über deinen Rat nachgedacht und die Weisheit erkannt, die in einer Heirat als Mittel zur Bekämpfung unserer Feinde liegt. Bereite bitte eine Liste mit möglichen Kandidaten vor, die du für akzeptabel hältst, denn ich werde Hilfe brauchen, um einen geeigneten Mann zu finden. Und jetzt geh. Wir werden zu einem anderen Zeitpunkt weiter darüber reden.«

Nacoya blinzelte; diese Meinungsänderung verwirrte sie ganz offensichtlich. Dann kniff sie die Augen zusammen. Sicherlich verbarg sich hinter einem solchen Einverständnis eine andere Absicht, doch der Brauch der Tsurani gestand den Bediensteten keinerlei Recht auf Kritik und Zweifel zu. Nacoya war überaus mißtrauisch, hatte jedoch keine andere Wahl, als sich der Aufforderung zu fügen und zu gehen. Sie verneigte sich. »Wie Ihr wünscht, Mistress, und möge Lashimas Weisheit Euch leiten.«

Schlurfend schritt sie davon, dabei murmelte sie leise vor sich hin. Mara nahm einen Schluck Chocha; sie entsprach ganz und gar dem Bild einer vornehmen Lady. Dann, nach einer angemessenen Pause, gab sie ihrem Läufer leise einen Auftrag: »Laß Keyoke, Papewaio und Jican zu mir kommen.«

Die beiden Krieger waren bei ihr, noch bevor sie ihre Tasse geleert hatte. Keyoke trug seine glänzendpolierte Rüstung, und auch Papewaio war bewaffnet. Das schwarze Band der Verdammten war so ordentlich an seinem Kopf befestigt wie die

Schärpe, an der sein Schwert hing. Wie Nacoya vorausgesagt hatte – er verhielt sich wie ein Mann, der eine ehrenvolle Auszeichnung für besonderen Mut erhalten hatte. Ansonsten war sein Gesichtsausdruck unverändert. In ihrem ganzen Leben gab es nur wenige Dinge, die so beständig waren wie Papewaio, dachte Mara.

Sie nickte der Dienerin mit der Kanne Chocha zu, und dieses Mal nahm auch Pape einen Becher von dem dampfenden Getränk.

Keyoke trank davon, ohne seinen Helm abzusetzen; ein sicheres Zeichen, daß er gerade über strategische Fragen nachdachte. »Es ist alles bereit, Mistress. Pape hat die Verteilung der Waffen und Rüstungen vorgenommen, und Befehlshaber Tasido kümmert sich um das Exerzieren. Solange es keinen Kampf gibt, werden Eure Krieger einen überzeugenden Eindruck hinterlassen.«

»Das ist gut genug.« Zu nervös, um ihre Chocha auszutrinken, legte Mara die schwitzenden Hände in den Schoß. »Jetzt brauchen wir nur noch Jican, damit er den Köder vorbereitet.«

Genau in diesem Augenblick trat der Hadonra in den Garten. Atemlos und schweißgebadet verneigte er sich, als wäre er in großer Hast hergeeilt. Seine Kleidung war staubig, und er trug noch immer die Tafel, auf der er seine Eintragungen gemacht hatte, als die Needra-Herden auf die Weiden getrieben wurden.

»Ich bitte um Vergebung für meine unordentliche Erscheinung, Mistress. Auf Euren eigenen Befehl hin sind die Hirten und Sklaven –«

»Ich weiß, Jican.« Mara schnitt ihm das Wort ab. »Eure Ehre ist nicht gemindert und Euer Pflichtbewußtsein bewundernswert. Nun, haben wir Korn und andere Güter im Lager, um eine Handelskarawane aufzustellen?«

Der Hadonra, verwirrt von dem Lob und dem völlig unerwarteten Themawechsel, reckte die Schultern. »Wir haben sechs Wagenladungen von Thyza niederer Qualität. Sie wurden zur Needra-Mast zurückgehalten, doch diejenigen, die nicht gebären, kommen auch ohne sie aus. Die letzten Kälber wurden vor zwei Tagen entwöhnt. Wir haben einige Felle, die sich zum Verkauf an die Sattler eignen.« Jican verlagerte unmerklich das Gewicht und bemühte sich, seine Überraschung zu verbergen. »Es würde eine kleine Karawane werden, und weder das Korn noch die anderen Güter könnten wirklichen Profit versprechen.« Er verbeugte sich ehrerbietig. »Es wäre besser zu warten, bis die marktfähige Produktion heranreift.«

Mara ignorierte den Vorschlag. »Ich möchte, daß eine kleine Karawane vorbereitet wird.«

»Ja, Mistress.« Die Knöchel des Hadonra wurden weiß, so fest hielt er die Tafel umklammert. »Ich werde unseren Unterhändler in Sulan-Qu –«

»Nein, Jican.« Mara stand abrupt auf und trat an den Springbrunnen. Sie streckte die Hand aus und ließ das Wasser durch die Finger gleiten, als wären es Juwelen. »Ich möchte, daß diese Karawane nach Holan-Qu reist.«

Jican blickte Keyoke verwirrt an, aber er sah keine Spur von Mißbilligung auf dem gefurchten Gesicht des Kommandeurs. Unruhig drängte er: »Mistress, ich gehorche Eurem Wunsch, doch trotzdem sollten Eure Güter zunächst nach Sulan-Qu geschickt werden, von da aus flußabwärts und dann von Jamar weiter per Schiff.« Es klang beinahe wie eine Bitte.

»Nein.« Tropfen rannen über die marmornen Fliesen, als Mara die Faust schloß. »Ich möchte, daß die Wagen den Landweg benutzen.«

Wieder warf Jican einen Blick auf Keyoke; doch der Kommandeur und sein Leibwächter standen da wie von der Sonne getrocknete Ulo-Bäume und sahen vorschriftsmäßig geradeaus. Der Hadonra bemühte sich, seine Aufregung unter Kontrolle zu bringen, und setzte noch einmal an: »Lady, die Bergstraße ist gefährlich. Banditen lauern in großer Anzahl in den Wäldern, und wir besitzen nicht genug Krieger, um sie vertreiben zu können. Um die Sicherheit einer solchen Karawane zu gewährleisten, müßten wir das Haus ungeschützt lassen. Ich muß dringend davon abraten.«

Mit einem mädchenhaften Lächeln wandte sich Mara vom Springbrunnen ab und widmete sich wieder den drei Männern. »Die Karawane wird keine Kräfte von der Verteidigung des Hauses abziehen. Papewaio wird eine Kompanie handverlesener Männer anführen. Ein Dutzend unserer fähigen Soldaten müßte genügen, um die Banditen aufzuhalten. Sie haben unsere Herden bereits geplündert und benötigen keine Nahrung mehr, und Wagen, die nur von wenigen Wachen umgeben sind, dürften für sie uninteressant sein, da sie offensichtlich Waren ohne großen Wert transportieren.«

Jican verneigte sich mit unbeweglichem Gesichtsausdruck. »Dann wäre es vielleicht klüger, gar keine Wachen mitzunehmen.« Seine Haltung verriet völlige Ungläubigkeit; um sie von einem Irrtum abzubringen, riskierte er sogar die für ihn unehrenhafte Mißbilligung seiner Herrin.

»Nein.« Mara umwickelte die tropfenden Finger mit den weichen Falten ihres Umhangs. »Ich brauche eine Ehrenwache.«

Einen kurzen Augenblick spiegelte sich blankes Entsetzen auf Jicans Gesicht, dann verschwand er wieder. Wenn seine Herrin wirklich vorhatte, dieses Unternehmen durchzuführen, konnte es nur ein Ausdruck dafür sein, wie sehr die Trauer ihrem Verstand geschadet hatte.

»Geht jetzt, Jican«, sagte Mara, »und kümmert Euch um meine Anordnungen.«

Der Hadonra sah Keyoke aus dem Augenwinkel an, als wäre er überzeugt, daß der Befehl seinen Widerstand hervorrufen würde. Doch der alte Kommandeur zuckte nur leicht mit den Schultern, als würde er fragen: Was ist da zu tun?

Jican zögerte noch und verharrte, auch wenn die Ehre es verbot, daß er sich ihrem Befehl widersetzte. Mara sah ihn mit strengem Blick an, und er wurde sich seiner demutsvollen Rolle wieder bewußt. Schnell verneigte er sich und verschwand mit hängenden Schultern. Gestern noch hatte sich die Lady der Acoma seines Lobes würdig erwiesen; jetzt aber schien sie nicht einmal die niederen Instinkte zu besitzen, die Lashima einer Needra schenkte.

Die in einiger Entfernung wartenden Bediensteten hüllten sich in gemessenes Schweigen, und Keyoke bewegte keinen Muskel unter dem wippenden Federbusch seines Helms. Nur Papewaio begegnete dem Blick seiner Herrin. Die Falten in seinen Mundwinkeln vertieften sich leicht. Einen Augenblick lang sah es so aus, als wollte er lächeln, auch wenn seine übrige Erscheinung so formell und unerschütterlich blieb, wie es seinem Stand entsprach.

Drei

Neuerungen

Staubwolken wirbelten auf.

Die frische Brise minderte die Hitze nicht, und die Needras schnaubten von dem stechenden Staub. Die Holzräder quietschten, als die drei Wagen – Maras Karawane – über den knirschenden Kies fuhren. Langsam erklommen sie die Ausläufer der Berge und ließen das Flachland hinter sich – und damit auch die Grenzen der Acoma-Güter. Leuchtendgrün polierte Speichen glänzten im Sonnenlicht; sie schienen zu zwinkern, während sie sich drehten, wurden dann aber langsamer, als Felsstücke die Weiterfahrt behinderten. Je weiter sich die Needras von ihren gewohnten Weiden und Ställen entfernten, desto bockiger wurden sie; sie rollten mit den Augen unter ihren zotteligen Brauen, und die Fahrer mußten die Tiere mit lauten, ermutigenden Rufen antreiben. Die Sänftenträger schritten zügig davon, bis das Gelände uneben wurde und ein gemäßigteres Tempo erforderte, sollte ihre Herrin nicht allzu sehr durchgeschüttelt werden. Die sonst so bedächtige Gebieterin hatte aus Gründen, die den Sklaven verborgen blieben, ein geradezu mörderisches Tempo befohlen; sie war entschlossen, die Karawane noch vor Einbruch der Nacht über den hohen Paß zu führen.

Mara saß steif in ihrer Sänfte. Die dicken Stämme und das dichte Laub der Bäume am Wegesrand gaben ein hervorragendes Versteck ab, nur zu leicht konnten sich in den tiefen Schatten Soldaten verbergen. Und die Wagen sorgten für einen deutlichen Nachteil. Bei dem lauten Gebrüll der Needras und dem Knirschen knarrender Räder war auch das geübteste Ohr nicht in der Lage, ein Rascheln im Laub zu vernehmen, und auch das schärfste Auge wurde von dem immer wieder aufwirbelndem Staub behindert. Selbst die kampferfahrenen Soldaten schienen unruhig zu sein.

Die Sonne näherte sich langsam ihrem Zenit. Flirrende Hitze hing über dem Tal, das sie hinter sich zurückgelassen hatten, und von der rumpelnden Karawane aufgeschreckt huschten schuppige, langschwänzige Ketsos umher, die sich auf den Felsen gesonnt hatten. Die Karawane – erst die Wagen, dann die Sänfte – erklomm mühselig den Kamm eines Hügels. Keyoke gab das Zeichen zum Anhalten. Die Träger setzten die Sänfte im Schatten einer Felsnase ab und stießen stille Dankesworte aus; doch unter Papewaios wachsamen Augen behielten die Wagenlenker und Krieger ihre Position bei.

Vor ihnen verlief eine tiefe Schlucht durch die nach Osten zeigenden Abhänge der Kyamaka-Berge. Die Straße schlängelte sich in zahlreichen Windungen steil nach unten, bis sie schließlich wieder gerader wurde und mitten durch eine Senke mit einer Quelle führte.

Keyoke verbeugte sich vor Maras Sänfte und deutete auf den Einschnitt eines kleinen Tals auf einer Seite der Senke, wo keine Bäume wuchsen und der Boden hart und festgetreten war. »Mistress, die Kundschafter, die nach dem Überfall ausgeschickt worden waren, haben dort warme Asche und die Überreste einer geschlachteten Needra gefunden. Sie berichteten von Spuren und Anzeichen von Behausungen, aber die Diebe selbst sind fortgezogen. Zweifellos wechseln sie immer wieder den Standort ihres Lagers.«

Mara betrachtete die Schlucht, während sie mit einer Hand ihre Augen vor den grellen Strahlen der Nachmittagssonne abschirmte. Sie trug ein außerordentlich kostbares Gewand, dessen Manschetten mit Vögeln bestickt waren, während das Taillenband aus schimmernden Federn bestand. Ein Seidenschal verdeckte die Druckstellen am Hals, und an ihren Handgelenken klimperten Armbänder aus Jade, die von den nichtmenschlichen

Cho-ja bis zur Durchsichtigkeit geschliffen und poliert worden waren. Doch wenn auch ihre Aufmachung mädchenhaft war und Leichtigkeit ausstrahlte, war ihre Haltung sehr ernst. »Ist ein Angriff zu erwarten?«

»Ich weiß es nicht.« Keyoke ließ seinen Blick wieder über die Schlucht schweifen, als könnte er allein durch verstärkte Konzentration eventuell verborgene Banditen entdecken. »Wir sollten uns jedoch auf jede Möglichkeit vorbereiten. Und wir sollten uns so verhalten, als würden Feinde jeden unserer Schritte beobachten.«

»Dann also weiter«, sagte Mara. »Laßt eine Wasserflasche öffnen. Die Soldaten und Sänftenträger können sich beim Gehen erfrischen. Wenn wir die Quelle erreicht haben, können wir vortäuschen, dort zum Trinken anzuhalten. So scheinen wir verletzlicher, als wir wirklich sind.«

Keyoke salutierte. »Wie Ihr wünscht, Mistress. Ich werde hier auf die anderen warten, die uns folgen. Papewaio übernimmt das Kommando über die Karawane.« Plötzlich flackerte ehrliche Sorge in seinen Augen auf. »Seid vorsichtig, Mylady. Ihr setzt Euch einem großen Risiko aus«, fügte er hinzu.

Mara hielt seinem Blick stand. »Nicht mehr, als mein Vater es täte. Und ich bin seine Tochter.«

Der Kommandeur lächelte so gut wie nie, doch jetzt stahl sich als Antwort ein dünnes Lächeln auf sein Gesicht; dann wandte er sich von der Sänfte ab. So reibungslos wie möglich ließ er Maras Anordnungen ausführen. Der Wasserträger huschte mit den Flaschen durch die Reihen, und die Gurte, die er trug, klimperten, während er in einer Geschwindigkeit die Soldaten mit Wasser versorgte, die auf jahrelange Übung schließen ließ. Dann gab Keyoke das Signal, und Papewaio forderte zum Weitermarsch auf. Die Needra-Treiber gaben laute Rufe von sich, Räder quietschten, und Staub erhob sich in kleinen Wölkchen. Die Wagen rollten auf den Kamm zu, dann verschwanden sie auf der anderen Seite und begannen mit dem langsamen Abstieg in die

Schlucht hinunter. Nur ein sehr geübter Späher hätte bemerkt, daß jetzt ein Soldat fehlte, der das Lager zwar betreten, aber nicht mit den anderen verlassen hatte.

Mara wirkte vornehm und ernst, doch der kleine, bemalte Fächer in ihren Fingern zitterte nervös. Sie schreckte beinahe jedemal kaum wahrnehmbar zusammen, wenn die Sänfte stärker wackelte, weil einer der Träger den Griff gelockert hatte, um aus der Flasche des Wasserträgers zu trinken. Sie schloß die Augen und erflehte innerlich Lashimas Gunst und Gnade.

Die Straße unterhalb des Kammes war von tiefen Spuren durchzogen, und loses Gestein machte sie gefährlich. Die Männer und Tiere mußten sich auf jeden Schritt konzentrieren und unablässig nach unten auf den Weg schauen. Immer wieder geriet der Schotter unter ihren Schritten ins Rutschen; einzelne Kieselsteine tanzten über den Weg, sprangen den Abhang hinunter und prasselten laut klatschend durch die Baumkronen. Mara wurde hin und her geschleudert, als die Sklaven mit dem unsicheren Gelände kämpften, und sie hielt den Atem an. Sie biß sich auf die Lippe und zwang sich, nicht zurückzuschauen, denn sie durfte nicht den Eindruck erwecken, daß sich die Karawane möglicherweise nicht auf einer gewöhnlichen Reise befand. Keyoke hatte nicht erwähnt, daß die Acoma-Krieger, die der Karawane folgten, diesen Grat nicht überqueren konnten, ohne gesehen zu werden; sie würden also einen großen Bogen durch bewaldetes Gebiet schlagen müssen. Solange sie jedoch noch nicht wieder in der Nähe waren, schien Mara die Karawane so verletzbar wie ein Jiga-Huhn auf dem Hof, wenn der Koch mit seinem Hackmesser auftaucht.

Auf dem Grund der Schlucht schien der Wald dichter zu sein: Schwarzer Farn wucherte auf dem feuchten Boden zwischen den mächtigen Stämmen der Pynon-Bäume, um deren zottelige, wohlriechende Rinde sich Weinreben rankten. Die Sänftenträger atmeten schwer und waren dankbar für die kühlere Luft im Wald, doch nach der launenhaften Brise auf den Höhen schien es

Mara, als würde die Luft jetzt stillstehen. Möglicherweise war es aber auch einfach nur die Spannung, die die Stille so drückend machte. Als sie ihren Fächer mit einem lauten Klicken öffnete, fuhren einige Krieger blitzschnell herum.

Hier war sogar der bloße Fels mit Blattschimmel überzogen, und die Schritte versiegten jetzt in der Stille. Wände aus Reben und Baumstämmen milderten das durchdringende Quietschen der Wagen – dieser Wald schien alles zu schlucken.

Papewaio blickte geradeaus, seine Augen suchten unablässig die Dunkelheit vor ihm ab. Seine Hand wich niemals von den feinen Lederriemen, mit denen das Heft seines Schwertes umwickelt war. Mara betrachtete ihn und dachte an ihren Vater, der in dem Wissen gestorben war, daß Verbündete ihn betrogen hatten. Sie fragte sich, was aus seinem Schwert geworden war – einem kunstvollen Stück mit einem geschnitzten Heft und einer juwelenbesetzten Scheide. Der Shatra-Vogel der Acoma war in Emaille in den Knauf eingelassen, und die Klinge war nach der Jessami-Methode gefertigt worden: dreihundert Streifen Needra-Leder, jeder papierdünn abgeschabt, dann geschickt und sorgfältig aufeinander geschichtet – selbst eine Luftblase von der Größe eines Nadelstichs machte die Arbeit wertlos –, bis zu der einzigartigen metallenen Schärfe, die nur von den legendären Stahlschwertern der Ahnen übertroffen wurde. Vielleicht trug jetzt irgendein Kriegsherr der barbarischen Welt das Schwert als Trophäe … vielleicht sogar ein ehrenvoller Mann, sofern ein Barbar dazu überhaupt in der Lage war. Mara verscheuchte die trübsinnigen Gedanken. Die drückende Stille und das dunkle Laubwerk über ihr drohten sie zu ersticken, und sie preßte die Hände gegeneinander, bis der kostbare, holzgearbeitete Fächer beinahe zerbrach.

»Lady, ich bitte um Erlaubnis, meinen Männern Zeit zum Ausruhen zu gewähren und die Wasserflaschen nachfüllen zu lassen«, sagte Papewaio.

Mara fuhr zusammen, dann nickte sie und strich die feuchten

Haare von den Schläfen zurück. Die Karawane hatte die Quelle ohne Zwischenfälle erreicht. Die schwerfälligen Räder kamen zum Stillstand; die Krieger stellten sich in Verteidigungsposition auf, während der Wasserträger und einige der Viehtreiber ihnen feuchte Tücher und eine kleine Mahlzeit aus Thyza-Keksen und getrockneten Früchten brachten. Andere Männer kümmerten sich um die Needras, während die Sänftenträger Maras Gefährt mit unterdrückten Lauten der Erleichterung auf den Boden ließen. Dann warteten sie geduldig darauf, bis sie an der Reihe waren, ihre Gesichter mit dem frischen Wasser der Quelle zu kühlen.

Papewaio wandte sich von den Reihen der Krieger ab und ließ sich vor seiner Herrin auf ein Knie fallen. »Möchten Mylady die Sänfte verlassen und ein paar Schritte gehen?«

Mara reichte ihm die Hand, wobei der lange Ärmel des Gewands beinahe über den Boden schleifte. Der Dolch, der in dem Kleidungsstück versteckt war, zerrte an ihrem Handgelenk; ein ungewohntes Stück, das sie nur unbeholfen trug. Sie hatte als Kind oft mit Lanokota gerungen, unter dem ständigen Mißfallen Nacoyas, doch Waffen hatten niemals ihr Interesse geweckt. Keyoke hatte darauf bestanden, daß sie das Messer bei sich trug, obwohl die hastig gekürzten Riemen für einen längeren Arm vorgesehen waren und das Heft sich in ihrer Hand plump anfühlte. Erschöpft von der Hitze und plötzlich unsicher geworden, gestattete sie Papewaio, ihr aus der Sänfte zu helfen.

Die Erde vor der Quelle war voller Fußabdrücke von Männern und Tieren, die Sonne hatte die tiefen Abdrücke im ehemals feuchten Boden förmlich festgebrannt. Während Papewaio einen Schöpflöffel mit Wasser füllte, wischte seine Herrin mit dem Fuß über den Boden und fragte sich, wie viele der Spuren wohl von den gestohlenen Tieren aus den Herden der Acoma stammen mochten. Sie hatte einmal zufällig mit angehört, wie ein Händler von den Angewohnheiten bestimmter Clans im Norden berichtet hatte; diese kerbten die Hufe ihres Viehs, damit die Fährtenleser die gestohlenen Tiere leichter wiederbeschaffen konnten. Die Acoma hatten sich bisher immer auf die Loyalität von genügend Kriegern verlassen können, und so waren solche Vorsichtsmaßnahmen unterlassen worden.

Papewaio reichte ihr ein Gefäß mit Wasser. »Mylady?«

Mara wurde aus ihren Gedanken gerissen, trank einen Schluck und benetzte dann Wangen und Nacken mit Wasser. Es war jetzt schon ein gutes Stück nach Mittag, und die schrägen Sonnenstrahlen verwandelten die Soldaten in Statuen, die aus Licht und Schatten geschnitzt schienen. Der Wald hinter ihnen war still, als wäre jedes lebendige Wesen in der Nachmittagshitze in tiefen Schlaf versunken. Mara zitterte, das kühle Wasser auf der Haut ließ sie plötzlich frösteln. Hätten Banditen im Hinterhalt gelegen, wären sie doch wohl sicherlich bereits zum Angriff übergegangen; bei dem Gedanken an eine andere, unangenehme Möglichkeit sah sie ihren Truppenführer an.

»Pape, was ist, wenn die Grauen Krieger einen Bogen geschlagen und den Acoma-Besitz angegriffen haben, während wir hierher unterwegs waren?«

Der Krieger stellte das Trinkgeschirr auf einem Stein neben sich ab. Seine Rüstung quietschte, als er mit den Achseln zuckte und mit gegen den Himmel gekehrten Handflächen andeutete, daß der Erfolg eines Planes immer auch von der jeweiligen Fügung des Schicksals abhing. »Wenn Banditen Euer Gut angreifen, ist jede Ehre verloren, denn die besten Eurer Krieger sind hier bei Euch.« Er warf einen Blick auf den Wald, während seine Hand wie zufällig an das Heft des Schwertes glitt. »Aber ich halte das für unwahrscheinlich. Ich habe den Männern eingeschärft, wachsam zu sein. Die Hitze des Tages läßt nach, doch noch immer ist keine Zikade im Wald zu hören.« Plötzlich pfiff ein Vogel laut über ihnen. »Und wenn der Karkak schreit, droht Gefahr.«

Ein Ruf erscholl von den Bäumen am Rand der Lichtung, und starke Hände stießen Mara zurück in die Sänfte. Ihre Armreifen verhakten sich in den seidenen Vorhängen, als sie die Hand ausstreckte, um den Fall abzubremsen. Sie taumelte unbeholfen gegen die Kissen, riß den Stoff zur Seite und sah zu, wie Papewaio das Schwert aus der Scheide zog und herumwirbelte, um sie zu verteidigen. Sein Fuß stieg gegen das Trinkgefäß, es kippte und zerplatzte an einem Stein. Bruchstücke prallten gegen Maras Knöchel, während die Krieger schnell die Schwerter aus den Scheiden zogen, um sich dem Angriff der Gesetzlosen entgegenzustellen, die nun ihre Deckung verlassen hatten.

Durch die geschlossene Reihe ihrer Verteidiger hindurch konnte Mara einen Blick auf die Männer erhaschen, die mit blanken Waffen auf die Wagen zurannten. Sie mochten dünn und ziemlich schmutzig und zerlumpt sein, doch ihr Vorhaben war diszipliniert genug und wohlüberlegt. Die Schlucht hallte wider von ihren Schreien, als sie sich daran machten, die Reihe der Verteidiger zu durchbrechen. Mara zerknüllte den feinen Stoff zwischen ihren Händen. Ihre Krieger waren zahlenmäßig deutlich unterlegen, doch in dem Bewußtsein, daß ihr Vater und ihr Bruder in der barbarischen Welt weit schlimmere Kämpfe gefochten hatten, zwang sie sich, beim Geräusch aufeinandertreffender Schwerter nicht zurückzuzucken. Papewaios Stimme übertönte die allgemeine Verwirrung; sein Federbusch war in dem Gedränge leicht zu erkennen. Auf sein Zeichen gaben die Krieger der Acoma mit nahezu mechanischer Disziplin den Weg frei.

Der Angriff stockte. Da ein Rückzug niemals Ehre mit sich bringen würde, bestand die Taktik der Tsurani üblicherweise im Angriff und nicht in der Verteidigung. Die Banditen wurden daher argwöhnisch, als sie sahen, daß die Wagen im Stich gelassen wurden. Völlig von ihrer Eskorte umringt, die ihr die Rückseite der grünen Rüstungen zuwandte, hörte Mara einen hohen, spitzen Schrei. Schritte erklangen, als die Angreifer nachsahen. Abgesehen von den unbewaffneten Viehtreibern und dem erschreckten Wasserträger waren die Wagen ohne jede Auseinandersetzung verlassen worden. Anscheinend hatten die Krieger sich zurückgezogen, um die wertvolleren Schätze zu verteidigen.

Die Banditen näherten sich jetzt, langsam und argwöhnisch. Zwischen den Körpern ihrer Krieger hindurch sah Mara die lackierten Wagen aufleuchten, als die Streitmacht der Feinde, die ihrer Eskorte fünffach überlegen war, sich in einem Halbkreis um die Quelle aufstellte.

Das Plätschern des Wassers wurde übertönt vom Knarren und Knirschen der Rüstungen und dem schnellen, nervösen Atmen der angespannten Männer. Papewaio blieb bei Maras Sänfte, er wirkte wie eine gemeißelte Statue mit gezogenem Schwert. Eine lange, zermürbende Minute schien alles in völliger Reglosigkeit zu verharren. Dann bellte ein Mann hinter der feindlichen Linie einen Befehl, und zwei der Banditen traten vor und durchtrennten die Stricke, mit denen die Stoffplanen der Wagen befestigt waren. Mara spürte Schweiß ihren Rücken hinablaufen, als eifrige Hände die Handelsware der Acoma dem Sonnenlicht preisgaben. Jetzt kam der schwierigste Augenblick, denn ihre Krieger waren gezwungen, unabhängig von jeder Beleidigung und Provokation die Reihen geschlossen zu halten. Die Soldaten hatten den Befehl, nur einzugreifen, wenn Mara von den Gesetzlosen bedroht werden sollte.

Die Banditen erkannten rasch, daß es keinen Gegenangriff geben würde. Unter Jubelschreien stießen sie die Säcke mit Thyza-Korn von den Wagen, andere wagten sich näher an die Acoma-Wachen heran, neugierig geworden, welcher Schatz einen solchen Schutz verdiente. Als sie sich näherten, erhaschte Mara einen Blick auf ihre rußig-schmutzigen Knöchel, die zerrissene Kleidung und eine seltsame Ansammlung unterschiedlichster Waffen. Doch die Art, wie sie die Klingen hielten, verriet auch Übung und Erfahrung – und erbarmungslose Not. Diese Männer waren so verzweifelt, daß sie für eine Wagenladung minderwertigen Thyza-Korns zu töten und zu sterben bereit waren.

Plötzlich zerriß ein unmißverständlicher Befehl den Freudentaumel der Männer neben den Wagen. »Wartet! Laßt das liegen!« Die Banditen verstummten und wandten sich von ihrer Beute ab; einige hielten noch immer Säcke voller Korn an die Brust gepreßt.

»Sehen wir nach, welches Glück uns dieser Tag beschert.« Ein schlanker, bärtiger Mann – offensichtlich der Anführer der Bande – trat aus den Reihen seiner Untergebenen und marschierte kühn auf die Krieger zu, die Mara bewachten. In der Mitte zwischen den feindlichen Linien blieb er stehen, das Schwert stoßbereit in der Hand. Sein freches, großspuriges Verhalten veranlaßte Papewaio, sich zu voller Größe aufzurichten.

»Ruhig, Pape«, flüsterte Mara mehr zu ihrer eigenen Beruhigung als zu der ihres Truppenführers. Erstarrt hockte sie in der Enge ihrer Sänfte und beobachtete, wie der Bandit mit seinem Schwert geringschätzig gestikulierte.

»Was ist das? Aus welchem Grund kämpfen Männer mit Schwertern und Rüstungen und der Ehre eines großen Hauses nicht?« Der Anführer verlagerte sein Gewicht auf das andere Bein, was seine verborgene Unsicherheit offenbarte. Es war ihm noch kein Tsurani-Krieger begegnet, der auch nur kurz gezögert hätte, anzugreifen oder sogar zu sterben. Schließlich gab es für einen Krieger keine größere Auszeichnung, als im Kampf zu fallen. Nach einem weiteren Schritt entdeckte er Maras Sänfte. Seine Verwirrung ließ nach. »Eine Frau!« rief er mit gerecktem Hals.

Mara ballte die Fäuste in ihrem Schoß. Sie reckte ihren Kopf mutig empor und sah den Banditenanführer mit ausdruckslosem Gesicht an. Er grinste jetzt breit, als wären die paar Krieger, die zu Maras Verteidigung bereitstanden, längt nicht genug Abschreckung, um ihm seine Eroberung streitig zu machen. Er wandte sich an seine Kameraden. »Heute ist ein schöner Tag, Männer. Eine Karawane und eine Gefangene, und noch nicht einmal das Blut eines einzigen Mannes mußte für den Roten Gott vergossen werden!«

Neugierig ließen die Gesetzlosen die Säcke mit Thyza fallen und traten näher, hielten ihre Waffen jedoch weiter drohend auf die Krieger der Acoma gerichtet. Ihr Anführer wandte sich Mara zu. »Lady, ich hoffe, Euer Vater oder Ehemann liebt Euch und ist reich, oder wenn er Euch schon nicht liebt, dann sollte er wenigstens reich sein. Ab sofort seid Ihr unsere Geisel.«

Mit einem kräftigen Ruck zog Mara den Vorhang der Sänfte zurück. Sie ergriff Papewaios Hand und stand auf. »Euer Schluß mag etwas voreilig sein, Bandit.«

Der Anführer der Gesetzlosen zuckte zusammen, ihre Haltung machte ihn unsicher. Eingeschüchtert durch ihr selbstbewußtes Auftreten trat er einen Schritt zurück. Die Bewaffneten hinter seinem Rücken verloren jedoch nichts von ihrer Ungeduld, und immer mehr Männer tauchten aus den Wäldern auf, um die Ereignisse mitzuverfolgen.

Mara sah den Mann über die Schultern ihrer Wachen hinweg an. »Wie ist Euer Name?« wollte sie wissen.

Langsam kehrte die herausfordernde Art des Banditen wieder zurück, und er lehnte sich auf sein Schwert. »Lujan, Lady.« Er verhielt sich noch immer ehrerbietig gegenüber einer so offensichtlich Edlen. »Da ich ausersehen bin, eine Zeitlang Euer Gastgeber zu sein, dürfte ich vielleicht erfahren, mit wem ich die Ehre habe?«

Einige der Gesetzlosen lachten, als ihr Anführer die Manieren der Vornehmen so offensichtlich der Lächerlichkeit preisgab. Maras Eskorte erstarrte bei dem Affront, aber das Mädchen selbst blieb ruhig. »Ich bin Mara, Lady der Acoma.«

Eine Woge widerstreitender Empfindungen spiegelte sich auf Lujans Gesicht: Überraschung, Erheiterung, Mitleid, schließlich gar Anerkennung. Er hob sein Schwert und führte mit der Klinge kleine Gesten aus. »Dann seid Ihr also ohne Ehemann und Vater, Lady der Acoma. Ihr müßt aber Euer Lösegeld selbst verhandeln.« Noch während er sprach, flogen seine Blicke über das Waldgebiet hinter Papewaio und Mara. Ihre zuversichtliche

Haltung und die kleine Gefolgschaft deuteten auf etwas Außergewöhnliches hin, das er noch nicht erkennen konnte, doch ganz sicher setzte sich die Herrscherin eines großen Hauses nicht ohne Grund einem Risiko aus. Etwas in seiner Haltung ließ seine Männer, etwa hundertfünfzig, so weit Mara schätzen konnte, argwöhnisch werden. Die Unruhe verstärkte sich, als sie ihren Blick über sie schweifen ließ, und einige versuchten irgendwelche Anzeichen von Gefahr zu erkennen, während andere kurz davor standen, auch ohne Befehl Papewaios Männer anzugreifen.

Mara lächelte, als würde sie nicht merken, daß die bisher gefährliche Situation jetzt zu einer lebensbedrohenden geworden war, und fingerte an ihren Armbändern herum. »Mein Kommandeur hatte mich davor gewarnt, daß ich von einem vernachlässigten Haufen wie Eurem belästigt werden könnte.« Ihre Stimme nahm jetzt einen gereizten Ton an: »Ich verabscheue es, wenn er recht behält. Jetzt wird er wahrscheinlich überhaupt nicht mehr mit seinem Geschwätz aufhören!« Bei dieser Bemerkung drang Gelächter aus den Reihen der Banditen herüber.

Papewaio zeigte sich unbeeindruckt von dieser merkwürdigen Beschreibung Keyokes. Er lockerte sich etwas, denn er spürte, daß seine Herrin sich bemühte, der Situation die Spannung zu nehmen und den bevorstehenden Konflikt zu vermeiden.

Mara sah den Anführer der Banditen an; nach außen mochte es trotzig wirken, in Wahrheit versuchte sie jedoch, seine Stimmung einzuschätzen. Forsch richtete er seine Waffe auf sie. »Wie angenehm für uns, daß Ihr den Vorschlag Eures Beraters zurückgewiesen habt. Ihr solltet in Zukunft mehr auf seinen Rat hören … falls Ihr die Gelegenheit dazu haben werdet.«

Einige Soldaten der Acoma strafften sich angesichts der im letzten Satz mitschwingenden Drohung. Verstohlen legte Mara ihre Hand auf den Rücken Papewaios, um ihn zu beruhigen. »Warum sollte ich die Gelegenheit dazu nicht mehr haben?« fragte sie in sehr mädchenhaftem Ton.

Mit spöttischem Bedauern ließ Lujan sein Schwert sinken. »Weil Ihr nicht mehr in der Lage sein werdet, Euren Kommandeur anzuhören, sollten sich unsere Verhandlungen als nicht zufriedenstellend erweisen, Lady.« Rasch ließ er seinen Blick über die Umgebung schweifen und suchte nach möglichen Störungen; alles an diesem Überfall wirkte merkwürdig.

»Was wollt Ihr damit sagen?« Mara stampfte mit dem Fuß auf, während sie sprach, und achtete absichtlich nicht auf die Männer ihrer Eskorte, die durch die erneute Drohung des Banditen in eine höchst gefährliche, kampfeslustige Stimmung versetzt wurden.

»Ich will damit sagen, daß ich zwar nicht weiß, wieviel Euch Eure Freiheit wert ist, aber sehr gut weiß, welche Summe Ihr auf dem Sklavenmarkt von Migran einbringen werdet.« Lujan sprang einen Schritt zurück und riß das Schwert hoch, als die Wachen der Acoma sich nur unter größter Mühe davon abhalten konnten, eine solche Beleidigung mit einem Angriff zu beantworten. Die Banditen rechneten jedoch fest mit einer Vergeltungsmaßnahme und machten sich mit erhobenen Waffen kampfbereit.

Hektisch suchte Lujan die Lichtung mit den Augen ab, als jetzt beide Seiten am Rande eines Kampfes standen. Aber es geschah nichts. Verständnis glomm plötzlich in den Augen des Gesetzlosen auf. »Ihr habt etwas vor, hübsche Mistress?« Seine Worte waren Frage und Feststellung zugleich.

Mara amüsierte sich wider Erwarten über die Unverschämtheit des Mannes und erkannte, daß er sie mit seinen dreisten und herausfordernden Bemerkungen auf die Probe stellen wollte. Sie begriff, daß sie diesen Lujan unterschätzt hatte. Daß die Fähigkeiten eines so klugen Mannes derart ungenutzt bleiben konnten! dachte sie. In dem Bestreben, Zeit zu gewinnen, zuckte sie wie ein verzogenes Kind mit den Schultern.

Kühn trat Lujan auf sie zu, streckte seinen Arm durch die Reihen ihrer Wachen hindurch und griff mit seiner rauhen und schmutzigen Hand nach dem Schal um ihren Hals.

Jetzt kam eine unmittelbare Reaktion. Lujan verspürte einen plötzlichen Druck an seinem Handgelenk. Als er hinunterschaute, sah er Papewaios Schwert nur um Haaresbreite davon entfernt, ihm die Hand abzutrennen. Der Gesetzlose riß seinen Kopf wieder hoch, so daß er dem Truppenführer direkt in die Augen blicken konnte. »Einmal ist Schluß«, erklärte Papewaio mit ausdrucksloser Stimme.

Lujan öffnete langsam seine Hand und gab Maras Schal frei. Er lächelte nervös und zog geschickt seine Hand zurück, dann entfernte er sich wieder von Maras Wachen. Seine Haltung drückte jetzt Mißtrauen und Feindseligkeit aus, denn unter normalen Umständen hätte es ihn das Leben gekostet, wenn er eine Lady auf solche Weise berührt hätte. »Hier ist irgend etwas faul. Was für ein Spiel spielt Ihr, Lady?« Mit festem Griff umklammerte er sein Schwert, und seine Männer schoben sich nach vorn. Sie warteten nur noch auf den Befehl zum Angriff.

Und dann bemerkte der Bandit plötzlich, daß Mara und ihr Offizier aufmerksam die Felsen oberhalb der Lichtung beobachteten. Er begann zu fluchen. »Keine Herrscherin würde mit so wenig Kriegern reisen. Oh, was war ich für ein Narr!«

Er wollte gerade wieder auf sie zugehen, während seine Männer sich zum Angriff bereitmachten, als Mara einen lauten Ruf ausstieß: »Keyoke!«

Ein Pfeil flog durch die Luft und bohrte sich genau zwischen den Beinen des Anführers in den Boden. Lujan blieb so abrupt stehen, als hätte er das Ende eines Haltestricks erreicht. Für einen kurzen Augenblick kämpfte er um sein Gleichgewicht, dann trat er schwerfällig einen Schritt zurück. Eine Stimme erklang von den Felsen herab. »Kommt meiner Herrin noch einen Schritt näher, und Ihr seid ein toter Mann!« Lujan wirbelte herum; er blickte in die Richtung, aus der die Stimme gekommen war, und sah hoch oben Keyoke, der ihn entlang der Klinge seines Schwertes ansah. Der Kommandeur nickte grimmig, und ein Bogenschütze sandte einen Signalpfeil über den Kamm der

Schlucht. Noch während der Pfeil pfeifend die Luft durchschnitt, rief Keyoke seine Unteranführer: »Ansami! Mesai!«

Stimmen aus dem Wald antworteten ihm. Die Gesetzlosen begriffen, daß sie von hinten umzingelt worden waren und wirbelten herum. Sie erhaschten Blicke auf polierte Rüstungen zwischen den Bäumen; ganz vorn war der schlanke Federbusch eines Offiziershelms zu sehen. Der Banditenführer konnte die Größe der feindlichen Streitmacht nicht einschätzen und handelte blitzschnell. Verzweifelt wandte er sich um und gab den Befehl, die um Maras Sänfte stehenden Wachen anzugreifen.

Doch mit einem weiteren Ruf erstickte Keyoke dieses Vorhaben schon im Ansatz. »Dacoya! Hunzai! Vorwärts! Macht euch schußfertig!«

Die vorher glatte Silhouette des Kamms zeigte plötzlich Risse, als die Helme von etwa hundert Männern mit geschwungenen Bögen auftauchten. Aus dem Wald am Rand der Lichtung erklang Rascheln und das Geräusch brechender Äste, als würden sich mehrere hundert Männer darin schnell vorwärtsbewegen.

Der Anführer der Banditen gab ein Zeichen, und seine Männer blieben stolpernd stehen. Deutlich im Nachteil, versuchte Lujan etwas verspätet, die eigenen Möglichkeiten abzuschätzen. Fieberhaft suchten seine Augen die Seiten der Schlucht ab. Nur ein Kommandeur war deutlich zu erkennen, und der hatte die Namen von vier Truppenführern gerufen. Lujan blinzelte gegen das Sonnenlicht und betrachtete seine eigenen Männer. Ihre Lage war nahezu aussichtslos.

Mara hatte inzwischen ihr mädchenhaftes Verhalten abgelegt. Ohne auch nur einen einzigen Blick auf ihren Leibwächter zu werfen, sagte sie: »Lujan, befehlt Euren Männern, die Waffen niederzulegen.«

»Habe ich den Verstand verloren?« Eindeutig überlistet und gefangen in einer ausweglosen Situation, richtete sich der Anführer der Gesetzlosen mit einem trotzigen Lächeln auf. »Lady, ich verneige mich vor Eurem Versuch, Euch von lästigen Nachbarn zu befreien, doch selbst jetzt muß ich Euch darauf hinweisen, daß Ihr noch immer in Gefahr seid. Wir mögen in der Falle sitzen, aber Ihr könntet mit uns sterben.« Selbst angesichts einer solch überwältigenden Übermacht versuchte dieser Mann, die Situation zu seinen Gunsten herumzureißen. »Vielleicht könnten wir eine Art Übereinkunft treffen«, schlug er rasch vor. In seiner Stimme schwang ein Ton spitzbübischer Neckerei und verzweifelter Täuschung mit, jedoch nicht einmal der leiseste Hauch von Furcht. »Möglicherweise, wenn Ihr uns in Frieden ziehen laßt …«

Mara schüttelte den Kopf. »Ihr versteht nicht.« Ihre Jade-Armbänder klirrten in der Stille, als sie eine Hand auf Papewaios Arm legte und ihn sanft beiseite schob. Dann schritt sie an ihm und den Wachen vorbei auf den Banditenanführer zu und sah ihn direkt an. »Als Herrin der Acoma habe ich mich nur deshalb einer solchen Gefahr ausgesetzt, damit wir uns unterhalten können.«

Lujan blickte auf den Kamm. Auf seiner Stirn schimmerte Schweiß, den er mit dem zerlumpten und schmutzigen Ärmel fortwischte. »Ich höre, Lady.«

Ihre Wachen standen gleich Statuen hinter ihr. Mara hielt dem Blick des Gesetzlosen stand. »Zuerst müßt Ihr Eure Waffen niederlegen.«

Der Mann antwortete mit bitterem Lächeln: »Ich mag zwar kein begnadeter Befehlshaber sein, Mylady, aber ich bin auch kein Idiot. Und wenn ich schon heute den Roten Gott begrüßen muß, so werde ich es dennoch nicht zulassen, daß meine Kameraden und ich wegen ein paar gestohlenen Kühen und etwas Korn hängen müssen.«

»Auch wenn Ihr die Acoma bestohlen und einen Sklavenjungen getötet habt, Lujan – ich habe diese Unannehmlichkeiten sicher nicht deswegen auf mich genommen, nur um Euch hängen zu sehen.«

Obwohl Maras Worte aufrichtig klangen, trauten die Gesetzlosen ihnen noch nicht. In ihren Reihen entstand Bewegung, als sie ihre Waffen fester packten oder von einer Hand in die andere wechselten. Gleichzeitig wandten sich immer mehr Augenpaare von der bedrohlichen Macht oben auf dem Kamm ab und richteten sich auf die kleine Gruppe von Soldaten, die das Mädchen bewachte. Als die Spannung wuchs, meinte Lujan: »Lady, wenn Ihr etwas Wichtiges zu sagen habt, schlage ich vor, daß Ihr es schnell tut. Andernfalls liegen bald einige von uns im Sterben, und wir beide werden die ersten sein.«

Ohne ausdrücklichen Befehl und ohne seinen Rang zu beachten, näherte sich Papewaio seiner Herrin. Er schob Mara sanft, aber deutlich weiter nach hinten und stellte sich zwischen seiner Herrscherin und den Banditenführer.

Mara ließ diese Vertrautheit kommentarlos geschehen. »Ich werde Euch soviel garantieren: Ergebt Euch und hört, was ich zu sagen habe. Wenn Ihr nach meinem Vorschlag mit Euren Männern fortgehen wollt, steht es Euch frei, dies zu tun. Solange Ihr nicht wieder das Land der Acoma überfallt, habt Ihr von mir nichts zu befürchten. Darauf gebe ich Euch mein Wort.«

Lujan war sich der unangenehmen Tatsache bewußt, daß auch jetzt geübte Bogenschützen die Waffen auf ihn richteten. Er sah seine Männer an. Sie waren alle bis auf den letzten Mann unterernährt, einige sogar so dürr, daß sie beinahe krank waren. Die meisten trugen nur eine einzige Waffe bei sich, ein schlecht gefertigtes Schwert oder Messer; wenige hatten geeignete Kleidung, noch weniger Rüstungen. Ein Kampf gegen Maras Wachen, hervorragend ausgebildete Krieger, wäre ein armseliges Unterfangen. Der Anführer der Banditen blickte den Männern, die in schwierigen Zeiten seine Kameraden gewesen waren, in die Augen, sah von einem verwahrlosten Gesicht zum anderen. Die meisten bedeuteten ihm mit einem Nicken, daß sie seiner Entscheidung folgen würden.

Lujan wandte sich mit einem leichten Seufzen wieder Mara zu und faßte sein Schwert an der Klinge. »Lady, ich habe kein Haus, auf das ich mich berufen kann, doch die Reste an persönlicher Ehre, die ich mein eigen nenne, lege ich jetzt in Eure Hände.« Er reichte sein Schwert mit dem Heft voran Papewaio. Waffenlos und vollständig von ihrem guten Willen abhängig, verbeugte er sich mit steifer Ironie und befahl seinen Untergebenen, seinem Beispiel zu folgen.

Sonnenstrahlen brannten heiß auf die grünlackierten Rüstungen der Acoma und die zerlumpten Schultern der Banditen herab. Nur Vogelgezwitscher und das Plätschern der Quelle zerbrachen die Stille, als die Männer das Mädchen in ihren kostbaren Gewändern für einen Augenblick abwägend ansahen; schließlich trat einer der Banditen vor und übergab sein Messer. Ein anderer mit einem vernarbten Bein folgte seinem Beispiel, dann noch einer und schließlich immer mehr. Die Klingen entglitten ihren geöffneten Händen und fielen laut scheppernd vor die Füße der Acoma-Krieger. Schon bald darauf war keiner der Gesetzeslosen mehr bewaffnet.

Als die Männer aus Maras Gefolgschaft die Schwerter eingesammelt hatten, trat sie vor. Die Banditen teilten sich, um sie durchzulassen, immer noch argwöhnisch gegenüber ihr und der blanken Klinge, mit der Papewaio sie begleitete. Im Dienst zeigte der Truppenführer der Acoma eine Haltung, die selbst den kühnsten Mann davor zurückschrecken ließ, ihn leichtfertig herauszufordern. Daher hielten auch die Wildesten unter den Gesetzlosen Abstand zu ihm, sogar als der Krieger ihnen den Rücken zukehrte, um Mara auf die Ladeklappe des am nächsten stehenden Wagens zu helfen.

Mara schaute hinunter auf die zerlumpte Gruppe. »Sind das alle Männer, die zu Euch gehören, Lujan?«

Die Tatsache, daß sie den Bogenschützen noch nicht den Befehl gegeben hatte, ihre Bögen zu entspannen, zwang den Banditen zu einer ehrlichen Antwort. »Die meisten sind hier. Fünfzig weitere bewachen unser Lager im Wald oder suchen nach Nahrung. Ein weiteres Dutzend hält an den verschiedenen Straßen Wache.«

Mara saß oben auf den Thyza-Säcken und rechnete hastig nach. »Ihr befehligt hier etwa zwölf Dutzend Männer. Wie viele von ihnen waren Soldaten? Laßt sie selbst antworten.«

Sechzig Männer aus der Gruppe, die sich um das Wagenende geschart hatte, hoben ihre Hände. Mara lächelte ihnen ermutigend zu. »Aus welchen Häusern?«

Stolz darauf, nach ihrer Vergangenheit befragt zu werden, riefen sie verschiedene Namen: »Saydano! Almach! Raimara!« und viele andere Häuser, die Mara kannte und von denen die meisten während Almechos Aufstieg zum Kriegsherrn zerstört worden waren, kurz bevor Ichindar den Thron des Kaiserreiches bestiegen hatte. Als der Lärm nachließ, fügte Lujan hinzu: »Ich war einst Befehlshaber der Kotai, Lady.«

Mara rückte ihren Ärmel zurecht. Ihr nachdenkliches Gesicht zeigte jetzt einen Anflug von Schwermut. »Was ist mit den übrigen von euch?«

Ein Mann trat nach vorn. Obwohl er ganz offensichtlich häufig gehungert hatte, war er kräftig. Er verbeugte sich. »Mistress, ich war Bauer auf dem Gut der Kotai westlich von Migran. Als mein Herr starb, floh ich und folgte diesem Mann.« Er deutete respektvoll auf Lujan. »Er hat all die Jahre hindurch gut für uns gesorgt, auch wenn unser Leben hart und ruhelos war.«

Mara zeigte auf diejenigen, die am Rand der Gruppe saßen. »Verbrecher?«

Lujan antwortete für sie: »Männer ohne Herren, Lady. Einige waren Bauern und verloren ihr Land wegen der Steuern. Andere wurden eines Vergehens oder schlechten Benehmens für schuldig befunden. Viele sind Graue Krieger. Aber Mörder, Diebe und Männer ohne Prinzipien haben in meinem Lager nichts zu suchen.« Er zeigte auf die Wälder, die sie umgaben. »Oh, es gibt Mörder dort draußen, zweifelt besser nicht daran. Eure Patrouillen haben es in den letzten Monaten an Sorgfalt fehlen lassen, und in der Wildnis finden sie sicheren Schutz. Aber in meiner Gruppe gibt es nur ehrenhafte Gesetzlose.« Er lachte schwach über seinen eigenen Witz und fügte hinzu: »Falls es so etwas gibt.« Er wurde wieder ernst und sah Mara jetzt scharf an. »Würde uns die Lady nun bitte erklären, was sie das Schicksal solch Unglückseliger, wie wir es sind, kümmert?«

Mara schenkte ihm ein Lächeln, in dem ein Hauch Ironie mitschwang, und gab Keyoke ein Zeichen. Der Kommandeur befahl seinen Truppen auf dem Kamm, die Kampfbereitschaft aufzuheben. Als die Bogenschützen sich aus der Deckung erhoben, vermochte nicht einmal das grelle Sonnenlicht die Tatsache zu verbergen, daß es sich keineswegs um Krieger handelte, sondern um Jungen, alte Bauern und Sklaven, die täuschend echt in Rüstungsteile oder grüngetränkte Stoffe gekleidet waren. Was wie eine Armee ausgesehen hatte, entpuppte sich jetzt als das, was es wirklich war: nur eine einzige Kompanie von echten Soldaten, noch nicht einmal halb so viele wie die Gesetzlosen, begleitet von Arbeitern und Kindern von den Gütern der Acoma.

Die Gesetzlosen murmelten verärgert, und Lujan schüttelte voller Überraschung und Ehrfurcht den Kopf. »Mistress, was für einen Plan habt Ihr geschmiedet?«

»Eine Chance, Lujan … für uns alle.«

Die langen Schatten des Nachmittags fielen auf das Gras an der Quelle, wo die Needras grasten und mit hin und her wirbelnden Schwänzen nach Insekten schlugen. Mara sah von dem Wagen auf die zerlumpten Gesetzlosen hinab, die am Waldrand auf dem Boden hockten und eifrig das Mahl aus Fleisch, Früchten und Thyza-Brot zu sich nahmen, daß ihre Köche unter ihnen verteilt hatten. Auch wenn das Essen besser war als alles, was die meisten von ihnen seit Monaten gegessen hatten, spürte Mara, daß sich Unbehagen unter den Männern ausbreitete. Wer im Kampf besiegt wurde, hatte fortan ein Leben als Sklave vor sich; das war eine unabwendbare Tatsache. Die Ehre der Acoma garantierte ihnen den Status als freie Männer, und in freigebiger Gastfreundschaft hatte man ihnen zu essen gegeben; das verdiente ein zaghaftes, wenn auch skeptisches Vertrauen. Dennoch hatte die junge Herrin noch nicht erklärt, was sie mit diesem seltsamen Treffen beabsichtigte, und so blieben die Gesetzlosen mißtrauisch.

Mara studierte die Männer sehr genau und erkannte, daß sie den Soldaten, Arbeitern und Sklaven ihrer Güter ziemlich ähnelten. Doch eine Eigenschaft schienen sie nicht zu besitzen, denn wären diese Männer auch in edle Roben gekleidet, man würde sie immer noch für Ausgestoßene halten. Als die letzten Krümel des Mahls verzehrt waren, wußte sie, daß ihre Zeit zu sprechen gekommen war.

Papewaio und Keyoke hatten sich zu beiden Seiten des Wagens neben ihr aufgebaut, als sie jetzt tief Atem holte und mit lauter Stimme sagte: »Ihr Gesetzlosen, ich bin Mara, Lady der Acoma. Ihr habt mich bestohlen, und dafür steht Ihr in meiner Schuld. Um diese Verpflichtung ehrenhaft zu erfüllen, bitte ich Euch, mir zuzuhören.«

Lujan der in der ersten Reihe saß, stellte seinen Weinbecher beiseite. »Die Lady der Acoma ist sehr großzügig, wenn sie sich mit der Ehre der Gesetzlosen befaßt. Jeder in meiner Gruppe wird ihrer Bitte gerne zustimmen.«

Mara suchte in dem Gesicht des Bandenführers nach einem Hinweis auf Spott; aber sie fand nur Interesse, Neugier und versteckten Humor. Sie begann bereits diesen Mann zu mögen. »Ihr seid alle aus vielerlei Gründen zu Ausgestoßenen geworden, wie ich jetzt weiß. Das Schicksal war Euch allen wenig gewogen.« Der Mann mit dem verwundeten Bein äußerte laut seine Zustimmung, und andere reckten die Köpfe oder beugten sich gespannt nach vorn. Zufrieden nahm Mara zur Kenntnis, daß sie ihre volle Aufmerksamkeit besaß. »Für einige von Euch bestand das Unglück darin, daß Ihr die Herren überlebtet, denen Ihr gedient habt.«

»Und so wurden wir entehrt!« rief ein Mann, dessen Armbänder aus Rindenstücken geflochten waren.

»Und daher haben wir keine Ehre!« kam ein Echo aus einer anderen Ecke.

Mara erhob ihre Hand und bedeutete ihnen zu schweigen. »Ehre heißt, seine Pflicht zu tun. Wenn ein Mann ausgeschickt wird, den weiter entfernt liegenden Besitz seines Herrn zu bewachen, und sein Herr stirbt, ohne daß er die Möglichkeit hatte, ihn zu verteidigen, ist er dann ohne Ehre? Wenn ein Krieger im Kampf verwundet wird und bewußtlos neben seinem sterbenden Herrn liegt, ist es dann sein Fehler, wenn er lebt und sein Herr nicht?« Mara ließ den Arm sinken; ihre Armreifen klirrten. Ihre Stimme hatte jetzt einen Befehlston angenommen: »Alle diejenigen, die Diener, Bauern und Arbeiter waren, sollen jetzt die Hand heben.«

Ungefähr ein Dutzend Männer kam ihrer Aufforderung ohne Zögern nach. Die anderen bewegten sich unruhig, und Blicke schossen von der Lady zu ihren Kameraden, während sie begierig darauf warteten, was sie vorschlagen würde.

»Ich brauche Arbeiter.« Mara machte eine umfassende Handbewegung und lächelte. »Ich erteile Euch hiermit die Erlaubnis, in den Dienst meines Hadonras zu treten.«

Jetzt war es vorbei mit der Ruhe. Die Banditen sprachen alle auf einmal, einige murmelten unverständlich vor sich hin, andere äußerten sich lauthals. Das, was die Lady ihnen anbot, war beispiellos im Kaiserreich. Keyoke wedelte mit dem Schwert und bat um Ruhe, als ein kühn gewordener Bauer auf die Füße sprang. »Als der Lord Minwanabi meinen Herrn erschlug, rannte ich fort. Aber das Gesetz sagt, daß ich Sklave des siegreichen Herrn bin.«

Maras Stimme erhob sich klar über die allgemeine Verwirrung: »Das Gesetz sagt nichts dergleichen!« Stille trat ein, und alle Augen richteten sich auf sie. Eine Mischung aus Gelassenheit und Verärgerung lag auf ihrem Gesicht; dennoch erschien sie den Männern, die seit Monaten oder gar Jahren nichts als die Entbehrung der Wildnis gekannt hatten, wunderschön in ihrem kostbaren Gewand. Mit fester Entschlossenheit fuhr sie fort: »Die *Tradition* erklärt den Arbeiter zur Kriegsbeute. Der Eroberer entscheidet, wen er als freien Mann schätzt und wer Sklave sein soll. Die Minwanabi sind meine Feinde. Wenn Ihr jetzt also meine Kriegsbeute seid, werde ich über Euren Status bestimmen. Ihr seid frei.«

An diesem Punkt wurde die Stille nahezu erdrückend, wie flirrende Hitzewellen über sonnengebleichten Felsen. Die Männer rutschten unruhig hin und her, die Erschütterung der vertrauten Ordnung verwirrte und verunsicherte sie, denn die Feinheiten und Spitzfindigkeiten des gesellschaftlichen Miteinanders bestimmten das gesamte Leben der Tsurani. Eine Änderung der Grundlagen bedeutete, der Unehre zuzustimmen und so die Auflösung einer Kultur zu riskieren, die seit Jahrhunderten immer gleichen Mustern gefolgt war.

Mara spürte die Verwirrung unter den Männern; sie betrachtete erst die Bauern, auf deren Gesichtern sich eindeutig Hoffnung widerspiegelte, dann die besonders zweifelnden und abgehärteten unter den Grauen Kriegern. Schließlich griff sie auf jene Philosophie zurück, die sie im Tempel Lashimas gelernt hatte. »Die Tradition, nach der wir leben, ist wie der Fluß, der in den Bergen entspringt und hinunter zum Meer fließt. Niemand wird seinen Verlauf dort oben in den Bergen ändern können. Dies zu versuchen hieße, die natürlichen Gesetze zu mißachten. Vielen von Euch ist – wie den Acoma – großes Unglück widerfahren. Daher bitte ich Euch, zusammen mit den Acoma dem Lauf der Tradition eine neue Richtung zu geben – so wie auch ein Sturm manchmal einen Fluß veranlaßt, ein neues Bett zu graben.«

Das Mädchen hielt inne; sie hatte die Lider gesenkt und starrte auf ihre Hände. Dieser Moment war der schwierigste, denn wenn ihr auch nur ein einziger Gesetzloser widersprechen würde, könnte sie die Kontrolle für immer verlieren. Das Schweigen lastete beinahe unerträglich auf ihr, dann band Papewaio wortlos seinen Helm ab und enthüllte das schwarze Band der Verdammten um seine Stirn.

Lujan stieß einen verwunderten Schrei aus. Wie die anderen war er verwirrt über diesen Mann, der zum Tode verurteilt war, aber dennoch eine ehrenhafte Position in der Gefolgschaft einer großen Lady einnahm. Mara war stolz auf Papes Loyalität und die Geste, mit der er zu zeigen versuchte, daß Scham auch etwas anderes sein konnte als das, was die Tradition diktierte. Sie lächelte und legte ihre Hand leicht auf die Schultern ihres Truppenführers. »Dieser Mann dient mir mit Stolz. Wollt Ihr nicht dasselbe tun?« Dann sprach sie zu dem Bauern, der von den Minwanabi vertrieben worden war. »Wenn der Lord, der Euren Herrn bezwang, einen neuen Bauern braucht, laßt ihn nach Euch suchen.« Sie nickte Keyoke und ihren Kriegern kurz zu. »Die Minwanabi werden um Euch kämpfen müssen. Und auf meinem Land werdet Ihr ein freier Mann sein.«

Der Bauer sprang mit einem lauten Freudenschrei auf. »Ihr bietet mir Eure Ehre?«

»Ihr habt meine Ehre«, antwortet Mara, und Keyoke verbeugte sich, um seine Loyalität gegenüber ihrem Befehl zu bekräftigen.

Der Bauer kniete dort nieder, wo er stand, und streckte Mara seine gekreuzten Handgelenke in der uralten Geste unverbrüchlicher Treue entgegen. »Lady, ich bin Euer. Eure Ehre ist auch meine Ehre.« Mit diesen Worten verkündete der Bauer, daß er genauso bereitwillig wie jeder ihrer Krieger sterben würde, um den Namen der Acoma zu verteidigen.

Mara nickte, wie es der Brauch vorschrieb, und Papewaio schlängelte sich durch die Gruppe der Banditen, bis er vor dem Bauern stand. Nach einem alten Ritual legte er ein Seil um die Handgelenke des Mannes, band es scheinbar fest und nahm es dann wieder weg, um zu zeigen, daß der Mann, den sie als Sklave hätte halten können, statt dessen als freier Mann aufgenommen war. Erregtes Gemurmel brach aus, als ein gutes Dutzend weiterer Männer sich um die beiden scharte. In einem Kreis knieten sie um Papewaio und warteten begierig auf Maras Angebot und die damit verbundene Hoffnung auf ein neues Leben.

Keyoke forderte einen Krieger auf, die neu eingeschworenen Arbeiter zu sammeln; sie würden mit den Wachen der Acoma zurück zum Gut marschieren und von Jican der jeweiligen Haus- und Feldarbeit zugeteilt werden.

Die übrigen Banditen blickten Mara mit der tiefen Hoffnung der Verzweifelten an, als sie weitersprach: »Ihr anderen Gesetzlosen, sagt, was waren Eure Verbrechen?«

Ein kleiner, von Krankheit gezeichneter Mann meldete sich mit rauher Stimme zu Wort: »Ich habe schlecht über einen Priester gesprochen, Lady.«

»Ich habe für meine hungrigen Kinder vor dem Steuereintreiber Korn zurückbehalten«, rief ein anderer.

Die Liste der unbedeutenden Vergehen ging weiter, bis Mara sich vergewissert hatte, daß Lujans Aussage der Wahrheit entsprochen hatte – Diebe und Mörder hatten in seiner Gruppe keinen Unterschlupf gefunden. Dann sprach sie zu den Verdammten: »Geht, wohin Ihr wollt, oder tretet als freie Männer in meinen Dienst. Als Herrscherin der Acoma biete ich Euch die Begnadigung innerhalb der Grenzen meines Landes.« Wenn auch die kaiserliche Amnestie jenseits ihrer Macht als Herrscherin eines Familienclans lag, wußte Mara doch, daß kein Minister der Kaiserlichen Regierung Einwände wegen des Schicksals niederer, beinahe namenloser Arbeiter erheben würde – besonders dann nicht, wenn er niemals von einer solchen Amnestie gehört hatte.

Die begnadigten Männer grinsten über den Schachzug der Lady und eilten zu Papewaio, um ihren Treueeid abzulegen. Froh knieten sie nieder. Als Arbeiter der Acoma würden sie möglicherweise von den Feinden der neuen Herrin bedroht sein, aber die Gefahr, die mit dem Dienst gegenüber einem großen Haus verbunden war, war immer noch ihrer bitteren Existenz als Gesetzlose vorzuziehen.

Die nachmittägliche Sonne ließ die Schatten der Bäume immer länger werden, und goldfarbene Lichtsprengsel kämpften sich durch die lichten Stellen zwischen den Zweigen und Ästen. Mara betrachtete die mittlerweile ziemlich zusammengeschmolzene Schar der Banditen, bis ihr Blick an Lujan hängenblieb. »Ihr herrenlosen Soldaten, hört mir gut zu.« Sie hielt inne, wartete, bis die frisch angeworbenen Arbeiter auf der Straße verschwunden waren und ihr fröhliches Geplauder verklang. Sie wirkte zart und zierlich neben Papewaios muskulöser Gestalt, doch jetzt wandte sie sich an den härtesten und ungepflegtesten Anhänger Lujans und suchte seinen Blick. »Ich biete Euch etwas an, das noch keinem Krieger in der Geschichte des Kaiserreichs widerfahren ist: einen zweiten Anfang. Wer von Euch möchte mit zu meinem Gut zurückkehren, um sich Ehre neu zu erschaffen ... indem er vor dem Heiligen Hain niederkniet und dem Natami der Acoma ewige Treue schwört?«

Stille senkte sich über die Lichtung, und einen Augenblick schien es, als wagte niemand zu atmen. Doch dann brach blankes Chaos aus. Aufgeregte Männer stellten laute Fragen und wurden von anderen niedergeschrien, die meinten, die Antworten zu kennen. Einige stießen ihre schmutzigen Hände in die Luft, um die Grenzen des Gesetzes zu betonen, andere stampften mit den Füßen auf den Boden. Schließlich sprangen die erregten Männer auf und drängten zu Maras Wagen.

Papewaio gebot der stürmischen Menge mit gezogenem Schwert Einhalt, und Keyoke eilte von den Wagen herbei und befahl Ruhe.

Nur langsam beruhigten sich die Banditen. Als es wieder still war, warteten sie darauf, daß ihr Anführer das Wort ergriff.

Voller Respekt gegenüber Papewaios Wachsamkeit verbeugte Lujan sich tief vor dem Mädchen, das es gewagt hatte, sein bisheriges Leben so sehr in Unordnung zu bringen. »Lady, Eure Worte sind ... erstaunlich ... großzügig, jenseits jeder Vorstellungskraft. Aber wir haben keine Herren, die uns aus unserem früheren Dienst entlassen könnten.« Etwas wie Trotz blitzte in seinen Augen auf.

Mara bemerkte es und versuchte ihn zu verstehen. Obwohl sich hinter seinem verwahrlosten Äußeren etwas Spitzbübisches verbarg, ganz davon abgesehen, daß er zudem gut aussah, verhielt er sich wie ein Mann, der bedroht wurde. Plötzlich verstand Mara auch, warum. Diese Männer besaßen nichts mehr, wofür es sich zu leben gelohnt hätte, sie lebten ohne jede Hoffnung von einem Tag auf den nächsten. Wenn es ihr gelang, sie dazu zu bringen, daß sie das Schicksal wieder in ihre eigenen Hände nehmen und den Acoma ihre Loyalität schworen, würde sie Krieger von unvorstellbarem Wert erhalten. Doch zunächst mußte sie ihnen wieder den Glauben an eine Zukunft zurückgeben.

»Ihr *seid* in keinem Dienst gebunden«, sagte sie sanft zu Lujan.

»Aber wir haben einen Eid geschworen …« Seine Stimme wurde schwächer, bis sie kaum mehr als ein Flüstern war. »Niemals zuvor ist ein Angebot wie dieses gemacht worden. Wir … Wer von uns kann sagen, was ehrenvoll ist?« Da war etwas Flehentliches in Lujans Stimme, als würde er Mara bitten, ihm vorzuschreiben, was richtig war. Auch die übrigen Banditen waren verwirrt und sahen ihren Anführer ratsuchend an.

Plötzlich fühlte sich Mara wieder wie die unerfahrene siebzehnjährige Novizin Lashimas, und sie wandte sich hilfesuchend an Keyoke. Der alte Krieger ließ sie nicht im Stich. Auch ihn berührte dieser Mißbrauch der Tradition unangenehm, doch er ließ es sich nicht anmerken, als er zu ihnen sprach: »Wie es heißt, muß ein Soldat im Dienst entweder für seinen Herrn sterben, oder er wird entehrt. Wie meine Herrin zeigt, kann das Schicksal aber auch anders entscheiden, und niemand ist berechtigt, mit den Göttern zu streiten. Wünschen die Götter nicht, daß Ihr den Acoma dient, fällt ganz sicher ihr Mißfallen auf dieses Haus. Meine Herrin will dieses Risiko eingehen, für sich selbst und für Euch. Sterben werden wir alle, mit oder ohne Gunst des Himmels. Die Kühnen von Euch können jedoch das Schicksal herausfordern« – er hielt einen langen Augenblick inne, bevor er weitersprach – »und als Soldaten sterben.«

Lujan rieb seine Handgelenke; er war immer noch nicht ganz überzeugt. Die Götter zu verärgern bedeutete, den völligen Ruin heraufzubeschwören. Das unglückselige Leben, das er als Gesetzloser zu ertragen hatte, bot immerhin die Möglichkeit, den Fehler zu sühnen, den er begangen hatte, als er nicht mit seinem Herrn gestorben war. Vielleicht könnte seine Seele sogar das nächste Mal, wenn sie an das Rad des Lebens gebunden würde, auf eine höhere Stufe gelangen.

Während die Banditen, jeder ganz mit sich beschäftigt, immer stärker die nervöse Unruhe ihres Anführers widerspiegelten, fuhr Papewaio mit dem Finger über seine Narbe. »Ich bin Papewaio, Truppenführer der Acoma«, erklärte er nachdenklich. »Ich wurde in den Dienst für dieses Haus hineingeboren, aber einige Cousins meines Vaters und Großvaters dienten den Shinzawai, den Wedewayo, den Anasati ...« Er hielt inne, und als niemand etwas sagte, fügte er die Namen weiterer Häuser hinzu.

Lujan stand wie gebannt da. Er hielt die Augen halb geschlossen, als hinter ihm ein Mann rief: »Mein Vater diente dem Haus der Wedewayo. Ich lebte dort, bevor ich in den Dienst des Lords der Serak trat. Der Name meines Vaters war Almaki.«

Papewaio nickte, während er rasch nachdachte. »Der gleiche Almaki, der ein Cousin von Papendaio, meinem Vater, war?«

Der Mann schüttelte enttäuscht den Kopf. »Nein, aber ich kannte ihn. Er wurde der Kleine Almaki genannt, während mein Vater der Große Almaki war. Doch auch noch andere Cousins meines Vaters dienten dort.«

Papewaio bedeutete dem Mann, die Reihen zu verlassen und zu ihm zu kommen. Leise berieten sie sich einige Minuten außerhalb von Maras Hörweite, während sich unter den anderen Erregung breitmachte. Schließlich brach der Bandit in ein breites Grinsen aus, und der Truppenführer wandte sich mit einer ehrerbietigen Verbeugung an seine Herrin. »Mylady, dies ist Toram. Sein Onkel war der Cousin eines Mannes, der eine Frau heiratete, die die Schwester der Frau war, die den Neffen meines Vaters heiratete. Er ist mein Cousin und wert, dem Haus der Acoma zu dienen.«

Mühsam verbarg Mara hinter dem Ärmel ihres Gewandes ein Lächeln. Pape und der offensichtlich gerissene Toram hatten sich eine einfache Tatsache der tsuranischen Kultur zunutze gemacht. Den zweiten und dritten Söhnen von Soldaten stand es frei, Dienst in Häusern zu leisten, in denen sie nicht geboren waren. Indem Papewaio den Grauen Krieger wie einen Jugendlichen behandelte, umging Papewaio Lujans Problem mit der Ehre vollkommen. Als Mara wieder in der Lage war, sich würdevoll zu äußern, sagte sie einfach nur: »Pape, nehmt Euren Cousin in unseren Dienst auf, wenn er bereit dazu ist.«

Brüderlich umfaßte Papewaio Torams Schultern. »Cousin, du wirst gebeten, den Acoma zu dienen.«

Der Mann erhob sein Kinn mit neuerlangtem Stolz und erklärte mit leicht brüchiger Stimme seine Zustimmung: »Ich werde kommen!«

Seine Worte lösten große Aufregung unter den Gesetzlosen aus, die sich jetzt um die Soldaten der Acoma scharten und begannen, Namen von Verwandten auszutauschen. Wieder kämpfte Mara gegen ein Lächeln an. Jeder Tsurani von edler Geburt und jeder Soldat kannte die Blutslinie seiner Familie mehrere Generationen weit zurück, wie er auch die Namen von Cousins, Tanten und Onkels kannte, auch wenn er die meisten niemals gesehen hatte. Wenn sich zwei Tsurani zum ersten Mal begegneten, begann gewöhnlich ein ausführlicher Austausch über die Gesundheit der Verwandten; dann wurden Geschichten ausgetauscht, bis die zwei Fremden wußten, wer von ihnen ein Stückchen höher auf der sozialen Leiter stand. Es war so gut wie ausgeschlossen, daß sich auch nach ausführlicher Unterredung keine noch so schwache Verbindung offenbaren würde, die es den Grauen Kriegern ermöglichte, in den Dienst der Acoma gerufen zu werden.

Mara gestattete Papewaio, ihr seine Hand zu reichen, damit sie vom Wagen steigen konnte. Die Banditen sammelten sich in kleinen Grüppchen um verschiedene Soldaten, und fröhliche Stimmen stellten Fragen und gaben Antworten, als Verwandtschaftsbeziehungen festgestellt wurden. Lujan schüttelte verwundert den Kopf und sah Mara an; seine Augen leuchteten vor kaum verborgenen Gefühlen. »Mylady, allein die List, mit der Ihr uns gefangennahmt, war ein Meisterstück und … hätte mich mit Stolz erfüllt, Euch dienen zu dürfen. Dieses hier aber …« Er deutete mit seiner Hand auf seine aufgeregt hin und her eilenden Männer. »Dieses hier ist jenseits jeder Vorstellungskraft.« Er wurde beinahe überwältigt von seinen Gefühlen und wandte sich einen Augenblick ab, während er mühsam schluckte, dann sah er Mara wieder an. Jetzt trug sein Gesicht wieder die typische Maske der Tsurani, auch wenn seine Augen noch glänzten. »Ich weiß nicht, ob es … richtig ist, aber gern trete ich in Eure Dienste und mache die Ehre der Acomas zu meiner eigenen. Ich stelle Euch mein Leben zur Verfügung, Mylady. Und auch wenn es nur noch kurz sein sollte, wird es ein gutes gewesen sein, denn ich werde wieder die Farben eines Hauses getragen haben.« Er straffte sich. Jede Spur von Verwegenheit war von ihm abgefallen, als er jetzt für einen langen Moment seinen Blick auf ihr ruhen ließ, bis sie ihn erwiderte. Die Worte, die er dann sprach, beeindruckten sie auch noch viel später wegen ihrer Aufrichtigkeit. »Ich hoffe, das Schicksal erspart mir noch einige Jahre den Tod, Mistress, damit ich an Eurer Seite stehen kann. Denn ich bin sicher, Ihr spielt das Spiel des Rates.« Beinahe hätte er die Kontrolle über sich verloren; seine Augen schimmerten feucht, und ein Grinsen breitete sich auf seinem Gesicht aus. »Und ich denke, es wird das Kaiserreich für immer verändern.«

Mara stand still da, während Lujan sich verbeugte und fortging, um auch seine Verwandtschaftsbeziehungen mit denen der

Acoma-Soldaten zu vergleichen und jemanden aus seiner Familie zu finden – wie entfernt die Verbindung auch sein mochte. Dann ließ er mit Keyokes Erlaubnis Läufer zu seinem Lager schicken, um die übrigen Mitglieder seiner Gefolgschaft holen zu lassen. Die Nachzügler reagierten unterschiedlich ungläubig, doch als sie die Lady der Acoma auf einem Thyza-Wagen thronen sahen, als hielte sie im Schatten einer Säule ihres Hauses Hof, verloren sie ihre Zweifel. Sie ließen sich vom Überschwang ihrer Kameraden, die bereits in den Dienst der Acoma getreten waren, mitreißen und nannten ebenfalls all ihre Cousins und angeheirateten Verwandten, bis auch der letzte seine Ehre durch den Eintritt in den Dienst eines Hauses wiedererlangt hatte.

Der Nachmittag verging, und der Schatten der Schlucht kroch über die Lichtung. Die Hitze ließ nach, und der frische Wind, der durch die Äste und Zweige rauschte, wehte den Geruch des Waldes zu ihnen. Zufrieden mit dem Ausgang dieses Tages beobachtete Mara einige Gaguin-Vögel, die sich im Sturzflug über die in der Brise tanzenden Insekten hermachten. Nachdem sie ihre Mahlzeit beendet hatten und mit heiseren Rufen gen Süden aufbrachen, bemerkte Mara, wie müde und hungrig sie selbst war.

Als hätte er ihre Gedanken gelesen, trat Keyoke neben sie und sagte: »Lady, wir müssen sofort aufbrechen, wenn wir noch vor Einbruch der Nacht Euer Haus erreichen wollen.«

Mara nickte; sie hatte genug von den harten Säcken mit Thyza-Korn und sehnte sich nach weichen Kissen. Nach den Blicken all der hungrigen Männer empfand sie den kleinen, geschützten Raum ihrer Sänfte plötzlich als sehr einladend. »Gehen wir also, Kommandeur. Es sind Acoma-Soldaten hier, die sich über ein Bad und eine warme Mahlzeit freuen und es vorziehen würden, sich in Baracken auszuruhen, wo der Nebel ihre Laken nicht klamm werden läßt«, rief sie laut genug, daß die Männer es hören konnten.

Selbst Maras Augen wurden feucht vor Rührung, als die ehemaligen Banditen daraufhin stürmische Freudenschreie ausstießen. Die Männer, die vor kurzem noch bereit gewesen waren, gegen sie zu kämpfen, waren nun bestrebt, sie zu schützen. Still dankte das Mädchen Lashima. Dies war ihr erster Sieg, und er hatte sich noch recht leicht erringen lassen; angesichts der Stärke der Minwanabi und der raffinierten Schläue der Anasati würden weitere Siege in Zukunft nicht so einfach sein – wenn sie ihr überhaupt gelingen sollten.

Mara wurde leicht gegen die Kissen geworfen, als die Sklaven die Sänfte aufnahmen; sie fühlte sich plötzlich erschöpft und müde und erlaubte sich einen tiefen Seufzer der Erleichterung. Alle Zweifel und Ängste, die sie während der Auseinandersetzung und der Unterredung mit den Banditen unterdrückt hatte, traten jetzt hinter dem Schutz der Vorhänge an die Oberfläche. Erst jetzt konnte sie sich eingestehen, wie verängstigt sie gewesen war. Sie spürte ein unerwartetes Frösteln. Sie war sich im klaren, daß Feuchtigkeit die feine Seide ihres Kleides verderben würde, und unterdrückte schniefend den unerträglichen Drang zu weinen. Lano hatte sich über ihre Gefühlsausbrüche als Kind immer lustig gemacht, er hatte sie damit geneckt, daß sie keine richtige Tsurani wäre – obwohl von Frauen niemals so sehr erwartet wurde, sich zu beherrschen, wie von Männern.

Sie erinnerte sich an seine scherzhaften Worte und daran, daß sie ihren Vater niemals unsicher gesehen hatte, auch nicht zweifelnd oder ängstlich. Sie schloß die Augen und versuchte sich mit einer meditativen Übung zu beruhigen. Sie hörte die Stimme der Schwester, die sie im Tempel Lashimas unterrichtet hatte, in ihrem Bewußtsein: Lerne die wahre Natur deines Ichs kennen, akzeptiere alle Aspekte deines Ichs, dann kannst du beginnen, sie zu beherrschen. Die Leugnung des Ichs heißt, alles zu leugnen.

Mara schniefte wieder. Jetzt tropfte auch ihre Nase. Sie schob ihre Ärmel hoch, um sie nicht zu beschmutzen, und gestand sich still die Wahrheit ein. Sie war erschreckt gewesen, am meisten in dem Augenblick, als sie überlegt hatte, ob die Banditen möglicherweise ihre Güter überfielen, während sie hier vergeblich die Berge nach ihnen absuchte.

Wieder tadelte Mara sich: So durfte sich eine Herrscherin nicht benehmen! Doch dann verstand sie die Quelle ihrer Gefühle: Sie konnte nicht mit Sicherheit sagen, welches Benehmen von einer Herrscherin erwartet wurde. Sie besaß keinerlei Erfahrung, was das Führen eines Hauses anging – ein Tempelmädchen, wider Willen in den tödlichsten aller Wettbewerbe des Kaiserreichs gestoßen.

Mara rief sich eine frühe Lektion ihres Vaters ins Gedächtnis: Zweifel behinderten die Fähigkeit, entschlossen zu handeln, und im Spiel des Rates war Zögern gleichbedeutend mit Sterben.

Um zu vermeiden, daß sie zu lange über ihre Schwächen grübelte, blinzelte Mara durch einen Spalt in den Vorhängen auf die gerade rekrutierten Acoma-Angehörigen. Ihre Kleidung war vernachlässigt, die Gesichter waren ausgezehrt, die Arme dürr, und ihre Augen erinnerten an erschreckte Tiere, doch diese Männer waren Soldaten, und Mara erkannte nun etwas, was sie bisher übersehen hatte: Diese Gesetzlosen, sogar dieser spitzbübische Lujan, waren genauso erschreckt gewesen wie sie. Diese Erkenntnis verblüffte Mara zunächst, bis sie den Überfall noch einmal vor ihrem geistigen Auge ablaufen ließ – diesmal allerdings aus der Perspektive der Gesetzlosen. Abgesehen davon, daß sie in der Unterzahl waren, hatten sich die Krieger der Acoma als kampferprobte Soldaten präsentiert, gut bewaffnet und stark. Einige dieser Grauen Krieger dagegen hatten seit einem Jahr keine richtige Mahlzeit mehr gesehen, und ihre Waffen waren eine seltsame Mischung aus weggeworfenen, gestohlenen oder mühselig zusammengebastelten Schwertern und Messern. Nur wenige hatten so etwas wie einen Schild, und keiner trug eine Rüstung. Nein, dachte Mara, viele dieser traurigen, verzweifelten Männer mußten damit gerechnet haben, daß einige von ihnen an diesem Tage ihr Leben lassen würden. Und jeder hatte sich gefragt, ob er wohl zu ihnen gehören würde.

Die Männer marschierten weiter, ohne etwas von den Gedanken ihrer Herrin zu ahnen. Ihre Gesichter enthüllten eine ganze Reihe widerstrebender Gefühle, unter ihnen Hoffnung und die Furcht vor falscher Hoffnung. Mara sank wieder in die Kissen zurück; geistesabwesend betrachtete sie das farbenfrohe Muster der Vorhänge in der Sänfte. Wie hatte sie das alles plötzlich in den Gesichtern der Männer erkennen können? Hatte ihre eigene Furcht möglicherweise zu einer Wahrnehmungsfähigkeit geführt, die sie bisher selbst nicht verstanden hatte? Auf einmal erfüllten Erinnerungen an ihren Bruder Lanokota ihr Bewußtsein, und ihr war, als würde er neben ihr sitzen. Sie konnte ihn flüstern hören, als sie die Augen schloß. »Du wirst erwachsen, kleine Schwester.«

Plötzlich konnte Mara ihre Tränen nicht länger zurückhalten. Sie weinte jedoch nicht mehr aus Trauer, sondern aus einem überglücklichen Drang heraus, der ganz der Freude ähnelte, als Lano im vergangenen Sommer die Spiele in Sula-Qu gewonnen hatte. An diesem Tag hatten Mara und ihr Vater ihm wie Bauern vom Podium zugejubelt – eine Zeitlang hatten sie den Verhaltenskodex ihres gesellschaftlichen Rangs und des Anstandes beiseite gelegt. Jetzt jedoch überschwemmten sie die Gefühle mit einer zehnmal größeren Heftigkeit.

Sie hatte gewonnen. Sie hatte ihren ersten Sieg im Spiel des Rates gewonnen, und die Erfahrung hatte ihren Geist geschärft, ließ sie nach mehr, nach Größerem verlangen. Zum ersten Mal in ihrem Leben verstand sie, warum die großen Herrscher danach trachteten, Ehre zu erlangen und dafür sogar zu sterben bereit waren.

Sie lächelte durch die Spuren der Tränen hindurch und überließ sich den beruhigenden Bewegungen der Sänfte. Niemand von denen, die wie sie am imaginären Spieltisch der tsuranischen Politik saßen, würde von diesem Schachzug erfahren; schon gar nicht sofort oder in nächster Zeit. Während der Verrat der Minwanabi die Garnison der Acoma auf weniger als fünfzig Soldaten verringert hatte, gehörte ihr jetzt die Loyalität von mehr als zweihundert. Da Graue Krieger sich im ganzen Kaiserreich versteckt hielten, konnte sie die Männer anhalten, noch andere zu rekrutieren. Dadurch, daß sie das Kästchen mit der Feder dem Lord der Minwanabi zugesandt hatte, mochte sie vielleicht eine weitere Woche gewonnen haben – eine Woche, an deren Ende sie vielleicht schon auf fünfhundert oder noch mehr Soldaten zählen konnte, um sich einem Angriff zu widersetzen. Mara fühlte sich überglücklich. Sie kannte nun den Geschmack des Sieges! Und zwei Stimmen tauchten in ihrer Erinnerung auf. Auf der einen Seite war es die lehrende Schwester: »Kind, sei wachsam gegenüber den Verführungen von Macht und Triumph, denn jene Dinge sind vergänglich.« Doch Lanos ungestüme Stimme zwang sie, ihre Errungenschaften anzuerkennen: »Genieße den Sieg, solange du kannst, Mara-anni. Genieße ihn, solange du kannst.«

Mara lehnte sich zurück, müde genug, um ihrem Geist etwas Ruhe zu gönnen. Während ihre Sklaven sie durch die dunkler werdenden Schatten des Sonnenuntergangs nach Hause trugen, lächelte sie leicht in der Geborgenheit der Sänfte. Wenn sie auch wußte, daß ihre Situation immer noch nahezu hoffnungslos war, so würde sie dennoch Lanos Rat annehmen. Das Leben mußte ausgekostet werden, solange es existierte.

Die Wagenräder quietschten und drehten sich, und die Needras schnaubten, während der Staub der marschierenden Männer die Luft ockerfarben und golden färbte. Der Sonnenuntergang wurde zur Dämmerung, als Maras ungewöhnliche Karawane sich mit ihrer merkwürdig zusammengestellten Kompanie bewaffneter Männer auf den Besitz der Acoma zubewegte.

Die Fackeln am Haupttor des Herrenhauses warfen ihr Licht auf einen Innenhof, in dem völlige Verwirrung herrschte. Die Ankunft der ersten Gruppe der ehemals herrenlosen Arbeiter und

Bauern hatte Jican und seine Leute so sehr in Atem gehalten, daß sie alles andere vernachlässigen mußten, da Mahlzeiten, Unterkünfte und Arbeiten zu verteilen waren. Als Maras Karawane gegen Einbruch der Nacht mit Lujans zerlumpten, unterernährten Kriegern zurückkehrte, schlug der Hadonra die Hände über dem Kopf zusammen und betete zu den Göttern, daß dieser Tag mit seiner unmöglich zu bewältigenden Arbeit endlich ein Ende finden würde. Er war selbst hungrig und hatte sich längst mit den Vorwürfen abgefunden, die er von seiner Frau zu erwarten hatte, weil er nicht zu Hause gewesen war, um seine Kinder zu Bett zu bringen. Dennoch verspürte er eine unermüdliche Energie, als wollte er die Tatsache ausgleichen, da er kleiner als die meisten seiner neuen Untergebenen war. Zunächst ließ er nach dem Koch senden, damit noch ein weiterer Kessel Thyza vorbereitet und kaltes Fleisch und Früchte geschnitten würden. Dann schrieb er Namen auf und stellte zusammen, welche Männer Kleidung benötigten, welche Sandalen. Während Keyoke die Neuankömmlinge in Kompanien einteilte, stellten Jican und seine Gehilfen eine Gruppe von Sklaven zusammen, die eine leere Baracke säuberten und Laken für die Schlafstätten besorgten. Ohne offiziell von jemandem dazu beauftragt worden zu sein, übernahm Lujan die Rolle eines Offiziers, gab Anweisungen oder beruhigte, je nach Bedarf, um seiner Kompanie zu helfen sich einzurichten.

Mitten durch dieses Chaos aus umhereilenden Männern und Needra-Wagen schob sich Nacoya, ihre Haarnadeln vor lauter Tatendrang schief wie immer. Sie warf einen schnellen Blick auf Lujans verwegene Truppe und steuerte dann gezielt Maras Sänfte an. Sie bahnte sich einen Weg durch die Menge und erreichte sie gerade, als Papewaio seiner Herrin beim Aussteigen half. Steif vom Sitzen und benommen vom Fackellicht beobachtete Mara den kurzen Augenblick, als ihr Truppenführer sie der Obhut Nacoyas übergab. Es gab eine unsichtbare Linie zwischen der Domäne eines Leibwächters und einer Zofe, und sie lag ziemlich genau dort, wo der steinerne Weg von den Haupttüren des Hauses auf die Straße trat.

Nacoya begleitete ihre Herrin zurück in ihre Gemächer, einen Schritt hinter ihr, ganz wie es dem Brauch entsprach. Kaum waren sie durch die Tür, gab sie den übrigen Dienerinnen ein Zeichen, sich zurückzuziehen. Dann schloß sie die Läden fest zu, während die umherhuschenden Schatten der Öllampe ihren Gesichtsausdruck verbargen.

Als Mara innehielt und die vielen Armbänder und Juwelen abnahm, die sie getragen hatte, um während ihres Plans etwas leichtfertiger auszusehen, richtete die alte Amme sich mit hitziger Stimme an sie: »Was ist das für eine plötzliche Rückkehr? Und wer sind all diese zerlumpten Männer?«

Mara warf eine Brosche und eine Jade-Kette mit einem klirrenden Geräusch in eine kleine Schatulle. Nach all der Anspannung, der Gefahr und der berauschenden Euphorie ihres Erfolgs war ihr die gebieterische Art der Amme unangenehm, doch sie beherrschte sich, nahm einen Ring nach dem anderen ab und erzählte ihr in allen Einzelheiten von dem Plan, den sie ausgeführt hatte, um die Garnison der Acoma mit neuen Männern aufzufüllen.

Als das letzte Schmuckstück mit einem Klicken auf den Stapel fiel, erhob Nacoya ihre Stimme: »Ihr habt es gewagt, die Zukunft der Acoma mit einer derart schlecht geplanten List aufs Spiel zu setzen? Mädchen, wißt Ihr eigentlich, was Ihr da riskiert habt?« Mara drehte sich um. Nacoya stand hinter ihr, die Hände vor der Brust zusammengepreßt, das Gesicht vor Erregung gerötet. »Wenn nur einer der Banditen zu einem Schlag ausgeholt hätte, wären Eure Männer bei Eurer Verteidigung gestorben! Und wofür? Damit ein mageres Dutzend Krieger übrigbleibt, um die leere Hülle dieses Hauses gegen die Minwanabi zu schützen? Wer hätte den Natami verteidigt? Nicht Keyoke oder Papewaio. Sie wären längst tot gewesen!« Die alte Frau schüttelte sich, ihre Wut wurde fast zur Hysterie. »Ihr hättet von jedem einzelnen dieser Männer benutzt werden können! Ihr hättet getötet werden können!«

Nacoyas Stimme wurde lauter, als wäre sie unfähig, ihre Wut unter Kontrolle zu halten: »Statt dieses ... rücksichtslosen Abenteuers ... hättet Ihr ... hättet Ihr Euch lieber um eine geeignete Heirat kümmern sollen!« Nacoya streckte die Hände nach Maras Armen aus und schüttelte sie, als wäre sie noch ein Kind. »Wenn Ihr mit Eurer starrköpfigen Dummheit fortfahrt, werden Halsabschneider und Needra-Diebe Eure Güter bewachen, und Eure Möglichkeiten reduzieren sich auf die Söhne wohlhabender Düngemittelhändler, die nach einem Namen für ihre Familie suchen!«

»Genug!« Verwirrt über die Härte ihrer eigenen Stimme schob Mara die alte Frau von sich. Mit der Schärfe einer Sense, die durch das Gras fährt, hatte sie Nacoyas Worte abgeschnitten, und die alte Frau hielt in ihrer Tirade inne. Als Nacoya Anstalten machte, wieder den Mund zu öffnen, ließ Mara sie nicht zu Wort kommen: »Genug, Nacoya.« Ihr Tonfall war von energischer Heftigkeit und konnte die Wut kaum verhehlen.

Mara sah ihre alte Amme an und trat auf sie zu, bis nur noch wenige Zentimeter sie trennten. »*Ich* bin die Herrin der Acoma.« Die Aussage spiegelte nur wenig von dem Zorn des vergangenen Augenblicks, und Mara beruhigte sich langsam wieder. Sie betrachtete das Gesicht der Frau, die sie aufgezogen hatte, seit sie ein Baby gewesen war. »Mutter meines Herzens«, sagte sie dann ernst, »von allen, die mir dienen, liebe ich dich am meisten.« Dann wurden ihre Augen schmal, und das Feuer kehrte in ihre Stimme zurück. »Aber vergiß *niemals* auch nur für einen Augenblick, daß du mir dienst. Berühre mich noch einmal so, rede noch einmal in dieser Weise mit mir, Nacoya – und ich werde dich wie eine Küchensklavin prügeln lassen. Hast du mich verstanden?«

Nacoya schwankte einen Augenblick und beugte dann langsam ihren alten Kopf. Einzelne Haarsträhnen flatterten um ihren Nacken, als sie sich steif vor Mara niederließ, bis beide Knie den Boden berührten. »Ich bitte meine Herrin um Vergebung.«

Nach einem kurzen Augenblick beugte sich Mara vor und legte die Arme um Nacoyas Schultern. »Meine älteste und liebste Kameradin, das Schicksal hat unsere Rollen getauscht. Noch vor wenigen Tagen war ich eine Novizin im Tempel, und du warst meine Lehrerin und Mutter. Jetzt muß ich über dich herrschen, wie es auch mein Vater getan hat. Du dienst mir sehr, wenn du mir deine große Weisheit zur Verfügung stellst. Aber am Ende muß ich allein entscheiden, welchem Weg ich folge.«

Mara hielt die zitternde alte Frau fest. »Und solltest du jemals Zweifel haben, erinnere dich daran, daß die Banditen mich nicht gefangengenommen haben. Papewaio und Keyoke sind nicht gestorben. Ich habe die richtige Entscheidung getroffen. Meine List war erfolgreich, und jetzt erhalten wir ein bißchen von dem zurück, was wir verloren haben.«

Nacoya war still. »Ihr hattet recht«, flüsterte sie schließlich.

Mara ließ die alte Frau los und klatschte zweimal kurz in die Hände. Dienerinnen eilten herbei, um sich um ihre Herrin zu kümmern, während die alte Amme vom Boden aufstand. Immer noch bebend von der Maßregelung sagte sie: »Lady, ich bitte um die Erlaubnis, mich zurückziehen zu dürfen.«

Mara hob ihr Kinn, als eine der Dienerinnen begann, den Kragen ihres Gewandes zu öffnen. »Ja, meine gute Alte, aber kehre zurück, wenn ich gebadet habe. Wir haben viel zu besprechen. Ich habe über das nachgedacht, was du mir geraten hast. Die Zeit ist gekommen, Vorbereitungen für eine Heirat zu treffen.«

Nacoyas dunkle Augen öffneten sich weit. Nach Maras eigenwilligem Verhalten kam dieses Zugeständnis vollkommen überraschend. »Wie Ihr wünscht, Mylady«, sagte sie und verbeugte sich. Dann verschwand sie und überließ die Dienerinnen ihrer Arbeit. Im düsteren Licht des Korridors streckte die alte Frau erleichtert ihren Rücken. Zu guter Letzt hatte Mara ihre Rolle als Herrscherin akzeptiert. Und wenn auch die Intensität von Maras Tadel sie nicht unberührt gelassen hatte, so lag auch eine tiefe Befriedigung darin, die Verantwortung für ein Kind abgeben zu können, das die Ehre ihrer Vorfahren selbst in die Hand nehmen mußte. Die alte Amme nickte in sich hinein. Zwar gehörte Umsicht nicht gerade zu Maras Tugenden, doch sie hatte ohne jeden Zweifel die erstaunliche Kühnheit und den Mut ihres Vaters geerbt.

Eine Stunde später erhob sich die Lady der Acoma aus ihrer Badewanne. Zwei Dienerinnen wickelten Tücher um ihren naßglänzenden Körper, während eine andere die Trennwand wieder aufstellte, mit der die hölzerne Wanne vom Rest des Schlafzimmers abgeteilt war. Wie in allen großen Häusern der Tsuranis hingen Anzahl und Größe der Räume davon ab, wo und wie Trennwände und Türen eingesetzt wurden. Wenn Mara einen anderen Laden zur Seite schob, konnte sie das Schlafzimmer direkt vom Arbeitszimmer aus erreichen, ohne die Haupträume verlassen zu müssen.

Die Luft war immer noch heiß. Mara wählte ihre leichteste Seidenrobe, die kaum mehr als die Hälfte der Oberschenkel bedeckte und beinahe durchsichtig war, da ihr die reichhaltige Stickerei fehlte. Der Tag hatte sie zutiefst ermüdet, und sie sehnte sich nach einfacher Kleidung und Entspannung. Später, in den kühleren Stunden des späten Abends, würde sie ein längeres und schwereres Gewand tragen. Aber jetzt, in der Gegenwart ihrer Dienerinnen und Nacoyas, konnte Mara sich in der leicht anzüglichen, doch bequemen Hausrobe entspannen.

Auf den Befehl ihrer Herrin zog eine Dienerin einen Laden zurück, der den Blick auf einen kleinen Teil des Gartens im inneren Hof freigab. Mara nutzte ihn immer, wenn sie Ruhe zum Nachdenken und Sinnieren brauchte. Die raffinierte Anordnung von Büschen und Zwergbäumen zu einem dichten Streifen Grün ermöglichte es, daß die Bediensteten bei der Verrichtung ihrer

Aufgaben den zentralen Innenhof des Hauses durchquerten, ohne Mara sehen zu können.

Als Nacoya erschien, hatte Mara sich vor den Eingang zum Garten gesetzt. Das Mädchen war sichtlich erschöpft und bedeutete der Amme schweigend, sich ihr gegenüber niederzulassen. Dann wartete sie.

»Mistress, ich habe hier eine Liste aller geeigneten Verbindungen«, begann Nacoya.

Mara starrte weiterhin durch die Tür hinaus in den Garten; sie blieb vollkommen reglos bis auf eine leichte Drehung des Kopfes, als die Dienerin ihre langen, feuchten Haare kämmte. Nacoya setzte stillschweigend das Einverständnis ihrer Herrin voraus und rollte das Pergament mit ihren faltigen Händen auseinander. »Mistress, wenn wir die Intrigen der Minwanabi und Anasati überleben wollen, müssen wir sehr sorgfältig nach einer Verbindung suchen. Wir haben drei Möglichkeiten, denke ich. Wir können uns mit einem alten und ehrenvollen Namen verbinden, dessen Einfluß mittlerweile gesunken ist. Oder wir können einen Ehemann aus einer Familie wählen, die erst kürzlich zu Macht und Wohlstand gelangt ist, aber Ehre, Tradition und politische Verbindungen sucht. Schließlich können wir uns für eine Familie entscheiden, die sich mit uns verbindet, weil der Name Eures Vaters ihren eigenen Zielen im Großen Spiel zugute kommt.«

Nacoya hielt inne, um Maras Antwort abzuwarten. Doch die junge Frau starrte weiter in das Zwielicht des Gartens, und nur ein schwaches Runzeln kräuselte ihre Stirn. Die Dienerin war jetzt fertig mit Kämmen; sie band Maras Haare zu einem festen Knoten zusammen, verbeugte sich und verschwand.

Nacoya wartete. Als Mara immer noch keine Anstalten machte, sich zu rühren, räusperte sie sich und deutete, während sie ihre Erbitterung so gut es ging verbarg, auf die Schriftrolle. »Ich habe jene Familien ausgelassen, die zwar mächtig sind, denen es aber an Tradition mangelt. Ihr habt mehr von einer Heirat mit dem Sohn eines Hauses, der im Gegenzug mächtige Verbündete besitzt. Da dies möglicherweise zu Verwicklungen mit Verbündeten der Minwanabi führen kann, besonders den Anasati, bleiben nur wenige wirklich geeignete Familien.« Sie warf wieder einen Blick auf Mara, aber die Lady der Acoma schien einzig den Geräuschen der Insekten zu lauschen, die nach dem Sonnenuntergang ihren Gesang angestimmt hatten.

Als die Bediensteten ihre Runden machten und die Lampen für den Abend vorbereiteten, sah Nacoya die tiefen Runzeln auf Maras Stirn. Die alte Amme glättete das Pergament mit einer zielstrebigen Bewegung. »Von all jenen, die möglicherweise an einer Verbindung mit uns interessiert wären, scheint die beste Wahl ...«

Plötzlich sprach Mara: »Nacoya. Wenn die Minwanabi das mächtigste einzelne Haus im Kaiserreich sind, welches andere Haus ist dann ihr stärkster politischer Verbündeter?«

Nacoya legte die Liste auf ihren Schoß. »Die Anasati, zweifellos. Wenn der Lord der Anasati nicht existieren würde, wäre diese Liste mindestens fünfmal so lang. Dieser Mann hat inzwischen Verbindungen zu mehr als der Hälfte aller einflußreichen Lords des Kaiserreiches.«

Mara nickte langsam. Ihre Augen waren auf einen unbestimmbaren Punkt irgendwo in der Luft gerichtet. »Ich habe mich entschieden.«

Nacoya beugte sich erwartungsvoll nach vorn. Furcht durchströmte sie plötzlich. Mara hatte die Liste nicht einmal in die Hand genommen, geschweige denn einen Blick auf die Namen geworfen, die Nacoya dem Schreiber diktiert hatte. Mara wandte sich zu ihr um und blickte Nacoya fest an. »Ich werde einen Sohn des Lords der Anasati heiraten.«

Vier

Schachzüge

Ein Gongschlag ertönte.

Der Ton hallte durch den großen Saal im Haus der Anasati. Kriegsflaggen längst vergangener Zeiten schmückten die Wände des Raumes, und der Geruch alten, gewachsten Holzes und generationenlanger Intrigen hing in der Luft. Das gewölbte Ziegeldach warf so tiefe Schatten, daß trotz zahlloser brennender Kerzen eine düstere Atmosphäre herrschte. Die Halle selbst schluckte einen Großteil der Geräusche, so daß die dort versammelten und wartenden Höflinge und Bediensteten aussahen wie Statuen, die sich kaum bewegten und so gut wie keine Laute von sich gaben.

Am Kopfende des langen, mit Teppichen ausgelegten Mittelgangs saß auf einem beeindruckenden Podest der Lord der Anasati in seiner offiziellen Amtsrobe. Schweiß glänzte wegen dem Gewicht seiner zeremoniellen Kopfbedeckung auf seiner Stirn, doch seine mageren, scharfgeschnittenen Gesichtszüge zeigten keine Spur von Unbehagen, obwohl er in der Mittagshitze in seiner Kleidung beinahe erstickte. Ein Dutzend Schärpen in Scharlachrot und Gelb verhinderte das freie Atmen, denn die Schleifen blähten sich auf wie starke Flügel und hielten seine Schultern zurück; jedesmal, wenn er sich bewegte, mußten Diener herbeieilen und sie wieder zurechtrücken. In der einen Hand hielt er einen geschnitzten Stab, Zeichen seiner Stellung als Herrscher. Der Ursprung dieses Amtszeichens war im Lauf der Zeit verlorengegangen. Auf seinen Knien ruhte das uralte Stahlschwert der Anasati, ein wichtiges Relikt, das gleich an zweiter Stelle nach dem Familien-Natami kam. Seit den Tagen der Goldenen Brücke und der Flucht, als die Völker zum ersten Mal nach Kelewan gekommen waren, wurde es vom Vater auf den Sohn vererbt. Jetzt lag es mit grausamer Schwere auf den alten Knien, eine Unannehmlichkeit, die der Lord der Anasati genau wie all die anderen Amtsinsignien erdulden mußte, während er auf die Ankunft des Emporkömmlings – dieses Acoma-Mädchens – wartete. Der Raum war wie ein Backofen, denn entsprechend der Tradition mußten sämtliche Läden bis zum offiziellen Auftritt des oder der Werbenden geschlossen bleiben.

Tecuma, Lord der Anasati, nickte leicht mit dem Kopf, und sein Erster Berater Chumaka eilte zu ihm. »Wie lange noch?« flüsterte der Lord ungeduldig.

»Nicht mehr lange, Herr.« Der loyale Berater hüpfte wie ein nervöses Nagetier auf und ab und setzte zu einer Erklärung an: »Der Gong hat dreimal geläutet – als Maras Sänfte das äußere Tor erreichte, als sie am Haupthaus ankam und jetzt gerade, als sie durch das Tor hindurch den Innenhof betrat. Der vierte Schlag wird erklingen, wenn sie Eurer erhabenen Gegenwart teilhaftig werden wird, Mylord.«

Der Lord der Anasati spürte den lastenden Druck der Stille und empfand tiefes Verlangen nach Musik. »Habt Ihr an das gedacht, was ich Euch aufgetragen hatte?« fragte er.

»Natürlich, Mylord. Euer Wunsch ist mir Befehl. Ich habe mehrere geeignete Beleidigungen zusammengestellt, mit denen Ihr auf die Anmaßung der Acoma-Hexe antworten könnt.« Der Berater leckte sich die Lippen. »Falls sie Euren Sohn Jiro als Gemahl erbittet ... nun, das wäre brillant ...« Der Lord der Anasati warf seinem Berater einen neugierigen Blick zu, was die linke Seite seiner Festtagsrobe nach unten rutschen ließ. Bedienstete stürzten zu ihm und rückten die Unordnung mit eifrigen Händen wieder zurecht. Chumaka fuhr mit seinen Bemerkungen fort: »Brillant, wenn auch nur die geringste Hoffnung auf Erfolg bestünde. Eine Heirat Maras mit einem Eurer Söhne würde Euch als Verbündeten an die Acoma binden. Ihr müßtet nicht nur die

Schatzkammern leeren, um sie schützen zu können; die Hexe wäre dann auch in der Lage, ihre gesamte Aufmerksamkeit auf den Lord der Minwanabi zu richten.«

Der Lord der Anasati kräuselte die Lippen, ein Zeichen seiner nur mühsam verborgenen Abneigung gegenüber dem soeben erwähnten Mann. »Ich werde sie selbst heiraten, wenn ich auch nur im entferntesten daran glauben würde, daß es ihr gelingen könnte, diesen Jaguna im Spiel des Rates zu vernichten.« Er runzelte die Stirn. Als er den nächsten Gedanken aussprach, wurden seine Knöchel weiß, so fest hielt er den Stab umfaßt. »Aber was will sie erreichen? Sie muß sich darüber im klaren sein, daß wir ihr niemals gestatten werden, Jiro als Gatten zu sich zu nehmen. Außer den Fünf Großen Familien ist die Familie der Acoma die einzige, die noch älter ist als meine. Wenn sie fällt, und wenn mit etwas Glück auch eine der Fünf fällt ...«

»... dann würden die Anasati eine der Fünf Großen«, beendete Chumaka den schon so oft ausgesprochenen Wunsch seines Herrn.

Tecuma nickte. »Und eines Tages würde einer meiner Nachfolger vielleicht Kriegsherr.« Er warf einen Blick nach links, wo seine drei Söhne auf einem etwas niedrigeren Podest warteten.

Seinem Vater am nächsten saß Halesko, Erbe des Anasati-Mantels. Neben ihm war Jiro, der klügste und fähigste der drei. Es war bereits abgemacht, daß er einmal eine Tochter aus einer der zwölf großen Familien heiraten würde, möglicherweise sogar das Kind des Kaisers selbst, um den Anasati weitere einflußreiche politische Verbindungen zu bescheren. Neben ihm lümmelte Buntokapi; ganz offensichtlich war er damit beschäftigt, Dreck unter seinen Fingernägeln wegzukratzen.

Der Lord der Anasati betrachtete das träge Gesicht seines jüngsten Sohnes. »Ihr glaubt doch nicht, daß sie aufgrund irgendeiner seltsamen Vorsehung Bunto nehmen wird, oder?«

Die dünnen Augenbrauen des Beraters wölbten sich. »Unsere Spione bestätigen zwar, daß sie ein kluges, wenn auch noch unerfahrenes Mädchen ist, doch die Wahl Buntos … würde ein bißchen mehr Gerissenheit voraussetzen, als ich bei ihr erwarten würde, Lord.«

»Gerissenheit? Wenn sie Bunto wählt?« Tecuma drehte sich ungläubig um und brachte die Schärpen wieder durcheinander, was wiederum eine neue Welle von eifrig herumfuchtelnden Dienern in Gang setzte. »Seid Ihr von Sinnen?«

Der Berater betrachtete den stumpfsinnig vor sich hin starrenden dritten Sohn. »Ihr könntet versucht sein, ja zu sagen.«

Mit einem Blick, der an offenes Bedauern grenzte, seufzte der Lord der Anasati: »Ich fürchte, ich würde ablehnen müssen, nicht wahr?«

Der Erste Berater schnalzte mit der Zunge. »Selbst Bunto würde ihr zuviel politische Macht bescheren. Und denkt nur daran, daß der Hund der Minwanabi versehentlich auch Bunto töten könnte, wenn er die Acoma auslöscht … Vergeßt nicht das Durcheinander, das er anrichtete, als er den Hamoi-Attentäter sandte.«

Der Lord der Anasati nickte. »Ja. Ich wäre gezwungen, an seiner Familie Vergeltung zu üben. Es ist eine Schande, daß der Lord der Minwanabi das Attentat auf Mara verpfuscht hat, doch ich fürchte, damit hätten wir rechnen müssen: Der Mann ist schlimmer als ein Jaguna und besitzt die feinsinnigen Instinkte eines Needra-Bullen im Zuchtstall.« Tecuma verlagerte sein Gewicht in dem Versuch, eine bequemere Position zu finden, und die Schärpen bewegten sich gefährlich. Als die Bediensteten Anstalten machten, zu ihm zu eilen, hielt er inne und achtete darauf, daß sein Kostüm nicht verrutschte. »Die Demütigung ihres Vaters störte mich nicht – ganz sicher hatte Sezu so oft es ging versucht, etwas aus mir herauszuholen. Und ganz sicher sind die Regeln des Spiels eingehalten worden. Die Sache mit den Blutfehden jedoch …« Er schüttelte den Kopf, und die schwere Kopfbedeckung wackelte so stark, daß er beinahe nicht mehr in der Lage war, sie vor dem Herabfallen zu bewahren. Chumaka streckte seine Hand aus und rückte sie sanft zurecht, während Tecuma fortfuhr: »Und diese ganze Mühe nur deshalb durchzustehen, um seine Blage zu demütigen, ist reine Zeitverschwendung.« Er sah sich in dem heißen Raum um. »Götter, all diese vielen Musiker, und nicht ein einziger unterhaltsamer Ton kommt von ihnen.«

Wenn es um die Einhaltung des formellen Rituals ging, konnte Chumaka überaus kleinlich sein – bis an die Grenze zur Pedanterie. »Sie müssen sich bereit halten, um die offizielle Eröffnungsmusik zu spielen, Mylord.«

Der Lord der Anasati seufzte verzweifelt auf, seine Niedergeschlagenheit lag nur zum Teil an der eintönigen Stimme seines Beraters. »Ich hatte gerade angefangen, mich an den neuen Kompositionen zu ergötzen, die die Musiker diesen Monat vorbereitet hatten. Jetzt ist der ganze Tag verschwendet. Vielleicht könnten sie etwas spielen, bis Mara eintrifft?«

Chumaka schüttelte den Kopf, während Schweiß über seine Knollennase rann. »Lord, irgendein Bruch mit der Etikette, und die Lady der Acoma wird durch die Beleidigung nur gewinnen.« Chumaka war von Natur aus geduldiger als sein Herr, doch auch er fragte sich inzwischen, warum die Gefolgschaft des Mädchens so lange benötigte, um den Innenhof zu überqueren. »Finde heraus, was die Verzögerung verursacht«, flüsterte er dem nächststehenden Diener zu.

Der Mann verbeugte sich und schlüpfte unauffällig durch eine Seitentür. Wenige Augenblicke später kehrte er zurück und erstattete Bericht. »Die Lady der Acoma sitzt draußen vor der Tür, Herr.«

Inzwischen war auch Chumaka an den Grenzen seiner Geduld angelangt. »Und warum schlägt dann niemand den Gong, um sie anzukündigen?« flüsterte er.

Der Diener blickte unglücklich zur Haupttür, die noch immer von den offiziell gekleideten Türstehern bewacht wurde. »Sie klagte über die Hitze und ließ parfümierte, feuchte Tücher und kalte Getränke für sich und ihre Gefolgschaft bringen, um sich vor ihrem Erscheinen in der Halle etwas zu erfrischen, Herr.«

Chumaka sah von einem Mitglied des Hofes der Anasati zum anderen. Sie alle harrten in der schwülen Mittagshitze seit mehr als einer Stunde aus. Er überdachte noch einmal den Eindruck, den er von Mara hatte. Ihre Verspätung mochte ein gerissener Schachzug sein, eine kühl berechnete Handlung, mit der sie den Gegner bis an den Rand kleinlicher Wut zu reizen versucht, um sich einen Vorteil zu verschaffen.

»Nun, wie lange mag es wohl dauern, eine Tasse Wasser zu trinken?« fragte Tecuma.

»Mylord, die Forderung der Lady traf uns völlig unvorbereitet. Es dauerte eine Zeit, bis wir eine so große Gefolgschaft mit Getränken versorgt hatten.«

Der Lord der Anasati wechselte einen Blick mit seinem Ersten Berater. »Und wie groß *ist* ihr Gefolge?« fragte Chumaka.

Der Diener errötete; ungebildet wie er war, konnte er nur bis zwanzig wirklich zählen. Doch er tat sein Bestes. »Sie hat fünf Dienerinnen bei sich und eine alte Frau, die eine etwas gehobenere Stellung innehat. Außerdem sah ich zwei Offiziere mit Federbüschen auf ihren Helmen.«

»Was bedeutet, daß es nicht weniger als fünfzig Krieger sind.« Tecuma neigte sich zu seinem Ersten Berater hinüber und sprach so leise und schnell, daß es beinahe zischend klang. »Ihr hattet mir doch erklärt, daß ihre *gesamte Garnison* bis auf weniger als fünfzig Krieger vernichtet wäre.«

Chumaka blinzelte. »Mylord, unsere Spionin im Haushalt der Minwanabi teilte uns mit, daß nicht nur Sezu und sein Sohn in dem Kampf gefallen seien, sondern auch die Hauptmacht der Acoma.«

Dem Diener, der in Hörweite der Unterhaltung stand, war sichtlich unbehaglich zumute, aber Chumaka achtete nicht weiter darauf. »Würde die Lady der Acoma dann wagen, ihre gesamte restliche Streitkraft mitzubringen?« fragte er etwas lauter.

Der Diener, der sich ganz offensichtlich weit, weit weg wünschte, ergriff jetzt das Wort: »Sir, der Hadonra sagte, sie hätte noch mehr mitgebracht. Zu unserer Schande –« Er sah, wie der Lord der Anasati sich anspannte bei der Vermutung, der Mangel an Vorbereitung könnte sein Haus mit Unehre beflecken, und er änderte seinen Bericht etwas. »– das heißt natürlich, zu der Schande Eurer bescheidenen Diener, Mylord – war sie gezwungen, weitere hundert Krieger in einem Lager außerhalb des Guts meines Herrn zu lassen, da wir keine Unterkünfte für sie bereit hatten.«

Erleichtert folgte der Diener Chumakas Aufforderung zu gehen, während Tecumas Stimmung sich deutlich veränderte. Zunächst war er über den möglichen Affront des Dieners gegenüber der Ehre des Hauses verärgert gewesen, doch jetzt wurde er mißtrauisch angesichts der Bedeutung dessen, was ihm gerade erklärt worden war. »Der Kommandeur der Acoma« – seine Hand vollführte eine kleine kreisförmige Geste, als er in seinem Gedächtnis nach dem richtigen Namen suchte –, »Keyoke, ist ein erfahrener Kämpfer und kein Narr. Wenn Mara einhundertfünfzig Krieger mit hierher nimmt, müssen wir davon ausgehen, daß doppelt so viele zurückgeblieben sind, um ihre Güter zu bewachen. Sezus Reservegarnison muß sehr viel größer gewesen sein, als wir vermutet haben.« Sein Blick offenbarte zunehmende Gereiztheit, dann kniff er die Augen argwöhnisch zusammen. »Unsere Spionin steht entweder im Dienst der Minwanabi, oder sie ist unfähig. Ich erteile Euch die Verantwortung, es herauszufinden; schließlich habt Ihr mir dazu geraten, eine so hohe, vertrauenswürdige Stellung mit einer Person zu besetzen, die nicht in diesem Haus geboren wurde. Wenn wir betrogen worden sind, müssen wir es sofort wissen.« Die Hitze und Unbequemlichkeit waren für sich genommen schon schlimm genug, um diese Spionin im Herrenhaus der Minwanabi unterzubringen. Er richtete seinen Blick unverwandt auf seinen Ersten Berater. »Ich habe das deutliche Gefühl, daß Ihr uns auf einen falschen Weg gebracht habt.«

Chumaka räusperte sich. Er fächelte sich mit einem dekorativen Fächer Luft zu, damit niemand seine Lippen lesen konnte. »Mylord, urteilt nicht vorschnell. Diese Agentin diente uns bisher sehr zuverlässig und ist *außerordentlich* gut plaziert.« Unterwürfig hielt er inne und leckte sich über die Lippen. »Viel wahrscheinlicher hat unsere Lady Mara einen Weg gefunden, den Lord der Minwanabi in die Irre zu führen, was erklären würde, weshalb unsere Agentin falsche Angaben gemacht hat. Ich werde jemand anderen hinschicken. Entweder kehrt er mit der Bestätigung meiner Ausführungen zurück oder mit der Nachricht vom Tode einer Verräterin.«

Tecumas aufgebrachte Stimmung ließ etwas nach – wie bei einem gereizten Mördervogel, der seinen zerzausten Federn langsam gestattete, sich zu glätten. In diesem Augenblick erklang endlich der vierte Gongschlag. Diener, die im Innern der Halle gewartet hatten, öffneten die Türen zum Hof, während Chumaka das alte Ritual zur Begrüßung von Werbenden begann: »Wir heißen Euch willkommen in unserem Haus, wie Licht und Wind, Wärme und Regen tragt Ihr das Leben in diesen Raum.« Die Worte waren ein alter Brauch und spiegelten nichts von den wahren Gefühlen der Anasati gegenüber den Acoma wider. Doch im Spiel des Rates mußten die Formen immer gewahrt bleiben. Eine leichte Brise brachte die Wandbehänge und Vorhänge in Bewegung. Der Lord der Anasati seufzte beinahe hörbar vor Erleichterung auf. Chumaka sprach lauter, um den kleinen Fehltritt seines Herrn zu verschleiern: »Tretet ein, Werbende, und erklärt Euren Wunsch. Wir bieten Euch Getränke und Essen, Wärme und Entspannung.« Chumaka lächelte innerlich bei den letzten Worten. Niemand benötigte oder wünschte an einem Tag wie diesem zusätzliche Wärme, und Mara würde sicherlich wenig Entspannung vor dem Lord der Anasati finden. Er wandte seine Aufmerksamkeit denen zu, die jetzt die Halle betraten.

Im Takt einzelner Trommelschläge traten Träger in grauen Roben durch diejenige Tür, die vom Podest des Lords am weitesten entfernt war. Die flache, offene Sänfte war voller hochaufgetürmter Kissen, auf denen Mara reglos thronte. Jetzt setzten die Musiker zu der Melodie an, die für ihren Einmarsch vorgesehen war. Während die ärgerlich einfache Tonlage sich unaufhörlich wiederholte, betrachtete der Hofstaat der Anasati das zierliche Mädchen, das von einer beeindruckend gekleideten Gefolgschaft hereingetragen wurde; ein Mädchen, das den Mantel eines der stolzesten Namen im Kaiserreich trug. Wie die Kleidung ihres Gastgebers richtete sich auch Maras Erscheinung strikt nach den Vorschriften der Tradition; das dunkle Haar war hochgebunden und mit Muscheln und edelsteinbesetzten Nadeln festgesteckt, und ihr Kopf schien auf einem steifen, mit Perlen versehenen Kragen zu sitzen. Das offizielle Gewand war gestärkt und in weite Falten gelegt, mit langen Schleifen in Acoma-Grün und Ärmeln, die bis auf den Boden reichten. Doch trotz ihrer Aufmachung und der reichlich bestickten Kleidung schien das Mädchen unberührt von all dem Prunk und der Hitze.

Links von Mara, aber einen Schritt hinter ihr, ging Nacoya, die jetzt die Robe der Ersten Beraterin der Acoma trug. Auf Maras rechter Seite marschierten drei Offiziere, deren frisch bemalte und polierte Rüstungen hell erstrahlten. Neue, beeindruckende Federbüsche schmückten ihre Helme. Fünfzig Krieger folgten ihnen. Auch ihre frisch polierten Rüstungen glänzten, als sie zu beiden Seiten von Maras Sänfte in die Halle marschierten.

Die Soldaten stellten sich in tadellosen Reihen vor dem Podest auf; sie wirkten wie einige Spritzer Grün zwischen dem Scharlachrot und Gelb der Anastasi. Einer der Offiziere blieb bei den Soldaten, während die beiden anderen hinter Maras Sänfte die drei Stufen auf das Podest hinaufstiegen. Dort setzten die Sklaven ihre Bürde ab. Die Regierender zweier großer Häuser standen sich gegenüber, der eine ein dürrer, gereizter Mann, die andere ein zierliches Mädchen, die um ihr Überleben kämpfte.

Chumaka fuhr mit der formellen Begrüßung fort: »Die Anasati heißen unsere gepriesenen Gäste willkommen, Lady der Acoma.«

Dem Brauch entsprechend antwortete Nacoya: »Die Acoma sprechen ihrem exzellenten Gastgeber ihren Dank aus, Lord der Anasati.« Trotz ihres Alters kam die alte Frau mit dem Gewicht des offiziellen Kostüms und der Hitze gut klar. Ihre Stimme war so deutlich, als wäre sie eher in die Rolle einer Ersten Ratgeberin als in die einer Amme hineingeboren worden.

Nachdem nun das offizielle Begrüßungszeremoniell beendet war, kam Tecuma gleich zur Sache: »Wir haben das Schreiben mit Eurem Ersuchen vor uns, Lady der Acoma.« Stille breitete sich unter den Höflingen aus, denn in Tecumas Worten war eine leichte Beleidigung versteckt. Er hatte Maras Heiratsangebot als Ersuchen bezeichnet und damit so getan, als wäre ihre soziale Stellung geringer als seine, was bedeutet hätte, daß sie seiner Macht zu belohnen oder zu bestrafen unterstand.

Doch das Mädchen auf der Sänfte reagierte, ohne auch nur einen Augenblick zu zögern. Sie antwortete auf eine Weise, in der gewöhnlich geschäftliche Aufträge mit Händlern besprochen wurden. »Ich bin erfreut, daß Ihr keine Schwierigkeiten hattet, unseren Wünschen nachzukommen, Lord Tecuma.«

Der Lord der Anasati richtete sich leicht auf. Dieses Mädchen besaß einen scharfen Verstand und ließ sich von seiner Begrüßung nicht aus der Ruhe bringen. Doch es war ein langer und heißer Tag, und je eher diese lächerliche Angelegenheit hinter ihm lag, desto früher konnte er zu einem der kühlen Teiche aufbrechen und dort baden, vielleicht mit etwas Musik im Hintergrund. Aber auch gegenüber einem erklärten Feind mußte er die Formen der Höflichkeit wahren. Ungeduldig gestikulierte er mit seinem Amtsstab.

Chumaka antwortete mit einem salbungsvollen Lächeln und einer kaum wahrnehmbaren Verbeugung. »Was also bietet die Lady der Acoma?« Wäre Maras Vater noch am Leben, hätte Lord Sezu die Verhandlungen über die Vermählung seines Sohnes oder seiner Tochter geführt. Als Herrscherin war sie es jetzt, die sämtliche Eheschließungen innerhalb ihres Hauses in die Wege leiten mußte, eingeschlossen ihrer eigenen – von der Anstellung eines Heiratsmaklers, der für den ersten Kontakt gesorgt hatte, bis zum offiziellen Treffen mit dem Lord der Anasati.

Nacoya verneigte sich, doch so oberflächlich, daß niemand die Beleidigung darin übersehen konnte. »Die Lady der Acoma sucht –«

»Einen Ehemann«, unterbrach Mara.

Eine Welle der Unruhe lief durch den Raum, wich aber rasch einem Zustand höchster Aufmerksamkeit. Niemand hatte daran gezweifelt, daß diese unverschämte Herrscherin der Acoma einen Gatten verlangen würde, einen, der laut Gesetz nicht an ihrer Herrschaft beteiligt sein würde.

»Einen Ehemann?« Chumaka wölbte die Brauen; er war sichtlich neugierig geworden angesichts dieser unerwarteten Entwicklung. Augenscheinlich war auch die Erste Beraterin der Acoma von diesem Angebot überrascht worden, denn die alte Frau warf einen verblüfften Blick auf das Mädchen, bevor sie ihre Fassung wiedererlangte. Chumaka meinte erkennen zu können, wohin die unerwartete Wendung führen würde, doch er war sich nicht ganz sicher, und das verursachte ihm ein Unbehagen ähnlich einer unerreichbaren juckenden Stelle.

Mara antwortete jetzt selbst; ihre Stimme klang dünn in der gewaltigen Halle der Anasati: »Ich bin zu jung für die gewichtige Verantwortung des Herrschens, Mylord. Ich stand kurz davor, als Schwester dem Orden Lashimas beizutreten, als ich von dieser furchtbaren Ehre überrascht wurde. Mein Unwissen darf nicht zu einer Gefahr für die Acoma werden. Im vollen Bewußtsein dessen, was ich tue, suche ich einen Sohn der Anasati, der mit mir zurückkehrt. Wenn wir verheiratet sind, wird er Herrscher der Acoma sein.«

Der Lord der Anasati war sprachlos. Von allen möglichen Forderungen hatten sie diese nicht in Betracht gezogen. Dieses

Mädchen hatte nicht nur in einem Atemzug den Platz der Macht geräumt, sondern auch nocht wirkungsvoll die Kontrolle über ihr Haus in die Hände der Anasati gegeben – der Familie, die zu den ältesten politischen Feinden ihres Vaters gehörte. Dieses Anliegen kam so unerwartet, daß viele der in der Halle Versammelten aufgeregt zu flüstern begannen. Der Lord der Anasati erlangte jedoch schnell seine Fassung wieder und bedeutete seinen Höflingen mit scharfem Blick und einer nur angedeuteten Bewegung seines Stabs zu schweigen.

Er starrte angestrengt auf das Gesicht dieses Mädchens, das um die Hand eines seiner Söhne gebeten hatte. »Ihr seid bestrebt, Eure Ehre meinem Haus anzutragen, Lady. Darf ich fragen, warum?« fragte er freiheraus.

Die Höflinge warteten reglos auf ihre Antwort; die einzigen Bewegungen rührten von den jäh aufblitzenden Spiegelungen des Sonnenlichts, das durch die Tür hindurch auf die edelsteinbesetzten Gewänder fiel. Mara beachtete das blendende Licht nicht und senkte ihre Augen, als wäre sie beschämt. »Meine Position ist schwach, Lord Tecuma. Die Güter der Acoma sind noch immer fruchtbar und reich, aber ich bin nur ein Mädchen mit wenig Möglichkeiten. Wenn mein Haus schon an Macht verlieren muß, dann möchte ich wenigstens Verbündete suchen. Der größte Feind meines Vaters war der Lord der Minwanabi. Dies ist kein Geheimnis. Daß zwischen ihm und Euch gegenwärtig Frieden herrscht, ist nur eine Sache des Augenblicks. Früher oder später werdet auch Ihr aufeinanderprallen.« Ihre kleinen Hände verkrampften sich in ihrem Schoß, und ihre Stimme wurde lauter vor Entschlossenheit: »Ich würde mich mit jedem verbinden, der eines Tages den Mann vernichten kann, der für den Tod meines Vaters verantwortlich ist.«

Der Erste Berater des Lords der Anasati wandte sich ab, damit niemand sein Gesicht sehen konnte – es war davon auszugehen, daß sich mindestens einer der Soldaten der Acoma als Spion erweisen würde, der von den Lippen ablesen konnte. »Ich glaube kein Wort von all dem, Mylord«, flüsterte er Lord Tecuma ins Ohr.

Der Lord der Anasati neigte seinen Kopf ganz leicht und antwortete mit nahezu geschlossenem Mund: »Ich auch nicht. Doch wenn dieses Mädchen Jiro zum Lord der Acoma macht, kann ich einen lebenslangen Verbündeten für mein Haus gewinnen. Und mein Sohn erhält einen Rang, der weit über dem liegt, was ich jemals für ihn zu erhoffen wagte. Außerdem hat sie recht: Früher oder später wird es zu einer endgültigen Abrechnung zwischen mir und Jingu von den Minwanabi kommen. Wenn wir die Minwanabi vernichten, wird einer meiner Söhne der Lord einer der Fünf Großen Familien sein.«

Chumaka schüttelte in einer schwachen Geste der Resignation den Kopf. Sein Lord glaubte also, daß eines Tages seine Nachkommen von zwei verschiedenen Häusern aus um das Amt des Kriegsherrn konkurrieren würden. Tecuma führte seinen Gedanken fort: »Abgesehen davon wird sie nichts anderes als die Frau des Herrschers sein. Ihr Ehemann diktiert die Politik der Acoma. Nein, Chumaka, welchen Plan auch immer Mara verfolgt, diese Gelegenheit ist zu gut, um sie vorbeiziehen zu lassen. Ich glaube nicht, daß dieses Mädchen gerissen genug ist, um uns hereinzulegen, wenn Jiro erst einmal über die Acoma herrscht.«

Tecuma betrachtete seine drei Söhne und sah, wie Jiro einen prüfenden Blick auf Mara warf. Nach seinem Gesichtsausdruck zu urteilen fand der zweite Sohn sowohl die zu erwartende Position als auch das Mädchen selbst beeindruckend; als vernünftiger junger Mann mußte er eine solche Heirat einfach begrüßen. In diesem Augenblick suchte der Junge den Blick des Vaters und nickte zustimmend. Nach Tecumas Empfinden strahlte Jiros Gesicht ein bißchen zu viel Begierde aus, und das Nicken war etwas zu begeistert. Der Junge wußte, daß die Macht nur um Haaresbreite von ihm entfernt lag, und er begehrte sie ganz offen. Tecuma seufzte beinahe; Jiro war jung und würde noch lernen müssen. Ein unangenehmes Gefühl beschlich den alten Mann;

etwas gefiel ihm nicht. Einen Moment lang erwog er, das Mädchen einfach wieder wegzuschicken, sie der nicht so zartbesaiteten Gnade der Minwanabi zu überlassen. Seine Zielstrebigkeit hielt ihn davon ab. Sein Sohn würde einen bis dahin nicht für möglich gehaltenen Rang bekleiden, und er selbst könnte das Vergnügen auskosten, daß die Tochter eines alten Feindes endlich und endgültig ihm untertan war – all das beseitigte seine letzten Zweifel. Der Lord der Anasati winkte seinen Berater zur Seite und wandte sich an Mara: »Ihr habt weise entschieden, Tochter.« Indem er sie Tochter nannte, hatte er vor Zeugen unwiderruflich das Angebot zu einer Heirat angenommen. »Wen möchtet Ihr heiraten?«

Nacoya konnte ihren Zorn kaum verbergen und bewegte ihren Fächer heftig hin und her – weniger um ihr Gesicht zu kühlen, als vielmehr um ihre vor Wut zitternde Hand angesichts dieses Verrats zu verbergen. Mara lächelte. Sie sah wie ein Kind aus, dessen Eltern gerade die Dämonen der Nacht vertrieben hatten. Sie ließ sich von den zwei Offizieren aus der Sänfte helfen. Der Brauch sah vor, daß sie jetzt den Bräutigam auswählte. Tecuma von den Anasati war vollkommen arglos, als seine zukünftige Schwiegertochter die Sänfte verließ; die hektische Bewegung seines ersten Beraters, als das Mädchen auf Jiro zuging, beachtete er nicht. Sie trippelte in kleinen Schritten nach vorn, da ihr riesiges zeremonielles Gewand einen anderen Gang nicht zuließ. Licht fing sich in ihrer mit Juwelen besetzten Kopfbedeckung, als sie vor die Kissen trat, auf denen die drei Söhne in vollem Hofgewand saßen. Halesko und Buntokapi sahen ihren Bruder mit unterschiedlichem Gesichtsausdruck an; Halesko zeigte so etwas wie Stolz, während der Jüngste völlige Gleichgültigkeit zur Schau stellte.

Mara verbeugte sich in der vorgeschriebenen Weise vor ihrem Verlobten und trat vor. Ohne zu zögern, legte sie ihre Hand auf die Schulter von Tecumas drittem Sohn. »Buntokapi von den Anasati, wollt Ihr mit mir kommen und Lord der Acoma sein?«

Chumaka stöhnte auf. »Ich wußte es! Als sie aus der Sänfte stieg, wußte ich, daß es Bunto sein würde!« Er wandte seine Aufmerksamkeit Nacoya zu, die ihr Gesicht immer noch hinter dem Fächer versteckte. Ihre Augen jedoch, eben noch voller Wut, schienen jetzt leer zu sein. Chumaka fühlte sich plötzlich unbehaglich. Konnten sie alle das Mädchen so schrecklich unterschätzt haben? Er riß sich zusammen und wandte sich an seinen Herrn.

Der Lord thronte, allein und verloren, inmitten der Stille über den verwirrten Reihen seines Hofes. Sein stiernackiger dritter Sohn erhob sich und schritt unbeholfen an Maras Seite; ein selbstgefälliges Lächeln lag auf seinem Gesicht. Der Lord der Anasati forderte Chumaka mit einer dringenden Geste auf, zu ihm zu eilen, und der Erste Berater kam der Aufforderung nach. »Was soll das? Warum gerade Bunto?« flüsterte Tecuma ihm ins Ohr.

Chumaka antwortete mit leiser Stimme: »Sie sucht einen Ehemann, den sie kontrollieren kann.«

Tecuma runzelte die Stirn in einem stürmischen Anfall von Mißfallen. »Das muß ich verhindern.«

»Lord, das könnt Ihr nicht. Das Ritual ist schon zu weit fortgeschritten. Wenn Ihr Eure frühere Zusage wieder zurücknehmt, müßt Ihr die Lady und all ihre Krieger jetzt und hier töten.« Es schien ganz so, als wäre ihm plötzlich sein Kragen zu eng geworden, als er die fünfzig Krieger der Acoma nur ein halbes Dutzend Schritte entfernt stehen sah. »Ich muß Euch daran erinnern«, fügte er hinzu, »daß Eure eigenen Soldaten *außerhalb* dieses Gebäudes stehen. Selbst, wenn Ihr ein solches Blutbad überleben würdet – was ziemlich unwahrscheinlich ist –, würdet Ihr jede Ehre verlieren.«

Diese letzte Bemerkung traf Tecuma, denn er erkannte die Wahrheit darin. Selbst wenn er Mara auf der Stelle töten lassen würde, würde er seine moralische Position verlieren; sein Wort innerhalb des Rates wäre bedeutungslos, und seine beachtliche

Macht würde sich in nichts auflösen. Er errötete vor Zorn. »Wenn dieser Idiot von Minwanabi diese Hexe letzten Monat nur getötet hätte!« flüsterte er giftig. Als Mara dann mit offensichtlicher Unschuld in seine Richtung blickte, zwang er sich zur Ruhe. »Wir müssen ihre Gerissenheit gegen sie verwenden und versuchen Vorteile daraus zu ziehen, Chumaka. Jiro kann immer noch eine starke Verbindung eingehen, und Bunto ...« Seine Stimme wurde leiser. »Ich habe niemals daran geglaubt, daß er es zu etwas bringen würde. Jetzt wird er der Lord eines großen Hauses. Dieses Mädchen mag einen weichen, formbaren Ehemann gewonnen haben, aber sie ist eine unerfahrene Jungfrau aus dem Orden Lashimas. Buntokapi wird ihr Herr werden, der Herrscher der Acoma, und er ist *mein* Sohn. Um die Ehre der Anasati willen wird er tun, was ich von ihm verlange!«

Chumaka betrachtete das ungleiche Paar, das jetzt zur Sänfte zurückkehrte. Er gab sich große Mühe, sein Mißfallen zu verbergen, als Buntokapi seine krummen Beine beugte und sich unbeholfen neben Mara in die Sänfte der Acoma setzte. Sein stumpfsinniges und gelangweiltes Gesicht hatte bereits einen Ausdruck angenommen, den kein einziger der im Saal versammelten Gäste jemals zuvor bei ihm erlebt hatte: Die Lippen des Jungen kräuselten sich vor Stolz, ja beinahe Hochmut. Etwas, das lange in Buntokapi geschlummert hatte, war jetzt erwacht – dieselbe Gier nach Macht, die noch einen Augenblick zuvor Jiro gezeigt hatte. Nun war es für Buntokapi kein Traum mehr, sondern etwas, das er bereits fest in den Händen hielt. Der Blick in seinen Augen und das plötzlich so selbstbewußte Lächeln verrieten deutlich, daß er lieber sterben würde, als sich diese Macht wieder entreißen zu lassen. »Ich hoffe, Ihr habt recht, Mylord«, flüsterte der Erste Berater.

Der Herrscher der Anasati, der in dem aus sorgfältig übereinander gelegten Schichten bestehenden Gewand ziemlich zerknittert aussah, beachtete die Bemerkung nicht. Doch Chumaka konnte die Schleifen am Rücken der kostbaren Kleider seines

Herrn vor Wut zittern sehen, während Maras Bedienstete das Verlobungsritual zu Ende führten und dann die Halle verließen. Dem Ersten Berater der Anasati war nur zu klar, daß der Mördervogel nicht weniger tödlich war, wenn er von drückenden Kleidern eingeengt wurde.

Nacoya kämpfte gegen die Müdigkeit an. Das Alter und die Anspannung hatten den Tag unerträglich in die Länge gezogen. Erst die lange, anstrengende Reise, dann die Hitze in der großen Halle und schließlich der Schock über Maras unerwartetes Verhalten hatten die alte Amme an den Rand der Erschöpfung gebracht. Dennoch war sie eine Tsurani und eine Acoma, genauso wie Erste Beraterin, und sie hätte sich lieber bewußtlos aus der Halle tragen lassen, als daß sie ihr Haus beschämte, indem sie um die Erlaubnis bat, sich zurückziehen zu dürfen.

Das traditionelle Verlobungsfest war so aufwendig, wie es der Feier für einen Sohn der Anasati entsprach. Dennoch lastete ein merkwürdiger Druck auf der Veranstaltung, denn niemand war so ganz sicher, was denn eigentlich wirklich gefeiert wurde. Mara war während des ersten Teil des Festes ruhig gewesen, sie hatte zu niemandem etwas von Bedeutung gesagt. Ihre Offiziere Keyoke, Papewaio und Tasido behielten ihre formelle Haltung bei, tranken nur wenig oder gar keinen San-Wein. Zumindest kommt jetzt etwas Wind auf, dachte Nacoya. Zwar war es noch immer warm in der großen Halle, aber nicht mehr so drückend wie den ganzen Tag hindurch.

Die Aufmerksamkeit konzentrierte sich auf den Tisch, an dem die Tochter der Acoma saß. Die Gäste waren entweder Mitglieder des Haushalts der Anasati oder Verbündete, und sie alle versuchten die möglichen Folgen zu erkennen, die mit Maras Entscheidung verbunden waren. Nach außen hin schien das Mädchen die Kontrolle über ihr Haus aufgegeben zu haben, zugunsten der Garantie von Sicherheit. Es war ein Schritt, den zwar niemand freudig begrüßen würde, dem es aber nicht völlig an Ehre mangelte. Wenn auch die Acoma für viele Jahre Mandanten der Anasati sein würden, könnte in der Zukunft ein junger Lord der Acoma sich erheben, einen eigenen Platz im Spiel des Rates einnehmen und neue Bündnisse schmieden. Und in der Zwischenzeit würde der Name der Acoma den Schutz erhalten, den er benötigte. Aber für die Mitglieder des gegenwärtigen Haushaltes war Maras Verlobung ein bitteres Eingeständnis der Schwäche. Nacoya fröstelte trotz der Sommerhitze, und sie zog einen Fransenschal um ihre Schultern.

Sie blickte auf das Kopfende des Tisches und betrachtete Tecuma. Auch der Lord der Anasati gab sich das ganze Fest hindurch zurückhaltend; für einen Mann, der gerade einen in dieser Form niemals erhofften Sieg über einen alten Rivalen errungen hatte, waren seine Gespräche ziemlich nüchtern und ernst. Sicher mochte es für Buntokapi im Spiel des Rates von Vorteil sein, daß er die Herrschaft über die Acoma erlangt hatte, doch sein Vater schien über diese Heirat so besorgt wie Nacoya, wenn auch aus anderen Gründen. Er konnte seinen Sohn nicht einschätzen.

Nacoya wandte ihre Aufmerksamkeit von Tecuma ab. Der einzige, der sich wirklich auf dieser Feier amüsierte, schien Buntokapi zu sein. Eine ganze Stunde lang hatte er seinen Brüdern immer wieder betrunken erklärt, daß sie um nichts besser wären als er; dann hatte er über den Tisch hingweg Jiro zugerufen, daß nun der zweitgeborene Sohn sich vor dem drittgeborenen würde verbeugen müssen, wann immer sie sich träfen. Dem gequälten, eisigen Lächeln des älteren Bruders nach zu urteilen würde das höchst selten geschehen. Als der Abend sich in die Länge zog, war Buntokapi dazu übergegangen, nur noch seinen Teller anzustieren und vor sich hin zu murmeln; anscheinend hatten reichlich San-Wein zum Essen und Acamel-Brandy danach dafür gesorgt, daß er sich kaum noch bewegen konnte.

Nacoya schüttelte leicht den Kopf. Als Buntokapi zum ersten Mal von seiner Überlegenheit gegenüber seinen Brüdern gesprochen hatte, hatte Jiro einen langen, durchdringenden Blick auf Mara geworfen. Während des Essens hatte sich dann deutlich herausgestellt, daß das Mädchen einen neuen Feind gewonnen hatte. Es mochte nur ein kurzer Augenblick gewesen sein, den Jiro geglaubt hatte, Lord der Acuma zu werden, doch diese kurze Hoffnung genügte ihm, sich betrogen zu fühlen und zu glauben, daß Buntokapi einen Mantel trug, der rechtmäßig ihm zustand. Es spielte dabei keine Rolle, daß der Grund für Jiros wütende Enttäuschung die Zerstörung von Erwartungen war, die er selbst aufgebaut hatte. Statt dessen machte er Mara dafür verantwortlich. Als Tecumas Bedienstete den Gästen den zeremoniellen San-Wein brachten, hatte Jiro kaum daran genippt, sondern sich zum frühestmöglichen Zeitpunkt zurückgezogen, da es nicht mehr als Beleidigung gewertet werden würde. Müde zwang Nacoya sich, ihre Aufmerksamkeit wieder auf das Kopfende der Tafel zu richten.

Tecuma betrachtete Buntokapi lange und aufmerksam, dann sprach er ein paar ruhige Worte mit Mara, die einen Blick auf ihren zukünftigen Ehemann warf und zustimmend nickte. Buntokapi blinzelte und versuchte der Unterhaltung zu folgen, aber er war offensichtlich zu betrunken, um noch etwas begreifen zu können. Tecuma erklärte Chumaka etwas, der daraufhin zwei Diener herbeibefahl. Als die kühle Abendluft Nacoya etwas frische Luft verschaffte, trugen zwei kräftige Diener den zukünftigen Lord der Acoma in sein Bett. Mara wartete einen geeigneten Moment ab und bat dann um die Erlaubnis, gehen zu dürfen. Tecuma nickte schroff, und die gesamte Gesellschaft erhob sich zum Gruß für die zukünftige Braut.

Die Musiker, die den ganzen Abend hindurch gespielt hatten, begannen eine angemessene Melodie, während Mara den Gästen gute Nacht wünschte. Als Nacoya sich mit den restlichen Mitgliedern der Acoma ebenfalls zurückziehen wollte, sah sie Chumaka auf sich zukommen.

»Ihr verlaßt uns schon bald?« wollte er wissen.

Nacoya nickte. »Morgen. Meine Herrin möchte sofort auf ihre Güter zurückkehren, um mit den Vorbereitungen für die Hochzeit und die Ankunft des neuen Lords beginnen zu können.«

Chumaka breitete seine Hände aus, als wollte er damit sagen, daß dies kein Problem wäre. »Ich werde einen Schreiber beauftragen, die Verlobungsdokumente noch heute nacht vorzubereiten, damit Lady Mara sie morgen vor ihrer Abreise unterschreiben kann.« Er wollte sich gerade umdrehen, doch dann hielt er inne und sagte in ungewöhnlicher Offenheit: »Ich hoffe für unser aller Wohlergehen, daß Eure junge Lady keinen Fehler gemacht hat.«

Nacoya, völlig überrascht, enthielt sich einer klaren Antwort. »Und ich kann nur hoffen, daß die Götter diese Verbindung segnen werden«, meinte sie statt dessen.

Chumaka lächelte. »Natürlich, das tun wir alle. Bis morgen also.«

Nacoya nickte und ging hinaus, nachdem sie die beiden verbliebenen Bediensteten der Acoma aufgefordert hatte, sie zu begleiten. Während ein Diener der Anasati sie in ihre Gemächer führte, dachte sie über Chumakas unerwartete Worte nach und überlegte, ob er möglicherweise recht hatte.

Die Soldaten der Acoma-Gefolgschaft wirbelten kleine Staubwolken auf, als sie langsam auf die Hauptmacht der Krieger zumarschierten. Die Krieger hatten an der Brücke nahe der Grenze der Ländereien der Anasati ein Lager aufgeschlagen und dort gewartet. Nacoya hatte geschwiegen, seit sie neben Mara auf den Kissen des großen Palankin Platz genommen hatte. Was immer die Herrscherin plante, sie behielt es für sich, und Nacoya beschloß, keine Fragen zu stellen. Selbst in der Rolle einer Ersten Beraterin durfte sie ihre Herrin nicht belehren, ohne um Rat gebeten worden zu sein. Aber eine alte Amme konnte ihre Zweifel kundtun. Nacoya beschwor die Bilder von Buntokapis merkwürdigem Verhalten während des Festes wieder herauf. »Ich hoffe, Ihr könnt ihn wirklich kontrollieren, Mistress«, meinte sie etwas säuerlich zu ihrem Schützling.

Mara war tief in Gedanken versunken gewesen und richtete ihre Aufmerksamkeit jetzt wieder auf ihre nähere Umgebung. »Was? Oh, Bunto. Er ist wie ein Needra-Bulle, der brünstige Kühe wittert, Nacoya. Sein gesamtes Hirn liegt zwischen seinen Beinen. Ich glaube, er ist der Mann, der uns genau das bescheren wird, was wir brauchen.«

Nacoya murmelte etwas Unverständliches. Nachdem sie den Schock über Maras Entscheidung verarbeitet hatte, hatte die alte Amme begonnen, den größeren Plan dahinter zu erspüren. Mara gab den Anasati die Kontrolle über ihre Familie nicht einfach dafür, um den Namen der Acoma zu erhalten. Seit ihrem Schachzug, durch den sie die Banditen in den Bergen gewonnen hatte, vertraute sie Nacoya allerdings nur noch solche Dinge an, von denen sie glaubte, daß die alte Amme sie wissen sollte. Beinahe über Nacht, so schien es, hatte die unschuldige Tempeldienerin bewiesen, daß sie nicht länger ein Kind war. Nacoya hegte Zweifel, sogar Ängste angesichts der störrischen Naivität des Mädchens gegenüber Männern, doch Mara hatte sich eindrucksvoll als kämpferische Spielerin des Großen Spieles präsentiert.

Im Licht der neuen Verpflichtung, die ihre Herrin eingegangen war, studierte Nacoya die Stärken und Schwächen, die Muster und Kräfte der anderen Spieler. Und was sie in Buntokapi entdeckt hatte, brachte sie zu der Überzeugung, daß ihre geliebte Mara ihn möglicherweise unterschätzt hatte. Den dritten Sohn des Lords der Anasati umgab etwas Gefährliches, etwas, für das Nacoya keinen Namen fand. Sie überlegte, wie es ihrem wohlgeordneten Haus unter einem solchen Herrscher wohl ergehen würde. Maras Stimme riß sie aus ihren Gedanken. »Was ist hier los?«

Nacoya schob die Vorhänge zur Seite und blinzelte, als das grelle Sonnenlicht des Nachmittags ihre Augen traf. Soldaten der Acoma standen an der Straße, an der sie ihr Lager aufgeschlagen hatten, doch keiner von ihnen war bereit zum Abmarsch. Statt dessen hatten sie sich in zwei Gruppen gespalten, die sich in einiger Entfernung gegenüberstanden. »Es gibt Ärger, schätze ich«, sagte Nacoya leise.

Mara befahl ihrer Eskorte anzuhalten. Sie schob die herabfallende Gaze etwas hoch und gab Keyoke auf seine Bitte hin die Erlaubnis, der Sache auf den Grund zu gehen.

Mit einer Geschwindigkeit, die sein Alter Lügen strafte, verließ der Kommandeur die Spitze der Eskorte und eilte zu den ungeordnet herumstehenden Soldaten. Die beiden Gruppen umringten ihn, einige Männer versuchten gleichzeitig auf ihn einzureden. Keyoke befahl Ruhe, und sofort verstummten alle. Er stellte zwei gezielte Fragen, dann rief er Mara zu: »Es sind Schwierigkeiten aufgetreten, während wir fort waren, Mistress. Ich werde Euch gleich davon in Kenntnis setzen.«

Die Luft über der Straße flimmerte vor Hitze. Keyoke befragte die Soldaten, erhielt schnelle Antworten und hatte bald darauf drei Männer herausgesucht. Mit diesen marschierte er zum Palankin seiner Herrin zurück. Ihre schmutzigen, schweißbedeckten Gesichter trugen die Spuren eines Kampfes.

»Dies ist Selmon, Mylady.« Keyoke deutete auf einen Mann mit einer zerrissenen Tunika und immer noch blutenden Knöcheln.

»Ich weiß.« Maras Gesichtsausdruck war im dunklen Schatten der Vorhänge nicht zu erkennen. »Einer der Neuen.« Sie benutzte das Wort »Neue« für alle, die bis vor kurzem noch Graue Krieger gewesen waren. »Da wir nur drei Offiziere haben, ließt ihr ihn als Patrouillenführer zurück.«

Keyoke schien erfreut darüber zu sein, daß Mara mit seiner Organisation der Soldaten vertraut war, aber seine Aufmerksamkeit galt weiterhin den drei Soldaten. »Selmon schien die entsprechenden Fähigkeiten zu besitzen, aber vielleicht habe ich mich geirrt.«

Mara blickte die anderen beiden Männer eingehend an. Den

einen, Zataki, kannte sie schon seit Jahren; als Junge hatte er mit Lanokota und ihr gespielt. Mara erinnerte sich daran, daß er zu Wutanfällen neigte, und versuchte das Problem zu erraten. »Ich vermute, es war so, Zataki: Selmon gab Euch einen Befehl, und Ihr habt ihn verweigert.«

Zataki reckte sein Kinn in die Höhe. »Mylady, dieser Selmon befahl uns, die erste Wache zu übernehmen, während er und seine Kameraden sich nach dem langen Tagesmarsch ausruhten und aßen.«

Mara betrachtete den dritten Mann. »Ihr seid … Kartachaltaka, auch einer der Neuen. Ihr habt an Zatakis Weigerung zu gehorchen Anstoß genommen.«

Jetzt richtete Kartachaltaka sich gerade auf. »Mylady, er und die anderen behandeln uns von oben herab und geben uns die niedrigsten Aufgaben, wann immer sie wollen.«

Mara blickte jetzt wieder zu Selmon. »Du hast seine Seite ergriffen?«

Keyoke beeilte sich zu antworten. »Nein, Mylady. Er versuchte nur einzuschreiten und die Rauferei zu beenden. Er handelte angemessen.«

Mara erhob sich aus den Kissen. Ohne Keyokes Hilfe abzuwarten stieg sie vom Palankin und stand den beiden Männern gegenüber, die miteinander gestritten hatten. »Auf die Knie!« befahl sie. Obwohl sie einen ganzen Kopf kleiner als jeder der beiden war, ließ das zierliche Mädchen im blaßgelben Gewand keinen Zweifel daran, daß sie die höchste Befehlsgewalt der Acoma innehatte.

Die Waffen klirrten, als die Männer ohne einen Augenblick zu zögern die übliche Haltung der Unterwerfung einnahmen. »Hört mir zu, ihr alle!« forderte Mara die anderen Soldaten mit lauter Stimme auf.

»Nehmt Haltung an«, rief Keyoke. Innerhalb weniger Sekunden stellte sich die gesamte Gefolgschaft vor Mara auf. Die zwei knienden Soldaten kehrten ihren Kameraden den Rücken zu.

»Was ist die gerechte Strafe für diese beiden?« wollte Mara von Keyoke wissen.

Keyoke sprach ohne jedes Bedauern in seiner Stimme: »Mistress, diese Männer verdienen den Tod durch den Strang.« Mara zuckte zusammen, als sie Keyokes Augen begegnete. Sie hatte nicht erwartet, daß die Strafe so hart sein würde. Der Kommandeur kratzte sich deutlich mit dem Daumen am Kinn.

Keyokes Geste warnte Mara, daß ihre Entscheidung ernste Konsequenzen haben würde. Mara blickte Papewaio an, doch dessen Gesicht war eine unlesbare Maske. Dann, kaum wahrnehmbar, nickte er einmal kurz und bekräftigte damit seine volle Zustimmung zu Keyokes Urteil.

Mara spürte Kälte in sich aufsteigen. Sie wußte, wenn sie jetzt nicht schnell und ohne Ausflüchte handelte, würde möglicherweise ein Bruch entstehen zwischen jenen, die den Acoma bereits seit Jahren dienten, und den anderen, die neu in den Dienst des Hauses getreten waren. Mara wappnete sich und wandte sich an die Soldaten. Ihre Stimme enthielt kaum beherrschte Wut. »Es gibt keine bevorzugten Männer in dieser Garnison! Es gibt nicht länger ›Neue‹ und ›Alte Wachen‹. Nur Soldaten der Acoma tragen das Grün der Acoma. Jeder von euch schwor zu gehorchen und sein Leben in den Dienst des Hauses der Acoma zu stellen.«

Sie schritt entschlossen die Reihen ab und blickte einem nach dem anderen ins abgehärtete Gesicht. »Einige von Euch kenne ich seit meiner Kindheit. Andere sind erst ein paar Wochen bei uns, aber jedem von Euch gebührt die gleiche Verantwortung dafür, das Grün der Acoma ehrenvoll zu tragen. Ich habe gerade versprochen, diesen Namen an einen anderen zu übergeben, um auf diese Weise dafür zu sorgen, daß die Acoma weiterleben werden!« Jetzt erhob sich ihre Stimme, und all die Soldaten, die zugegen waren, konnten ihre Wut erkennen. »Wer immer sich entehrt, während er das Grün der Acoma trägt, entehrt auch die Acoma und« – ihre Stimme nahm einen leisen, tödlichen Ton an – »entehrt mich.« Während die Männer ihre Aufstellung beibehielten, wanderten ihre Blicke unsicher umher, als sie sahen, daß Mara sich plötzlich den beiden Streitern zuwandte. Sie blickte hinab und sprach zu Zataki. »Ihr habt einen rechtmäßigen Befehl von einem Vorgesetzten erhalten, der von Eurem Kommandeur dazu bestimmt worden war. Ihr hattet keine andere Wahl, als zu gehorchen!«

Der Mann fiel nach vorn und drückte seine Stirn in den beißenden Staub der Straße, doch er unterließ es, Worte zu seiner Verteidigung zu stammeln, während seine Herrin sich an Kartachaltaka wandte. »Und Ihr habt die Hand gegen Euren Kameraden erhoben, während Ihr im Dienst wart!« Wie Zataki sank auch er unterwürfig zu Boden. Armreifen aus kostbarem Metall klirrten an Maras Handgelenk; es war das Verlobungsgeschenk des Lords der Anasati, und die Tatsache, daß sie als Zeichen persönlicher Bewunderung getragen werden sollten, erinnerte die knienden Männer an ihre eigene Position. In der Sonne schwitzend preßten sie sich gegen die Erde. Ihre Herrin wandte sich an ihren Kommandeur. »Diese beiden Männer haben sich der Verletzung der Ehre der Acoma schuldig gemacht. Hängt sie.«

Keyoke beauftragte sofort einige Soldaten mit der Durchführung der Exekution. Für den Bruchteil eines Augenblicks sah Mara in den Augen der beiden Verurteilten Furcht aufblitzen. Es war nicht die Furcht vor dem Tode, denn beide Krieger hätten den Tod ohne zu zögern entgegengenommen; es war die Furcht davor, zum schamvollen Tod eines Sklaven verurteilt worden zu sein: dem Tod durch den Strang. Sie hatten die Ehre eines Kriegers verloren und wußten, daß sie bei der nächsten Runde auf dem Rad des Lebens eine Stellung innehaben würden, die tiefer als ihre bisherige war – als Diener vielleicht, möglicherweise sogar als Sklave. Dann zeigten sie wieder die angemessene Maske der Tsurani. Nur indem sie diesem elendigsten aller Tode angemessen ins Auge sahen, konnten sie Gnade für die Zeit erhoffen, wenn ihr Geist und ihre Seele das nächste Mal an das Rad gebunden würden.

Mara stand reglos neben ihrer Sänfte, eine Statue aus stählerner Selbstkontrolle, während die Soldaten die Verurteilten zu einem großen Baum mit gewaltigen Ästen führten. Schnell wurden die beiden Männer ihrer Rüstungen entledigt, dann band man die Hände auf dem Rücken zusammen. Ohne Zeremonie oder ein letztes Gebet verknoteten andere Soldaten die Seile zu Schlingen, warfen sie über die Äste und legten die Schlingen um die Hälse der Männer. Das Signal erklang. Ein halbes Dutzend Soldaten zog kräftig an den Seilen; sie versuchten den Männern rasch das Genick zu brechen und ihnen einen gnädigen, schnellen Tod zu bescheren. Zatakis Genick brach mit einem hörbaren Knacken, und er starb sofort, zappelte einen kurzen Moment und hing dann reglos am Seil. Kartachaltakas Tod war schmerzhafter, er erstickte langsam, trat um sich und schwang hin und her, aber am Ende hing auch er still wie eine bittere Frucht vom Baum.

»Keyoke, gehen wir nach Hause«, sagte Mara mit schwacher Stimme.

Plötzlich schien die Sonne viel zu grell zu sein. Überwältigt von der Tatsache, daß gerade ein von ihr über zwei Männer verhängtes Todesurteil vollstreckt worden war, hielt Mara sich am Rand des Palankins fest, ohne ihre Schwäche vor den Soldaten preiszugeben. Sie gab einem der Sklavenjungen ein Zeichen, und er brachte mit Früchten gesüßtes Wasser. Sie trank langsam und bemühte sich, ihre Fassung wiederzugewinnen, während Keyoke die Männer für den Weg zurück zum Herrenhaus aufstellte.

Nacoya hatte sich schweigend im Schutz der Sänfte aufgehalten, aber als Mara jetzt noch immer reglos dastand, forderte sie sie auf, sich zu setzen. »Mistress?«

Mara übergab dem Sklaven den leeren Becher. »Ich komme, Nacoya. Wir müssen weiter. Bis zur Hochzeit in einem Monat gibt es noch viel zu tun.« Ohne ein weiteres Wort kletterte sie in die Sänfte. Als die Träger sich hinunterbeugten, um die schwere Last wieder aufzunehmen, rückte sie sich neben Nacoya in den Kissen zurecht und verfiel in ein schwermütiges Schweigen. Keyoke gab den Befehl zum Abmarsch, und die Soldaten formierten sich vor, hinter und neben dem Palankin, zumindest nach außen wieder eine einheitliche Gruppe.

Mara begann zu zittern, ihre Augen wurden weit und blickten ins Leere. Ohne etwas zu sagen, legte Nacoya ihren Arm um die Schultern des Mädchens. Das Zittern hörte auch nicht auf, als die Gruppe ihren Marsch begann, und jetzt zitterte Mara sogar so stark, daß Nacoya das bebende Mädchen in ihre Arme nehmen mußte. Still barg die noch sehr junge Herrin der Acoma ihr Gesicht an der Schulter ihrer Amme und erstickte ihre Schluchzer.

Während sie sich der Grenze ihres Landes näherten, sann Mara über die Schwierigkeiten nach, denen sie gegenüberstand. Sie hatte nur kurz mit Keyoke und Nacoya gesprochen, seit sie die Exekution der beiden Soldaten angeordnet hatte. Mara wußte, daß sie den Konflikt zwischen den früheren Grauen Kriegern und den Überlebenden der Garnison ihres Vaters hätte voraussehen müssen.

Sie machte sich Vorwürfe, daß sie in dieser Sache versagt hatte, und zog die Vorhänge der Sänfte zurück, um ihren Kommandeur zu sich zu rufen. Kurz darauf erschien er an ihrer Seite. »Keyoke, warum forderte Selmon nur die altgedienten Soldaten zu der ersten Wache auf anstelle einer Mischung aus altgedienten und neuen Kriegern?« wollte sie von ihm wissen.

Falls ihn die Frage seiner Herrin überraschte, so zeigte er es jedenfalls nicht. »Lady, Selmon schlug fehl in dem Versuch, die älteren Soldaten nicht gegen sich aufzubringen. Indem er ihnen die erste Wache zuteilte, wollte er ihnen vom Mahl bis zum nächsten Morgen eine ungestörte Ruhe sichern, und er dachte, sie würden es anerkennen. Zataki war ein junger Hitzkopf, und wenn irgend jemand von uns dabeigewesen wäre« – er zeigte auf sich, Papewaio und Tasido, die drei Offiziere, die Mara in das Herrenhaus der Anasati begleitet hatten –, »wäre es nicht so weit gekommen.« Er hielt inne, während er über seine nächsten Worte nachdachte. »Aber Selmon hat sich dennoch bewährt. Der Konflikt zwischen den beiden Parteien stand bereits kurz davor, zu einem offenen Kampf auszuarten, und trotzdem ist es ihm gelungen, alle anderen zurückzuhalten, bis auf die beiden, die bestraft worden sind.«

Mara nickte. »Wenn wir zu Hause sind, ernennt Selmon offiziell zum Patrouillenführer. Unsere Streitkräfte sind jetzt so sehr gewachsen, daß wir mehr Offiziere benötigen.«

Dann traf Mara ohne Zögern eine ihrer schnellen Entscheidungen, die ihr den Respekt derer eintrugen, die ihr dienten. »Befördert auch zwei unserer besten Männer der alten Truppe. Wählt den besten von den Soldaten, die unserer Familie am längsten dienen, vielleicht Miaka, und macht ihn zum Befehlshaber. Und ernennt auch einen der neuen Männer. Dieser Gauner Lujan war bereits bei den Kotai Befehlshaber. Wenn Euch kein fähigerer Mann einfällt, gebt ihm den neuen Rang.«

Keyoke zuckte mit den Achseln, er konnte von den Neuen keinen besseren Kandidaten anbieten. Mara verbarg ihre Zufriedenheit darüber. »Ich werde diese Gruppierungen und Verbindungen schnell zerschlagen, und es wird keine Begünstigten geben.« Keyoke nickte leicht. Sein ledriges Gesicht zeigte den Hauch eines Lächelns – das äußerste, was er öffentlich an Anerkennung zeigen konnte. Mara sprach jetzt mehr zu sich selbst. »Ich werde bald Männer an meiner Seite brauchen, die mir ohne zu zögern gehorchen. Ich kann es mir nicht leisten, daß irgend etwas meine Pläne zerstört.«

Sie war jetzt eindeutig mit der Verantwortung des Herrschens beschäftigt. Keyoke eilte wieder an die Spitze der Truppe und dachte darüber nach, wie sehr das Mädchen bereits jetzt ihrem Vater ähnelte.

Als Maras Sänfte sich durch die Needra-Weiden der Acoma bewegte, fühlte sie sich zum ersten Mal, seit sie den Tempel Lashimas verlassen hatte, zufrieden. Ihre Gedanken rotierten. Sie würde ihre Überlegungen mit niemandem teilen, auch nicht mit Nacoya oder Keyoke. Denn diese Ideen verwandelten sich allmählich in konkrete Pläne, in den Beginn eines Schachzuges, der über den Versuch zu überleben weit hinausreichte und in ein Ziel mündete, das ihren jungen Geist schwindeln ließ.

Im Laufe der Zeit würde ihr Plan ergänzt und abgewandelt werden müssen, um sich unerwarteten Veränderungen in den Kräfteverhältnissen und Bündnissen im Spiel des Rates anzupassen. In vielerlei Hinsicht würde Entschlossenheit noch wichtiger sein als Ziele und Methoden, und sie hatte noch viele Jahre des Lernens vor sich, bevor das, was sie insgeheim den Großen Plan nannte, Früchte tragen konnte. Aber die Heirat mit Buntokapi war der erste kleine Schritt. Seit sie das Gebiet der Anasati verlassen hatte, war Hoffnung in ihr aufgekommen – und die mächtige Verlockung neuer Träume.

Als der Palankin in den Weg einschwenkte, der direkt auf das große Haus zuführte, nahmen eher praktische Überlegungen ihre Gedanken in Anspruch. Lichter glommen im düsteren Dämmerlicht, mehr, als bei gewöhnlichen Anlässen gerechtfertigt waren. In ihrem Schimmer sah Mara etwa achtzig Männer vor der Küche sitzen, viele von ihnen nahmen aus Schüsseln eine Mahlzeit zu sich. Lujahn lief zwischen ihnen hin und her, er sprach mit ihnen und gestikulierte wild mit den Händen. Als ihre Truppe sich näherte, stellten einige der Fremden die Schüsseln beiseite und standen auf. Die übrigen aßen weiter, aber sie alle wirkten äußerst nervös.

Mara warf einen Blick auf Nacoya, doch die alte Frau schlief, eingelullt von der Hitze und dem Schwanken der Sänfte während des langen Nachmittags. Als der Palankin auf den Boden gelassen wurde, eilte Lujan herbei, verbeugte sich höflich, während Keyoke Mara beim Aussteigen half. Bevor sie eine Frage stellen konnte, setzte der frühere Banditenführer zu einer Erklärung an: »Mistress, dies sind alles ehrbare Männer, zumindest so ehrbar, wie ich in der Lage bin, es zu beurteilen. Sie alle würden gerne in Euren Dienst treten.«

»Soldaten?« Keyoke war sofort interessiert und ließ Maras Hand los.

Lujan nahm seinen Helm ab, und die Lichter spiegelten sich wie kleine Blitze in seinen tiefliegenden Augen. »Unglücklicherweise nur wenige von ihnen, Kommandeur. Aber die anderen sind Waffenmeister, Schuhmacher, Wagenbauer oder andere Handwerker, und zwei sind Bauern.«

»Gut«, sagte Mara. »Ich habe bald kein Land mehr, das ich neuen Bauern geben könnte. Nun, wie viele Soldaten sind es?«

»Dreiunddreißig.« Lujan schritt mit einer Geschmeidigkeit zur Seite, die besser zu einem Tänzer als zu einem Krieger gepaßt hätte. Er half der gerade erwachten Nacoya aus der Sänfte, doch seine Aufmerksamkeit blieb auf seine Herrin gerichtet.

Mara rechnete. »Das erhöht unsere Hauptgarnison auf über dreihundert. Unsere Situation ist nicht mehr hoffnungslos, sondern nur noch verzweifelt.«

»Wir brauchen mehr Soldaten«, äußerte Nacoya in scharfem Ton. Sie schlurfte hinter ihnen vorbei auf das große Haus zu. Die Schläfrigkeit machte sie jetzt noch mürrischer als gewöhnlich.

Lujan warf den Helm von der rechten in die linke Hand. »Mistress, es wird schwierig werden, noch mehr Männer zu bekommen. Wir haben jeden Grauen Krieger herbeigerufen, der sich innerhalb einer vernünftigen Entfernung zu Euren Grenzen aufgehalten hat. Um weitere zu suchen, müssen wir dieses Land verlassen und reisen.«

»Aber Ihr wißt anscheinend, wo Ihr nach ihnen suchen müßt«, stellte Mara fest. Ihr Blick war auf die Hände gerichtet, die immer noch mit dem Helm spielten.

Lujan antwortete mit einem spitzbübischen Lächeln: »Mistress, ich leide vielleicht unter einem Mangel an Bescheidenheit, ich weiß, aber seit dem Fall des Hauses der Kotai habe ich von hier bis Ambolina an jedem Ort gelebt, wo Banditen hausen. Ich weiß, wo ich suchen muß.«

»Wieviel Zeit benötigt Ihr?«

Ein frecher Glanz trat in seine Augen. »Wie viele Männer möchtet Ihr denn rekrutieren, Lady?«

»Eintausend, besser wären zweitausend.«

»In Ordnung, Mistress. Eintausend würden drei, vier Monate dauern.« Der Helm bewegte sich nicht mehr, als Lujan jetzt nachdachte. »Wenn ich einige vertrauenswürdige Männer mitnehmen könnte, wären es vielleicht nur sechs Wochen. Zweitausend ...?«

Maras Armreifen klimperten, als sie mit den Händen eine ungeduldige Bewegung ausführte. »Ihr habt drei Wochen. Die Rekruten müssen hier angekommen sein, ihren Eid geschworen haben und innerhalb eines Monats in unsere Streitkräfte eingegliedert sein.«

Lujans Lächeln verzog sich zu einer Grimasse. »Mylady, ich würde mich für Euch unbewaffnet einer Horde Thun-Banditen entgegenstellen, aber was Ihr da verlangt, ist ein Wunder.«

Die Schatten des frühen Abends verbargen Maras Erröten, aber sie zeigte eine untypische Lebhaftigkeit, als sie Papewaio ein Zeichen gab. Ihr Truppenführer hatte kaum seine Verbeugung beendet, als sie sagte: »Findet ein paar gute Männer für Lujan.« Dann sah sie den früheren Gesetzlosen prüfend an. »Nehmt jeweils ein paar von den alten und den neuen Soldaten. Vielleicht wird sie die Zeit da draußen zu der Einsicht bringen, daß sie mehr gemeinsam haben, als sie denken.« Sie dachte einen Augenblick nach. »Besonders jene, die Ihr für Unruhestifter haltet«, fügte sie dann hinzu.

Lujan schien diese Aussicht nicht zu beeindrucken. »Unruhestifter sind nichts Neues für mich, Lady.« Sein Grinsen wurde noch breiter. »Ich darf wohl sagen, daß ich selbst eine Art Unruhestifter war, bevor ich Offizier wurde.«

»Und ich darf bestätigen, das wart Ihr«, schaltete Keyoke sich ein. Er hatte reglos in der Dunkelheit gestanden und war von allen anderen vergessen worden. Der frühere Banditenführer war ein wenig verwirrt, nahm sich aber sofort wieder zusammen.

»Ihr müßt zwölf Tage lang so schnell und so weit reisen wie möglich, Lujan«, erklärte Mara. »Sucht so viele vertrauenswürdige Männer zusammen, wie Ihr könnt. Dann kehrt zurück. Wenn Ihr keine zweitausend findet, dann findet zweihundert, und wenn Ihr keine zweihundert findet, dann findet zwanzig, aber macht gute Krieger aus ihnen.« Lujan nickte, dann verbeugte er sich mit einer tadellosen Korrektheit, die ihm ein Lächeln von Mara einbrachte. »Und jetzt zeigt mir diejenigen, die Ihr heute nacht gefunden habt.«

Lujan führte Mara und Keyoke dorthin, wo die armselig gekleideten Männer saßen. Sie standen sofort auf, als die Lady der Acoma sich näherte; einige knieten sogar nieder. Sie erschien denen, die die Entbehrungen eines Daseins als Gesetzlose kennengelernt hatten, mit ihren Juwelen und ihrer vornehmen Kleidung wie eine kaiserliche Prinzessin. Auch die Abgehärtetsten unter ihnen lauschten respektvoll, als Mara das Angebot wiederholte, das sie Lujan und seinen Anhängern in den Bergen gemacht hatte. Wie bereits drei andere Banden vorher erhoben sich die sechzig Arbeiter, um von Jican Unterkunft und Arbeit zu erhalten. Mara lächelte, als sie das Leuchten in den Augen ihres Hadonra sah; er dachte bereits darüber nach, wie die Fähigkeiten der Männer wirkungsvoll und nutzbringend eingesetzt werden konnten, und Waffenschmiede würden nötig sein, wenn Lujan bei seinem Auftrag, neue Krieger zu rekrutieren, Erfolg haben sollte. Die Menge ging auseinander, und ein großer Teil des Durcheinanders legte sich, als die Arbeiter Jican folgten.

Lujan war unter denen, die noch geblieben waren. »Mylady, dies sind die dreiunddreißig erfahrenen Krieger, die den Eid auf den Natami der Acoma schwören möchten.«

»Ihr habt ihnen alles erklärt?«

»Ich möchte behaupten, so gut wie jeder andere – außer Euch natürlich.« Als Keyoke mißbilligend schnaubte, sah sie Lujan an; sie wollte wissen, ob er spottete, doch er hatte nichts Spöttisches an sich, zumindest nicht offensichtlich. Sie war sich plötzlich der Anziehungskraft bewußt, die dieser Mann auf sie ausübte, und sie erkannte, daß er den gleichen verschlagenen und verschmitzten Geist besaß, den sie so an ihrem Bruder Lanokota geliebt hatte. Seine Neckerei ließ sie leicht erröten. Sie wischte schnell mit der Hand über die Stirn, als würde ihr die Hitze zu schaffen machen. Dieser Mann stammte nicht aus ihrer Familie, er war nicht einmal ein Lord gleichen Ranges; unsicher, wie sie nach Monaten der Isolation im Tempel reagieren sollte, wandte sie sich forsch der vor ihr liegenden Aufgabe zu. All diese Männer waren kräftig, wenn auch unterernährt, und bis auf zwei, die etwas abseits saßen, schienen sie eifrig bestrebt, in den Dienst der Acoma treten zu können. Einer der beiden abseits Sitzenden tauschte einen Blick mit Lujan aus.

»Ihr kennt diesen Mann?« fragte Mara.

Lujan lachte. »Allerdings, Mistress. Dies ist Saric, mein Cousin, der beim Lord der Tuscai gedient hat. Bevor er den Besitz der Kotai verließ, war er mein engster Kamerad.«

»Ist er denn ein fähiger Soldat?« fragte Mara. Sie wollte Lujan wegen der Peinlichkeit einige Minuten zuvor ärgern.

Lujan grinste, und sein Cousin antwortete mit beinahe dem gleichen breiten Lächeln. »Mylady, er ist ein ebenso fähiger Soldat, wie ich es bin.«

»Nun, dann hätten wir ja ein Problem gelöst.« Mara tippte kurz an den Helm, der immer noch an Lujans Handgelenk baumelte. Wegen seiner vollkommenen Schmucklosigkeit wurde er auch Soldatentopf genannt. »Eigentlich hatte ich Euch bitten wollen, ihm den Helm zu geben, im Austausch gegen einen Offiziershelm mit Federbusch. Keyoke hatte den Befehl, Euch zum Befehlshaber zu ernennen. Da Ihr nun aber für drei Wochen fort sein werdet, kann er genausogut Euren Cousin befördern.«

Immer noch grinsend meinte Lujan: »Nun, beinahe so fähig wie ich, Lady.« Dann wurde er ernster. »Mit Eurer Zustimmung würde ich ihn gerne mitnehmen. Es soll keine Geringschätzung gegenüber den anderen Soldaten sein, doch es gibt keinen Mann, den ich lieber mit einem Schwert an meiner Seite sähe.« Sein Ton wurde wieder leichter. »Abgesehen davon könnten wir die Gruppe ja auch nur aus Unruhestiftern zusammenstellen.«

Mara konnte nicht widerstehen. Zum ersten Mal seit Lanos Tod glättete sich ihre meist sorgenvoll gerunzelte Stirn völlig, und in dem Licht der Lampen schien ihr Lächeln von überraschender Lieblichkeit: »Dann solltet Ihr jetzt am besten zu Keyoke gehen und Euren Federbusch abholen, Befehlshaber.« Sie wandte sich an den Neuankömmling. »Willkommen, Saric.«

Der Mann verneigte sich. »Mistress, Eure Ehre ist auch meine Ehre. Mit dem Wohlwollen der Götter werde ich als Krieger sterben – nicht zu bald, hoffe ich – und, im Dienste einer Schönheit wie Ihr es seid, noch dazu als glücklicher Mann.«

Mara starrte die beiden Männer an und wölbte leicht die Brauen. »Schmeichelei scheint ein gängiger Zug in Eurer Familie zu sein, ebenso wie eine manchmal etwas gleichgültige Haltung gegenüber gesellschaftlichen Rängen.« Dann winkte sie den anderen Mann herbei, der neben Saric gesessen hatte. Er trug zivile Kleidung und Fellsandalen. Seine Haare waren merkwürdig geschnitten; sie waren nicht so kurz wie bei einem Krieger, sondern erinnerten eher an die modischen Locken eines Händlers oder das zottelige Haar eines Arbeiters. »Wer ist das?«

Der Mann erhob sich. »Dies ist Arakasi, Lady«, sagte Saric. »Er stand ebenfalls im Dienste meines Herrn, wenn er auch kein Soldat war.«

Der Mann war von mittlerem Körperbau und hatte ebenmäßige Gesichtszüge. Aber seine Haltung barg weder den Stolz eines Kriegers noch die Unterwürfigkeit eines Arbeiters. Mara wurde plötzlich unsicher. »Warum steht Ihr dann nicht bei den Handwerkern und Arbeitern?«

Arakasis dunkle Augen zuckten leicht, möglicherweise aus Belustigung, doch sein Gesicht blieb ausdruckslos. Dann veränderte sich plötzlich etwas. Er bewegte sich kaum, doch sein Auftreten wurde ein anderes; plötzlich schien er ganz der unnahbare, selbstbewußte Gelehrte. Jetzt sah Mara, was sie sofort hätte bemerken müssen: Seine Haut war überhaupt nicht wettergegerbt, wie es die eines Feldarbeiters hätte sein müssen. Seine Hände waren kräftig, aber es fehlte ihnen die dicke Hornhaut von dem ständigen Umgang mit Werkzeugen oder Waffen. »Lady, ich bin kein Bauer.«

Irgend etwas schien Keyokes Argwohn zu wecken, denn ohne lange nachzudenken stellte er sich zwischen seine Herrin und den Fremden. »Wenn Ihr kein Bauer oder Soldat seid, was seid Ihr dann? Ein Seemann, ein Händler, ein Priester?«

Arakasi tat, als würde er Keyokes Eingreifen kaum wahrnehmen. »Lady, im Laufe meines Lebens war ich all das. Einmal war ich in der Verkleidung eines Priesters von Hantukama Gast Eures Vaters. Ich habe im Laufe der Zeit die Identität eines Soldaten, eines Händlers, eines Sklavenmeisters, eines Hurenhändlers, eines Fluß-Schiffers, selbst die eines Seemanns und eines Bettlers angenommen.«

Was einiges erklärte, dachte Mara, aber nicht alles. »Wem gegenüber wart Ihr loyal?«

Arakasi verbeugte sich mit der überraschenden Grazie und Gewandtheit eines Edlen. »Ich war im Dienst des Lord der Tuscai, bevor die Hunde der Minwanabi ihn im Kampf töteten. Ich war sein Supai, der Herr über seine Spione.«

Maras Augen weiteten sich trotz ihrer Versuche, sich nichts anmerken zu lassen. »Sein Supai?«

Der Mann richtete sich auf, sein Lächeln war ohne jeden Humor. »Ja, Mistress. Und vor allem aus einem Grunde solltet Ihr mich in Eurem Dienst wünschen: Mein ehemaliger Herr, der verstorbene Lord der Tuscai, investierte den größten Teil seines Vermögens in den Ausbau eines Informationsnetzwerkes, das ich leitete und dem Spione in jeder Stadt im Kaiserreich und in vielen großen Häusern angehörten.« Seine Stimme wurde leiser, eine befremdliche Mischung aus Widerwillen und Stolz. »Dieses Netzwerk existiert noch.«

Plötzlich kratzte Keyoke sich vernehmlich mit seinem Daumen am Kinn.

Mara räusperte sich. Sie warf einen scharfen Blick auf Arakasi, dessen Angesicht sich von einem Augenblick zum nächsten zu verändern schien. »Doch solche Dinge sollten nicht unbedingt in der Öffentlichkeit besprochen werden.« Sie schaute sich um. »Ich habe noch immer den Staub von der Reise auf meinen Kleidern und vermisse seit heute mittag eine kleine Erfrischung. Kommt in einer Stunde in meine Gemächer. Bis dahin wird Papewaio sich um Euch kümmern.«

Arakasi verneigte sich und ging zu Papewaio, der dem Supai bedeutete, ihm zum Badehaus bei den Baracken zu folgen.

Mara blieb mit Keyoke und den dreiunddreißig herrenlosen Kriegern zurück und grübelte. »Der Supai der Tuscai«, sagte sie nach einer kleinen Pause leise. »Vater sagte immer, daß der Lord der Tuscai mehr wußte, als in den Augen der Götter recht war. Unter den Männern kursierten Scherze, daß er in einem Gewölbe unter seinem Arbeitszimmer einen Zauberer mit einem Kristall eingesperrt hatte. Glaubt Ihr, daß Arakasi der Grund war?« wollte sie dann von Keyoke wissen.

Keyoke enthielt sich einer direkten Antwort. »Seid auf der Hut vor ihm, Mistress. Ein Mann, der spioniert, ist als allerletztes ehrlich. Ihr tatet recht, ihn mit Pape wegzuschicken.«

»Treuer Keyoke«, sagte Mara voller Zuneigung in ihrer Stimme. Das Licht der Fackeln schimmerte um ihren Kopf, als sie mit einem kleinen Nicken auf die zerlumpten Männer deutete, die auf ihren Befehl warteten. »Was meint Ihr, werdet Ihr es schaffen, ihnen allen den Eid vor dem Natami abzunehmen, und dann noch Zeit für ein Bad und Essen finden?«

»Ich muß es schaffen.« Der Kommandeur zuckte in einer seiner seltenen ironischen Gesten leicht mit den Schultern. »Wenn auch die Götter allein wissen, wie ich bei so viel Arbeit so alt werden konnte.« Bevor Mara etwas entgegnen konnte, rief er den abgerissenen Männern im Hof etwas zu, und die allesamt erfahrenen Soldaten gehorchten dem Befehl des Höherstehenden und traten zum Appell an.

Fünf

Handel

Der Abend ging in die Nacht über.

Sanfte Lichter brannten in Maras Zimmer. Die äußeren Läden waren geöffnet worden, um eine leichte Brise hereinzulassen, und das Lampenlicht flackerte und tanzte. Die Herrin der Acoma entließ die Bediensteten bis auf einen, dem sie auftrug, heiße Chocha zu bringen. Mara war noch einen Augenblick mit Nacoya allein, bevor die anderen erscheinen würden, und sie streifte die protzigen Armreifen ab, die sie vom Lord der Anasati erhalten hatte. Sie schälte sich aus dem schmutzigen Reisegewand und betupfte ihren Körper mit einem feuchten Tuch; auf ein richtiges Bad würde sie bis nach dem Treffen mit Arakasi warten müssen.

Nacoya schwieg die ganze Zeit, während Mara sich frisch machte, doch ihr Blick blieb stets auf ihre junge Herrin gerichtet. Keine der beiden sprach. Der Vorwurf, den Mara in den alten Augen las, besagte alles: Es war unvorsichtig und dumm von dem Mädchen gewesen, möglicherweise sogar gefährlich dumm, daß sie sich mit Buntokapi verbunden hatte. Der Sohn der Anasati mochte vielleicht begriffsstutzig scheinen, aber er war ein mächtiger Krieger, und wenn er auch kaum zwei Jahre älter war als sie, so war er seit seiner Kindheit mit den Regeln des Spiels des Rates großgeworden, während Mara im Tempel Lashimas Schutz gefunden hatte.

Während Mara sich in eine kostbare safrangelbe Robe wickelte, kehrte der Diener mit der Chocha zurück. Nachdem sie mit einer Handbewegung ihre Zustimmung gegeben hatte, stellte er das große Tablett in der Mitte des niedrigen Tisches ab und zog sich dann zurück. Mara nickte Nacoya zu; ein Zeichen, daß die alte Frau Tassen und Servietten bereitstellen sollte.

Ihre beiden Offiziere und der Fremde kamen pünktlich auf die Minute. Mara betrachtete den Neuankömmling mit scharfem Blick, während er sich verbeugte und zwischen Keyoke und Papewaio Platz nahm. Arakasis Benehmen war tadellos, es paßte zu der Kleidung, die er jetzt anstelle der Bettlerlumpen trug. Mara erkannte plötzlich das scharlachrote Hemd mit den Quasten; es war Papewaios bevorzugtes Kleidungsstück, das er gewöhnlich nur an Festtagen trug. Mara versuchte die Bedeutung einzuschätzen, die mit der Leihgabe dieses guten Stückes verbunden war. In der Stunde, die seit ihrem Treffen im Hof verstrichen war, mußte der frühere Supai der Tuscai ihren Truppenführer sehr beeindruckt haben. Das war eine außerordentliche Empfehlung, denn wie ihr Vater vor ihr setzte Mara großes Vertrauen in Papewaios Instinkte, wenn es um andere Menschen ging.

Diese Erkenntnis gab ihr Zuversicht, und sie fragte: »Hat Lujan über das gesprochen, was wir hier tun?«

Arakasi nickte. »Er ist losgezogen, um weitere Graue Krieger zu gewinnen.« Er hielt inne und fügte dann hinzu: »Aber mit jeder neuen Gruppe von Rekruten vergrößert sich das Risiko, daß Spione darunter sind. Schon bald werdet Ihr keinem der Neuankömmlinge mehr trauen können.«

»Ihr selbst könntet ein solcher Spion sein«, unterbrach Nacoya.

»Alte Mutter, ich habe nichts zu gewinnen, wenn ich lüge.« Arakasi ergriff die Kanne mit Chocha und übernahm mit fehlerloser Leichtigkeit die Rolle des Dieners. Mit angemessener Unterwürfigkeit füllte er Maras Tasse, dann Nacoyas, dann Keyokes und Papewaios und schließlich seine eigene. »Wäre ich der Spion eines anderen Hauses, ich hätte mich einfach als Soldat gemeldet und meinem Herrn von Eurer verzweifelten Situation berichtet. Dann wären die Attentäter gekommen, vermutlich mit der nächsten Gruppe neuer Rekruten. Euer Verdacht wäre dann rein theoretisch, denn zusammen mit Eurer Herrin wärt Ihr getötet worden.« Er stellte die Kanne ab. »Und wenn ich hier für mich und meine Spione keine Möglichkeit gesehen hätte, wäre ich vorübergehend in die Rolle eines Bauern geschlüpft und in der Dunkelheit fortgeschlichen, ohne irgend jemanden weiter zu belästigen.«

Mara nickte. »Eure Logik ist schwer zu widerlegen. Jetzt erzählt uns, was wir über Euch wissen sollten.«

Der Fremde antwortete freiheraus: »Ich war über zwanzig Jahre angestellt, um ein Netzwerk von Spionen zu errichten und zu überwachen, das sich über das gesamte Kaiserreich erstreckte. Es kann sich mit jedem anderen im Land messen, eingeschlossen dem des Kriegsherrn. Ich habe sogar Agenten, die für andere Supais arbeiten; einer ist ein Schläfer, der bisher noch niemals eingesetzt wurde, sondern für einen Augenblick größter Not –«

Bei diesen Worten beugte sich Keyoke vor. »Die Zerstörung Eures Hauses war nicht Not genug?«

Arakasi ging geflissentlich über Keyokes Unhöflichkeit hinweg. »Keiner meiner Agenten hätte meinem Herrn helfen oder sein letztendliches Schicksal verhindern können, schon gar nicht jener, den ich erwähnte. Er arbeitet in der Kaiserlichen Konsulatskanzlei und gehört zum Stab des Kriegsherrn.«

Selbst Keyoke konnte seine Überraschung nicht verbergen. Der Supai fuhr fort: »Mein Herr war ein weitsichtiger Mann, doch sein Vermögen war begrenzt. Er sammelte Informationen mit einer solchen Hingabe, daß er unfähig war, sie nutzbringend einzusetzen. Vielleicht, wenn ich nicht so zielstrebig in meinen Nachforschungen gewesen wäre …« Arakasi setzte seine Chocha-Tasse beinahe geräuschlos ab. »Wenn der Lord der Minwanabi nicht Angst davor bekommen hätte, daß mein Herr jeden seiner Schritte vorausahnen könnte, wären die Tuscai heute vielleicht unter den mächtigsten Familien des Kaiserreiches.« Er seufzte bedauernd. »Aber wie heißt es doch so schön: ›Wäre vielleicht gewesen ist nichts als Staub im Wind.‹ Der Angriff kam schlagartig und die Krieger meines Herrn hatten einer derart machtvoll brutalen Attacke nichts entgegenzusetzen. Ich habe seither gelernt, daß meine Spione nicht viel Gutes bringen, wenn mit ihren Informationen nicht gehandelt werden kann.«

Keyoke hatte seine Tasse Chocha kaum berührt. Seine Augen funkelten durch den aufsteigenden Dampf hindurch. »Wo sind also Eure Agenten heute?«

Ohne zu zögern blickte Arakasi Mara an. »Lady, ich werde nicht enthüllen, wer sie sind. Ich bitte um Vergebung, wenn ich damit Anstoß errege. Ich schulde jenen, die einst meinem Herrn gedient haben, noch immer sehr viel, und ich werde sie nicht zusätzlicher Gefahr aussetzen. Wenn Ihr uns in Eure Dienste nehmt, werden wir die gleichen Vereinbarungen treffen wie mit meinem Lord der Tuscai.«

Mara nahm Keyokes warnenden Blick mit einem angedeuteten Nicken zur Kenntnis. »Und die wären?« fragte sie rasch und wartete neugierig auf Arakasis Antwort.

»Ich selbst überwache meine Kuriere und Kontakte, und nur ich allein kenne die Namen der Agenten und weiß, wie sie zu erreichen sind; Ihr erfahrt lediglich, wo sie dienen.«

Mit einem lauten Geräusch stellte Keyoke seine Tasse Chocha ab; für einen untadeligen Soldaten wie ihn bedeutete das einen Wutausbruch, wie er ihn noch niemals zuvor gezeigt hatte. »Dies sind unzumutbare Forderungen!«

»Kommandeur«, sagte Arakasi, »ich möchte nicht als schwierig erscheinen. Ich habe meinem Herrn möglicherweise nicht so gut gedient, wie ich es mir gewünscht hätte, aber ich schütze jene, die so fleißig und eifrig für ihn arbeiteten – umgeben von Gefahren, die denen ähneln, denen Soldaten in einer Schlacht ausgesetzt sind. Ein Spion stirbt schmachvoll durch den Strang. Meine Leute riskieren sowohl ihr Leben als auch ihre Ehre für einen Herrn, den sie nicht verraten wollen. Ich sorge dafür, daß, egal was geschehen mag, ihr Herr sie nicht verraten kann.«

Er sah die Unsicherheit in den Gesichtern der anderen, nickte und führte seine Aussage weiter aus: »Als die Minwanabi die Tuscai zermalmt hatten, befragten sie meinen Herrn …« Er blickte jetzt mit seinen dunklen Augen auf Mara, und seine Stimme wurde weicher. »Es gibt keinen Grund, die Einzelheiten wiederzugeben. Ich weiß von diesen Dingen nur, weil einer meiner Leute für tot gehalten wurde und eine Weile zuhören konnte, bevor es ihm gelang, sich zu retten. Jingus Folterknecht leistete wirkungsvolle Arbeit. Mein Herr war ein sehr mutiger Mann, aber auch er hätte keine einzige Information zurückhalten können. Lady, urteilt gerecht: Wenn Ihr meine Dienste wollt und die Dienste derer, die für mich arbeiteten, werdet Ihr uns Vertrauen entgegenbringen müssen.«

»Und wenn ich es nicht will?«

Arakasi wurde ruhig, er hielt seine Hände deutlich sichtbar in die Höhe, um jeden Eindruck einer Bedrohung zu vermeiden. In einer Geste der Resignation kehrte er langsam die Handflächen nach oben. »Dann werde ich in die Berge zurückkehren.«

Mara neigte den Kopf etwas zur Seite. Bei diesem Satz hatte der Mann zumindest einen kurzen Moment echte Gefühle gezeigt. Wieder die Farben eines Hauses zu tragen war ihm wichtiger, als er zuzugeben bereit war. Bestrebt, ihn nicht zu beschämen, fragte Mara einfach nur: »Und dann?«

Arakasi zuckte mit den Schultern. »Mylady, ich habe in den verschiedensten Verkleidungen gearbeitet, um meine Identität zu schützen. Ich kann einen Wagen reparieren, die Flöte spielen, schreiben und rechnen. Ich bin außerdem ein talentierter Bettler, wenn es sein muß. Ich werde mich schon durchschlagen, keine Sorge.«

Keyoke durchbohrte ihn geradezu mit seinem Blick. »Ich nehme an, Ihr könntet eine gewisse Position erlangen und ein angenehmes Leben führen. Was hattet Ihr also bei den Gesetzlosen im Wald zu suchen?«

Arakasi zuckte erneut mit den Schultern, als wäre es bedeutungslos, ob sie seinen Motiven trauten. »Ich stand eigentlich dauernd in Verbindung mit Saric und den anderen ehemaligen Gefolgsleuten des Lords der Tuscai; ich habe für sie oft kleine Geschäfte in den Städten übernommen, mit Hilfe meines Verstands und meiner Fähigkeiten für sie gehandelt. Ich hatte gerade Sarics Lager erreicht, als Lujans Aufruf eintraf. Ich beschloß mitzukommen und nachzusehen, um was für eine merkwürdige Angelegenheit es sich da handelte.« Er deutete mit dem Kopf in Maras Richtung. »Ich muß schon sagen, ich bewundere, wie Ihr die Tradition beugt, damit sie zu Euren Bedürfnissen paßt, Lady.«

»Nur soweit es notwendig ist, Arakasi, und niemals ist sie gebrochen worden«, antwortete Mara. Sie sah den Mann einen Augenblick an. »Doch Ihr habt noch nicht erklärt, weshalb Ihr das Netzwerk nicht aufgegeben habt. Wäre es nicht sicherer gewesen, wenn alle bis zu ihrem Lebensende in den Rollen geblieben wären, die sie innehatten, als Euer Herr starb?«

Arakasi lächelte. »Sicherer wäre es zweifellos gewesen; selbst die unregelmäßigen Kontakte, die ich über die letzten vier Jahre hinweg aufrechterhalten habe, bergen für einige meiner Leute ein großes Risiko. Wir halten das Netzwerk aus Gründen unserer Ehre am Leben.« Er hielt inne. »Diese Gründe sind Teil meines Wunsches, in Euren Dienst treten zu dürfen, und Ihr werdet sie nur hören, wenn Ihr Euch zu einer Übereinkunft mit mir entscheiden solltet.«

Keyoke setzte zum Sprechen an, aber dann beließ er es bei einem bloßen Kopfschütteln. Niemand sollte so mit der Herrscherin der Acoma verhandeln dürfen. Mara warf einen Blick auf Nacoya, dann auf Papewaio. Der Truppenführer nickte einmal kurz; er schenkte Arakasi bereits im stillen seine Billigung.

Mara atmete tief ein. »Ich denke, ich sehe Weisheit in Eurem Anliegen, Arakasi. Aber was wird aus dem Netzwerk, falls Euch ein Unglück widerfährt?«

»Meine Agenten haben Mittel, sich gegenseitig in regelmäßigen Abständen zu überprüfen. Sollte es eines Tages einer Needra in den Sinn kommen, meine Karriere zu beenden, indem sie sich genau auf die Stelle legt, wo ich ein Schläfchen halte, würde sich innerhalb eines Monats ein anderer Agent bei Euch melden.« Arakasi wurde ernst. »Er würde Euch unwiderlegbare Beweise geben, und Ihr könntet ihm ebensosehr vertrauen wir mir.«

Mara nickte. »Vertrauen ... Genau da liegt allerdings das Problem. Es wäre für jeden von uns dumm, die Vorsicht zu schnell abzulegen.«

»Natürlich.«

Eine leichte Brise ließ die Flammen in den Lampen kräftig aufflackern, und sofort huschten Schatten durch den Raum. Nacoya führte mit ihrer Hand gedankenlos das Zeichen gegen Unglück und das Mißfallen der Götter aus, doch Mara war zu sehr von dem Gespräch in Anspruch genommen, um sich jetzt abergläubischen Sorgen hinzugeben. »Wenn ich mich mit Euren Bedingungen einverstanden erkläre, werdet Ihr dann in meinen Dienst treten?«

Arakasi verbeugte sich leicht, eine Bewegung des Oberkörpers, die er voller Anmut ausführte. »Ich wünsche ebensosehr wie die Soldaten, wieder einem Haus zu dienen, Mistress, aber da ist noch etwas. Wir halten das Netzwerk aus Gründen der Ehre intakt. Nachdem das Haus der Tuscai gefallen war, legten ich und jene, die mit gearbeitet hatten, ein Gelübde ab. Wir schworen, niemals unter der Bedingung in einen anderen Dienst zu treten, daß wir dieses Gelübde brechen müssen.«

»Was ist das für ein Gelübde?«

Arakasi sah Mara direkt an, und seine Augen enthüllten jetzt fanatische Leidenschaft, weder durch List noch Tücke verstellt. »Rache am Lord der Minwanabi«, sagte er mit ruhiger Stimme.

»Ich verstehe.« Mara lehnte sich in ihren Kissen zurück und hoffte, daß die Leidenschaft in ihrem eigenen Herzen nicht so leicht zu erkennen war. »Wir haben den gleichen Feind, wie es scheint.«

Arakasi nickte. »Im Augenblick. Ich weiß, daß die Acoma und

die Minwanabi im Streit miteinander liegen, aber der Strom der Politik ändert häufig seinen Lauf –«

Mara erhob ihre Hand und brachte ihn dadurch zum Schweigen. »Die Acoma haben eine Blutfehde mit den Minwanabi.«

Arakasi blieb still; er hatte die Beine übereinandergeschlagen und starrte jetzt auf die abgetragene Sohle der Sandale an seinem Fuß. Die Stille war so durchdringend, daß alle im Raum ein leichtes Frösteln verpürten. Hier war ein Mann von anscheinend grenzenloser Geduld, wie die Baumschlange, die ihre Gestalt den Ästen anpaßt und unerkannt geduldig auf vorbeistreifende Beute wartet, um dann mit unerwarteter Tödlichkeit zuzuschlagen. Als sich Arakasi schließlich ein wenig bewegte, bemerkte Mara, daß das, was bei diesem Gespräch auf dem Spiel stand, langsam an seiner Selbstkontrolle zu zehren begann. Trotz seiner Fähigkeiten und seiner Übung kämpfte der Supai gegen dieselben widerstreitenden Gefühle wie die zerlumpten Soldaten und Diener, die zu ihr gekommen waren: Möglicherweise würde er wirklich eine zweite Chance erhalten, aber nur, um erneut die Farben eines Hauses verlieren zu können. Dennoch spiegelte seine Stimme nichts von dem inneren Aufruhr wider, als er endlich sprach: »Wenn Ihr uns nehmen wollt, schwören ich und die Meinen den Acoma ewige Treue.«

Mara nickte.

Arakasis Gesicht wurde plötzlich lebhaft. »Dann, Mylady, laßt uns beginnen, denn Ihr könnt Euch einen deutlichen Vorteil sichern, wenn Ihr zu schnellem Handeln bereit seid. Bevor ich in die Berge ging, verbrachte ich einige Zeit im Norden bei einem Freund im Haus der Inrokada. Unter den Arbeitern dort geht das Gerücht um, daß weiter westlich im Herrschaftsgebiet ihres Lords, nahe der Waldgrenze, ein Cho-ja-Schwarm eine neue Königin hervorgebracht hat.«

»Die Nachricht hat sich noch nicht verbreitet?« fragte Mara. Sie war sofort neugierig geworden.

Arakasi machte eine wegwerfende Handbewegung. »Der

Lord der Inrokada ist ein stiller Mann; er bekommt wenig Besuch und stattet noch seltener anderen einen ab. Doch die Zeit ist knapp. Während der Obsternte werden Arbeiter die Nachricht bald zum Fluß tragen, und dann wird sie kreuz und quer durch das Kaiserreich jagen. Jetzt seid Ihr jedoch noch die einzige Herrscherin, die weiß, daß eine neue Königin der Cho-ja demnächst eine Heimstatt braucht. Mindestens dreihundert Krieger werden ihr dienen –« er zwinkerte plötzlich humorvoll –, »und wenn Ihr erst ihre Treue gewonnen habt, könnt Ihr sicher sein, daß keine Spione darunter sind.«

Mara stand auf. »Wenn das wahr ist, müssen wir noch im Morgengrauen aufbrechen.« Einen Schwarm der Cho-ja für ihr Land zu gewinnen wäre ein Geschenk der Götter. Die Cho-ja mochten zwar fremdartig sein, aber sie gaben wilde und treue Verbündete ab. Die neue Königin würde ihr Nest mit zunächst dreihundert Soldaten beginnen, von denen jeder zwei Tsurani ersetzen konnte, doch im Laufe der Jahre würde die Anzahl bis auf mehrere tausend ansteigen; und wie Arakasi bereits gesagt hatte, eignete sich keiner von ihnen als Agent für feindliche Häuser. »Ich möchte, daß die Fährtensucher in einer Stunde bereit sind«, forderte Mara Keyoke auf. »Wir werden bei Anbruch der Dämmerung zu diesem Stamm aufbrechen.« Als der Kommandeur sich entfernt hatte, wandte sie sich wieder Arakasi zu: »Ihr werdet uns begleiten. Papewaio wird sich um Diener kümmern und dafür sorgen, daß Eure Bedürfnisse zufriedengestellt werden.«

Mara löste das Treffen auf. Als ihre Berater sich erhoben hatten und hinausgehen wollten, zupfte Nacoya Arakasi am Ärmel. »Das Mädchen weiß doch nichts von den Cho-ja. Wie soll sie da verhandeln?«

Mit müheloser Höflichkeit ergriff Arasaki die Hand der alten Frau und drängte sie aus der Tür, als wäre sie eine von ihm verehrte Großtante. »Es wird so selten eine neue Königin hervorgebracht, daß sich niemand auf irgendwelche Verhandlungen vorbereiten kann. Die Lady der Acoma muß einfach den Wünschen der neuen Königin entgegenkommen, welche auch immer es sein mögen.«

Als das Paar im Korridor verschwand, konnte Mara ihre Aufregung kaum verbergen. Sämtliche Gedanken an ihre bevorstehende Hochzeit wurden von dieser Neuigkeit ausgelöscht. Einen Schwarm der Cho-ja im eigenen Land zu haben bot mehr als Ehre und die Quelle militärischer Macht. Denn die Cho-ja waren nicht nur hervorragende Krieger, sondern auch Bergarbeiter; sie konnten tief in der Erde vergrabene Metalle und Edelsteine aufspüren, die dann von ihren Kunsthandwerkern zu Juwelen verarbeitet wurden. Die fremdartigen Wesen, die äußerlich stark an Insekten erinnerten, hüteten außerdem das Geheimnis der Herstellung von Seide, jenem kühlen, weichen Stoff, der bei allen, die in der ewigen Hitze des Kaiserreiches lebten, hoch geschätzt war. Es hatte sogar Kriege um die Kontrolle des Seidenhandels gegeben, bis ein kaiserliches Gesetz es einer einzelnen Gilde oder einem Edlen verbot, ein Monopol auszuüben. Jetzt durfte jeder Herrscher, der Seide besaß, damit handeln.

Die Produkte der Cho-ja waren sehr wertvoll, und sie selbst verlangten nur einfache Dinge: Korn und bestimmte Artikel aus Fell. Deshalb waren Familien bereit zu töten, wenn sie einen Schwarm auf ihrem Gebiet ansiedeln konnten. Und alle Stämme der Cho-ja zusammengenommen, die im Kaiserreich bekannt waren, brachten seltener als einmal während der Lebensspanne eines Menschen eine neue Königin hervor.

Aber Mara würde die neue Königin erst überzeugen müssen, sich auf dem Land der Acoma anzusiedeln. Wenn sie versagte, würden Stellvertreter anderer Häuser folgen, bis die Königin ein Angebot erhielt, das sie zufriedenstellte. Und wie Arakasi bemerkt hatte, war es weiterhin ein Mysterium, was es war, das so fremdartigen Kreaturen wie den Cho-ja gefallen mochte.

Als Lujan und seine Truppe sich auf den Weg in die Berge machten, um nach neuen Rekruten Ausschau zu halten, waren die anderen so sehr in die Vorbereitungen für die Reise zu den Cho-ja vertieft, daß es niemand bemerkte. Bedienstete eilten hin und her und schafften immer mehr Vorräte für die Eskorte herbei.

Mara verließ ihre Gemächer einige Zeit vor der Morgendämmerung. Die Hirten hatten noch nicht begonnen, die Needras auf die Weiden zu treiben, und Nebel hing noch ruhig über dem vor Feuchtigkeit glänzenden Gras. Mara trug dunkle Reisekleidung, um sich vor der Feuchtigkeit zu schützen, und wartete vor einer schlichten Sänfte mit Jican an ihrer Seite. Seine Rechentafel war über und über mit Notizen beschrieben, und er hielt den Griffel in der Hand, während Mara letzte Befehle und Anweisungen diktierte.

Plötzlich biß sie sich aufgewühlt auf die Lippe. »Bei den Göttern, vor lauter Aufregung hätte ich es beinahe vergessen!«

Jican wölbte seine Brauen. »Mistress?«

»Die Einladungen zur Hochzeit.« Mara schüttelte verärgert den Kopf. »Nacoya wird Euch die entsprechenden Verse mitteilen. Sie weiß ohnehin besser als ich, wer eingeladen werden muß und wen wir ignorieren sollten. Denkt daran, sie zu bitten, an meiner Stelle die notwendigen Schritte in die Wege zu leiten, da ich es vergessen habe.«

Jican stellte eine weitere Frage, während er eilig weiterschrieb. »Was ist mit dem Verkauf des Sommerviehs, Mistress? Die Tiere, die wir versteigern wollen, müssen wir bereits vorher bei der Gilde der Needra-Züchter registrieren lassen.«

»Ihr habt bisher gute Entscheidungen getroffen«, sagte Mara in dem Bewußtsein, daß ihr die Zeit davonlief. »Ich vertraue Eurem Urteil.« Keyoke trat mit einer Truppe ausgewählter Krieger herbei, und Papewaio und Arakasi standen bereits wartend ein kleines Stück abseits und unterhielten sich.

Die Männer versammelten sich mit der ruhigen Tüchtigkeit erfahrener Soldaten, und bald hatte auch der letzte seinen Platz eingenommen. Keyoke näherte sich; er trug die dunkle, praktische Rüstung, die sich für eine unauffällige Reise durch die

Wildnis eignete. Sein Offiziershelm hatte nur einen einzigen, kurzen Federbusch, und das verzierte Zeremonienschwert hatte er gegen jenes eingetauscht, das er im Kampf bevorzugte.

Keyoke verbeugte sich vor Mara. »Mistress, die Männer sind bereit. Die Träger mit den Vorräten warten, und die Fährtensucher sind schon unterwegs. Wir können aufbrechen, sobald Ihr den Befehl erteilt.«

Mara entließ Jican, nachdem sie ihm Glück und ehrlichen Handel gewünscht hatte. Dann stieg sie in ihre Sänfte und ließ sich in die Kissen fallen. »Laßt die Männer marschieren«, befahl sie.

Als die halbnackten Träger sich hinabbeugten, um das Gewicht des Gefährts auf ihre Schultern zu nehmen, spürte sie einen Anflug von Furcht. Dies war kein offizieller Besuch bei einem anderen Herrscher, sondern ein gewagter, mutiger Schritt, um im Spiel des Rates einen Vorteil über jeden der anderen Spieler zu erringen; eine solche Kühnheit barg viele Risiken. Und während die Reisegesellschaft auf einen kleinen Hügel zumarschierte und das Herrenhaus allmählich ihren Blicken entschwand, fragte sich Mara, ob sie es wohl jemals wiedersehen würde.

Arakasi führte die kleine Gruppe der Acoma auf verborgenen Pfaden und Wegen durch das Hinterland. Von Tag zu Tag mehrten sich die Zeichen der Anspannung, der die Soldaten ausgesetzt waren. Tsuranische Krieger würden in der Gegenwart einer Lady oder eines Lords niemals die Kontrolle verlieren, doch Mara hatte bei vorangegangenen Reisen ihren unruhigen Unterhaltungen gelauscht, ihrem Geplänkel, ihren Witzen am Lagerfeuer. Jetzt verhielten sich die Männer vollkommen ruhig; sie brachen ihr Schweigen nur bei äußerster Notwendigkeit und dann im Flüsterton. Ihre gewöhnlich lebhaften Gesichter waren jetzt durch und durch den ausdruckslosen Masken tsuranischer Soldaten gewichen.

Den dritten Tag verbrachten sie bis zum Einbruch der Nacht in einem Versteck, dann schlichen sie durch die Dunkelheit und kauten Thyza-Brot und Needra-Fleisch, um nicht entdeckt zu werden. Bei Anbruch des nächsten Tages marschierten sie tief in den Herrschaftsbereich eines benachbarten Lords und kamen seinen Wachpatrouillen mehrere Male gefährlich nahe. Keyoke hielt seine Männer eng zusammen und ging jedem Kontakt aus dem Weg. Es war gut möglich, daß selbst ein nicht ganz so mächtiger Lord die Gelegenheit beim Schopfe packen und zu einem Schlag gegen die Eindringlinge ausholen würde, wenn er seinen Soldaten zutraute, Mara und ihre fünfzig Wachen besiegen zu können. Und falls ein anderer Lord von der Geburt der Königin erfahren hatte, war es nicht nur möglich, daß sie unterwegs überfallen würden, sondern sogar ziemlich wahrscheinlich.

Mara fühlte sich die ganze Zeit über müde und erschöpft, fand aber dennoch keine Ruhe; daran waren nicht nur das ununterbrochene Reisen und die immer gegenwärtige Furcht schuld, sondern auch eine sonderbare Erregung. Wenn sie diesen neuen Schwarm tatsächlich für sich gewinnen könnte, würde das dem Überleben der Acoma mehr helfen als ein Dutzend schlauer Schachzüge im Hohen Rat.

Vier weitere erschöpfende Tage vergingen. Die Gruppe schlief zu den ungewöhnlichsten Zeiten, denn die Nächte mußten genutzt werden, um den Patrouillen auszuweichen oder riesige Weiden und Thyza-Felder zu überqueren, die sich an den Ufern der vielen Nebenflüsse des Gagajin hinzogen. Die Sklaven übernahmen dann die Nachhut und richteten die abgeknickten Sämlinge wieder auf, um alle Spuren zu beseitigen, die auf ihre Gegenwart schließen ließen. Bei Sonnenaufgang des neunten Tages setzte Mara sich wie die Soldaten auf die bloße Erde und aß Käse und Reisekekse. Sie rief Keyoke und Arakasi zu sich.

Beide lehnten es ab, etwas zu essen, denn sie hatten bereits kurz zuvor die gleichen kalten Rationen zu sich genommen. Mara betrachtete ihre Gesichter, das eine faltig, ledrig, sehr vertraut und so beständig wie der tägliche Sonnenaufgang, das andere wenig mehr als eine Illusion, eine Maske, die immer derjenigen Person entsprach, die gerade erwünscht war. »Wir haben jetzt drei Herrschaftsbereiche durchquert, jede davon gut bewacht. Dennoch hat keine einzige Patrouille Alarm geschlagen. Soll ich das den außerordentlichen Fähigkeiten meines Führers und meines Kommandeurs zuschreiben, oder ist es immer so einfach für bewaffnete Soldaten, in fremde Domänen des Kaiserreiches einzudringen?«

»Eine interessante Frage, Mistress.« Arakasi bedachte sie mit einem Blick, der eine Spur Respekt enthielt. »Um zu wissen, daß Keyoke ein hervorragender Offizier ist, benötigt man kein Netzwerk von Spionen. Im ganzen Kaiserreich achtet man seine Erfahrung.«

Bei diesem Kompliment sah Keyoke den Supai an. »Ohne die Führung Arakasis wäre es nicht so gut gelaufen. Sein Wissen über das Hinterland ist beeindruckend, etwas, das für die Acoma in Zukunft noch sehr wertvoll sein wird.«

Mara erkannte sofort, daß Keyokes Bemerkung indirekt zeigte, daß er Arakasi mittlerweile stillschweigend akzeptiert hatte. Der Supai wirkte so konzentriert und aufmerksam wie ein Soldat, und diesmal schien es sein natürliches Verhalten zu sein. Die Fähigkeit des Mannes, so zu erscheinen, wie er es gerade wünschte, verunsicherte Mara ein bißchen. »Sagt mir freiheraus«, forderte sie ihn auf, »würdet Ihr es als einfach bezeichnen, wenn Ihr eine bewaffnete Gruppe durch das Land der Acoma führen müßtet?«

Arakasi lachte; ein unerwarteter Klang in diesem von Ernst erfüllten Lager. »Mistress, ganz sicher nicht. Keyoke wird weithin bewundert wegen seiner Kenntnisse der Kriegskunst. Er weiß um die Gefahren, die regelmäßige, sich niemals ändernde Patrouillen mit sich bringen. Er ist umsichtig und listig, selbst wenn er nur eine geringe Anzahl von Soldaten befehligt.« Mit einem respektvollen Blick auf den Kommandeur fügte er hinzu:

»*Besonders*, wenn er nur eine geringe Anzahl von Soldaten befehligt. Es ist schon schwierig für *einen* Mann, in das Land der Acoma einzudringen, und erst recht für eine ganze Streitmacht.«

Keyoke griff den kleinen Widerspruch auf. »Ihr sagtet ›schwierig‹, nicht ›unmöglich‹.«

Arakasi nickte zustimmend. »Das ist wahr.«

»Lujans Graue Krieger schienen keine großen Schwierigkeiten gehabt zu haben, unsere Needras zu stehlen«, sagte Mara.

Arakasi konnte sich ein leichtes Grinsen nicht verkneifen. »Ebenfalls wahr, aber er hatte einen Vorteil: Ich erklärte ihm, wann und wo er zuschlagen sollte.«

Keyoke wurde gefährlich still. »Es scheint, daß wir einiges zu besprechen haben.« Seine Geste drückte die Bitte aus, sich zurückziehen zu dürfen. »Mylady?«

Mara ließ sich mit ihrer Zustimmung noch Zeit. »Gibt es irgendeine Domäne im Kaiserreich, die so gut bewacht ist, daß kein Fremder oder Gesetzloser hinein- oder hindurchgelangen könnte?«

»Nur eine«, sagte Arakasi. Keyokes Zorn ließ ihn ganz offensichtlich unberührt. »Das Gebiet der Dachindo weit im Osten.«

Mara lächelte, als hätte sie einen kleinen Sieg errungen. »Nun, Keyoke, Ihr und Arakasi habt in der Tat einiges zu besprechen.« Sie folgte den beiden Männern mit den Augen, als sie sich erhoben und leise murmelnd davongingen; im nebligen Grau der Dämmerung steckten sie ihre Köpfe zusammen. Sosehr Keyoke sich auch über die indirekt aufgezeigten Schwächen in seiner Verteidigung ärgern mochte, Mara wußte doch, daß die Weisheit siegen würde. Er würde jede Information aufsaugen, die Arakasi ihm bieten konnte, um den Schutz seiner Herrin noch weiter zu verbessern. Im festen Vertrauen, daß zum Zeitpunkt ihrer Hochzeit nicht mehr nur die Domäne der Dachindo für Fremde unzugänglich sein würde, sandte sie einen Sklaven, um sich ihren Kamm bringen zu lassen. In den letzten Minuten, bevor die Reisegruppe sich wieder auf den Weg machte, versuchte sie in einer steigenden Woge aus Ärger, Wut und Hilflosigkeit, die Knoten in ihren Haaren ohne die Hilfe einer Zofe aufzulösen.

Es wurde ein heißer Tag. Ohne zu klagen marschierten die Soldaten durch die sich immer stärker verändernde Landschaft. Die Ebenen des Tieflands mit ihrem Flickenteppich aus Feldern und Weiden wichen bewaldeten Hügeln und Bergen mit kahlen, felsigen Spitzen. Die Bäume waren alt und wild, umgeben von blühenden Reben und Dornbüschen. Doch je schwieriger das Gelände wurde, desto besser wurde die Stimmung unter den Soldaten. Sie hatten den Weg in sehr kurzer Zeit zurückgelegt, und als das Sonnenlicht auf den Pfad fiel, hatten die Reisenden die weit entfernten Grenzen des Inrodaka-Gebiets erreicht. Arakasi ließ haltmachen. Die Soldaten tauschten ihre Feldrüstung gegen die lackierte und polierte Rüstung. »Wir müssen diesen Weg verlassen und auf die andere Seite der Schlucht gelangen, um dort auf einen anderen Pfad zu stoßen«, erklärte Arakasi. Er zeigte auf einen Pfad, der hinauf in noch dichteren Wald führte.

Keyoke hielt inne, während er sich umzog, er hatte den Helm mit dem Federbusch noch nicht ganz ausgepackt. »Ich dachte, die Cho-ja legen ihre Stöcke in Wiesen oder Tälern an.«

Arakasi wischte sich den Schweiß von der Stirn. Das Licht nahm rasch ab, und er schien bestrebt, ihr Ziel noch vor Einbruch der Nacht zu erreichen. »Das stimmt zum größten Teil auch; zumindest habe ich noch nie von einem Schwarm gehört, dessen Stock nicht in offenem Gelände liegt.« Er zeigte den Pfad hinauf. »Weiter oben wird der Wald lichter. Etwa dreihundert Meter höher befindet sich ein grasbewachsenes Tal. Das ist der Ort, den wir suchen.«

Mara hatte zufällig mitgehört. »Also liegt der Stock dieses Schwarms gar nicht im Gebiet der Inrodaka?«

»Nein, aber es gibt eine Art von Abmachung.« Arakasi zeigte in nördliche Richtung, wo der Wald dicht und wild war. »Diese Ländereien waren einst Teil einer großen Domäne, doch das ist vor unzähligen Jahren gewesen. Als der damalige Lord, wer immer er war, fiel, wurden seine Besitztümer unter den Eroberern aufgeteilt. Inrodaka war einer von ihnen. Dieses Gebiet blieb frei. Es ist kein sehr gutes Land. Das Holz ist brauchbar, aber es ist schwierig, die Bäume zu fällen. Es gibt nur zwei oder drei Weiden für die Herden, und die haben alle keine Verbindung zu den Weiden des Tieflands. Dennoch haben die Cho-ja die Inrodaka als ihre Verpächter anerkannt. Wer weiß schon, wie sie denken.« Er führte die Soldaten den ansteigenden Pfad hinauf. »Von jetzt an müssen wir vorsichtig und beherrscht sein. Es könnte sein, daß Soldaten der Cho-ja uns herausfordern. Wir dürfen nicht kämpfen. Wenn eine neue Königin in ihrem Schwarm ist, sind sie sehr angespannt und aggressiv. Möglicherweise täuschen sie einen Angriff vor, daher darf niemand das Schwert ziehen, wenn wir nicht alle niedergemacht werden wollen.«

Mara beriet sich mit Keyoke, dann stimmte sie der Anordnung des Supai zu. Hintereinander begannen sie im strahlenden Grün der Acoma mit dem Aufstieg. Der Pfad wand sich steil nach oben und schlängelte sich zwischen zerklüfteten Felsnasen hindurch. Es war unmöglich, weiter in der Sänfte zu bleiben, doch selbst als sie zu Fuß ging, mußte Keyoke seiner Herrin an besonders schwierigen Stellen helfen. Dies waren keine Wege für Menschen, sondern Pfade für die Kumi, die sechsbeinigen Bergziegen Kelewans, die wendigen Cho-ja. Für die Träger war es am anstrengendsten, sie schwitzten und stöhnten unter ihrer Last, während andere die leere Sänfte mit roher Kraft hinaufwuchteten.

Heiß brannte die Sonne auf die Rücken der Soldaten. Seltsame Bergvögel schwangen sich von den Bäumen, sobald die Truppe sich näherte, und das Dickicht wimmelte jetzt vor Wild. Fasziniert von dem so neuartigen und fremden Anblick kam es Mara niemals in den Sinn, sich über ihre wunden Füße zu beklagen.

Kurz nach Mittag drang der Ruf eines Soldaten von ganz vorne zu ihnen. Keyoke griff nach Maras Arm und eilte mit ihr zur Spitze des Zuges, wo ein Dutzend Cho-ja-Krieger stand; sie hielten Speere quer über ihre oberen Rümpfe und waren kampfbereit, aber sie bedrohten die Menschen nicht. Sie sahen beinahe wie Insekten aus: glänzend schwarz, mit sechs deutlich gegliederten Gliedmaßen und in Segmente unterteilten Rümpfen. Auf Mara wirkten sie alle gleich, so als wären sie aus ein und derselben Form eines Gildehandwerks gegossen. Sie sah die fremdartigen Wesen an und fühlte sich vollkommen hilflos.

»Dies sind die alten Krieger des Schwarms«, bemerkte Keyoke. »Sie werden uns nicht angreifen, solange wir ihnen keinen Grund dazu liefern.«

Keyokes Worte halfen Mara, ihr inneres Gleichgewicht wiederzufinden. Ebenso angespannt wie ihre Eskorte sah sie zu, wie ihr Kommandeur vortrat und salutierte, indem er mit nach vorn gerichteter Handfläche den Unterarm hob. »Ehre Eurem Schwarm.«

Jetzt sprach der am nächsten stehende Cho-ja mit überraschend verständlicher Stimme: »Ehre Eurem Haus, Männer der Acoma. Wer spricht? Der Schwarm muß über Eure Gegenwart informiert werden.«

»Ich bin Keyoke, Kommandeur der Acoma.«

Der vorderste Cho-ja erwiderte den Salut. Während er sich bewegte, konnte Mara einen genaueren Blick auf seinen zweigeteilten Körper werfen. Sie erkannte, daß von dem größeren hinteren Rumpfteil vier dreifach gegliederte Beine abgingen, während am oberen kleineren Rumpfteil zwei beinahe menschliche Arme saßen. Der ganze Körper wurde von einem Chitinpanzer umhüllt, der an den Unterarmen in eine klingenähnliche Kante auslief, die so scharf wie die Schneide eines Schwertes zu sein schien. Auf dem Kopf trug er einen Helm von eindeutig tsuranischer Machart. In dem ovalen Gesicht saßen zwei große Facettenaugen über zwei Schlitzen, die anstelle einer Nase fungierten. Kiefer und Mund des Cho-ja wirkten wiederum erstaunlich menschlich, wenn auch die Stimme einem hohen Singsang ähnelte. »Ich bin Ixal't, Truppenführer der Zweiten Kompanie des Schwarms Kait'lk.«

»Jetzt erinnere ich mich.« Keyoke entspannte sich etwas, als befände er sich in der Gesellschaft eines alten Bekannten. »Ihr habt während der Invasion des Hochlands von Thuril gedient.« Dies erklärte, wieso der Cho-ja die Farben der Acoma erkannt hatte. Er winkte Mara zu sich. »Dies ist die Lady der Acoma. Sie ist gekommen, um mit Eurer neuen Königin zu verhandeln.«

Augen wie gehämmertes Metall huschten über das Mädchen an Keyokes Seite. Dann versuchte der Cho-ja, so gut es ging, eine menschliche Verbeugung nachzuahmen. »Willkommen, Lady. Eure Ankunft erfolgt zum richtigen Zeitpunkt. Die neuen Krieger sind unruhig; die Brut ist zahlreich und der Stock überfüllt. Ihr dürft gehen, und mögen Eure Götter die Verhandlungen segnen.«

Der Cho-ja trat rasch zur Seite und machte den Tsurani den Weg frei. Mara war überrascht über das unerwartete Geschick ihres Kommandeurs. »Keyoke, ich wußte nicht, daß Ihr die Sprache der Cho-ja beherrscht.«

»Ich kenne ihre Soldaten so gut, wie man sie überhaupt kennen kann. Vor vielen Jahren diente ich zusammen mit einigen von ihnen. Das war, als Euer Großvater viele Häuser in den Kampf gegen die Östliche Konföderation führte.« Falls der alte Krieger seine Jahre spürte, so zeigte er es jedenfalls nicht und erklomm den schwierigen Pfad mit kaum einem Zeichen von Anstrengung.

»Die Cho-ja begrüßten uns mit außerordentlicher Höflichkeit.«

»Mistress, dies war ein Vorposten aus alten, disziplinierten Soldaten«, warnte Arakasi. »Keyoke tat gut daran, ihren Offizier anzusprechen. Aber von jetzt an, bis wir den Schwarm erreicht haben, müssen wir sehr aufmerksam sein. Viele junge Krieger sind ausgebrütet worden, um die neue Königin zu beschützen, wenn sie dorthin reist, wo der neue Schwarm sein Nest bauen wird. Sie werden undiszipliniert und aggressiv sein – äußerst gewaltbereit, solange die junge Königin nicht in der Erde ihres neuen Stockes in Sicherheit ist.«

Keyoke bog einen dornigen Zweig zur Seite. »Ihr sprecht wie jemand, der die Cho-ja kennt, Arakasi«, meinte er.

Der Supai wich dem zurückschnellenden Zweig aus. »Niemand kennt die Cho-ja. Aber ich habe mich einmal auf der Flucht vor Minwanabi-Attentätern eine Woche bei einem Schwarm aufgehalten und dabei viele Dinge von ihnen gelernt. Es ist meine Natur, über Dinge, die ich nicht verstehe, Fragen zu stellen, sooft sich die Gelegenheit dazu ergibt.«

Mara war beeindruckt. Selbst als der Weg wieder besser wurde und sie sich hätte in die Sänfte setzen können, zog sie es vor, zu Fuß zu gehen. »Dann erzählt mir etwas von den Cho-ja, Arakasi. Wie sind sie?«

»Die älteren sind so zuverlässig wie die Abfolge der Jahreszeiten, Lady. Die jüngeren sind unberechenbar. Sie werden in einer Krippe ausgebrütet. Ein Dutzend niederer Weibchen, die Rirari genannt werden, sind zu anderem da, als Eier zu legen.« Der Begriff stammte aus dem archaischen Tsurani und hieß so viel wie Königin zweiten Grades oder Herzogin. »Aber die Eier sind unfruchtbar. Die Königin verschluckt sie als Ganzes und läßt sie durch eine Kammer in ihrem Körperinnern wandern, wo sie befruchtet werden und so weiter.«

»Und so weiter?« fragte Mara.

»Aufgrund der besonderen Fähigkeiten der Cho-ja kann die Königin, nachdem sie von einem männlichen Zeuger gedeckt wurde, das Geschlecht und die Funktion eines jeden Eies bestimmen – oder es steril lassen. So hat man es mir zumindest erklärt.«

»Sie können über diese Dinge selbst bestimmen?« Mara wunderte sich. »Erzählt mir mehr darüber.«

»Die männlichen Cho-ja sind in drei Gruppen aufgeteilt: die Zeuger, die Arbeiter und die Soldaten. Die Arbeiter sind entweder schlau oder stark, Handwerker oder Lasttiere, abhängig vom Bedarf des Schwarms. Die Soldaten sind beides, stark und schlau. Die Zeuger sind dumm, aber sie haben nur eine einzige Aufgabe, nämlich sich mit der Königin zu paaren.«

Arakasi warf einen Blick auf Mara und sah, daß sie immer noch gespannt zuhörte. Auch einige der in ihrer Nähe marschierenden Soldaten lauschten der Erzählung des Supai. »Wenn die Königin sich einmal in ihrem Königlichen Gemach niedergelassen hat, bewegt sie sich niemals mehr von der Stelle. Die Arbeiter füttern sie unaufhörlich, während sie Eier von den Rirari erhält und von den männlichen Zeugern gedeckt wird. Jeder paart sich mit ihr mehrere Stunden lang, beinahe bis zur Erschöpfung, dann wird er von einem anderen ersetzt. Ihr werdet es sehen, wenn wir der alten Königin begegnen.«

»Faszinierend.« Mara hielt inne. Sie war ein wenig atemlos, denn der Weg war wieder steiler geworden. »Was ist mit der jungen Königin?«

»Über die Weibchen muß ich noch viel lernen«, gestand Arakasi ein. »Aber alle männlichen Cho-ja können, solange sie noch unreif sind, ähnlich unseren Kindern spielen und heranwachsen – mit dem Unterschied, daß sie an dem einen Tag noch wie Needra-Kälber herumtollen und am nächsten aufwachen und wissen, daß die Zeit ihres Dienstes gekommen ist. Doch wenn eine neue Königin geboren wurde, werden die Soldaten ausgebrütet und eilig zur Reife gebracht. Deshalb werden wohl so aggressive, unberechenbare Krieger aus ihnen, fürchte ich. Sie brausen schnell auf und leisten nur den Befehlen der neuen Königin absoluten Gehorsam.«

Arakasi wurde jetzt still, denn der Pfad erklomm eine kleine Anhöhe, um dann scharf nach unten in ein Tal abzufallen, das wie eine tiefe Falte zwischen zwei Hügeln ruhte. Durch einen Bogen aus den Ästen zweier Ulo-Bäume hindurch sahen sie eine Wiese in der hellen Sonne liegen. Das Gras war smaragdgrün und so gleichmäßig geschnitten, daß es kaum natürlich sein konnte.

Arakasi zeigte mit dem Finger nach vorn. »Der Stock liegt da vorn, hinter diesen Bäumen.«

Keyoke befahl den Soldaten, die Reihen wieder ordentlich zu schließen. Dann marschierte die Kompanie in Kampfformation vorwärts, ihre Herrin geschützt in der Mitte.

Als die Eskorte den Rand der Ulo-Bäume erreichte, begann Maras Herz vor Aufregung schneller zu schlagen. Zwischen den erhobenen Speerschäften der Krieger hindurch konnte sie einen Blick auf die Weiden erhaschen, wo sich ein gewaltiger Wall erhob – er war so alt, daß kleine Bäume auf ihm Wurzeln geschlagen und zu blühen begonnen hatten. Dann tauchten plötzlich rechts neben dem Stock ein Dutzend Gestalten auf. Wie eine Herde Needras, die ein Blitzschlag in Panik versetzt hat, rasten sie mit trommelnden Schritten auf Maras Gruppe zu. »Krieger«, sagte Arakasi. »Haltet die Männer zurück; dies ist wahrscheinlich eine Täuschung.« Keyoke, der unter seiner Rüstung leicht schwitzte, gab seinen Männern ein Zeichen. Kein einziger von ihnen hob seine Waffe, obwohl vermutlich viele die Klugheit dieses Befehls in Frage stellten, denn die Cho-ja jagten in einem gewaltigen Galopp auf sie zu. Sie kamen immer näher, bis die Soldaten der Acoma die rasiermesserscharfen Kanten ihrer Unterarme im Sonnenlicht funkeln sahen. Dann, als sie nahe genug heran waren, um zuschlagen zu können, drehten sie in letzter Sekunde ab und rannten mit einem Geräusch, das wie menschliches Gelächter klang, auf den Stock zu.

Mara sah ihnen nach; sie seufzte zitternd vor Erleichterung. »Sie sind so flink. Wie ist es uns bloß gelungen, sie uns untertan zu machen?«

Arakasi wischte sich über die Stirn und lächelte nachsichtig. »Das haben wir nie getan, Lady. Die Menschen besiedelten Land, daß die Cho-ja niemals wollten, und irgendwann waren die Königinnen und ihre Schwärme von ihnen eingekreist. Zu diesem Zeitpunkt war es für beide Seiten einfacher, miteinander zu verhandeln, als sich gegenseitig zu bekämpfen. Man braucht sehr gute Soldaten, um einer Streitmacht der Cho-ja gegenübertreten und überleben zu können, denn haben sie sich erst einmal auf einen Kampf eingelassen, sind sie furchtbare Krieger.«

Als Maras Gruppe sich vorsichtig weiter auf den Wall zubewegte, tauchten weitere Cho-ja auf. Bald waren Hunderte an jeder Seite, einige hatten Körbe an den Körpern befestigt, andere Gürtel mit Werkzeugen. Der Fleiß, der so zutage trat, erregte Maras Neugier, und sie blinzelte zwischen den Vorhängen der Sänfte hindurch nach draußen. »Arakasi, ist dies ein Schwarm von normaler Größe?«

»Er ist ein bißchen größer als die meisten, Mistress, aber nicht viel.«

»Wie viele Cho-ja leben hier?«

Arakasi antwortete, ohne zu zögern. »Zwanzig-, fünfundzwanzigtausend.«

Mara war verblüfft. Vor ihr lag eine ganze Stadt mitten in der Wildnis. »Wie viele werden mit der neuen Königin ziehen?«

»Ich weiß es nicht. Ich glaube, in der Vergangenheit pflegten sich die Schwärme aufzuteilen, wenn der Bevölkerungsdruck zu groß wurde.« Arakasi zuckte mit den Schultern. »Inzwischen gibt es einen solchen Grund für eine neue Königin nicht mehr, denn trotz des unaufhörlichen Brütens kontrollieren die Cho-ja die Bevölkerung ihres Schwarmes. Vielleicht muß sich die alte Königin in jeder Generation erneut reproduzieren, möglicherweise bringt aber auch der Zufall eine neue Königin hervor. Ich weiß es nicht.«

Als sie dicht vor dem Wall standen, erschien er ihnen wie ein symmetrischer, steiler Hügel. Die Soldaten schlossen ihre Formation noch enger, denn der Weg wurde jetzt noch belebter. Hier war das Gras so weit abgetreten, daß unaufhörlich Staub unter den geschäftigen Füßen aufwirbelte. Mehrere Male näherten sich ihnen Gruppen junger Cho-ja; sie deuteten auf sie, starrten sie mit metallischen Augen an und zwitscherten lebhafte Kommentare in ihrer eigentümlichen Sprache. Die Älteren schenkten den

Besuchern jedoch nur wenig Aufmerksamkeit. Eine Gruppe Arbeiter trippelte an ihnen vorbei; auf ihren Rücken waren Bündel mit Holz befestigt, die so groß waren, daß fünf Menschen dafür notwendig gewesen wären. Bei den Cho-ja genügte jedoch ein einzelner zur Bewältigung dieser Last.

Dann raste eine Gruppe junger Krieger auf Mara und ihre Eskorte zu. Die Arbeiter wurden vom Weg vertrieben, ihre Bündel schwankten, und die Kiefer klapperten in einem befremdlichen Ausdruck des Mißfallens aufeinander. Innerhalb weniger Augenblicke waren die Tsurani umringt. Keyoke befahl seinen Leuten stehenzubleiben. Staub wirbelte auf, und obwohl die Cho-ja kampfbereit schienen, ordnete Keyoke an, Ruhe zu bewahren und die Speere in den Boden zu stecken. Keiner der Cho-ja war bewaffnet oder trug einen Helm wie die Wachen am Kamm, doch ihre kräftigen, von Natur aus gepanzerten Körper und die rasiermesserscharfen Kanten ihrer Unterarme machten sie auch so zu furchteinflößenden Gegnern.

Arakasi blieb bei der Sänfte, während Keyoke nach vorne eilte. Der Kommandeur hatte kaum die Spitze seiner Truppen erreicht, als ein Cho-ja heranstürzte. Mit einer für seine Rasse typischen, geradezu unheimlichen Fähigkeit verharrte er mitten aus der stürmischen Bewegung heraus und hielt wenige Zentimeter vor Keyoke an. Er blieb bebend stehen, als wartete er nur darauf, endlich kämpfen zu können. Doch es folgte keine weitere Herausforderung des Cho-ja, und so verbeugte Keyoke sich mit vorsichtiger Höflichkeit. »Wir sind von den Acoma«, verkündete er. »Die Lady der Acoma bittet um die Erlaubnis, mit Eurer Königin zu sprechen.«

Der Cho-ja-Krieger blieb vollkommen reglos, während um ihn herum die Arbeiter hin und her eilten. Die Soldaten der Acoma warteten schweigend, aber angespannt auf Zeichen einer Bedrohung, während Arakasi sich mit Keyoke beriet. »Ich glaube nicht, daß diese Krieger Tsurani verstehen. Dieser hier ist noch kaum ausgereift. Es könnte sein, daß wir uns verteidigen müssen.« Der Supai senkte seine Stimme; er sprach beherrscht, aber eindringlich. »Wenn der hier vorne angreift, werden die anderen ihm wahrscheinlich zu Hilfe eilen. Ganz sicher tun sie es, wenn wir ihn provozieren. Geht nur gegen die vor, die uns wirklich angreifen, denn einige, die hinzukommen, wollen uns vielleicht helfen.«

Keyoke antwortete mit einem schwachen Nicken. Seine Hand lag am Griff seines Schwertes, wie Mara erkennen konnte. Aber er machte keine Anstalten, es aus der Scheide zu ziehen, selbst dann nicht, als die Kreatur vor ihm den Kopf verdrehte, um einen besseren Blick auf den Kämpfer zu erhaschen, dessen Rüstung so glänzte. Lange, angespannte Minuten verstrichen; dann tauchte ein anderer, noch größerer Cho-ja auf. Mara wartete ebenso unruhig wie ihre Eskorte, als er sich zwischen den jungen Kriegern hindurchschlängelte. Er blieb bei dem stehen, der sich vor Keyoke aufgebaut hatte, und rief etwas, das wie ein Befehl klang, in dieser hohen, fremdartigen Sprache mit den merkwürdig klickenden Lauten. Einige der um sie herum stehenden Jüngeren senkten die beiden oberen Gliedmaßen und eilten davon. Die meisten blieben jedoch, so auch der, der ihnen den Weg versperrte. Ohne Vorwarnung griff der ältere Cho-ja mit seinen Armen um die Körpermitte des jüngeren und hielt dessen Gliedmaßen in einer Stellung fest, die ihm jede Bewegungmöglichkeit nahm. Für einen Augenblick verharrten die beiden Cho-ja derart aneinander gefesselt und stöhnten vor Anstrengung, als sich ihre Chitin-Panzer aneinander rieben. Der erste Cho-ja taumelte; er verlor das Gleichgewicht und fiel zu Boden, wo er für einen Augenblick in wilder Panik um sich schlug. Der ältere preßte ihn mit seinem Bein kurze Zeit auf den Boden, dann trat er zurück und erlaubte dem jüngeren Cho-ja aufzustehen. Kaum war er wieder auf den Füßen, drehte er sich auch schon um und rannte davon, die übrigen jungen Krieger in seinem Gefolge.

Der zurückbleibende Cho-ja klickte entschuldigend und salutierte. »Ehre Eurem Haus, Menschen.« Keyoke erwiderte den

Gruß, während der Cho-ja zu einer Erklärung ansetzte: »Dieser Junge war noch nicht an den Anblick von den Menschen gewöhnt. Er war kampfbereit, und die anderen wären ihm gefolgt, hätte ich ihn nicht zu Boden geworfen.«

Leise, aber doch so, daß alle ihn hören konnten, sagte Arakasi: »Die Cho-ja sind am verletzlichsten, wenn sie auf dem Boden liegen. Sie sind unglaublich wendig und haben eine fürchterliche Angst davor, den Halt zu verlieren.«

»Das ist wahr«, stimmte der Cho-ja zu. »Als ich den Jungen hinunterdrückte und am Boden festhielt, wußte er, daß ich ihm überlegen war und er keine Chance gegen mich haben würde. Ich bin Ratark'l, ein Soldat der Kait'lk.« Er verbeugte sich in der Weise der Menschen, dann bedeutete er ihnen mitzukommen. »Ich kenne Eure Farben nicht, Menschen, aber ich sehe, daß Ihr nicht von den Inrodaka seid. Ihre Männer tragen die Farbe, die wir nicht sehen können, jene, die Ihr rot nennt.«

»Wir sind von den Acoma.« Keyoke deutete auf Maras Sänfte. »Dies ist meine Herrin, die Lady der Acoma. Sie ist bis hierher gereist, um Eure Königin zu treffen.«

Der Cho-ja drehte sich mit einer raschen Bewegung um und wirkte plötzlich erregt. »Meine Kenntnisse Eurer Sprache erweisen sich jetzt als ungenügend. Ich weiß von Euren Lords. Aber was ist eine Lady?«

Keyoke ahmte die Geste der Cho-ja nach, die Respekt ausdrückte. »Sie ist unsere Herrscherin.«

Der Cho-ja stellte sich beinahe auf die Hinterbeine. Seine Augen glitzerten, als er mit einer bisher ungekannten Unterwürfigkeit den Kopf in Richtung der Sänfte verneigte, in der Mara geschützt vor fremden Blicken in den Kissen saß. »Eine Herrscherin! Wir haben niemals eine Eurer Königinnen gesehen, Mensch. Ich werde sofort zu meiner Königin eilen und von Eurer Ankunft berichten.«

Der Cho-ja wirbelte herum und schoß zwischen der Masse hindurch auf den Eingang des Stocks zu. Etwas hilflos durch sein kurz angebundenes Verhalten wandte Keyoke sich an Arakasi: »Was haltet Ihr davon?«

Arakasi zuckte mit den Schultern und schlug vor, daß sie sich weiter auf den Stock zubewegen sollten. »Ich nehme an, die Cho-ja, die bisher nur im Stock gelebt haben, haben niemals eine tsuranische Frau gesehen. Nur Händler und Boten des Lords der Inrodaka kommen hierher. Es ist gut möglich, daß es ihrer Erinnerung nach überhaupt das erste Mal ist, daß eine Herrscherin kommt, um mit der Königin des Schwarms zu verhandeln. Und das wäre etwas Neues, was sich als interessant erweisen könnte.«

Keyoke ließ die Truppe haltmachen. »Gefährlich?«

Arakasi dachte darüber nach. »Wahrscheinlich nicht, wenn ich das auch nicht mit Sicherheit sagen kann, bei all den jungen Kriegern hier, die so begierig darauf sind, mit einer neuen Königin einen neuen Schwarm zu gründen. Dennoch habe ich niemals davon gehört, daß die Cho-ja einem Gast Böses antun. Ich denke, im Augenblick sind wir sicher.«

Mara meldete sich aus dem Innern der Sänfte zu Wort: »Das Risiko interessiert mich nicht, Keyoke. Wenn wir uns nicht mit der neuen Königin verbünden können ...«

Keyoke warf einen Blick auf seine Herrin. Er wußte genauso wie Nacoya, daß Mara ihre Pläne allein schmiedete und von niemandem einen Rat annahm. Doch anders als die Amme nahm er diese Tatsache eher gleichgültig hin. Der Kommandeur nickte und führte seine Gruppe weiter auf den Stock zu. Als die Soldaten den Eingang erreicht hatten, trat eine Ehrenwache aus seinem Schatten. Zwei von ihnen trugen verzierte, mit Federbüschen geschmückte Helme, ganz wie die Offiziere der Tsurani. Obwohl kein Befehl zu hören gewesen war, änderten die Cho-ja, die mit den unterschiedlichsten Lasten und Nachrichten unterwegs waren, ihren Weg und benutzten jetzt die kleineren Nebeneingänge zu beiden Seiten des Haupteingangs. Die Truppe der Acoma blieb vor der Ehrenwache stehen. Als der aufgewirbelte Staub sich wieder gelegt hatte, verbeugte sich der vorderste, anscheinend ranghöchste Cho-ja mit dem oberen Rumpfteil. »Ich bin Lax'l, Kommandeur des Schwarms Kait'lk.«

Auch Keyoke verbeugte sich. »Ich bin Keyoke, Kommandeur der Acoma. Ehre Eurem Schwarm.«

»Ehre Eurem Haus, Keyoke von den Acoma.«

Keyoke ging zu der Sänfte. »Hier ist Mara, Herrscherin der Acoma.«

Sofort wurde Lax'l aufmerksam. »Einer unserer Krieger kündigte eine menschliche Königin an. Ist sie es?«

Arakasi kam Keyoke mit einer Antwort zuvor: »Sie ist jung, doch sie wird die Mutter vieler Lords sein.«

Alle Cho-ja in der Ehrenwache stießen den gleichen scharfen Schrei aus. Das rege Treiben um den Eingang stockte. Einen Augenblick lang bewegte sich niemand, weder Mensch noch Cho-ja. Dann verneigte sich der Kommandeur der Cho-ja so tief, daß er beinahe wie eine Needra auf dem Boden kniete, und alle andere Cho-ja in Sichtweite, auch die Lastenträger, taten es ihm nach. Ein schleifendes Geräusch erklang, als sie sich erhoben und wieder ihren Aufträgen nachgingen. »Wir begrüßen die menschliche Königin im Schwarm Kait'lk. Unsere Königin wird ohne Verzögerung von Eurer Ankunft benachrichtigt werden. Wir werden ihr außerdem vom Grund Eures Kommens berichten, wenn Ihr gestattet.«

»Ich gestatte es«, erwiderte Mara sofort. Da eine kleine Verzögerung unvermeidlich erschien, erlaubte sie den Trägern, die Sänfte auf dem Boden abzustellen. Sie hielt sich jedoch weiterhin hinter den dünnen Gazevorhängen verborgen. »Benachrichtigt Eure Königin, daß wir um die Ehre bitten, mit der neuen Königin darüber zu verhandeln, ob sie ihren neuen Schwarm auf dem Land der Acoma ansiedeln will.«

Bei diesen Worten reckte der Cho-ja seinen Kopf in die Höhe, und hob erstaunt eine der vorderen Gliedmaßen. »Neuigkeiten wandern schnell durch das Kaiserreich. Die junge Königin ist gerade erst ausgebrütet und noch nicht dafür bereit, sich über der Erde aufzuhalten.«

Mara biß sich auf die Lippe. Zeit war jetzt entscheidend, denn der Hochzeitstermin stand fest, und ihre Güter waren verletzlich während ihrer Abwesenheit. Nacoya und Jican waren zwar außerordentlich fähig, aber sie würden nicht verhindern können, daß Spione die Nachricht von ihrer Reise zu einer geheimen Mission weitergaben. Jeden Tag, den sie abwesend war, wuchs das Risiko eines Angriffs gegen die immer noch gefährlich unterbemannte Garnison der Acoma. Von einem spontanen Impuls und einer instinktiven Zielstrebigkeit getrieben, zog Mara die Vorhänge zurück. »Kommandeur der Cho-ja«, sagte sie, bevor Arakasi oder Keyoke ihr davon abraten konnten, »wenn die neue Königin mich nicht draußen empfangen kann, werde ich zu ihr gehen, sofern Eure Herrscherin es erlaubt.«

Arakasi versteifte sich vor Entsetzen, und Keyoke, der sich mit dem Daumen am Kinn hatte reiben wollen, erstarrte mitten in der Bewegung. Diese Bitte war anmaßend; niemand konnte abschätzen, wie die Cho-ja darauf reagieren würden. Einen Augenblick hielten sie den Atem an, während die Cho-ja genauso bebend vor ihnen standen wie der junge Krieger, der sich ihnen erst kurze Zeit zuvor angriffslustig in den Weg gestellt hatte.

Aber Lax'l zeigte sich eher unsicher als verärgert. »Lady Königin, so weit wir zurückdenken können, hat noch niemals ein Mensch um so etwas gebeten. Wartet hier, und ich werde es herausfinden.« Er drehte sich um und trippelte in den Stock.

Langsam ließ Keyoke seinen Arm wieder sinken. »Das war ein gefährlicher Schritt, Mistress. Falls die Königin Anstoß an unserer Bitte nimmt, sind Eure Krieger ziemlich in der Minderzahl, im Verhältnis eins zu zweihundert.«

»Und trotzdem, der Cho-ja-Offizier schien nicht beleidigt«, warf Arakasi ein, »eher überrascht.« Er schüttelte den Kopf, aber es lag etwas wie Bewunderung in dieser Geste.

Der vorsichtige Keyoke forderte seine Soldaten dennoch zu

höchster Wachsamkeit auf, und sie hielten die Hände dicht bei den Waffen, während sie auf die Rückkehr des Cho-ja-Kommandeurs warteten.

Plötzlich trippelte Lax'l aus der Dunkelheit des Eingangs heraus. Er verneigte sich tief, und die glänzende Haube seines Kopfes berührte beinahe den Staub auf dem Boden. »Unsere Königin fühlt sich geehrt, daß Ihr bereit seid, das Herz des Schwarms zu besuchen, um ihre Tochter zu sehen. Ihr dürft mit einem Offizier, fünf Soldaten und so vielen Arbeitern wie Ihr benötigt eintreten. Lady der Acoma, bitte folgt mir jetzt, denn meine Königin wartet darauf, Euch in der großen Kammer begrüßen zu können.

Mara gab Keyoke durch die Vorhänge ein Zeichen, und leicht verwirrt wählte er Arakasi und vier andere aus, mit denen sie Lax'l folgen würden. Den übrigen Wachen befahl der Kommandeur, sich zu rühren, solange ihre Herrin abwesend war. Dann betrat Mara mit ihren Begleitern den Berg; augenblicklich wurde sie von der Düsternis des Tunnels verschluckt.

Maras erster Eindruck war der eines feuchten, erdigen Geruchs, der sich mit einem anderen vermischte, einem nussigen, würzigen, der nur von den Cho-ja stammen konnte. Das große Gewölbe, durch das sie gingen, war mit Reliefs von überwältigender Schönheit verziert, mit kostbaren Einlegearbeiten aus Metallen und Edelsteinen. Mara stellte sich Jicans Freudenschreie vor, sollten die Acoma Handwerker erhalten, die zu solchen Arbeiten fähig waren. Dann vertieften sich die Schatten, als der Tunnel sich weiter nach unten wandte, fort von dem Lichtkegel des Eingangs. Mara saß hinter den Gazevorhängen und sah zunächst so gut wie gar nichts, bis ihre Augen sich an die Dunkelheit gewöhnt hatten. Der Kommandeur der Cho-ja trippelte mit der für seine Rasse so typischen Behendigkeit voran. Die Menschen mußten ein zügiges Tempo vorlegen, um Schritt halten zu können, und das Keuchen der Sklaven kam als vielfältiges Echo zurück, als sie die Sänfte ein labyrinthisches Durcheinander von Rampen hinabtrugen. Die Tunnel waren aus dem Boden geschlagen worden, abgestützt durch eine seltsame Masse, die hart wie Stein war. Geräusche hallten von diesem Material zurück und gaben dem Quietschen der Rüstungen und Waffen einen schaurigen Charakter. Die Gruppe schritt noch tiefer ins Innere des Berges, um immer neue Biegungen und durch Windungen, die offensichtlich keinem erkennbaren Muster folgten. Seltsame leuchtende Kugeln waren an den Kreuzungen aufgestellt und machten aus ihnen Inseln des Lichts inmitten der Düsternis. Mara studierte diese Lichtkugeln intensiv und stellte verwundert fest, daß sie weder Öl noch Feuer enthielten. Sie fragte sich, wie dieses Leuchten entstehen konnte, selbst dann noch, als ihre Sänfte von den ständigen Rempeleien der geschäftigen Cho-ja hin und her geschüttelt wurde. Die meisten drehten sich einen Augenblick um und betrachteten die Menschen, bevor sie weitergingen.

Als die dritte Kreuzung hinter ihnen in der Ferne verschwand, dachte Mara über das so andersartige Aussehen der Cho-ja nach. Die Krieger schienen alle gleich stark zu sein; sie besaßen einen gewaltigen Unterleib, einen breitschultrigen Oberkörper und waren anderthalbmal so groß wie die größten Tsurani. Die Arbeiter dagegen waren deutlich kleiner und stämmiger und ruhiger in ihren Bewegungen. Aber sie hatte noch andere gesehen, die wendiger als die Arbeiter, aber weniger furchterregend als die Krieger waren. Sie fragte Arakasi danach. »Handwerker, Mistress«, antwortete er.

Der Weg wurde steiler, als sie weiter ins Innere des Stocks vordrangen. Die Kreuzungen tauchten jetzt häufiger auf, und die Luft war voller Cho-ja-Geruch. Nach einiger Zeit weitete sich der Gang und öffnete sich zu einer großen Höhle, in der viele Lichtkugeln hingen. Mara schob den Vorhang ihrer Sänfte zurück und bestaunte überrascht den Anblick, der sich ihr bot. An der Decke eines jeden Tunnels, der in die Kammer mündete, hingen kleine Cho-ja, die etwa so groß waren wie ein menschliches Kind von ungefähr fünf Jahren. Durchsichtige Flügel auf ihren Rücken schlugen wild auf und ab; die Bewegung war kaum mehr als ein verschwommener Fleck im dämmrigen Licht. Jedes Geschöpf schien eine oder zwei Minuten zu ruhen und dann für die gleiche Zeit weiterzuschlagen. Der unablässige Wechsel brachte die Luft mit beinahe musikalischen rhythmischen Veränderungen zum Summen. Arakasi bemerkte Maras Verwunderung und erklärte: Dies müssen Arbeiterinnen sein.«

»Ich dachte, Ihr hättet gesagt, daß Ihr nur etwas über die männlichen Cho-ja wißt«, bemerkte Mara.

»Ich habe diese hier niemals gesehen«, gestand er. »Aber ich weiß, daß nur die Weibchen Flügel haben.«

Lax'l enthüllte ein unerwartet scharfes Gehör, als er jetzt einen Blick zurück auf Mara und ihre Eskorte warf. »Ihr Berater hat recht, Lady Königin. Die Ihr hier seht, sind sterile Weibchen; sie sind nahezu geistlos und leben nur, um die Luft durch die Tunnel und Kammern zu treiben. Ohne ihre Arbeit würde es hier unten kaum Luft zum Atmen geben.« Er führte die Gruppe schnell durch die Höhle, bog um eine Ecke und trat in einen niedrigen Gang, der schon nach wenigen Metern leicht anzusteigen begann. Die Sklaven, die Maras Sänfte trugen, rangen nach Atem. Mara hatte gerade überlegt, ob sie nicht um ein langsameres Tempo bitten sollte, da öffnete sich der Tunnel plötzlich zu einem Raum, der nur die Kammer der Königin sein konnte.

Die Cho-ja-Königin war riesig, sie maß mindestens zehn Meter vom Kopf bis zum Ende ihres zweiten Rumpfsegments. Dunkel und beinahe glänzend schwarz lag sie auf einem Erdhügel. Aus dem Anblick der verkümmerten Beine schloß Mara, daß sie sich niemals von diesem Ort erhob. Tücher aus edlen Stoffen verbargen Teile ihres Körpers, und zwischen ihnen schossen Arbeiter hin und her und putzten ihren gewaltigen Körper, eifrig bemüht, ihr jede Bequemlichkeit zu geben und jeden Wunsch zu erfüllen. Hoch über ihr, festgebunden an ihrem Rumpf, hockte ein stämmiges Männchen mit dem Körperbau eines Soldaten und dem kleinen Kopf eines Arbeiters. In rhythmischen Bewegungen stieß der Cho-ja vor und zurück. Arakasi neigte den Kopf. »Eines der Zuchtmännchen, Mylady. Eines ist immer bei der Königin.« Ein Dutzend Cho-ja waren vor ihr aufgereiht, einige mit verzierten Helmen, andere ohne jeden Schmuck; sie alle warteten in höflichem Schweigen auf die Ankunft der Lady der Acoma und ihrer Begleiter. An beiden Seiten der Kammer lagen kleinere Versionen der Königin auf ihren Bäuchen, und Arbeiter eilten geschäftig um sie herum.

»Rirari, vermute ich; die geringeren Königinnen, die die Eier legen«, flüsterte Arakasi Mara zu.

Lax'l bedeutete ihnen zu warten und trippelte mit einer Reihe klickender Geräusche zu seiner Königin. Stille senkte sich jetzt über die Kammer, obwohl die Arbeiter weiterhin ihren Aufgaben nachgingen. Die Träger setzten Maras Sänfte auf der Erde ab, und mit Keyokes Hilfe stieg sie aus. Nun, da sie nicht länger hinter den Gazevorhängen verborgen war, fühlte sie sich klein, beinahe verlassen in der Kammer, die mindestens viermal so groß war wie die große Halle der Anasati; die Größe der Königin, die beinahe bis zur Decke reichte, war geradezu überwältigend. Mit schierer Willenskraft hielt Mara sich auf den Beinen und wartete, während ein Sklave aus ihrer Gefolgschaft ihr einen juwelenbesetzten Umhang um die Schultern legte. Sie versuchte so gelassen und ruhig wie möglich zu erscheinen, als die Königin sie aufmerksam und eindringlich betrachtete. Die dunklen Facettenaugen spiegelten keinerlei Ausdruck wider. Nach außen hin wirkte Mara ruhig, doch ihre Knie begannen zu zittern, als der Sklave zurücktrat. Dann sprach die Königin mit einer überraschend leichten und zarten Stimme, die so gar nicht zu ihrer massigen Gestalt passen wollte. »Ihr seid die menschliche Königin?«

Mara verneigte sich leicht, und die Juwelen auf ihren Ärmeln blitzten im Dämmerlicht auf. »Ich bin Mara, Herrscherin der

Acoma. Wir haben keine Königinnen wie Ihr, aber ich regiere über mein Haus in der gleichen Art wie Ihr über Euren Schwarm.«

Die Königin gab ein eigenartiges Geräusch von sich. Ihr Chitinpanzer bewegte sich nicht, doch ihr Gesicht schien Erheiterung auszudrücken, und der Laut hatte Ähnlichkeit mit einem menschlichen Lachen.

»Ich habe nicht angenommen, daß Ihr auf die gleiche Weise brütet wie wir, Mara von den Acoma. Ich weiß von Euren merkwürdigen Paarungsgewohnheiten. Ich bin sehr alt. Aber ich habe immer nur von Herrschern gehört. Wie kommt es, daß Ihr regiert und nicht die Männchen, die Euch begleiten?«

Mara erklärte, daß nur dann, wenn es innerhalb einer edlen Familie keine männlichen Erben gab, ein weibliches Mitglied an die Macht gelangte. Die Königin lauschte und sagte, als Mara geendet hatte: »Ihr Menschen seid so fremd. Wir fragen uns oft, wieso Ihr Euch so verhaltet. Aber ich schweife ab. Die neue Königin, meine Tochter, ist neugierig darauf, eine menschliche Königin zu sehen, vor allen Dingen eine, die sich aus Achtung vor unseren Sitten unter die Erde wagt.«

Jetzt ließ die alte Königin ein lautes, schrilles Pfeifen ertönen, und zwei Arbeiter der Cho-ja traten vor. Zwischen sich führten sie eine Cho-ja, die kleiner war als alle anderen dieser Wesen, die die Menschen bisher zu Gesicht bekommen hatten. Mara sah sie einen Augenblick verwirrt an, bevor sie begriff. »Dies ist die neue Königin?«

»So habe ich auch einmal ausgesehen, vor langer Zeit. Sie wird wachsen und innerhalb von einigen Wochen wird sie groß genug sein, um herrschen zu können; wenige Monate später wird sie mit der Reproduktion beginnen.« Die junge Königin blickte Mara an; sie ging um sie herum, um sie von allen Seiten betrachten zu können. Sie schien sich mit einer außerordentlichen Anmut zu bewegen, wie sie kein anderer Cho-ja bisher gezeigt hatte; ihre Schritte waren fließend, ja geschmeidig, ohne die hastigen Bewegungen der Arbeiter und Soldaten. Die neue Königin wandte selbst, als sie in der klickenden Sprache ihres Volkes sprach, niemals die Facettenaugen von Mara ab. »Wenn unsere Jungen geboren werden, besitzen sie bereits die Kenntnis unserer Sprache, Eure dagegen müssen sie nach der Brut erst noch lernen. Es wird noch einige Zeit dauern, bis meine Tochter Eure Sprache verstehen wird.«

Die musternden Blicke der jungen Königin machten Mara befangen und unsicher, dennoch verhielt sie sich ruhig und wartete ab. Endlich beendete die junge Königin die Prüfung, gab noch einmal einige klickende Laute von sich und blieb dann still stehen. Die alte Königin antwortete rasch und übersetzte dann ins Tsurani. »Sie meint, Ihr seht alle so fremd aus – beängstigend.« Sie wandte sich an Mara. »Allerdings seht Ihr weniger beängstigend als auch die Männchen.«

Mara verneigte sich leicht vor der neuen Königin. »Bitte sagt ihr, daß ich sie wunderschön finde.« Die Bemerkung war keine bloße Schmeichelei, auch wenn die junge Königin eines Tages so monströs wie ihre Mutter werden würde. Im Augenblick war sie von feiner Statur und hübsch anzusehen. Im Unterschied zu den blaugetönten Männchen glänzte ihr Chitinpanzer in einem satten Kastanienbraun, und sie hatte etwas an sich, das Mara nur weiblich nennen konnte.

Die alte Königin übersetzte, und die junge trillerte vor Vergnügen. Mara fuhr fort: »Wir sind gekommen, um zu verhandeln. Wir würden die neue Königin und ihre Gefolgschaft gerne einladen, auf unserem Land einen neuen Stock zu errichten. Wir möchten so bald wie möglich mit den Verhandlungen beginnen.«

»Ich verstehe nicht. Die Verhandlungen haben bereits begonnen«, antwortete die alte Königin.

Mara spürte Besorgnis in sich aufsteigen. Die Endgültigkeit der Ereignisse kam zu schnell, um damit umgehen zu können. Sie hatte sich auf Arakasis Unterstützung verlassen. Jetzt bemühte sie sich, Zeit zu gewinnen. »Ich fühle mich erschöpft von den Strapazen der tagelangen Reise. Darf ich einen Tag ausruhen, bevor wir diese Angelegenheit besprechen?«

Die alte Königin wiederholte die Bitte und gab Mara dann die Antwort der jungen Königin: »Meine Tochter möchte jetzt gleich hören, was Ihr bietet.«

Mara schaute Arakasi an, der ihr zuflüsterte: »Wenn Ihr jetzt fortgeht, beleidigt Ihr sie unter Umständen und verliert jede Möglichkeit, noch einmal mit ihr zu sprechen.«

Mara fühlte sich plötzlich ausgesprochen müde. Die Aufregung, den Stock zu erreichen, hatte ihr in den letzten Stunden Auftrieb gegeben, aber jetzt hatte sie den Eindruck, kurz vor einem Zusammenbruch zu stehen. Die Last der Verhandlungen mit der jungen Königin und das mörderische Tempo ihrer Reise in der vergangenen Woche umnebelten ihren Geist. Dennoch schien es keine andere Möglichkeit zu geben, als weiterzumachen. Mara bedeutete ihrem Sklaven, ein Kissen aus der Sänfte zu holen und auf den Boden zu legen. Sie nahm Platz und bemühte sich um einen formellen Anschein, während sie mit den Verhandlungen begann. »Was würde Eure Tochter wünschen, um auf dem Land der Acoma zu leben?«

Die junge Königin setzte sich in der Art der Cho-ja nieder; sie hockte sich auf die vier Beine, hielt den Oberkörper aufrecht und verschränkte die Arme in sehr menschlicher Weise. Sie heftete ihre großen Augen auf Mara und sagte etwas. Die alte Königin übersetzte. »Meine Tochter möchte wissen, ob die Erde Eures Landes naß oder trocken ist.«

Mara antwortete ohne zu zögern. »Beides. Das Land der Acoma ist weit und vielfältig, es reicht von wasserüberfluteten Thyza-Feldern bis zu hohen Wäldern. Wir haben Weideland, das bis in die Berge hinaufreicht und dem ähnelt, das diesen Stock umgibt.«

Die junge Königin lauschte der Übersetzung ihrer Mutter und antwortete: »Meine Tochter möchte ihren Schwarm neben klarem Wasser ansiedeln, doch der Boden sollte nicht zu feucht sein. Sie bittet außerdem darum, daß der Ort nicht in allzu großer Nähe zu einem Wald liegt, da die alten Wurzeln es schwierig machen, die unteren Tunnel zu graben. Die erste Kammer muß schnell gegraben werden, denn sie kann nicht riskieren, sich länger als unbedingt notwendig draußen aufzuhalten.«

Mara besprach sich mit Keyoke. »Wir könnten ihr die untere Weide westlich des Flusses geben. Sklaven könnten dann im Osten neues Land für die Herden roden.« Als der Kommandeur zustimmend nickte, fuhr Mara fort: »Sagt Eurer Tochter, daß wir ihr ein Stück Land mit einem kleinen Hügel anbieten, das von offenem Weideland umgeben ist und nur einen kurzen Marsch entfernt von frischem, klarem Wasser liegt. Aber das Land liegt höher als die Ufer des Flusses und bleibt daher trocken, selbst in den Zeiten der schweren Regenfälle.«

Die alte und die junge Königin begannen sich zu unterhalten. Die Sprache der Cho-ja mit ihren Klick- und Pfeiflauten schien effizienter als die menschliche Sprache zu sein, oder aber diese Wesen hatten neben dem Sprechen noch eine weitere Möglichkeit, Nachrichten auszutauschen. Mara wartete innerlich unruhig und angespannt.

Plötzlich hallte ein durchdringendes Pfeifen durch die große Kammer des Stocks. Maras Gefolgschaft richtete sich alarmiert auf, und die Unterhaltung zwischen der Königin und ihrer Tochter brach schlagartig ab. Besorgt, daß die Störung vielleicht ein Unheil ankündigte, griff Keyoke nach dem Griff seines Schwertes.

Doch Arakasi griff nach dem Unterarm des Kommandeurs und flüsterte eindringlich: »Wenn Ihr aus dieser Nähe eine Klinge auf die beiden Königinnen richtet, sind wir alle sofort tot.« Die ältere Königin wirkte gar nicht besorgt, aber die Männchen neben ihr hatten sich halb aus der Hockstellung erhoben. Es war eine Kampfposition, die es ihnen ermöglichte, sofort zum Angriff überzugehen. Die halberhobenen Unterarme bebten leicht, als rasiermesserscharfe Chitinkanten sich auf Keyoke richteten. Der alte Kommandeur hatte Cho-ja im Kampf gesehen; diese hier waren nur um Haaresbreite von einem Angriff entfernt. Er ließ sein Schwert los, und sofort gingen die Krieger vor der alten Königin wieder in die entspannte Hockstellung zurück. Die Königin schwieg. Arakasi holte erleichtert und hörbar Luft und versuchte, so etwas wie Sicherheit auszustrahlen. »Sollte Gefahr drohen, werden uns diese Soldaten ebenso beschützen wie ihre Königin.« Keyoke nickte angesichts der Logik dieses Satzes, trat aber dennoch näher zu seiner Herrin.

Die alte Königin auf dem Podest klickte und zuckte mit einem der unteren Gliedmaßen. Als Antwort auf ihren Befehl verließ Lax'l den Platz zu ihren Füßen und eilte davon.

Mara, die ihn beobachtete, fragte sich, ob sie sich jemals würde auf die Geschwindigkeit einstellen können, mit der die Cho-ja sich fortbewegten, wenn es nötig war. Sie gäben sicher unschlagbare Boten ab, ein Gedanke, der sie an einen Reim aus ihrer Kinderzeit erinnerte, den Nacoya ihr des öfteren vorgetragen hatte: » ... die Cho-ja sind die ersten mit Neuigkeiten und frühem Obst.« Das Lied war nichts als Unsinn und galt bei den Tsurani allgemein als Kinderkram. Mara war sich inzwischen jedoch nicht mehr so sicher, ob es nicht doch ein bißchen Wahrheit enthielt.

Lax'l kehrte zurück, noch bevor sie den Gedanken weiterverfolgen konnte. Er tauschte schnelle, pfeifende und klickende Geräusche mit seiner Königin aus, dann wischten die nächsten Worte der Königin alle Überlegungen an Gutenachtgeschichten aus Maras Gedanken.

»Lady Königin der Acoma«, sagte die Herrscherin der Choja, »ein anderer Lord ist eingetroffen und bittet ebenfalls die neue Königin um die Ehre, ihren Stock auf seinem Land zu errichten.«

Sechs

Zeremonie

Mara erstarrte.

In einer einzigen Woge wallten Bestürzung, Enttäuschung und Wut in ihr auf; dann verdrängte Furcht alles andere. Auf irgendeine Weise hatte noch jemand von der neuen Königin erfahren.

Wenn die Neuigkeit sich willkürlich im ganzen Kaiserreich ausgebreitet hatte, war es gut möglich, daß mehr als nur eine Familie zu dem Schwarm in den Bergen reisen würde. Wer immer dort oben wartete, würde dann nur der erste von vielen sein. Doch selbst wenn die Kunde sich nicht so schnell verbreitet hatte, war die vor dem Eingang wartende Person ein schlechtes Zeichen, denn dann hatte der Lord der Inrodaka vermutlich einen besonders engen Freund eingeladen, damit dieser als erster der neuen Königin ein Angebot für ihren Schwarm machen konnte. Ganz sicher würde der Lord der Inrodaka nicht sehr erfreut darüber sein, daß sich Eindringlinge auf seinem Gebiet befanden und seinen Verbündeten zuvorgekommen waren. Mara war klar, daß sie, ob mit oder ohne positive Entscheidung der jungen Königin, durch das Gebiet eines feindlich gesinnten Lords zurückkehren mußten, der von ihrer Gegenwart wußte. Noch beängstigender war die Vorstellung, irgendein Spion der Minwanabi könnte von Maras Vorhaben erfahren und einen Boten mit der Nachricht zu seinem Herrn geschickt haben. Vielleicht wartete Jingu höchstpersönlich dort oben, um mit der jungen Königin zu verhandeln.

Mara bemühte sich, ihre Anspannung vor den beiden Königinnen zu verbergen, und holte tief Luft. Ihre Kehle fühlte sich so trocken an wie Sand, selbst dann, als ihr ein Spruch von einer der lehrenden Mütter im Tempel einfiel: »Furcht ist wie ein kleiner Tod, Tochter. Sie tötet in winzigen Stückchen.«

Mara wurde ruhiger und blickte die alte Königin an. »Hochverehrte Herrscherin«, sagte sie, »Ihr sollt wissen, daß ich zutiefst entschlossen bin, die Loyalität dieses neuen Schwarms zu gewinnen. Die Ländereien der Acoma sind reich und weitläufig, und ein anderer Lord im Kaiserreich wird Euch schwerlich ein besseres Angebot unterbreiten können als ich.«

Die alte Königin auf dem Erdhügel schnaufte durch ihre Nasenschlitze; es war die Cho-ja-Entsprechung eines menschlichen Lachens. »Loyalität? Herrscherin der Acoma, dieses Konzept teilt meine Rasse nicht. Arbeiter, Krieger, Rirari – sie alle tun, was ihrer Natur entspricht, weil ohne den Schwarm nichts existieren würde. Eine Königin ist die alleinige Gebieterin eines Schwarms, und Verträge schließen wir zu den bestmöglichen Bedingungen ab. Wir dienen immer nur dem mit dem höchsten Angebot.«

Mara war sprachlos über diese Offenbarung. Unbeabsichtigt hatte die Königin etwas enthüllt, was sich kein Tsurani im Kaiserreich jemals hätte vorstellen können. Die gesamte tsuranische Gesellschaft hatte immer geglaubt, daß die Cho-ja jenseits gewisser menschlicher Gefühle wären, daß Ehre die unerschütterliche Basis ihres Lebens bildete. Doch jetzt entpuppte sich all dies als das krasseste Verhalten einer typischen Krämerseele, und die Cho-ja waren nichts weiter als eine Rasse von Kaufleuten. Ihre legendäre Loyalität stand dem höchsten Bieter zur freien Verfügung, und sollten die Cho-ja ein besseres Angebot eines konkurrierenden Lords erhalten, stand sie möglicherweise neu zur Diskussion. Eine der großen Säulen, auf die sich die Machtstrukturen des Kaiserreiches stützten, war weitaus bröckeliger, als sich irgend jemand vorstellen konnte. Niemals hatte jemand daran gedacht, Kontakt mit dem Schwarm auf dem Gebiet eines anderen Herrschers aufzunehmen und so die Loyalität der Cho-ja auf die Probe zu stellen. Trotz ihrer Bestürzung wurde Mara jedoch auch der Vorteile gewahr: So lange niemand im Kaiserreich die Wahrheit kannte, konnte sie dieses Wissen für ihre eigenen Zwecke einsetzen – vorausgesetzt, sie überlebte die nächste Stunde.

»Keyoke.« Mara winkte den Kommandeur zu sich heran. »Wir müssen die Krieger, die mit uns gekommen sind, zu absolutem Schweigen verpflichten.« Ihr Gesicht zeigte keinerlei Regung, als sie fortfuhr: »Und es muß unter allen Umständen verhindert werden, daß die Sklaven enthüllen könnten, was sie soeben gehört haben.« Mehr sagte sie nicht, doch der alte Krieger wußte auch so, daß sie eben das Todesurteil über acht Männer gesprochen hatte. Im Flüsterton gab er die Nachricht an Arakasi weiter, der mit ausdruckslosem Gesicht kurz nickte und mit dieser Geste zeigte, daß er die Entscheidung befürwortete.

Mara richtete sich auf. »Dann sollten wir gemeinsam verhandeln«, meinte sie zu der alten Königin.

Die Vorstellung gefiel der alten Königin, und sie trillerte vor Aufregung und Vergnügen. »Ich werde den anderen Menschen-Herrscher benachrichtigen lassen, daß jemand mitbietet.«

Die Königin gab den wartenden Cho-ja-Arbeitern einen entsprechenden Auftrag. Sie stammten aus der kleineren, intelligenteren Klasse der Handwerker. Mara wirkte nach außen hin ruhig, während sie davontrippelten. Andere Arbeiter betraten die Kammer, und bald wurde deutlich, daß sie eine Staffel von Boten aufbauten, da der neu hinzugekommene Lord lieber von der Oberfläche aus verhandeln wollte, wie es der Tradition der Tsurani entsprach. Mara bemühte sich herauszufinden, welchen Vorteil sie aus diesem Umstand ziehen konnte.

Die erste Nachricht von oben traf ein, und nach einer klickenden Unterredung mit dem Kurier wandte sich die Matriarchin des Schwarms an Mara: »Euer Rivale besitzt ebenfalls feines Weideland, das das ganze Jahr über trocken und frei von Baumwurzeln ist und nahe bei gutem Wasser liegt. Er behauptet auch, daß sein Boden sandig ist und sich gut für den Ausbau der Tunnel eignet.« Sie hielt inne und beriet sich mit ihrer Tochter. »Lady der Acoma, meine Brut möchte gerne wissen, ob Ihr Euer Angebot verbessern wollt.«

Mara widerstand dem Drang, sich die Fransen des Kissens um die Finger zu wickeln. »Bitte sagt Eurer Tochter, daß man in sandiger Muttererde zwar leicht graben kann, sie aber auch Wasser filtert und leicht einstürzt.«

Die alte Königin amüsierte sich köstlich und gab wieder ihr merkwürdiges Lachen von sich. »Wir wissen das, Lady der Acoma. Wir finden es sehr unterhaltsam, daß ein Mensch glaubt, mehr über den Bau von Tunnel zu wissen als wir Cho-ja. Doch sandiger Boden bereitet uns keine Probleme.«

Mara dachte schnell nach. »Ihr seid die besten Arbeiter der Welt, und dennoch werde ich Sklaven zur Verfügung stellen, die beim Graben helfen, damit die Wartezeit oberhalb der Erde so kurz wie möglich für Eure Tochter wird. Einhundert Krieger werden den Ort bewachen, und mein eigener Pavillon wird sie von der Sonne schützen, bis ihre Kammern tief unter der Erde fertig sind.« Mara schluckte schwer. »Zusätzlich erhält sie jeden Tag, den sie oberhalb der Erde verbringt, zwanzig Körbe mit Früchten und Thyza aus der Ernte meiner eigenen Felder, damit ihre Arbeiter sich der Herstellung der Tunnel widmen können, ohne sich um Nahrung kümmern zu müssen.«

Die alte Königin gab klickend die Übersetzung weiter, und die junge Königin antwortete. Einen Augenblick später trippelte ein Bote den Gang entlang zur Erdoberfläche. Mara schwitzte leicht in der würzigen Wärme, aber sie bemühte sich, jedes Anzeichen von Unruhe zu unterdrücken. Sie befürchtete schon, daß die Verhandlungen sehr zäh verlaufen würden, da kehrte der Bote unerwartet schnell zurück.

Als ihrer Tochter das neue Angebot mitgeteilt worden war, übersetzte die alte Königin für Mara. »Sollten irgendwelche Tunnel einstürzen, bietet Euer Rivale der Königin und ihren ausgewählten Dienern Gemächer in seinem Herrenhaus, bis ihre eigenen Quartiere wiederhergestellt sind.«

Etwas in der Stimme der Königin ließ Mara aufhorchen. Trotz ihres fließenden Tsurani war die Königin ein fremdartiges Wesen mit fremdartigen Bedürfnissen. Nur wenige Werte glichen denen der Menschen. So, wie die Königin das Angebot des Rivalen wiederholte, gab sie nicht preis, was sie selbst bevorzugte, sondern verleitete die beiden dazu, immer mehr zu bieten und sich gegenseitig auszustechen. Mara beschloß, so kühn wie möglich zu sein. »Das ist dumm. Welchen Grund könnte Eure Tochter haben, in einem tsuranischen Haus zu leben? Mein Pavillon wäre sehr viel bequemer.«

Die alte Königin antwortete, ohne zu zögern: »Das ist wahr. Aber er bietet außerdem einen Zentner Jade und ebensoviel feines Metall, um die Handwerker meiner Tochter mit Arbeitsmaterial auszustatten.«

Mara zitterte etwas unter ihrem dünnen Gewand. Was die alte Königin gerade aufgezählt hatte, kostete ein Vermögen. Ihr Rivale dort oben war überaus entschlossen, wenn er seinen Einsatz so schnell so hoch ansetzte. Verhandlungsgeschick allein würde nicht reichen, und Mara stellte sich Jican vor, wie er sich die Hände rieb, während sie darüber nachdachte, welche Reichtümer der Acoma sie als Gegenangebot präsentieren konnte.

Maras Stimme war ein wenig unsicher, als sie schließlich sprach: »Verehrte Königin, sagt Eurer Tochter, daß die Häuser der Tsurani sich für Arbeiter und Soldaten eignen, nicht aber für Königinnen. Es wäre weit besser, wenn die Tunnel gar nicht erst einstürzen würden. Sagt ihr ebenfalls, daß Metalle und Jade ohne entsprechende Werkzeuge, um sie zu bearbeiten, nutzlos sind. Was wünschen die Cho-ja also: Edelsteine und Metalle, die sie viel leichter als jeder menschliche Bergarbeiter selbst finden können? Oder Werkzeuge, um damit kostbare und schöne Dinge herzustellen, die sie den Menschen verkaufen können – gegen die Dinge, die die Cho-ja wirklich haben möchten? Ich biete etwas, das dem Wert des Angebots des Lords entspricht, aber in Gestalt von Dingen, die die Cho-ja nicht selbst herstellen: Werkzeuge, Needra-Häute und geharztes Holz.« Sie hielt einen Augenblick inne. »Außerdem noch Waffen und Rüstungen für ihre Krieger.«

»Ein sehr großzügiges Angebot«, bemerkte die alte Königin. Ihre Augen glitzerten hell, während sie übersetzte; sie genoß den Wettbewerb zwischen den menschlichen Herrschern ganz offensichtlich. Aufgeregt trillernde Geräusche unterbrachen den Austausch.

Mitgenommen und müde schloß Mara die Augen. Sie hatte die Möglichkeiten der Acoma nahezu ausgeschöpft, und das soeben gegebene Versprechen hing stark von den Handwerkern ab, die Lujan mitbringen würde, von den Waffenmeistern, deren Arbeit noch niemand kannte. Und Arbeiten minderer Qualität würden die Cho-ja beleidigen, vielleicht sogar erzürnen.

Der Bote kehrte schnell zurück und tauschte kurz einige klackende Geräusche mit der alten Königin aus. Dann trillerte die Tochter lauthals.

Mara fürchtete sich vor der Überraschung; der Ausbruch der jungen Königin zeugte sicher von einem großherzigen Zugeständnis des mitbietenden Lords.

Die alte Königin beendete das Gespräch mit dem Boten. So reglos wie eine Statue aus Obsidian meinte sie: »Herrscherin, der Lord dort oben auf der Erde hat uns darüber informiert, daß er die Farben der Soldaten erkannt hat, die vor dem Eingang zum Stock warten. Er sagt, er kennt die Möglichkeiten und Ressourcen der Acoma und behauptet, Ihr würdet niemals die Angebote erfüllen können, die Ihr soeben gemacht habt.«

Mara kniff vor dem strahlenden Blick der Königin die Augen zusammen. »Seine Worte entsprechen nicht der Wahrheit.« Sie hielt inne, drängte die heiße, gefährliche Wut zurück und stand von ihrem Kissen auf. »Dieser Lord spricht aus Unkenntnis.«

»Ich verstehe nicht«, sagte die Königin, anscheinend ungerührt von Maras Zorn.

Mara mußte sich zusammenreißen, um nicht die Beherrschung zu verlieren. »Wissen die Cho-ja über die Einzelheiten innerhalb jedes Stocks Bescheid, über die Tunnel, über alle Dinge, die dort geschehen?«

Die Königin zuckte vor Verblüffung mit den Unterarmen. »Was auch immer in einem Stock vor sich geht, ist allen Königinnen bekannt.« Sie machte eine längere Pause und unterhielt sich mit der jungen Königin. »Sicherlich unterscheidet Ihr Menschen Euch sehr von uns«, sagte sie dann zu Mara.

Mara leckte sich über die Lippen und schmeckte Schweiß. Die Belastung der Situation durfte sie nicht zu unüberlegtem Handeln treiben. Tief unter der Erde, mit nur sechs ihrer Krieger zwischen sich und den strengsten, aufmerksamsten Soldaten des Stocks konnte sich eine einzige Bewegung zur falschen Zeit als fatal herausstellen. »Ich bin die Herrscherin der Acoma«, sagte Mara vorsichtig. »Und ich erkläre, es gibt kein Haus im Kaiserreich, das es wagen darf zu behaupten, über meine Ressourcen Bescheid zu wissen. Dieser mitbietende Lord verhält sich ehrlos beim Handeln, und seine Behauptung ist ein Angriff gegen mein Haus.« Die stolze Haltung ihrer Vorfahren verbarg Maras Furcht, und sie trat einen Schritt vor; dann blickte sie die junge Königin direkt an. »Lady der Cho-ja, ich verhandele in gutem Glauben. Ihr sollt wissen, daß ich als eine Acoma mein Wort für wichtiger erachte als mein Leben.«

Es zerriß Maya beinahe innerlich, als sie warten mußte, bis ihre Worte übersetzt waren, doch mit geballten Händen hielt sie aus. Die junge Königin betrachtete die menschliche Besucherin mit offener Neugier, während die alte Königin dem Boten neue Anweisungen gab. Mara hatte den ungesehenen Rivalen über der Erde jetzt mit Fragen der Ehre herausgefordert, und ein Blutvergießen bis hinein in den Schwarm konnte die Folge sein. Sie kämpfte gegen einen Anfall von Panik und fluchte innerlich. Nicht zu wissen, wer ihr Mitstreiter war, erwies sich als deutlicher Nachteil.

Ein schwaches Scharren erklang im Gang, als der nächste Bote in Sicht kam. Die alte Königin hörte ihn an und gab dann die Nachricht an Mara weiter. »Herrscherin, der Lord dort oben gesteht zu, daß seine Worte in Wut gesprochen waren und ihr möglicherweise die Waffenschmiede besitzt, um die versprochene Verpflichtung erfüllen zu können. Doch er sagt auch, es wäre im ganzen Kaiserreich bekannt, daß sein Reichtum größer wäre als der der Acoma. Jedes Angebot der Lady Mara würde er überbieten, damit meine Tochter sich entscheidet, ihren neuen Stock auf seinem Land zu errichten.«

Die Jade-Armbänder klirrten in der Stille, als Mara sich aufrichtete. »Wer wagt es, sich damit zu brüsten, daß sein Reichtum dem meinen überlegen wäre?«

»Der Lord der Ekamchi«, antwortete die Königin.

Mara sah entsetzt zu Arakasi, denn der Name war ihr so gut wie unbekannt. Der Supai trat zu ihr. »Er ist der engste Freund der Inrodaka und einigermaßen wohlhabend, vermutlich besitzt er etwas mehr als Ihr. Sein Kriegsheer ist klein, auch wenn er möglicherweise eine Eskorte bei sich hat, die unsere an Stärke übertrifft. Ich habe ihn als einen fetten Mann in Erinnerung, der sich in keinerlei kriegerischen Auseinandersetzungen in irgendeiner Weise hervorgetan hat und ganz sicher nicht besonders viel Mut besitzt.«

Mara nickte. Die Geschwindigkeit, mit der der Lord von den Ekamchi die Behauptung, er kenne die Ressourcen der Acoma, zurückgezogen hatte, zeugte von der Zaghaftigkeit eines Mannes, der sich seiner selbst nicht sicher war. Mara setzte jetzt alles auf Arakasis unausgesprochenen Rat. »Je länger wir warten, desto eher verlieren wir unseren Vorteil. Ich denke, ein kühner Schritt ist jetzt angebracht.«

Der Supai warf ihr ein flüchtiges Lächeln zu, während er sich verbeugte und zu seinem Platz zurückkehrte. Sie bemühte sich, ihrer Stimme eine Zuversicht zu geben, die sie nicht empfand, und wandte sich an die junge Königin. »Königin der Cho-ja, ich behaupte hiermit, die Acoma werden jedes Angebot überbieten, das dieser arrogante Prahler dort oben aussprechen wird. Alle materiellen Güter, die er anbietet, werde ich Eurem Schwarm in ähnlicher Form zukommen lassen. Zudem verspreche ich Euch jeden Tag im Frühling lieblich duftende Blüten, damit Ihr die Freuden des Lebens oberhalb der Erde nicht vergeßt, während Ihr für Eure Untertanen sorgt. Ich werde Wandbehänge aus hübschen Farben von unseren geschicktesten Webern herstellen lassen, damit Ihr Euch in Eurer Unterkunft immer wohlfühlt, und diese Wandbehänge werden zu jeder neuen Jahreszeit erneuert werden, damit Ihr Eurer Umgebung nicht überdrüssig werdet. Und ich werde zu Euch kommen und bei Euch sitzen und mit Euch über die Geschehnisse im Kaiserreich diskutieren, damit Euer Verständnis für die Belange der Menschen wächst. Ich bitte Euch nun, wählt das Land, in dem Ihr Euch mit Eurem neuen Schwarm ansiedeln wollt.«

Stille trat ein. Die um sie herumwuselnden Arbeiter wirkten etwas angespannt, als die Königinmutter mit der Übersetzung begann; jedes Klicken, jedes Pfeifen war überdeutlich betont. Mara hörte mit angehaltenem Atem zu, während Keyoke und Arakasi sich mit einem grimmigen Blick gegenseitig ihrer Kampfbereitschaft versicherten. Ihre Herrin hatte eine kühne Forderung gestellt, und niemand konnte vorhersagen, wie die fremdartigen Cho-ja reagieren würden.

Die zwei Königinnen berieten sich. Maras Nerven waren so angespannt, daß die verstrichenen Minuten sie an die von einem besorgten Musiker zu stramm gespannten Saiten eines Gikoto erinnerten. Um diese grausame Spannung aushalten zu können, griff sie auch auf das letzte Stückchen Selbstkontrolle zurück, das sie im Tempel gelernt hatte. Sie nahm die Gesichter ihrer Eskorte um sich herum wahr, angefangen von dem vertrauten, faltigen Antlitz Keyokes über jeden einzelnen ihrer Krieger bis zu dem rätselhaften Angesicht Arakasis. Sie fröstelte bei dem Gedanken, welches Schicksal sie ereilen würde, sollte sich die

Königin der Cho-ja gegen die Acoma entscheiden; wenn der Handel zugunsten des Lords der Ekamchi ausfallen würde, würden Feinde dort oben auf sie warten. Jeder Vorteil, den sie gewonnen hatte, indem sie den Stock betreten hatte, wäre dann verloren; ihre Kühnheit würde ihr schließlich den Tod bringen. Zudem wußte niemand, wie diese fremdartige Rasse mit Gästen verfuhr.

Dann wandte die alte Königin ihre Facettenaugen wieder den Menschen zu. Mara stand reglos da, als die Entscheidung verkündet wurde. »Die Königintochter hat sich entschieden. Sie sagt, sie wird ihren Schwarm in das Land von Mara von den Acoma bringen.«

Lax'l machte eine Handbewegung, und der Bote lief zum letzten Mal den Gang entlang, um dem Lord der Ekamchi von der vernichtenden Niederlage zu berichten. Keyoke und Arakasi grinsten sich erleichtert zu, während Mara ihr Gesicht kurz mit beiden Händen bedeckte, um einen Freudenschrei zu unterdrücken. Ihr Instinkt hatte sich als richtig erwiesen. Jetzt würden die Acoma auf Jahre hinaus einen seltenen und überaus wertvollen Vorteil erlangen.

Aufregung und Neugier schwemmten Maras Müdigkeit vollkommen hinweg. »Darf ich mir erlauben zu fragen, warum sich Eure Tochter schließlich für das Land der Acoma entschieden hat, obwohl die beiden Angebote so dicht beieinander lagen?«

Die Königinnen tauschten Bemerkungen aus, dann wandte sich die ältere wieder an Mara: »Meine Tochter mag Euch. Ihr habt gesagt, sie wäre wunderschön.«

»Das hätten die meisten Männer niemals für möglich gehalten«, überlegte Arakasi, »daß selbst die Königinnen der Cho-ja Schmeicheleien gegenüber nicht immun sind.«

»In der Tat«, bemerkte Keyoke.

Die alte Königin neigte die glänzende Kuppel ihres Kopfes in Maras Richtung. »Und wir beide schätzen es als außerordentliche Höflichkeit, daß Ihr zum Verhandeln lieber selbst heruntergekommen seid, statt Boten zu benutzen, denn das hat vor Euch noch kein anderer Mensch getan.«

Arakasi kicherte beinahe. »Natürlich nicht, weil die meisten Lords keinen Fuß in das Haus eines anderen setzen würden, ohne nicht vorher zum *Eintreten aufgefordert* worden zu sein. Es scheint, daß die zivilisierten Gewohnheiten der Tsurani hier als Unhöflichkeit gelten«, meinte er zu Keyoke.

Der Kommandeur schien weniger amüsiert zu sein. »Das Schwert mag noch immer den Ausgang dieses Wettstreits entscheiden«, erinnerte er den Supai mit einem nach oben gerichteten Daumen an die draußen wartenden, gewiß nicht freundlich gesinnten Streitkräfte.

Mara antwortete nicht auf die Worte ihres Kommandeurs, sondern sah die alte Königin an. »Wenn ich es richtig verstanden habe, wird die Gefolgschaft der jungen Königin klein sein.«

Die alte Königin bewegte eines ihrer unteren Glieder. »Das ist wahr, Schutzherrin des Schwarms meiner Tochter. Ich habe dreihundert Krieger geboren, zweihundert davon haben sich in aller Eile entwickelt, um sie begleiten zu können, die anderen hundert werden ihr folgen, wenn sie aufgewachsen sind. Ich werde ihr zwei Rirari geben, zwei Zuchtmännchen und siebenhundert Arbeiter.«

Mara dachte nach. Die Gegenwart der Cho-ja auf dem Gebiet der Acoma würde selbst den kühnsten Feind abschrecken, denn niemand sonst wußte, daß die Krieger der Cho-ja jung und schwer zu kontrollieren waren. »Wie lange dauert es normalerweise, bis der Schwarm in der Lage ist, mit dem Handel zu beginnen?«

Die alte Königin zuckte mit dem Kiefer, als würde sie Maras Absicht erahnen. »Wenn alles normal läuft, etwa zwei bis drei Jahre.«

In Wellen kehrte jetzt die Müdigkeit zu Mara zurück. Ihre Gedanken schweiften ab, und sie zwang sich, etwas anzusprechen, was die alte Königin bereits früher gesagt hatte. »Ich möchte darum bitten, daß zusätzliche Arbeiter und Krieger mit Eurer Tochter kommen.« Mara achtete darauf, ihre Erschöpfung zu verbergen, und ging mit festen Schritten zu ihrer Sänfte zurück. Sie setzte sich und forderte einen der Sklaven auf, die Vorhänge zurückzuhalten, damit ihre Sicht auf die zwei Königinnen nicht behindert wurde. Mara hoffte, daß sie nicht zu ermattet wirkte, wie sie da oben auf den Kissen saß, und sprach weiter: »Ich möchte über den Preis verhandeln.«

»Das ist weise«, antwortete die Königin. »Die jungen Krieger sind aufsässig; ältere, erfahrene Soldaten werden nötig sein, um sie in dem neuen Stock schnell zu Ordnung zu rufen.«

Maras Herz hüpfte vor Vergnügen; sie hatte die Kommentare der alten Königin über die Cho-ja also richtig verstanden. Hinter ihr brachte Keyoke murmelnd sein Erstaunen zum Ausdruck: »Sie verschachern ihre eigenen Leute!«

Die alte Königin bewies ein schärferes Gehör, als sie alle erwartet hatten. »Nur der Schwarm zählt, Kommandeur. Und ich bin der Schwarm. Jene, die ich Euch verkaufen werde, dienen Eurer Lady, als wäre ich es selbst. Sie wird ihre neue Königin sein.«

Mara schaltete sich ein: »Ich möchte nur, daß Eure Tochter so bald wie möglich einen starken Schwarm besitzt. Ich werde die Arbeiter und Krieger als Geschenk für sie kaufen.«

Die alte Königin nickte. »Das ist großzügig. Ich werde es berücksichtigen, wenn ich den Preis festsetze.«

Mara nahm sich einen Augenblick Zeit, um sich mit ihren Beratern auszutauschen. Dann, während sie darauf achtete, daß ihre Schultern nicht zu sehr nach unten hingen, sprach sie wieder zu der Königin: »Ich brauche zwanzig Eurer Krieger, Majestät. Ich bitte außerdem um Handwerker.«

Keyoke richtete sich überrascht auf. »Ich dachte, wir kamen wegen der Krieger, Mylady?«

Mara schien in die weite Ferne zu schauen, wie so oft in letzter Zeit. Während sich die Lage der Acoma langsam stabilisierte, ersann sie einen Plan für die Zukunft, und mehr und mehr vertraute sie nur auf sich. Aber ein alter, geschätzter Berater wie Keyoke verdiente eine Erklärung. »Seit der Verlobung mit dem Sohn der Anasati ist unsere Position erst einmal gesichert, und diese junge Königin kann im Laufe der Zeit mehr Krieger ausbrüten. Doch die hervorragendste Fähigkeit der Cho-ja ist keineswegs angeboren. Was ich will, sind Seidenmacher.«

Die Königinmutter bäumte sich so weit auf, wie es ihr unbewegliches Rückensegment erlaubte. »Seidenmacher werden Euch eine ganze Menge kosten.«

Mara entgegnete mit einer halben Verbeugung, damit die Herrscherin der Cho-ja ihre Kühnheit nicht als Anmaßung empfand. »Wieviel?«

Die Königin fuchtelte einen langen Augenblick mit ihren Vorderbeinen herum. »Einhundert Säcke Thyza für jeden Arbeiter.«

»Einverstanden«, sagte Mara ohne zu zögern. »Ich möchte fünf dieser Arbeiter.«

Doch die alte Königin antwortete auf Maras schnelle Zusage mit einem tadelnden Klicken. »Ihr müßt außerdem eintausend Schwerter liefern, eintausend Helme und eintausend Schilde. Ihr müßt sie absenden, sobald Ihr zu Hause angekommen seid.«

Mara runzelte die Stirn. Da Jican ein fähiger Verwalter war, hatte sie das Geld, um kaufen zu können, was nicht vorhanden war. »Einverstanden.« Der Handel war hart, aber gerecht; nach einer gewissen Zeit würde ein blühender Seidenhandel die Ausgaben mehrfach ausgleichen. Jetzt war Mara bestrebt, so schnell wie möglich Jican und Nacoya die Neuigkeiten zukommen zu lassen. »Wann wird die Königin aufbrechen?«

Die Matriarchin beriet sich mit ihrer Tochter. »Nicht vor dem Herbst.«

Mara verneigte ihren Kopf in einer respektvollen Geste. »Dann werde ich im Morgengrauen aufbrechen und damit beginnen, meine Verpflichtung Euch gegenüber zu erfüllen. Meine Arbeiter werden dafür sorgen, daß die Needras fortgeschafft werden und die Wiese gemäht und vorbereitet ist, damit die Königin, Eure Tochter, bei Ihrer Ankunft eine angenehme Umgebung vorfindet.«

Die Königinmutter bedeutete ihnen aufzubrechen. »Geht nun, Mara von den Acoma. Mögen Eure Götter Euch Wohlstand und Ehre bescheren, denn Ihr seid gütig mit unserer Rasse umgegangen.«

Mara sprach mit einem tiefen Gefühl der Erleichterung: »Und möge Euer Schwarm weiterhin an Wohlstand und Ehre gewinnen.«

Lax'l trat nach vorn, um die Menschen wieder an die Oberfläche zu geleiten. Die Königin wandte nun ihren Blick ab; sie war wieder mit den Angelegenheiten ihres Schwarms und den komplizierten Entscheidungen des Brütens beschäftigt. Mara sank in die Kissen ihrer Sänfte zurück; sie zitterte leicht von den Stunden unaufhörlicher Anspannung, aber endlich konnte sie der Erschöpfung nachgeben. Sie gab ihrer Eskorte ein Zeichen, und alle setzten sich in Bewegung. Während sie zurück zum Ausgang gingen, hatte sie nacheinander das Gefühl, erst laut lachen und dann laut weinen zu müssen. Die jetzt ausgestreute Saat würde eines Tages reiche Früchte tragen, denn sie hatte geeignete Mittel gewonnen, um weit über Jicans bereits beeindruckende finanzielle Grundlagen hinaus den Wohlstand der Acoma zu mehren. Der Seidenhandel im Süden war noch nicht richtig etabliert; Seide aus dem Norden tauchte in unterschiedlicher Qualität und Verfügbarkeit auf. Mara wußte nicht, wie sie diese junge Königin davon überzeugen sollte, die Seidenproduktion zur Hauptbeschäftigung ihres Schwarms zu machen, aber sie würde eine Lösung finden. Die Acoma-Seide, die ganz in der Nähe der wichtigen Marktplätze des Südlandes hergestellt werden würde, könnte eines Tages den Handel beherrschen.

Dann legte sich ihre überschwengliche Freude etwas, als ihre Träger sie durch die dunklen, intensiv riechenden Tunnel des Cho-ja-Stocks trugen. Es blieben kaum zwei Wochen für die umfangreichen Vorbereitungen, die eine Hochzeit zwischen zwei großen Häusern gewöhnlich mit sich brachte. Auch wenn die Bemühungen der vergangenen Nacht dem Reichtum der Acoma zugute kamen – er würde bald einem anderen übergeben werden, dem Sohn eines ihrer erbittertsten Feinde. Grübelnd saß Mara im Schutz der Vorhänge in ihrer Sänfte; von all ihren Handlungen seit dem Tode ihres Vaters und ihres Bruders barg die Hochzeit mit Buntokapi die größten Risiken.

Sie ließen die letzte Kreuzung hinter sich: langsam wurde es im Tunnel heller. Durch die dünnen Vorhänge der Sänfte konnte Mara die Sonne durch die Bögen am Eingang zum Stock hindurchschimmern sehen. Die Verhandlungen mit den Königinnen der Cho-ja hatten sich die ganze Nacht hingezogen. Die Augen des Mädchens schmerzten, als sie sich an das greller werdende Licht anpaßten, und sie war ganz benommen vor Müdigkeit. Zufrieden lehnte sie sich zurück und begann zu schlummern, während Keyoke seine Eskorte antreten ließ und die Sklaven und Krieger auf den langen Marsch nach Hause vorbereitete. So bemerkte sie die Unruhen erst, als ihre Sänfte ruckartig stehenblieb und das Zischen aus der Scheide gezogener Schwerter erklang.

Alarmiert schoß Mara hoch. Sie griff gerade nach dem Vorhang, als die wütende Stimme eines Fremden erscholl.

»Ihr Diebe! Nehmt die Strafe für Eure Verbrechen entgegen!«

Mara fröstelte vor Furcht und Wut, und sie schob den Gazevorhang beiseite. Keyoke und die Krieger der Acoma warteten mit gezogenen Schwertern, bereit zum Kampf. Ein Stück vor ihnen stand der weißhaarige Lord der Inrodaka, rotgesichtig, zerzaust und wütend wegen der Nacht, die er hatte im Freien verbringen müssen. Schnell versuchte Mara die Größe seines Gefolges einzuschätzen. Es war eine ganze Kompanie, mindestens zweihundert Soldaten, die aber nicht alle das Rot der Inrodaka trugen. Etwa die Hälfte war im Purpur und Gelb der Ekamchi gerüstet.

Der alte Lord schob sein Kinn vor und richtete das schmuckvolle Schwert, ein Erbstück seiner Familie, auf sie. »Lady der Acoma! Wie könnt Ihr es wagen, ohne Erlaubnis das Land der Inrodaka zu betreten! Eure Kühnheit übersteigt Eure Macht, zum Kummer und zur Schande Eures Namens. Ihr werdet bitter dafür bezahlen, daß Ihr den Schwarm der Königintochter gestohlen habt.«

Mara begegnete der Anschuldigung mit einem Ausdruck kühler Gelassenheit: »Eure Worte zeugen von wenig Nachdenken und noch weniger Ehre.« Sie blickte den fetten Mann an der Seite des Herrschers der Inrodaka an und vermutete, daß es sich bei ihm um den Lord der Ekamchi handelte. »Das Gebiet um diesen Stock gehört niemandem – laßt Euren Hadonra ruhig die Archive in Ketosani durchwühlen, wenn Ihr es bezweifelt. Und die Cho-ja sind niemandes Sklaven. Sie wählen selbst, mit wem sie verhandeln wollen. Und mich, die in gutem Glauben verhandelt hat, als Diebin zu bezeichnen, ist eine Beleidigung und verlangt nach einer Entschuldigung.«

Beide Lords sahen die Herrscherin der Acoma an. Sie mochte ein junges Mädchen sein, das sich beleidigt gab, aber angesichts der bewaffneten und anscheinend gut ausgebildeten Kompanie, die nur auf ein Wort von ihr wartete, um eine solche Entschuldigung zu erzwingen, legte sich ein Teil ihrer Wut. Dennoch ließen sie sich von Maras unerwarteter Kühnheit nicht einschüchtern. Der Lord der Inrodaka zischte etwas vor Entrüstung, und sein Verbündeter schüttelte die Faust mit den wurstigen Fingern. Ihr ungehöriges Verhalten hätte komisch wirken können, wären nicht die finsteren Reihen bewaffneter Krieger hinter ihnen gewesen.

»Ihr habt mich gekränkt, mich gezwungen, mein Wort gegenüber einem treuen Verbündeten zu brechen«, wütete der Lord der Inrodaka. Er schien jedoch immer noch eher diskutieren als kämpfen zu wollen. »Ich hatte den Ekamchi die alleinigen Rechte über die Verhandlungen mit der Königintochter zugesichert. Verrat gab Euch mein Geheimnis preis!«

Jetzt begriff Mara. Der Mann verdächtigte die Acoma, einen Spion in seinem Haushalt untergebracht zu haben. Arakasi hatte einige Wochen als Gast der Inrodaka verbracht; wenn ihn jetzt jemand erkannte, mochte leicht ein Kampf daraus erwachsen. Mara sah sich verstohlen um und blinzelte schließlich verwirrt. Der Supai war verschwunden. Nach einem weiteren vorsichtigen Blick machte sie ihn schließlich zwischen den Soldaten aus, aber selbst dort hatte sie Schwierigkeiten, ihn zu entdecken. Er war eins geworden mit den Reihen der Acoma-Krieger und stand bereit zum Kampf, den Helm etwas tiefer über den Nasenhöcker gezogen und das Kinn nach vorn geschoben, damit es eckiger wirkte als sonst. Es war unwahrscheinlich, daß man ihn erkannte. Erleichtert versuchte Mara den offenen Konflikt zu vermeiden. »Mylord, ich übernehme keine Verantwortung für den Bruch eines Eurer Versprechen, das zu geben Ihr keinerlei Recht hattet. Die Cho-ja entscheiden selbst darüber. Und was die Einweihung in Eure Geheimnisse angeht: ›... die Cho-ja sind die ersten mit Neuigkeiten und frühem Obst.‹ Wenn Ihr sie fragt, werden sie Euch erklären, daß ein jeder Schwarm genauestens über die Angelegenheiten der anderen informiert ist. Ob Eure Arbeiter, Diener oder Sklaven Euer Land verlassen haben oder nicht, die Nachricht war ohnehin im ganzen Kaiserreich verfügbar. Ich war einfach zuerst da. Ihr hättet mich nicht davon abhalten können, Mylord. Und schließlich – seit wann spielen die Acoma das Kindermädchen für die Ehre der Inrodaka?«

Der Lord der Inrodaka schäumte vor Wut. Sein Verbündeter, der Lord der Ekamchi, machte den Eindruck, als hätte er das Ganze satt und würde sich an einen anderen Ort wünschen. Doch die Ehre verhinderte seinen Aufbruch, als der Lord der Inrodaka sagte: »Für diese Überheblichkeit werdet Ihr mein Land nicht lebend verlassen!«

Mara begegnete seiner Drohung mit Stolz und steinerner Ruhe. Sie durfte nicht nachgeben, denn eine solche Feigheit würde den Gebeinen ihrer Ahnen Schande bereiten. Ihr Herz pochte wild vor Furcht, aber sie sah ihre Männer kampfbereit in Position; sie ließen keinerlei Unsicherheit darüber erkennen, daß die Chancen nicht sehr gut für sie standen. Sie nickte kurz in Keyokes Richtung.

Der Kommandeur gab den Kriegern der Acoma das Zeichen, die Waffen zu heben. Gleichzeitig, wie ein unvollkommenes Spiegelbild, befahlen auch die Kommandeure der Inrodaka und Ekamchi ihren Männern, sich bereitzuhalten.

Das Klirren der Klingen und das Quietschen der Rüstungen ließen Maras Herz schneller schlagen. Sie versuchte ein letztes Mal zu verhandeln: »Wir haben nicht den Wunsch nach einer Auseinandersetzung, vor allem, da wir nichts getan haben, wofür wir uns verteidigen müßten.«

Die Antwort des Lord der Inrodaka erklang klar in der Morgenluft: »Ihr werdet nicht ohne Kampf von hier abziehen.«

Nur noch einen Herzschlag von übereiltem Blutvergießen entfernt, hielt Mara dem Zorn des alten Mannes stand, während sie sich stürmisch flüsternd mit Keyoke beriet. »Können wir auf die Allianz mit der jungen Königin zählen?«

Keyoke blickte unverwandt auf die feindlichen Streitkräfte. »Lady, die alte Königin regiert diesen Schwarm hier, und sie ist mit den Inrodaka verbündet. Wer kann sagen, wie ihre Krieger reagieren werden, wenn die Verbündeten der jungen Königin bedroht werden?« Er umfaßte sein Schwert mit festem Griff. »Ich bezweifle, daß es in der langen Geschichte des Kaiserreiches bereits einmal einen solchen Konflikt gegeben hat.«

Noch während er sprach, traten einhundert alte, erfahrene Krieger der Cho-ja aus dem Eingang und marschierten zu ihnen. Schwarze Rückenpanzer und rasiermesserscharfe Unterarme glänzten im Sonnenlicht, als sie sich zwischen die beiden Fronten der Menschen stellten. Noch mehr eilten aus der Tiefe der Erde herbei, selbst als Lax'l bereits zu den beiden vor Wut kochenden Lords trat. »Die Acoma und ihre Herrscherin sind die

Gäste unserer Königin, und der Lord der Inrodaka ist ihr Verbündeter. Niemand wird Unfrieden in ihren Schwarm bringen. Wenn beide Armeen jetzt das Feld verlassen, wird kein Blut vergossen werden müssen.«

Wütend reckte der Lord der Inrodaka sein Kinn in die Höhe. »Aber Euer Schwarm ist seit drei Generationen im Dienst meines Hauses!«

»*Verbündet* mit Eurem Haus«, betonte Lax'l. Es war ein Glanz in seinen Augen, der nach Wut aussah, doch seine Stimme blieb ruhig. »Wie die Lady der Acoma sagte: Die Cho-ja sind niemandes Sklaven. Brecht also sofort auf.« Als wollte er diese Aussage unterstützen, tauchte ein weiteres Kommando von Cho-ja aus dem Stock auf und bezog hinter den Streitkräften der Inrodaka und Ekamchi Stellung. Eine ähnliche Gruppe erschien hinter Maras Soldaten.

Der Lord der Inrodaka blickte nach links und nach rechts, von wo weitere zweihundert Cho-ja-Krieger näher kamen, die vorderen Gliedmaßen kampfbereit erhoben. Er beruhigte sich schon, bevor er sich umdrehte, und erkannte, daß der Lord der Ekamchi seinen Streitkräften bereits das Zeichen zum Rückzug gegeben hatte. Mara glaubte in der Haltung des Lords der Inrodaka so etwas wie Erleichterung darüber zu erkennen, daß er zum Rückzug gezwungen war. Er hatte lange Zeit den Ruf eines Mannes besessen, der Konflikte vermied, und sein Auftritt war wahrscheinlich mehr mit Rücksicht auf seinen Verbündeten erfolgt als aus wirklicher Wut.

Die schlaflosen Nächte und die Anspannung forderten allmählich ihren Tribut, und eine tiefe Schwäche überfiel die Herrin der Acoma. Sie ließ sich in die Kissen zurücksinken, als Lax'l sich umdrehte und Keyoke ansah. »Kommandeur, meine Kompanie wird Euch mit hundert Kriegern begleiten, bis Ihr das Gebiet der Inrodaka verlassen habt.«

Keyoke gab ein Zeichen, und mit zischenden Geräuschen glitten die Schwerter seiner Männer wieder in ihre Scheiden.

»Gehört Ihr zu den zwanzig, die dem neuen Schwarm beitreten?«

»Ja.« Lax'l verzog merkwürdig das Gesicht, vielleicht war es so etwas wie das Lächeln bei einem Menschen. »Da Ihr große Ausgaben auf Euch genommen habt, um die Sicherheit ihrer Tochter sicherzustellen, hat die Königin Euch die besten ihrer Soldaten gegeben. Ein anderer wird meinen Posten hier übernehmen, und ich werde der Kommandeur des neuen Schwarms sein.«

Dann fügte er noch etwas hinzu, als wäre es ihm gerade erst eingefallen: »Ich glaube, die Lady der Acoma hat das gewonnen, was die Tsurani die Sympathie der alten Königin nennen würden.«

Mara, die bis ins Mark erschöpft war, brachte eine leichte Verbeugung als Zeichen ihrer Würdigung der Königin zustande. »Ihr werdet nicht von der jungen Königin gebraucht?«

Der Kommandeur der Cho-ja machte eine verneinende Geste mit seinen vorderen Gliedmaßen. »Die junge Königin ist sehr verletzlich, solange sie noch wächst, und so würde selbst unsere Gegenwart die Aggressivität der jungen Krieger nicht verringern – und das sollte sie auch nicht. Wenn wir erst einmal in unserem neuen Stock sind, werden wir sie alles Notwendige lehren, um aus ihnen gute Krieger zu machen.«

Nachdem die Streitkräfte der Inrodaka und der Ekamchi sich über einen Hügel zurückgezogen hatten und nicht mehr zu sehen waren, ließ Keyoke die Männer Aufstellung für den langen Weg nach Hause nehmen. Kaum stand der letzte Soldat an seinem Platz, sah er seine Herrin an. »Mylady?«

Mara gab das Zeichen zum Abmarsch, doch sie bestand darauf, daß Arakasi neben der Sänfte herging. Staubig und erschöpft wie die übrigen Männer lief er neben ihr, doch seine Augen funkelten voller Freude über den Sieg. Mara wurde warm angesichts seines Stolzes auf ihre Leistung, und sie sprach leise mit ihm, als die Kolonne sich in Bewegung setzte. »Ihr habt Euch sogar als noch besser erwiesen als Euer Wort, Arakasi. Ihr habt nicht nur den vollen Wert Eurer Ratschläge gezeigt, sondern auch mit Eurer Weisheit den Acoma geholfen. Wie lange werdet Ihr brauchen, um Euer Netzwerk wieder richtig in Gang zu bringen?«

Ein Ausdruck der Zufriedenheit huschte über das Gesicht des Supai und wurde schließlich zu einem echten Lächeln. Er verbeugte sich leicht vor seiner neuen Herrin. »Ein Jahr, Lady, wenn es keine Schwierigkeiten gibt.«

»Und wenn es welche gibt?«

»Ein Jahr, anderthalb Jahre.« Der Supai machte eine deutliche Pause. »Länger, wenn Ihr es wünscht.«

Mara schaute sich nach beiden Seiten um; sie vergewisserte sich, daß keiner der Männer so nah bei ihnen war, daß er zuhören konnte. »Wenn wir heute nacht das Lager aufschlagen, möchte ich, daß Ihr aufbrecht und Eure Spione besucht. Kehrt in einem Jahr zu uns zurück. Solltet Ihr Kontakt mit mir aufnehmen müssen, wird unser Zeichen der Begriff ›Die Seidenmacher der jungen Königin‹ sein. Habt Ihr mich verstanden?«

Arakasi nickte vage als Bestätigung; da er gleichzeitig an den Riemen seines Helms herumfingerte, blieb die Geste anderen verborgen. »Solange ich nicht zurückkehre und den Eid auf den Natami der Acoma ablege, bin ich nicht an die Gebote der Lady der Acoma gebunden.« Dann kam er auf den Punkt: »Oder an die Gebote des Lords der Acoma.«

»Ihr habt mich verstanden.« Mara schloß die Augen und hielt ihre starken Gefühle zurück. Die Götter waren ihr gnädig gesonnen, daß dieser Mann einfühlsam und scharfsinnig genug war, um ihre Absichten in bezug auf ihren künftigen Ehemann zu erspüren.

Arakasi schränkte seine Bemerkung sogleich mit leiser Stimme ein: »Buntokapi wird die Begeisterung für unsere Abmachung nicht teilen, Lady.«

Mara nickte; ein Schauer der Erleichterung durchlief sie bei dem Gedanken, daß dieser Mann ein Verbündeter und kein

Feind war. Wenn Jingu von den Minwanabi jemals eines Mannes mit den Fähigkeiten Arakasis habhaft werden sollte … aber sie durfte ihrer Müdigkeit nicht gestatten, die Glut unbegründeter Ängste zu entfachen. Sie riß sich zusammen und konzentrierte sich auf die Gegenwart. »Wir werden sehen, wie die Dinge stehen, wenn Ihr zurückkehrt. Wenn sich alles so entwickelt, wie ich es hoffe, können wir dann an unseren Plänen für Jingu von den Minwanabi weiterarbeiten.«

Arakasi verneigte sich leicht vor Maras Sänfte. »In meinem Herzen habe ich Euch bereits die Treue geschworen, Mylady. Ich bete zu den Göttern, daß sie mir die Gelegenheit geben, eines Tages auch einen formellen Eid vor dem Heiligen Hain abzulegen.« Er blickte zurück auf das dichte Grün des Waldes. »Dieser Ort ist zum Verschwinden genausogut geeignet wie jeder andere. Mögen die Götter Euch beschützen, Lady der Acoma.«

Mara dankte ihm und schwieg, als Arakasi sich umdrehte und zwischen den Bäumen verschwand. Keyoke blickte sich um und sah ihn gehen. Falls der Kommandeur sich über seinen plötzlichen Aufbruch gewundert haben sollte, so sagte er nichts, denn er wandte seine Aufmerksamkeit sofort wieder den Kriegern und den möglichen Gefahren des Rückwegs zu. Mara lehnte sich zurück; Arakasis letzte Worte kreisten immer und immer wieder in ihrem Kopf. Sie betete, daß sich sein Wunsch erfüllen möge; denn wenn er lebte und nicht seinen Eid auf den Natami ablegte, wäre sie entweder tot, oder Buntokapi hätte sich als Lord der Acoma einen festen Platz erobert und sich ihrer Macht, ihn zu kontrollieren, weit entzogen.

Die Zofen warteten auf ihre Herrin. Mara saß auf einem Kissen in den Gemächern, die sie noch immer als die ihres Vaters betrachtete, und öffnete die Augen. »Ich bin soweit«, sagte sie.

Aber tief in ihrem Herzen wußte sie, daß sie nicht wirklich auf die Hochzeit mit dem dritten Sohn der Anasati vorbereitet war – und es auch niemals sein würde. Sie verschränkte die Hände unruhig ineinander und harrte aus, als die Dienerinnen mit der lästigen und teilweise schmerzhaften Aufgabe begannen, ihre Haare zu kämmen und dann mit Bändern und Schleifen in der traditionellen Weise zu binden. Jedesmal, wenn eine neue Locke befestigt wurde, zog und ziepte es so sehr, daß sie kurz davor war, sich wie ein kleines Kind zu winden.

Wie immer schien Nacoya ihre Gedanken lesen zu können. »Mistress, an diesem Tag ruhen die Augen jedes einzelnen Gastes nur auf Euch, und Ihr müßt alles tun, um den Stolz des Acoma-Erbes zu verkörpern.«

Mara schloß die Augen, als wollte sie sich verstecken. Verwirrung stahl sich wie ein dunkler Schmerz in ihre Magengrube. Der Stolz des Acoma-Erbes hatte sie in ein Netz aus Verwicklungen verstrickt, das sie tiefer und tiefer in einen Alptraum hinabzog; jedesmal, wenn sie eine Bedrohung erfolgreich abgewendet hatte, nahm eine andere Gestalt an. Erneut fragte sie sich, ob es wirklich klug gewesen war, Buntokapi als Ehemann zu wählen. Er mochte beeinflußbarer sein als sein gutangesehener Bruder Jiro, doch nur zu leicht könnte er sich als wesentlich dickköpfiger erweisen. Wenn es ihr nicht gelang, ihn zu kontrollieren, würden sämtliche Pläne, mit deren Hilfe sie die Acoma wieder zu der ihnen zustehenden Macht und Bedeutung führen wollte, hinfällig werden. Nicht zum ersten Mal schob Mara solch müßige Spekulationen ärgerlich beiseite: Die Entscheidung war gefallen. Buntokapi würde Lord der Acoma werden. Im stillen fügte sie hinzu: zumindest eine Zeitlang.

»Würde die Lady bitte ihren Kopf etwas zur Seite drehen?« Mara gehorchte; sie war verwirrt von der Wärme, die die Hand der Dienerin auf ihrer Wange ausstrahlte. Ihre eigenen Finger waren eiskalt, als sie an Buntokapi dachte und daran, wie sie mit ihm fertig werden sollte. Der Mann, der als Lord der Acoma den Platz ihres Vaters einnehmen würde, hatte nichts von der Weisheit oder Intelligenz Lord Sezus, und er hatte auch nichts von Lanos Anmut, seinem Charme und seinem unwiderstehlichen

Humor. Während der wenigen offiziellen Gelegenheiten seit seiner Ankunft zur Hochzeitszeremonie hatte Mara Buntokapi beobachtet, und er kam ihr brutal vor, schwerfällig im Verstehen von Feinheiten und nur zu offensichtlich in seinen Leidenschaften. Ihr stockte der Atem, und sie unterdrückte ein Schaudern. Er war nur ein Mann, erinnerte sie sich, und wenn auch ihre Vorbereitung für den Tempeldienst dazu geführt hatte, daß sie weniger über Männer wußte als die meisten anderen Mädchen ihres Alters, so würde sie doch ihren Verstand und Körper einsetzen müssen, um ihn zu kontrollieren. Für das große Spiel des Rates würde sie die Rolle der Ehefrau ohne Liebe eine Zeitlang auf sich nehmen, wie bereits zahllose andere Frauen großer Häuser vor ihr.

Angespannt von ihrer eigenen Entschlossenheit erduldete Mara die Fürsorge der Zofe, während das Treiben und die Rufe jenseits der dünnen Papierwand darauf hindeuteten, daß die Bediensteten die große Halle für die Zeremonie vorbereiteten. Draußen brüllten einige Needras, und Wagen rollten heran, geschmückt mit bunten Fähnchen und Bändern. Die Truppen der Garnison standen in ihren glänzend polierten Rüstungen in Reih und Glied. An ihren Waffen waren Streifen aus weißem Stoff befestigt, um die Freude über die anstehende Vermählung ihrer Herrin auszudrücken. Die Gäste und ihr Gefolge bevölkerten den Weg, ihre Sänften und livrierten Diener bildeten ein Meer aus Farben vor dem verdorrten Gras auf den Feldern. Sklaven und Arbeiter mußten am Tag der Festlichkeiten nicht arbeiten, und ihr heiteres Lachen und fröhlicher Gesang drangen bis zu Mara, die fröstelnd und allein mit ihrer Angst in ihrem Zimmer saß.

Die Dienerinnen strichen die letzte Schleife glatt und drückten die letzte glänzende Strähne an die richtige Stelle. Mit den gelockten Kringeln ihres schwarzen Haares erinnerte Mara an eine Figur aus Porzellan; ihre Wimpern und Brauen waren so fein wie in dem Meisterwerk eines Tempelmalers. »Tochter meines Herzens, Ihr habt niemals hübscher ausgesehen«, bekannte Nacoya.

Mara lächelte mechanisch und stand auf, während die Ankleidefrauen das einfache weiße Gewand von ihrem Körper streiften und sie leicht mit Puder bestäubten, damit ihre Haut während der langen Zeremonie trocken blieb. Andere bereiteten das reichbestickte Seidengewand vor, daß nur für die Bräute der Acoma vorgesehen war. Als die faltigen alten Hände der Frauen das Unterkleid über ihren Hüften und dem flachen Bauch glattstrichen, biß Mara sich auf die Lippen; schon bald würden die Hände Buntokapis ihren Körper berühren, wo immer es ihm gefiel. Gegen ihren Willen brach ihr der Schweiß aus.

»Es wird heute warm werden«, murmelte Nacoya. Ein wissender Schimmer flackerte in ihren Augen, als sie noch etwas mehr Puder dort verstreute, wo Mara ihn benötigen würde. »Kasra, bring deiner Herrin ein Glas kühlen San-Wein. Sie sieht blaß aus, und dabei haben die Aufregungen der Hochzeit noch nicht einmal richtig begonnen.«

Mara holte ärgerlich Luft. »Nacoya, ich bin durchaus in der Lage, den Tag auch ohne Wein zu überstehen.« Sie hielt leicht wütend inne, als die Zofen die Kordeln an ihrer Taille und unterhalb der Brust zubanden und ihr einen Augenblick den Atem nahmen. »Abgesehen davon bin ich sicher, daß Buntokapi für uns beide trinken wird.«

Nacoya verneigte sich mit einer Förmlichkeit, die Mara reizte. »Eine leichte Rötung im Gesicht würde Euch gut stehen, Lady. Aus Schweiß machen sich Ehemänner jedoch gewöhnlich nichts.« Mara entschied sich, die schroffen Worte Nacoyas zu ignorieren. Sie wußte, die alte Amme sorgte sich um das Kind, das sie über alles liebte.

Geschäftige Geräusche von draußen verkündeten, daß ihr Haushalt eifrig damit beschäftigt war, die letzten Vorbereitungen auszuführen. Der Kriegsherr des Kaiserreiches und eine nahezu überwältigende Anzahl geladener Gäste würden sich in einer ihrer Bedeutung entsprechenden Sitzordnung in der großen Halle versammeln. Da die Wichtigsten und Bedeutendsten von ihnen als letzte zu ihren Kissen geführt werden müssen, war allein die Anordnung der Gäste eine komplexe und langwierige Angelegenheit, die weit vor Sonnenaufgang begann. Tsuranische Hochzeiten fanden morgens statt, denn man glaubte, es würde Unglück für das Paar bedeuten, wenn man eine solch wichtige Verbindung vollzog, während der Tag bereits verblaßte. Dies bedeutete jedoch, daß die geladenen Gäste von eher bescheidenem Rang sich bereits vor Tagesanbruch auf den Gütern der Acoma einfanden, einige sogar schon vier Stunden vor Sonnenaufgang. Musiker und Diener unterhielten diejenigen, die als erste Platz nahmen, während die Priester Chochocans das Haus der Acoma segneten. In diesem Augenblick würden sie ihre erlesenen Amtsroben anlegen, und ein roter Priester Turakamus würde außer Sichtweite ein Needra-Kalb schlachten.

Die Dienerinnen hielten das Übergewand hoch, in dessen Ärmel Shatra-Vögel aus seltenem Gold eingearbeitet waren. Mara wandte ihnen dankbar den Rücken zu. Während die Zofen die Schleifen an Ort und Stelle brachten, blieb es Mara erspart, Nacoya dabei zuzusehen, wie sie jede kleine Einzelheit des Kostüms überprüfte. Die alte Amme war merkwürdig und gereizt, seit Mara sich entschieden hatte, Buntokapi die Macht über die Acoma zu überlassen. Daß Mara langfristige Hoffnungen mit diesem Plan verband, konnte Nacoya auch nicht beruhigen, zumindest nicht zu einem Zeitpunkt, da Krieger der Anasati in den Baracken der Acoma untergebracht wurden und einer der größten Feinde großspurig das schönste Gästezimmer des Hauses belegte. Zudem bot Buntokapi mit seiner blechernen Stimme und seinem ungehobelten Benehmen den Bediensteten, die bald alle seinen Launen ausgeliefert sein würden, keinerlei Beruhigung. Sogar sie selbst würde ihm ausgeliefert sein, dachte Mara unbehaglich. Sie versuchte sich ohne Schaudern vorzustellen, wie es mit dem stiernackigen Jungen im Bett sein würde, doch es gelang ihr nicht.

Die Berührung einer Dienerin brachte sie in die Gegenwart

zurück, und sie setzte sich hin, während ihre Füße in juwelenbesetzten Schuhen verschwanden. Andere Zofen schoben smaragdbesetzte Muschelkämme in ihr Haar. Sie war störrisch wie das Needra-Kalb, das zur Opferung in Düfte eingehüllt wurde, damit Turakamu seine Aufmerksamkeit von der Hochzeit abwenden würde, und rief nach einem Musiker, der ihr etwas vorspielen sollte. Wenn sie die endlosen Strapazen des Ankleidens schon erdulden mußte, würde Musik zumindest dabei helfen, allzu trübe Gedanken zu vertreiben. Falls das Schicksal ihr durch die Heirat mit Buntokapi Probleme zugedacht hatte, würde sie das ohnehin früh genug herausfinden. Der Musiker wurde mit verbundenen Augen hereingeführt; kein Mann durfte die Braut sehen, bevor sie ihre Prozession zur Hochzeitszeremonie begonnen hatte. Er setzte sich und spielte eine beruhigende Melodie auf seinem Gikoto, jenem fünfsaitigen Instrument, für das die meisten Musikstücke der Tsurani komponiert wurden.

Als die letzten Schleifen und Knöpfe festgemacht und die letzten Perlenketten an die Manschetten gebunden waren, erhob Mara sich von ihren Kissen. Sklaven mit verbundenen Augen trugen die Festtagssänfte in das Zimmer, und Mara kletterte auf den offenen Palankin, der einzig für die Hochzeiten der Acoma gefertigt worden war. Blumen und Koi-Reben wanden sich um das Gestell, und die Träger hatten Kränze in den Haaren. Als sie die Sänfte auf die Schultern hoben, trat Nacoya zwischen sie und küßte Mara sanft auf die Stirn. »Ihr seht wunderhübsch aus, Mylady – so hübsch wie Eure Mutter an dem Morgen, als sie Lord Sezu heiratete. Ich weiß, es hätte sie stolz gemacht, Euch so sehen zu können, würde sie heute noch leben. Mögt Ihr die gleiche Freude in der Ehe finden wie sie und mit vielen Kindern gesegnet sein, die den Namen der Acoma weitertragen.«

Mara nickte geistesabwesend. Als eine Dienerin vortrat, um die Träger hinauszuführen, hielt der Sänger mitten in seinem Lied inne und wurde unangenehm still. Mit einem Stirnrunzeln tadelte das Mädchen sich für ihre Nachlässigkeit. Sie hatte den

Musiker unhöflich behandelt, indem sie den Raum verließ, ohne ihn vorher zu loben. Während die Träger die Sänfte hinaus auf den leeren Gang trugen, beauftragte Mara schnell ihre alte Amme, dem Mann mit einem kleinen Geschenk seinen Stolz zurückzugeben. Dann verschränkte sie die Finger fest ineinander, um das Zittern zu verbergen, und zwang sich, ab sofort wachsamer zu sein. Ein großes Haus konnte nicht erblühen, wenn sich die Herrin nur mit den gewichtigen Angelegenheiten beschäftigte. In den Fähigkeiten im Umgang mit den belanglosen Alltäglichkeiten des Lebens drückte sich meist jene Haltung aus, der es vergönnt war, den Weg zu wahrer Größe zu finden. So hatte Lord Sezu zumindest immer gemahnt, wenn Lano die Handwerker zugunsten zusätzlicher Übungen mit den Kriegern vernachlässigt hatte.

Mara fühlte sich auf merkwürdige Weise ganz weit weg. Die entfernte Geräuschkulisse von den Vorbereitungen für das Fest und der Ankunft der Gäste verlieh den Korridoren, die völlig menschenleer waren, etwas Gespenstisches. Wo immer sie hinschaute, sie sah niemanden, und dennoch erfüllte die Gegenwart der Leute die Luft. Ohne irgend jemanden gesehen zu haben, erreichte sie den Hauptkorridor, verließ das Haus und kam schließlich in den kleinen Garten. Hier sollte Mara eine Stunde in meditativem Schweigen verharren und sich auf den Abschied aus dem Mädchendasein und die neue Rolle als Frau und Gattin vorbereiten. Wächter in schmuckvoller zeremonieller Rüstung standen rings um den Garten Wache, um sie zu schützen und zu garantieren, daß sie nicht gestört werden würde. Im Gegensatz zu den Trägern hatten sie keine Augenbinden, sondern standen mit den Gesichtern zur Wand. Sie spitzten ihre Ohren bis aufs äußerste und waren extrem wachsam, ohne der Versuchung zu erliegen, durch einen Blick auf die Braut Unglück heraufzubeschwören.

Mara wandte ihre Gedanken von der bevorstehenden Zeremonie ab und versuchte statt dessen, einen Moment der Ruhe zu finden, einen Hauch jener Gelassenheit zu spüren, die sie im Tempel kennengelernt hatte. Anmutig ließ sie sich auf dem Kissen nieder, das auf dem Boden lag, und rückte ihre Gewänder zurecht. Das blasse Gold des frühen Morgens umschmeichelte sie, als sie dem Wasserspiel des Springbrunnens zuschaute. Tropfen formten sich und fielen hinab, jeder einzigartig in seiner Schönheit, bis er mit einem Platschen ins Wasser tauchte. Ich bin wie diese Tropfen, dachte das Mädchen. Die Anstrengungen im Laufe ihres gesamten Lebens würden sich am Ende mit der ewigwährenden Ehre der Acoma verbinden; und ob ihr als Ehefrau Buntokapis nun Glück oder Unglück widerfahren würde, spielte am Ende ihres Lebens keine Rolle – solange der geheiligte Natami im Hain blieb und den Acoma der rechtmäßige Platz unter der Sonne gewährt wurde – der nicht vom Schatten eines anderen Hauses bedroht war.

Sie neigte ihren Kopf und betete in der frischen Morgenstille in aller Aufrichtigkeit zu Lashima, weder wegen der verlorenen Tage ihrer Mädchenzeit noch wegen des Friedens, den sie einst durch den Tempeldienst zu erreichen gehofft hatte. Sie bat vielmehr um die Kraft, den Feind ihres Vaters als Ehemann annehmen zu können, damit der Name der Acoma sich im Spiel des Rates wieder laut erheben könnte.

Sieben

Hochzeit

Nacoya verneigte sich tief.

»Mylady, es ist Zeit.«

Mara öffnete die Augen; ihr war viel zu warm für diese Tageszeit. Die Kühle des frühen Morgens war noch nicht gewichen, und doch engte das Kostüm sie bereits ein. Sie sah Nacoya an, die neben der blumengeschmückten Sänfte stand. Nur noch einen kleinen Augenblick, dachte Mara bittend. Doch sie wagte es nicht, länger zu bleiben. Diese Hochzeit würde ohnehin schwierig genug werden, und sie wollte nicht ein zusätzliches schlechtes Omen heraufbeschwören, indem sie riskierte, daß die Zeremonie nicht wie vorgeschrieben gegen Mittag abgeschlossen war. Mara erhob sich ohne fremde Hilfe und stieg wieder in die Sänfte. Sie gab mit einem Wink zu verstehen, daß sie bereit war, und Nacoya sprach mit den Trägern. Die Sklaven nahmen die Augenbinden ab, denn jetzt begann der offizielle Hochzeitszug. Als wären sie eins, drehten sich die am Rand des Gartens Wache stehenden Krieger um und salutierten ihrer Herrin, als die Träger die Sänfte aufnahmen und langsam ihren Weg zu dem festlichen Podest begannen.

Die nackten Füße der Sklaven hinterließen kein Geräusch, während sie Mara in die geflieste Halle des Herrenhauses trugen. Keyoke und Papewaio warteten am Eingang; sie ließen sie passieren und folgten dann in angemessener Entfernung. In den offenen Türen entlang der Halle hatten sich Bedienstete aufgestellt und streuten Blumen aus, die der Braut Freude und Gesundheit während der Schwangerschaften bescheren sollten. Zwischen den Türen standen ihre Krieger an den Wänden, und jeder einzelne von ihnen salutierte ihr voller Inbrunst. Einige konnten nicht verhindern, daß ihre Augen feucht wurden. Diese Frau war für sie mehr als einfach nur ihre Herrin; denen, die Graue Krieger gewesen waren, hatte sie gegen jede Erwartung ein neues Leben geschenkt. Mara mochte wohl die Loyalität, die die Krieger ihr entgegenbrachten, auf Buntokapi übertragen, doch ihre Liebe würde immer ihr gehören.

Die Träger blieben vor den geschlossenen Türen der Festhalle stehen, während zwei Mädchen, die für die Dauer dieses Ereignisses einzig Chochocan dienten, einen farbigen Schleier an Maras Kopfbedeckung befestigten. Dann legten sie einen aus Schleifen, Shatra-Federn und Thyza-Schilfrohr gebundenen Kranz in ihre Hände, um die gegenseitige Durchdringung von Geist und Fleisch, von Erde und Himmel sowie die heilige Verbindung von Mann und Frau zu symbolisieren. Mara hielt den Kranz nur mit leichtem Druck fest, denn sie fürchtete, daß ihre feuchten Handinnenflächen die Seidenschleifen beflecken könnten. Die braunweiß gesprenkelten Federn der Shatras verrieten ihr Zittern, als vier vornehm gekleidete Mädchen sich dicht um die Sänfte stellten. Es waren Töchter von Verbündeten der Acoma, Freundinnen, die Mara noch aus ihrer Kinderzeit kannte. Ihre Väter mochten zu anderen Zeiten aus politischen Gründen Abstand wahren, doch an diesem Tag waren die Mädchen wieder ihre geliebten Freundinnen. Trotzdem vermochte auch ihr warmherziges Lächeln, während der Hochzeitszug sich formierte, Maras Beklommenheit nicht zu mildern. Sie würde die große Halle als Herrscherin der Acoma betreten, doch sie würde sie als Ehefrau Buntokapis verlassen, eine Frau wie all die anderen Frauen, keine Erbinnen, sondern nur Schmuckstücke, die dazu dienten, die Ehre und Annehmlichkeit ihres Herrn zu vermehren. Eine kurze Zeremonie vor dem Natami im Heiligen Hain, und sie würde keinen Rang mehr innehaben, außer dem, der ihr durch die Gnade ihres Mannes zufiel.

Keyoke und Papewaio zogen an den hölzernen Türgriffen,

und die bemalten Holzflächen glitten geräuschlos zur Seite. Ein Gong erklang. Musiker spielten auf Schilfrohrpfeifen und Flöten, und die Träger marschierten los. Mara zwinkerte mit den Augen, kämpfte gegen ihre Tränen an. Sie hob den verschleierten Kopf, als sie an den höchsten Würdenträgern der größten Familien des Kaiserreiches vorbeigetragen wurde. Die Zeremonie, die ihr Schicksal mit dem von Buntokapi von den Anasati verbinden würde, war jetzt nicht mehr aufzuhalten.

Durch den farbigen Schleier erschienen Mara die versammelten Gäste wie Schatten. Die hölzernen Wände und Flure rochen nach frischem Wachs und Harz, und der Geruch vermischte sich mit dem Duft der Blumen. Die Sklaven trugen sie zum Podest und setzten die Sänfte auf der untersten der beiden Stufen ab. Dann zogen sie sich zurück, während Mara vor den Füßen des Hohepriesters von Chochocan und dreier Akolythen wartete. Die Mädchen, die sie begleiteten, ließen sich auf Kissen neben den Stufen nieder. Benommen von der Hitze und dem nahezu überwältigenden Rauch aus dem Rauchfäßchen des Priesters befahl sie sich, ruhig weiterzuatmen. Obwohl sie nicht über das Podest des Priesters hinaussehen konnte, wußte sie, daß entsprechend der Tradition gleichzeitig mit ihr auf der entgegengesetzten Seite Buntokapi die Halle betreten hatte, in einer Sänfte, deren papierne Dekorationen Waffen und Rüstungen symbolisierten. Jetzt saß er auf der gleichen Stufe wie sie, allerdings rechts vom Priester. Seine Gewänder waren ebenfalls kostbar und wertvoll gearbeitet, doch sein Gesicht war hinter einer gewaltigen Maske aus Federn verborgen, die von irgendeinem seit langem verstorbenen Ahn der Anasati nur für Hochzeiten hergestellt worden war.

Der Hohepriester hob seine Arme, drehte die Handflächen gen Himmel und intonierte den einleitenden Gesang: »Am Anfang war nichts als Macht in den Gedanken der Götter. Am Anfang formten sie mit ihrer Macht Dunkelheit und Licht, Feuer und Luft, Land und See, und erst ganz zum Schluß den Mann und die Frau. Am Anfang erschufen die getrennten Körper von Mann und Frau die Einheit des göttlichen Gedankens, der sie erschaffen hatte, von neuem, und Kinder wurden gezeugt und geboren, um die Macht der Götter zu rühmen. An diesem Tag, wie zu Beginn, sind wir versammelt, um die Einheit des göttlichen Willens zu bezeugen – durch die Verbindung der irdischen Körper dieser jungen Frau und dieses jungen Mannes.«

Der Priester ließ seine Hände sinken. Ein Gong erklang, und einige Jungen sangen eine Passage, die die Dunkelheit und das Licht der Erschaffung beschrieb. Dann standen die versammelten Gäste unter lautem Quietschen ihrer Sandalen und dem Rascheln von Seide, Brokat, Perlen und juwelenbesetzten Federn auf.

Der Priester fuhr mit dem Gesang fort, während Mara den Drang bekämpfte, die Hand unter den Schleier zu schieben und sich an der Nase zu kratzen. Der Prunk und der formelle Charakter der Zeremonie erinnerten sie an ein Ereignis ihrer Kindheit, als sie und Lano von einer ähnlich großen Hochzeit wie der, die sie soeben erdulden mußte, nach Hause zurückgekehrt waren. Als Kinder hatten sie oft Braut und Bräutigam gespielt; Mara pflegte dann ihre Haare mit Akasi-Blumen zu schmücken und sich auf die von der Sonne gewärmten Bretter eines Thyza-Wagens zu setzen, während Lanos Hochzeitsmaske aus gebackenem Schlamm mit Lehm und Federn bestand. Der »Priester« war ein betagter Sklave gewesen, dem sie so lange zugesetzt hatten, bis er sich zu diesem Anlaß ein Bettuch umgehängt hatte. Traurig verkrampfte Mara ihre Finger; der Festkranz in ihren Händen war dieses Mal Wirklichkeit, nicht die aus Gräsern und Reben geflochtene Einbildung eines Kindes. Hätte Lanokota noch gelebt und an der Feier teilgenommen, er hätte sie geneckt und ihr Glück gewünscht. Aber Mara wußte, daß er innerlich geweint hätte.

Der Priester setzte jetzt zu einer anderen Passage an, und der Gong ertönte. Die Gäste nahmen wieder auf ihren Kissen Platz, und der Akolyth zündete auf dem Podest die Kerzen an. Ihr schwerer Duft erfüllte die Halle, während der Hohepriester die Tugenden der Ersten Ehefrau wiedergab. Jedesmal, wenn er mit einer fertig war – Keuschheit, Gehorsamkeit, Wohlerzogenheit, Reinlichkeit und Fruchtbarkeit – beugte Mara sich nach unten und berührte mit der Stirn den Boden. Wenn sie sich wieder aufrichtete, entfernte ein Akolyth mit gefärbten Händen und Füßen die Schleier, den weißen für die Keuschheit, den blauen für die Gehorsamkeit und den rosafarbenen für die Wohlerzogenheit, bis nur noch ein dünner grauer Schleier für die Ehre der Acoma übrigblieb.

Der gazeartige Stoff kratzte immer noch, aber immerhin konnte Mara jetzt ihre Umgebung erkennen. Die Anasati saßen auf der Seite des Bräutigams, so wie die Gefolgschaft der Acoma hinter Mara saß. Die anderen Gäste hatten entsprechend ihrer Bedeutung Platz genommen. Am hellsten schimmerte das weißgoldene Gewand des Kriegsherrn, der dem Podest am nächsten saß. An seiner Seite saß seine Frau in scharlachrotem Brokat, in das türkisfarbene Federn eingenäht waren. Doch zwei Männer stachen in ihren tiefschwarzen Gewändern aus der Mitte des farbenfrohen Reigens heraus wie zwei Nachtvögel, die sich in einem Blumenbeet ausruhen. Es waren zwei Erhabene aus der Versammlung der Magier, die Almecho zur Hochzeit des Sohnes seines alten Freundes begleitet hatten.

Als nächstes in der Rangordnung hätten die Minwanabi folgen müssen, doch die Blutfehde zwischen den Minwanabi und den Acoma entschuldigte das Fehlen Jingus, ohne daß eine Beleidigung seitens der Anasati damit verbunden gewesen wäre. Nur bei einem Staatsakt wie der Krönung des Kaisers oder der Geburtstagsfeier des Kriegsherrn würden sich die beiden Familien ohne Auseinandersetzung begegnen können.

Hinter der Gefolgschaft des Kriegsherrn erkannte Mara die Lords der Keda, der Tonmargu und der Xacatecas; sie waren es, die zusammen mit Almechos Oaxatucan und den Minwanabi die

Fünf Großen Familien bildeten, die mächtigsten im ganzen Kaiserreich. In der nächsten Reihe saß Lord Kamatsu von den Shinzawai zusammen mit seinem zweiten Sohn Hokanu, der inzwischen ein gutaussehendes Profil besaß. Wie die Acoma und die Anasati wurden die Shinzawai in der Rangordnung nur von den Fünf Großen Familien übertroffen.

Mara biß sich auf die Lippe, und die Blätter und Federn ihres Hochzeitskranzes zitterten. Über ihr dröhnte noch immer der Priester; jetzt beschrieb er die Tugenden des Ersten Ehemannes, während die Akolythen die Papierschwerter an Buntos Sänfte mit Perlenketten behängten. Mara sah, wie die roten und weißen Federn seiner Hochzeitsmaske nach unten tauchten, wenn er jede Eigenschaft einzeln anerkannte: Ehre, Kraft, Weisheit, Männlichkeit und Güte.

Wieder ertönte der Gong. Der Priester sprach gemeinsam mit den Akolythen ein Segensgebet. Schneller, als Mara es für möglich gehalten hätte, standen die Mädchen neben der Sänfte auf und halfen ihr beim Aussteigen. Auch Bunto erhob sich, und mit dem Priester und den Akolythen zwischen ihnen verließen sie das Podest und verbeugten sich vor den versammelten Gästen. Dann schritt das Brautpaar in Begleitung von Buntokapis Vater, dem Lord der Anasati, und Nacoya als Erster Beraterin der Acoma sowie dem Priester und den Akolythen aus der Halle und über den Hof zum Eingang des Heiligen Hains.

Dort nahmen die Diener Mara und Buntokapi die Sandalen ab, so daß ihre Füße in Kontakt mit der Erde und so auch den Ahnen der Acoma standen, während die Herrin das Recht zu herrschen an ihren zukünftigen Ehemann übergab. Inzwischen stand die Sonne hoch am Himmel, und auch das letzte bißchen Tau war verdunstet. Die Wärme auf den Steinplatten des Weges fühlte sich unwirklich unter Maras Fußsohlen an, und das helle Vogelgezwitscher vom Ulo-Baum erschien wie das Bruchstück aus einem Kindertraum. Nacoyas Griff an ihrem Arm jedoch war ziemlich fest und kein Tagtraum. Der Priester stimmte ein neues Gebet an, und sie spürte, wie sie plötzlich mit Buntokapi vorwärts ging, eine juwelenbesetzte Puppe an der Seite des sich auftürmenden Federschmucks seiner Hochzeitsmaske. Der Priester verbeugte sich vor seinem Gott und folgte dem Pärchen in den Hain, während er die Akolythen, den Lord der Anasati und die Erste Beraterin der Acoma zurückließ.

Mara folgte verkrampft ihrer vorgeschriebenen Rolle und traute sich nicht zurückzuschauen; hätte das Ritual es erlaubt, ihr Blick wäre auf Nacoyas Tränen gefallen.

Die kleine Gruppe trat aus dem behaglichen Schatten des alten Ulo-Baums und schritt im Sonnenlicht an blühenden Büschen vorbei, durch kleine Tore hindurch und über geschwungene Stege hinweg zum Natami der Acoma. Mit hölzernen Schritten wiederholte Mara den Weg, den sie bereits vor nicht allzu vielen Wochen gegangen war, um ihren Vater und ihren Bruder zu betrauern. Sie verscheuchte jetzt die Gedanken an sie, in der Furcht, ihre Schatten könnten es mißbilligen, daß sie einen Feind heiratete, um ihr Erbe zu retten. Sie blickte auch den Mann an ihrer Seite nicht an. Seine schlurfenden Schritte verrieten, daß er nicht vertraut mit dem Weg war, und sein Atem kam leicht keuchend hinter dem hellen Antlitz der rot und golden bemalten Nase hervor. Die Augen seiner Maske blickten in starrem Ernst nach vorn, doch die Blicke des Mannes schossen hin und her und saugten alles in sich auf, was ihm schon bald rechtmäßig als Lord der Acoma gehören würde.

Ein Glöckchen läutete leise und forderte das Paar zur stillen Meditation auf. Mara und ihr Bräutigam verbeugten sich vor dem Gott, der auf das Zeremonientor gemalt worden war, und blieben ein Stück dahinter am Rand eines kleinen Teiches stehen. Die Spuren des Attentäters waren längst beseitigt worden und entweihten das grasige Ufer nicht mehr; doch die Priester von Chochocan hatten ein Dach errichtet, das einen Schatten über den uralten Natami warf. Nach einer Reihe von Gebeten und besinnlichen Gedanken erklang wieder das Glöckchen. Der Priester trat vor und legte seine Hände auf die Schultern von Braut und Bräutigam. Er segnete das Paar, besprenkelte sie mit Wasser aus dem Teich und wartete dann schweigend, während die beiden ihre Gelübde ablegten.

Mara zwang sich zur Ruhe, doch niemals zuvor war ihr diese Übung, die sie von den Schwestern Lashimas gelernt hatte, so schwer gefallen. Unter größter Mühe sprach sie mit fester Stimme die Worte, mit denen sie ihr ererbtes Geburtsrecht auf die Herrschaft über die Acoma widerrief. Sie schwitzte, blieb aber stark und hielt sich aufrecht, als der Priester den grünen Schleier abnahm und in der Kohlenpfanne am Teich verbrannte. Er benetzte seinen Finger, tauchte ihn in die warme Asche und malte Zeichen auf Buntos Handflächen und Füße. Dann kniete Mara sich nieder und küßte den Natami. Sie preßte ihren Kopf gegen die Erde, in der die Gebeine ihrer Ahnen lagen, während Buntokapi von den Anasati schwor, sein Leben, seine Ehre und seinen ewigen Geist dem Namen der Acoma zu widmen. Dann kniete er sich neben Mara nieder, die das Ritual mit einer Stimme beendete, die einer Fremden zu gehören schien.

»Hier ruht der Geist von Lanokota, meinem Bruder; Lord Sezu, meinem Vater; Lady Oskiro, meiner Mutter – mögen sie meine Worte bezeugen. Hier liegt der Staub meiner Großväter Kasru und Bektomachan und meiner Großmütter Damaki und Chenio – mögen sie meine Taten bezeugen.« Sie holte tief Luft und gab ohne Stocken oder Fehler die lange Liste ihrer Ahnen wieder, bis zurück zum Patriarchen der Acoma, Anchindiro, einem einfachen Soldaten, der fünf Tage gegen Lord Tiro von den Keda in einem Duell gekämpft hatte, bevor er die Hand seiner Tochter und den Titel eines Lords gewinnen konnte – wodurch seine Familie auf den zweiten Platz nach den Fünf Großen Familien des Kaiserreiches gelangt war. Selbst Buntokapi nickte respektvoll, denn trotz der außerordentlichen Macht seines Vaters reichte die Blutslinie der Anasati nicht so weit zurück wie die der Acoma. Schweiß rann Maras Nacken hinab. Mit Fingern, die erstaunlicherweise nicht zitterten, pflückte sie eine Blume aus ihrem Kranz und legte sie vor dem Natami nieder – ein Zeichen dafür, daß ihr Fleisch eines Tages wieder zu Erde werden würde.

Das Glöckchen erklang noch einmal; es war ein klagender Ton. Der Priester stimmte ein weiteres Gebet an, und Bunto sprach die vom Ritual vorgesehenen Worte, und er ritzte dann sein Fleisch, bis etwas Blut floß und auf den staubigen Boden tropfte. Mit der Bindung der Ehre, die fester war als die des Fleisches und früherer Verwandtschaft, fester sogar als die Erinnerung der Götter, nahm Buntokapi die Herrschaft als Lord der Acoma an. Der Priester entfernte die rot-goldene Hochzeitsmaske der Anasati; und der dritte Sohn des Feindes der Acoma verbeugte sich und küßte den Natami. Mara warf einen Blick zur Seite und sah, wie ihr Ehemann seine Lippen zu einem arroganten Lächeln verzog. Dann verfinsterte sich seine Miene, als der Hohepriester von Chochocan die grüne Hochzeitsmaske der Acoma über die Schultern des neuen Lords streifte.

Mara konnte sich später nicht mehr daran erinnern, wie sie aufgestanden war. Den Weg zurück zum Eingang des Hains nahm sie nur verschwommen war, als wäre es ein Traum, flüchtig wie Vogelgezwitscher. Bedienstete warteten auf sie, wuschen ihre erdverschmutzten Füße und zogen ihr die juwelenbesetzten Sandalen wieder an. Mara ließ es über sich ergehen, während der Lord der Anasati sich formell vor seinem Gastgeber, dem neuen Lord der Acoma, verneigte. Sie weinte auch nicht, als Nacoya ihren Platz einen Schritt hinter Buntokapi einnahm. Benommen von dem Sonnenlicht, das das Gewand des Priesters hell aufblitzen ließ, folgte sie ihnen in die große Halle, um den formellen Teil der Hochzeitszeremonie zu Ende zu führen.

In der Halle war es mittlerweile warm geworden. Die edlen Damen wedelten sich mit Fächern aus bemalten Federn Luft zu, und die Musiker, die sie unterhalten hatten, wischten ihre schwitzenden Fingerspitzen an den Instrumenten ab, als die Bediensteten dem Bräutigam und der Braut in ihre Sänften halfen und sie dann ganz auf das Podest emporhoben, auf dem der Hohepriester und seine Akolythen warteten. Der Priester war jetzt in ein kostbares Obergewand mit Pailletten aus Silber, Gold und Kupfer gekleidet und verkörperte das nimmermüde Auge von Chochocan, dem Guten Gott. Der Gong dröhnte, als er seine Arme über der Brust kreuzte, und ein Junge und ein Mädchen stiegen auf das Podest. Beide trugen einen Käfig aus Schilfrohr, in dem zwei Kiri-Vögel hockten, ein Männchen und ein Weibchen. Ihre schwarzweiß gefleckten Flügelspitzen waren im Grün der Acoma gefärbt.

Der Priester segnete die Vögel, und Akolythen übernahmen die Käfige. Dann holte er den Elfenbeinstab, das Zeichen seiner Amtswürde, hervor und rief seinen Gott herbei, um die Heirat von Buntokapi und Mara zu segnen. Es wurde still in der Halle, und auch die Fächer in den Händen der Frauen schwiegen. Sie alle, von den geringsten Grundbesitzern bis zum Kriegsherrn in seinem edelsteinbesetzten Gewand reckten ihre Hälse, als der Priester mit dem Stab gegen die Käfige klopfte.

Das Schilfrohr ging etwas auseinander und gab den Vögeln die Möglichkeit, fortzufliegen – entweder in Freude vereint, was als Omen für eine gute Verbindung gedeutete wurde, oder getrennt, zum großen Jammer des Paares auf den Sänften. So kam Chochocans Gunst große Bedeutung zu.

Nacoya schloß die Augen; ihre alten Hände hielten krampfhaft ein Amulett unter ihrem Kinn fest. Bunto verbarg seinen Gesichtsausdruck hinter der in grellen Farben bemalten Maske, doch seine Braut starrte leer in die Ferne; sie sah nichts, als hätte das Ritual im Hain jedes weitere Interesse beiseite geschoben.

Der Gong erklang, und Diener schoben die Papierläden an den Wänden der Halle zur Seite. »Diese Hochzeit sei gesegnet im Angesicht des Himmels«, intonierte der Priester.

Die Akolythen klopften gegen die Käfige, versuchten die Vögel von den Stangen zu drängen. Das Weibchen zwitscherte ärgerlich und schlug mit den Flügeln, während das Männchen sich in die Luft schwang und über der Menge kreiste, um nach einer Weile wieder zu seiner Partnerin zurückzukehren. Er versuchte auf der Stange zu landen, die dem Weibchen am nächsten war, doch sie plusterte sich auf, schlug wütend mit den Flügeln um sich und hackte erbarmungslos nach ihm. Das Männchen zog sich zunächst zurück, doch dann näherte es sich erneut; schließlich schoß das Weibchen in die Luft, ihre gefärbten Flügelspitzen ein Schimmer von Grün. Mit einem lauten Schrei flog sie in die Freiheit, wurde schnell kleiner und verblaßte schon bald im Sonnenlicht. Das Männchen hielt sich an der verlassenen Stange fest. Es plusterte sich auf und schüttelte verärgert den Schnabel. Erwartungsvolle Stille herrschte in der Halle, während er seinen Schwanz putzte und anschließend zur Spitze des Käfigs hüpfte, um sich dort zu erleichtern. Nach einer anstrengenden Minute winkte der Hohepriester mit einer knappen, aber deutlich irritierten Handbewegung einen Akolythen herbei, der das Männchen sichtlich verlegen davonscheuchte. Alle Augen hingen an ihm, als er träge über ihnen kreiste und sich gleich jenseits der geöffneten Tür in ein Blumenbeet fallen ließ, wo er nach Larven pickte.

Ein Rauschen von Brokat und Federn ging wie eine Welle durch die Versammlung. Der Hohepriester räusperte sich; der Stab in seiner faltigen Hand hing schlaff herab. Nach einem Blick auf Buntokapi, der mit steifem Rücken dasaß, meinte er schließlich: »Preiset die Güte Chochocans und achtet auf seine Lektion. Unter seiner Führung mag dieses Paar Gnade, Verständnis und Vergebung finden.« Er räusperte sich wieder. »Das Omen zeigt uns, daß eine Hochzeit Diplomatie erfordert, denn als Mann und Frau müssen dieser Lord und diese Lady nach Einheit streben. Das ist der Wille der Götter.«

Eine angespannte Pause folgte, in der die Akolythen und die Gäste darauf warteten, daß der Priester fortfuhr. Schließlich wurde offenbar, daß er nichts mehr hinzufügen würde, und der Gong erklang. Ein Diener nahm Buntokapi die Hochzeitsmaske ab. Er sah Mara an, die benommen schien; doch über ihren leicht zusammengekniffenen Augen zeigte sich die kaum wahrnehmbare Andeutung eines Stirnrunzelns.

»Tauscht jetzt die Kränze aus«, befahl der Priester, als wäre er besorgt, daß das Paar es vergessen könnte.

Bunto neigte seinen Kopf nach unten, und Mara drückte den etwas verwelkten Festkranz auf seine dunklen Haare. Als er sich wieder aufrichtete, verrutschte er ein wenig, und sie roch Wein in seinem Atem, als er sich vorbeugte, um nun seinerseits sie zu krönen.

Die Falten auf Maras Stirn vertieften sich; das Ritual verlangte, daß während der Zeit, die sie zum Nachdenken im Garten verbracht hatte, der Bräutigam mit seinen unverheirateten Freunden einen kleinen Schluck Wein trank, um auch ihnen Glück und baldige Heirat zu wünschen. Es schien jedoch, daß Bunto und seine Kameraden gleich eine ganze Festtagsflasche geleert hatten; möglicherweise sogar noch ein oder zwei mehr. Verärgert über diese Taktlosigkeit hörte Mara kaum zu, als der Priester sie für die Dauer ihres sterblichen Lebens zu Mann und Frau erklärte. Auch das Ende der Zeremonie drang erst zu ihr, als die Gäste laut zu jubeln begannen und Glücksbringer aus sorgfältig gefaltetem Papier in einem farbenfrohen Wirbelwind über Braut und Bräutigam niederregnen ließen.

Mara brachte ein mechanisches Lächeln zustande. Jetzt kam der Augenblick, da jeder Gast das Hochzeitsgeschenk präsentierte – in Form eines handwerklichen Gegenstands, eines Gedichts oder einer musikalischen Komposition. Einige dieser Geschenke oder Vorführungen von den großen Lords und den politisch Einflußreichen des Kaiserreichs würden von außerordentlicher Qualität und teuer sein. Es ging das Gerücht, daß der Kriegsherr eine ganze Theatergruppe mitgebracht hatte, mitsamt Kostümen und Bühne. Aber diese Vorführung würde erst in ein paar Tagen stattfinden, da die Reihenfolge bei den Rangniederen begann.

Buntokapi pickte einen der Papierglücksbringer von seinem Gewand. Er wollte sich die Langeweile der ersten Darstellungen ersparen und erklärte, sich erleichtern und bequemere Kleider anziehen zu müssen. Wie es der Brauch wollte, konnte er mit seiner Braut erst dann schlafen, wenn der letzte Gast sein Geschenk abgeliefert hatte; und das schwere Hochzeitskleid verbarg zuviel von ihr, als daß es nicht ein besserer Zeitvertreib sein würde, den Sklavenmädchen nachzugaffen.

Mara nickte ihrem Herrn höflich zu. »Ich werde hierbleiben, mein Gemahl, damit auch die geringsten unserer Gäste die Dankbarkeit der Acoma für ihre Geschenke erfahren.«

Buntokapi rümpfte die Nase; er glaubte, daß sie ihn absichtlich mied. Er würde sich ihr später widmen; in der Zwischenzeit wartete ein Fest mit guter Musik und Getränken auf ihn. Und er würde zum ersten Mal zusehen dürfen, wie seine Brüder sich vor ihm verbeugten, denn er war jetzt Lord der Acoma. Er lächelte unter dem schiefen Hochzeitskranz und forderte seine Sklaven mit einem leichten Händeklatschen auf, ihn aus der Halle zu tragen.

Mara blieb zurück, obwohl die meisten der Hochzeitsgäste dem Beispiel des Lords folgten. Die Sonne stand jetzt hoch am Mittagshimmel, und über den entfernten Needra-Weiden flimmerte bereits die Hitze. Die ranghöchsten Gäste begaben sich in ihre Gemächer und schickten ihre Bediensteten fort, um sich kühle Getränke und frische Kleidung bringen zu lassen. Dann tauchten sie wie buntschillernde Vögel wieder auf, um sich bis zur Ankunft des kühleren Abends an aromatisiertem Eis, gekühlten Jomach-Früchten und San-Wein zu ergötzen.

Die rangniedersten Gäste hingegen blieben in der stickigen Enge der Halle sitzen, während gemietete Darsteller oder ein talentiertes Familienmitglied als Geschenk für das verheiratete Paar etwas vorspielten, sangen, oder vortrugen. Bei kleineren Hochzeiten wohnten die Braut und der Bräutigam aus Höflichkeit den ersten Darbietungen bei; in größeren Häusern waren die wirklich aufsehenerregenden Ereignisse erst sehr spät zu erwarten, so daß die Brautpaare sich häufig zurückzogen und die Vorführungen des ersten Tages hauptsächlich der Erheiterung der Bediensteten dienten, die nicht arbeiten mußten.

Doch Mara war die gesamte erste Runde der Vorstellungen anwesend und sah einem Jongleur zu, der als Komödiant erfolgreicher war, zwei Sängern, einem Zauberkünstler – dessen Magie ausschließlich aus Taschenspielertricks bestand – und einem Poeten, dessen eigener Herr während seines Vortrags vernehmlich schnarchte. Nach jeder Vorführung applaudierte Mara höflich, und wenn sie die Darbietung auch nicht besonders auszeichnete, indem sie ein paar der Blumen von der Sänfte hinunterwarf, so wartete sie doch höflich die Pause ab. Diejenigen Darsteller, die danach folgen würden, warteten ein wenig angespannt; sie waren überzeugt, daß sie die Pause nutzen würde, um zum Fest aufzubrechen. Doch Mara ließ nicht die Sänftenträger kommen, sondern beauftragte ihre Dienerin, ein Tablett mit einigen Erfrischungen zu bringen. Die Gäste murmelten überrascht.

Der fette Händler aus Sulan-Qu in der ersten Reihe errötete und versteckte sich hinter dem Fächer seiner Frau. Selbst in seinen kühnsten Träumen hätte er nicht daran zu glauben gewagt, daß die Lady der Acoma beim Flötenspiel seines Sohnes anwesend sein würde. Der Junge mußte ein fürchterliches Gehör haben, doch seine Mutter blühte auf vor Stolz. Mara blieb auf dem Podest und nippte an dem kühlen Jomach-Saft. Sie nickte liebenswürdig, als sich der junge Flötenspieler verbeugte und floh; beinahe stolperte er in seiner Eile, den Weg für den nächsten Auftritt frei zu machen. Mara lächelte dem verlegenen Vater und seiner Frau zu, und sie begriff, daß sie zwar die Langeweile solcher Musik hatte ertragen müssen, dafür aber den Händler und seine Familie jederzeit um einen Gefallen würde bitten können.

Pantomimen, ein Mann mit dressierten Hunden, ein singender Liendi-Vogel und zwei weitere Poeten – die Herrin zeigte keine Ungeduld. Sie belohnte den zweiten Poeten mit einer Blume, die sie geschickt in seinen Hut warf. Dann trat ein Maler auf, der sie mit seinen komischen Zeichnungen von Needra-Bullen, die es auf Krieger abgesehen hatten, zum Lachen brachte. Als sie in der zweiten Pause die Dienerinnen beauftragte, ihr äußeres Gewand fortzunehmen, um es sich in der Mittagshitze bequemer zu machen, murmelte auch der rangniederste Gast, daß diese Lady von einer im Kaiserreich bisher unbekannten Großzügigkeit wäre. Die Darsteller spürten ihr Interesse und hauchten ihren Darbietungen neues Leben ein. Als die Herrin schließlich Bedienstete beauftragte, Erfrischungen zu verteilen und unter den bereits Angehörten kleine Dankesgaben zu verteilen, gaben sich die Anwesenden weit weniger steif. Der Wein machte sich bemerkbar, und kühnere Zungen flüsterten, daß die Lady in Ordnung wäre und die Ehre ihrer Ahnen verdiente.

Mara schnappte einige dieser Bemerkungen auf und lächelte sanft. Als die dritte Pause begann, bat sie ihre Dienerinnen, den beengenden Kranz fortzunehmen und die langen Haare frei über den Rücken fallen zu lassen. Während der Hochzeitskranz auf ihren Knien verwelkte, lehnte sie sich zurück, um die nächste Runde anzuschauen, und zur Freude all derer, die ihr zum Vergnügen etwas vorführten, auch die übernächste. Als der Nachmittag sich in die Länge zog, nahm die Hitze in der Halle zu; jetzt kamen auch andere Gäste herbei, um nachzusehen, was die Lady der Acoma solange festhielt.

Bei Sonnenuntergang tauchte der Bräutigam auf; sein Schritt war etwas unsicher und seine Stimme viel zu laut. Mit durchdringender Fahne von dem vielen San-Wein trat er auf das Podest und verlangte Auskunft von seiner Frau, weshalb sie so lange in dieser Halle herumtrödelte; der Kriegsherr und andere Gäste feierten bereits, und es sah doch ganz sicherlich so aus, als würde sie diese meiden, wenn sie statt dessen gewöhnliche Sänger und Darsteller niederen Ranges angaffte!

Mara neigte ihren Kopf in unterwürfigem Schweigen; dann blickte sie ihrem Ehemann in die Augen. Er roch nach Alkohol und Schweiß, aber dennoch brachte sie ein Lächeln zustande. »Mylord, als nächster wird der Poet Camichiro etwas vortragen, und wenn auch sein Werk noch zu neu ist, um bekannt zu sein, so eilt dem Lord der Teshiro doch der Ruf voraus, Genies frühzeitig erkennen zu können. Warum bleibt Ihr nicht und feiert die Entdeckung eines neuen Talents mit uns?«

Bunto straffte sich. Er kreuzte die Arme, ungeachtet der Weinflecken auf seiner linken Manschette. Er grunzte. Nicht nur stand er einer sich unschuldig gebenden Frau gegenüber, deren Kleidung jede Sicht auf das verhinderte, was darunter lag, sondern er wurde auch von dem deutlich aufwallenden Stolz Camichiros und Lord Teshiros überrumpelt. Dem Lob seiner Frau zu widersprechen wäre ziemlich schlechter Stil gewesen. Er war nüchtern genug, um sich zusammenzureißen, bevor er das Risiko einging, in seinen Pflichten als Gastgeber zu fehlen, und verneigte sich ebenfalls. »Ich werde für die schönen Künste später noch Zeit finden. Andere Gäste haben das Spiel Chiro begonnen, und ich habe auf den Gewinner gesetzt.«

Der Lord der Acoma verließ die Halle. Seine Braut rief Bedienstete herbei, um eine neue Runde Wein für die Darsteller bringen zu lassen. Indem sie gegen den ausdrücklichen Wunsch ihres Bräutigams noch dort blieb, gewann sie die Bewunderung ihrer unwichtigsten Gäste. Am lautesten lobten sie der Händler und sein Sohn, der unbeholfene Flötenspieler, dicht gefolgt von der überschwenglich bemalten Frau des Poeten Camichiro. Unter den Gewöhnlichen in Sulan-Qu war es kein Geheimnis, daß sie die Geliebte von Lord Teshiro und der Schutz ihrer Familie allein ihrem frechen Charme zu verdanken war.

Der Sonnenuntergang brach an, und die Shatra-Vögel erhoben sich in die Lüfte. Die Versammlung der Hochzeitsgäste zog sich bis zum nächsten Tag zurück, während die Köche exotische Gerichte zubereiteten und mit Glückssymbolen aus Papier schmückten. Laternen wurden entzündet, Musiker spielten, und bei Einbruch der Nacht führten Jongleure Kunststücke mit Feuer vor. Mara saß an der Seite ihres Ehemannes, bis er händeklatschend einige Sklavenmädchen aufforderte, einen Schleiertanz aufzuführen. Diese Gelegenheit nutzte die Lady der Acoma, um sich erschöpft in ein eigens dafür errichtetes Hochzeitszelt aus bemaltem Papier zurückzuziehen, wo sie sich entkleidete, badete und eine lange Zeit wach in ihrem Bett lag.

Der Morgen dämmerte staubig und trocken, und kein Lüftchen wehte. Die Bediensteten hatten die ganze Nacht hindurch mit den Vorbereitungen zu einem weiteren Festtag verbracht, und die frisch gewässerten Akasi-Blumen blühten, während die Gärtner jetzt in Kitteln das Gemüse für die Köche schnitten. Mara stand auf und hörte durch die dünne Papierwand, die ihre Hochzeitshütte trennte, ihren Ehemann grunzen. Sie erkannte, daß er einen Kater hatte, und befahl ihrem hübschen Sklavenmädchen, sich um ihn zu kümmern; dann ließ sie sich Chocha bringen. Sie machte einen Spaziergang, solange die frische Kühle des Morgens noch über dem Land lag. Schon bald würden die neue Königin der Cho-ja und ihr Schwarm auf dem Gebiet der Acoma ankommen. Die Verteidigung der Domäne wäre dann nicht mehr so problematisch. Dieser Gedanke beruhigte sie ein wenig. Zudem lag das Vermögen der Acoma bei Jican in fähigen Händen, und die Ländereien selbst waren abgesichert. So würde sie all ihre Kraft darauf richten können, wie sie mit dem Lord verfahren mußte, den sie geheiratet hatte. Erinnerungen stiegen in ihr auf, und sie dachte an das helle Lachen einer Frau und an Buntos mißmutig fordernde Stimme, ehe sie gegen Morgendämmerung in ein lautes Schnarchen übergegangen war. Mit gerunzelter Stirn und einem entschlossenen Zug um die Lippen betete Mara zu Lashima und bat um Kraft.

Sie unterbrach ihre Meditation gerade rechtzeitig, um jemanden aus ihrem Haushalt mit einer Fahne eine kleine Gruppe in die große Halle führen zu sehen. Der zweite Tag der Hochzeitsdarbietungen begann, und allem bisherigen zum Trotz ließ Mara sich eine Sänfte bringen. Sie würde sich die Darbietungen bis zuletzt ansehen, und wenn auch bis zum späten Nachmittag kein Gast von gleichem oder höherem Rang an der Reihe wäre, so würde sie doch dafür sorgen, daß keine der vorherigen Aufführungen unbelohnt bliebe. Mit Buntokapi als Herrscher würden die Acoma jedes bißchen Wohlwollen benötigen, das Mara erlangen konnte.

Am Nachmittag des folgenden Tages kam Wind auf; Wolkenschatten rasten über die Needra-Weiden, und der Himmel im Osten sah bedrohlich nach Regen aus. Trotz der Gefahr, daß das Finale ein nasses Ende finden könnte, saßen die Gäste der Acoma draußen und betrachteten den letzten Akt.

Zum Erstaunen aller Anwesenden hatte der Kriegsherr aus seinem Privatvermögen eine Aufführung des Kaiserlichen Jojan-Theaters bezahlt. Jojan war das Theater für die Edlen, während die Gewöhnlichen die rauheren und deftigeren Darbietungen des Segumi-Theaters vorzogen. Aber die Kaiserlichen Jojan waren die besten Schauspieler der Welt, denn aus ihren Reihen wurden die Mitglieder der Kaiserlichen Shalo-tobaku-Truppe erwählt, die nur dem Kaiser und seiner Familie vorspielte. Die Aufführung hieß *Lord Tedero und die Sagunjan*, eines der zehn klassischen Sobatu, im wahrsten Sinne des Worte »großes Drama« in Form einer alten Oper.

Mara aalte sich in der kühlen Brise und genoß ... en Augenblick, den sie es hinauszögern konnte, ihrem ... emann ins Hochzeitsbett folgen zu müssen. Sie konzentr... sich auf das bevorstehende Finale. Die Schauspieler waren ... orragend und spielten mit einer außerordentlichen Gela... it, obwohl die Brise die Federbüsche ihrer Kostüme i... dnung brachte. Das vorgeführte Stück war jedoch ... ch überfrachtet, dachte die Lady. Sie mochte Sobatu ei... nicht, sondern bevorzugte Grand Do; und das Bühnenbild war selbst für tsuranische Augen auffällig bunt.

Dann, auf dem Höhepunkt der Oper, als Lord Tedero die Höhle betrat, um Neshka aus den Fängen des bedrohlichen Sagunjan zu befreien, betraten zwei Gestalten in schwarzen Umhängen die Halle. Die Gegenwart der Erhabenen wäre schon für sich allein eine Besonderheit gewesen, doch die beiden Magier schufen zusätzlich Illusionen. Statt dem üblichen Papiersagunjan, in dem sich ein Sänger und verschiedene Arbeiter versteckten, erzeugten sie eine Erscheinung von verwirrender Eindringlichkeit. Ein Sagunjan trat aus einem als Höhle bemalten Gang; seine Schulterhöhe mochte vier Meter betragen, er war mit goldenen Schuppen bedeckt und spie rote Flammen. Eine wundervolle Baßstimme entfuhr den fürchterlichen Fängen, und obwohl alle in der Halle wußten, daß nur der Sänger sich bewegte, konnte ihn keiner sehen. Selbst Mara war entzückt von dem Anblick und vergaß all ihre Sorgen. Dann zischte Tederos Schwert durch die Luft, und die Illusion des Sagunjan verflüchtigte sich erst zu einem Nebel und löste sich dann in nichts auf. Gewöhnlich endete ein Sobatu mit der formellen Verbeugung der Schauspieler beim höflichen Applaus der Zuschauer; doch der Höhepunkt dieser Oper rief lauten Jubel hervor und wildes Händeklatschen, das eigentlich eher dem Straßentheater entsprach. Und alle konnten sehen, daß sich eines der seltenen Lächeln auf das Ge…ht des Kriegsherrn stahl; er badete in dem Ruhm, der von sein… Theatergruppe und den Magierfreunden auch auf ihn fiel. Mar… eufzte leise; sie war traurig, als die Darsteller sich zum letz… Mal verbeugt hatten. Als die paillettenbesetzten Vorhänge …elnd zugezogen wurden beziehungsweise es zumindest ver…t wurde, da die Brise mittlerweile in starke Böen übergegange…, fügte sie sich in das Unvermeidliche. »Nun, meine Gemah… flüsterte Buntokapi ihr ins Ohr. »Es ist an der Zeit, daß wir …ückziehen.«

Mara verste… instinktiv, und das der Situation angemessene Lächeln gefror auf ihrem Gesicht. »Wie Ihr wünscht, mein Gemahl.«

Doch selbst ein blinder Mann hätte ihren Widerwillen gespürt. Buntokapi lachte. Mit einem trunkenen Triumphschrei nahm er sie in die Arme und hob sie hoch.

Die Gäste jubelten. Mara dachte an die unachtsame Kraft in den Armen, die sie umfaßten, und versuchte ihr rasendes Herz zu beruhigen. Sie würde es ertragen, *würde es ertragen müssen*, um das Weiterleben des Namens der Acoma zu garantieren. Sie barg ihren Kopf am schweißnassen Kragen ihres Mannes und erlaubte ihm, sie vom Podest hinunterzutragen. Papierne Fruchtbarkeitsfiguren regneten auf sie hinab, während er sie durch die Menge der ihnen Glück Wünschenden hindurch und den Pfad entlang auf die mit leuchtenden Farben bemalte Hochzeitshütte zutrug.

Keyoke und Papewaio standen als Ehrenwache am Ende des Pfades. Buntokapi schritt an ihnen vorbei, als wären es gewöhnliche Diener, und trat über die Schwelle in das silbrige Zwielicht, das durch die Wände aus Schilfrohrpapier und Latten fiel. Ein Diener und eine Dienerin verneigten sich tief, als ihr Herr und ihre Herrin erschienen. Buntokapi ließ Mara hinunter. Grunzend gab er ein paar Worte von sich, woraufhin das Dienstmädchen aufstand und den Eingang schloß. Der Diener blieb reglos in der Ecke sitzen und wartete auf Anweisungen seines Herrn.

Die Hütte war während des Tages umgestaltet worden; Bedienstete hatten die Papierbahnen entfernt, die bisher die Bettstätten von Ehefrau und Ehemann getrennt hatten. Statt dessen lag eine breite Schlafmatratze mit Laken aus feiner Seide vor der gen Osten gerichteten Wand, da der Sonnenaufgang den Anfang symbolisierte. In der Mitte des Raumes war neben einem niedrigen, leeren Tisch eine Reihe von Sitzkissen verteilt. Mara tat einen zittrigen Schritt nach vorn und setzte sich auf einige der Kissen vor dem Tisch. Sie hielt ihre Augen gesenkt, als Bunto sich ihr gegenüber niederließ.

»Schick nach dem Priester Chochocans«, verlangte der Lord der Acoma. Er betrachtete Mara erregt und intensiv, während der Diener in der Ecke aufsprang, um den Befehl auszuführen.

Der Priester trat allein ein; er hielt ein Tablett in den Händen, auf dem eine Karaffe mit goldfarbenem Tura-Wein stand, zwei Pokale aus Kristall und eine Kerze in einem juwelenbesetzten Ständer. Er hob das Tablett gen Himmel, sprach eine Segnung aus und stellte es auf den Tisch zwischen Mann und Frau. Mit einem beinahe sorgenvollen Blick schaute er sie beide an, die Lady, deren Hände jenseits ihrer Kontrolle zitterten, den jungen Lord, dessen Ungeduld greifbar im Raum hing. Dann zündete er resigniert die Kerze an. »Möge die Weisheit Chochocans Euch erleuchten.« Mit Kreide malte er ein Symbol um den Kerzenständer und hob den Wein hoch, während er ihn segnete. Er füllte die beiden Pokale und stellte sie vor der Braut und dem Bräutigam ab. »Möge der Segen Chochacans Eure Herzen erfüllen.« Er schrieb noch weitere Kreidesymbole um die beiden Pokale und die halbleere Karaffe.

»Trinkt, Ihr Kinder Gottes, und lernet Euch kennen, wie Eure Herrn im Himmel es bestimmt haben.« Der Priester verneigte sich mit einem letzten Segen und verließ sichtlich erleichtert die Hochzeitshütte.

Buntokapi winkte dem Diener mit einer knappen Handbewegung hinaus, und die Papiertür fiel mit einem leichten Geräusch zu. Er war allein mit seiner Braut in der Unterkunft, die unter den böigen Windstößen erbebte.

Mit seinen dunklen Augen sah er Mara an. »Jetzt endlich, meine Gemahlin, gehört Ihr mir.« Er hob seinen Pokal ein wenig zu schnell, der Wein schwappte über und zerstörte eines der Symbole. »Seht mich an, Mylady. Der Priester würde es bevorzugen, wenn wir zusammen trinken.«

Ein Windstoß rüttelte an den Läden, ließ das Papier in den Holzrahmen rascheln. Mara fuhr zusammen; dann schien sie sich wieder unter Kontrolle zu haben. Sie streckte die Hand aus und griff nach ihrem eigenen Pokal. »Auf unsere Hochzeit, Buntokapi.«

Sie nahm einen kleinen Schluck, während ihr Herr den Wein bis zur Neige leerte. Dann goß er den Rest der Karaffe in sein Glas und trank auch den aus. Die ersten Regentropfen platschten gegen das mit eingeölten Stoffen gedeckte Dach der Hochzeitshütte, als er das Glas und die Karaffe wieder absetzte.

»Gemahlin, holt mir noch mehr Wein.«

Mara stellte ihren Pokal auf den Tisch, mitten in die Kalkmarkierungen des Priesters. Donner grollte in der Ferne, und der Wind machte einem stürmischen Regen Platz. »Wie Ihr wünscht, mein Gemahl«, sagte sie sanft und hob dann den Kopf, um nach dem Diener zu rufen.

Bunto sprang auf. Der Tisch wackelte, und Wein spritzte aus ihrem umgefallenen Glas. Ihr Ruf wurde zu einem Schrei, als die schwere Faust ihres Ehemanns in ihrem Gesicht landete.

Sie fiel rücklings zwischen die Kissen und blieb dort benommen liegen; der Regen trommelte so heftig auf das Dach wie das Blut in ihren Ohren. Alles um sie herum drehte sich, und Schmerz vernebelte ihre Sinne. Mara war blind vor Wut, doch sie behielt ihren Stolz. Schwer atmend lag sie auf der Erde, als der Schatten ihres Mannes über sie fiel.

Er beugte sich ein wenig vor, und seine Gestalt verdeckte das Licht hinter ihm. Er deutete auf Mara. »Ich habe gesagt, Ihr sollt ihn holen.« Seine Stimme war leise und bedrohlich. »Versteht mich richtig, Frau. Wenn ich Euch bitte, Wein zu holen, *so holt Ihr ihn. Nie wieder legt Ihr diese Aufgabe oder irgendeine andere ohne meine Erlaubnis in die Hände irgendwelcher Bediensteten.* Wenn ich *irgend etwas* von Euch verlange, Lady, dann tut Ihr es.«

Er setzte sich wieder hin. In dem Zwielicht wirkten seine Gesichtszüge noch brutaler als sonst. »Ihr haltet mich für dumm.« Sein Ton enthüllte langgehegte Vorbehalte. »Ihr alle denkt, ich bin dumm, meine Brüder, mein Vater und jetzt auch Ihr. Nun, ich bin es nicht. Neben Halesko und besonders neben Jiro war es allerdings nicht schwer, dumm zu wirken.« Er lachte düster und bitter auf. »Aber jetzt muß ich mich nicht mehr dumm stellen, ha! Durch die Heirat mit Euch bin ich in einen höheren Rang aufgestiegen. Ich bin der Lord der Acoma. Vergeßt das niemals, Frau. Und jetzt holt mir endlich den Wein!«

Mara schloß die Augen. »Ja, mein Gemahl.« Sie zwang sich, ihre Stimme fest klingen zu lassen.

»Steht auf!« Bunto stieß sie mit seiner Fußspitze an.

Mara widerstand dem Drang, ihre geschwollene und gerötete Wange zu berühren, und gehorchte. Sie hielt den Kopf in der vollkommenen Haltung des unterwürfigen Weibes nach unten geneigt, doch in ihren Augen blitzte etwas ganz anderes auf, als sie sich vor Buntokapis Füßen verneigte. Dann riß sie sich noch mehr zusammen, als es bei der Übergabe der Rechte als Herrscherin der Acoma notwendig gewesen war, stand auf und holte Wein von einer Kommode neben der Tür.

Buntokapi sah, wie sie den Tisch wieder herrichtete, das Glas wieder darauf stellte und nachfüllte. Jung und voller Vorfreude auf den Anblick konzentriert, als er sah, wie Maras Brüste sich unter dem dünnen Stoff ihrer Tagesrobe hoben und senkten, bemerkte er nicht den Haß in ihren Augen, während er trank. Dann hatte er den Wein auch schon hinuntergestürzt und den Pokal zur Seite geworfen. Er legte seine schweißigen Hände auf den Seidenstoff, den er als unerträglich behindernd empfand. Viel zu betrunken und erregt, um irgend etwas anderes wahrzunehmen, schleuderte er seine Frau in die Kissen.

Mara ertrug seine Hände auf ihrem nackten Fleisch. Sie wehrte sich nicht, und sie weinte und schrie auch nicht. Mit einem Mut, der dem ihres Vaters und Bruders im Kampf auf dem Schlachtfeld Midkemias gleichkam, erduldete sie alles, was danach folgte, ohne Tränen, auch wenn Buntokapis Eifer ihr Schmerzen verursachte. Viele Stunden lag sie auf zerdrückten, verschwitzten Kissen und lauschte dem trommelnden Regen und keuchenden Schnarchen ihres Mannes. Jung und von Schmerzen gepeinigt und voller blauer Flecken dachte sie an ihre Mutter und ihre Amme Nacoya; sie fragte sich, ob deren erste Nacht mit einem Mann wohl anders gewesen war. Dann drehte sie sich auf die andere Seite, fort von dem Feind, den sie geheiratet hatte. Sie schloß die Augen, doch der Schlaf wollte nicht kommen. Aber wenn auch ihr Stolz schmerzlich gelitten hatte, so war doch ihre Ehre, die Ehre der Acoma, noch unverletzt. Sie hatte nicht geschrien, nicht ein einziges Mal.

Als der Morgen am nächsten Tag anbrach, war es merkwürdig still. Die Hochzeitsgäste waren gegangen; der Lord der Anasati und Nacoya hatten sich anstelle der Frischvermählten von ihnen verabschiedet. Bedienstete zerrissen die papiernen Läden der Hochzeitshütte, und regenfrische Luft strömte herein, zusammen mit den Rufen der Hirten, die das Vieh auf die weiter entfernten Weiden zum Grasen trieben. Mara sog den Duft feuchter Erde und Blumen tief ein und stellte sich die Gärten vor, hell und strahlend, da der Sommerstaub von den Blättern gewaschen worden war. Sie war immer schon eine Frühaufsteherin gewesen, doch die Tradition verlangte, daß sie an dem Morgen, nachdem die Hochzeit vollzogen worden war, nicht eher aufstand als ihr Ehemann. Jetzt setzte ihr der Zwang zur Untätigkeit noch mehr zu als sonst, denn dies ließ ihr zu viel Zeit zum Nachdenken und nahm ihr die Möglichkeit, sich von den schmerzlichen Stellen in ihrem Körper abzulenken. Unruhig wälzte sie sich hin und her, während Bunto nichtsahnend weiterdöste.

Die Sonne stieg höher, und es wurde stickig in der Hochzeitshütte. Mara rief eine Dienerin herbei, die die Läden ganz öffnete, und als die Mittagssonne über das grobe Antlitz ihres Mannes strich, grunzte er. Mit ausdrucksloser Miene sah Mara zu, wie er sich in den Kissen wälzte und mit scharfer Stimme befahl, die Läden und Vorhänge wieder zu schließen. Bevor der Schatten sein Gesicht wieder verhüllte, bemerkte sie, daß es sich leicht grünlich färbte und Schweiß auf die Haut seines Nackens und seiner Handgelenke trat.

Sie wußte, daß er einen ausgesprochenen Kater hatte. »Mein Gemahl, geht es Euch nicht gut?« fragte sie mit betont süßlicher Stimme.

Bunto stöhnte und forderte sie auf, Chocha zu besorgen. Mara, die bei den Erinnerungen an sein Verhalten in der Nacht zuvor selbst zu schwitzen begann, stand auf und holte eine dampfende Kanne. Sie drückte ihrem Herrn einen heißen Becher in die zitternde Hand. Da die Chocha den ganzen Morgen vor sich hin geköchelt hatte, war sie möglicherweise zu stark, doch Buntokapi leerte den Becher bis auf den letzten Tropfen. »Du bist ziemlich schmal gebaut«, bemerkte er und verglich seine grobknochige Hand mit ihrer schlanken. Schmollend über seine Kopfschmerzen streckte er dann die Hand aus und kniff ihr in die immer noch geschwollene Brustwarze.

Mit großer Mühe zwang Mara sich, nicht zurükzuzucken. Sie verteilte mit einem kurzen Kopfschütteln die Haare über den Schultern, so daß deren lockere Wärme ihre Brüste bedeckte. »Was wünscht Mylord?« fragte sie.

»Noch mehr Chocha, Frau.« Er sah ihr beim Einschenken zu, als wäre er peinlich berührt von seiner eigenen Grobheit. »Ah, ich habe das Gefühl, als hätte eine ganze Needra-Herde angehalten, um ihren Nachtdung in meinem Mund zu verteilen.« Er verzog das Gesicht und spuckte. »Du wirst mir beim Ankleiden helfen, dann läßt du Thyza-Brot und Jomach-Früchte bringen.«

»Ja, mein Gemahl«, sagte Mara. »Und danach?« Sehnsüchtig dachte sie an die schattige Kühle im Arbeitszimmer ihres Vaters und an Nacoya.

»Belästige mich nicht, Frau.« Bunto stand auf; er hielt vorsichtig seinen Kopf. Nackt wie er war, reckte er sich vor ihr, seine Kniescheiben nur wenige Zentimeter von ihrer Nase entfernt. »Du wirst die Angelegenheiten im Haus regeln, aber erst dann, wenn ich deine Dienste nicht mehr benötige.«

Die Schatten der Vorhänge verbargen Maras Zittern. Mit einem Gefühl der Übelkeit und voller Verzweiflung über die Rolle, die sie jetzt würde spielen müssen, bereitete sie sich bereits innerlich vor, es zu ertragen, doch das viele Trinken und ausschweifende Essen hatten die Bedürfnisse ihres Mannes abgestumpft. Er ließ die leere Tasse auf dem Bettlaken stehen und forderte sie auf, ihm sein Gewand zu holen.

Mara brachte ihm das Kleidungsstück und half, die Seidenärmel über seine dichtbehaarten, stämmigen Arme zu schieben. Dann saß sie gelangweilt daneben, während Diener das Badewasser für ihren Herrn brachten. Nachdem sie seinen gewaltigen Rücken gewaschen hatte und das Wasser in dem Trog wieder abgekühlt war, erlaubte er seiner Frau, sich ebenfalls anzukleiden. Bedienstete brachten Brot und Früchte, doch sie allein durfte ihn bedienen. Während sie ihm zusah, wie er sich Jomach-Früchte in den Mund schob und Saft an seinem Kinn herunterrann, fragte sie sich, wie der kluge Lord der Anasati nur zu einem solchen Sohn hatte kommen können. Dann blickte sie durch sein ungehobeltes Benehmen hindurch in seine unergründlichen Augen, und mit einem kalten Gefühl tiefster Panik erkannte sie, daß er sie ebenso argwöhnisch betrachtete – wie ein Jäger. Mara begriff, daß seine Behauptung, er wäre nicht so dumm, möglicherweise keine Prahlerei gewesen war. Niedergeschlagenheit ergriff sie. Wenn Buntokapi einfach nur verschlagen war, wie der Lord der Minwanabi, würde es Wege geben, mit ihm fertig zu werden. Wenn er allerdings auch intelligent war … Der Gedanke bereitete ihr eine Gänsehaut.

»Du bist sehr schlau«, meinte Buntokapi schließlich. Er streichelte mit einem feuchten Finger ihr Handgelenk, beinahe kindisch besitzergreifend.

»Meine Vorzüge verblassen neben denen meines Herrn«, flüsterte Mara. Sie küßte seine Finger, um ihn abzulenken.

»Du ißt nichts«, bemerkte er. »Du grübelst nur. Ich mag das nicht bei einer Frau.«

Mara schnitt eine Scheibe Thyza-Brot ab und wog sie in der Hand. »Mit Eurer Erlaubnis, Mylord?«

Buntokapi grinste, als sie an einem Stück herumnagte. Das Brot hatte für sie jeden Geschmack verloren, doch tapfer und trotzig kaute und schluckte sie. Der Anblick ihres Unbehagens langweilte ihn bald, und er rief nach Musikern.

Mara schloß die Augen. Sie brauchte Nacoya so sehr, daß es sie innerlich schmerzte. Dennoch konnte sie als die Gemahlin des Herrschers nichts tun, als seinem Vergnügen zusehen, während er Balladen verlangte und mit dem Sänger über einige Nuancen in der vierten Strophe stritt. Der Tag wurde wärmer, und durch die geschlossenen Vorhänge wurde es in der Hochzeitshütte immer stickiger. Mara ertrug es und holte Wein, als ihr Mann der Musik überdrüssig geworden war. Sie kämmte seine Haare und schnürte seine Sandalen. Dann tanzte sie auf seinen Wunsch hin, bis ihre Haare an den Schläfen feucht wurden und ihr mitgenommenes Gesicht vor Anstrengung brannte. Genau in dem Augenblick, als es so schien, als wollte der Lord den ganzen Tag in der Hochzeitshütte verbringen, stand er auf und befahl den Bediensteten brüllend, seine Sänfte vorzubereiten. Er würde die Zeit bis zum Abend in den Baracken verbringen, um sich einen Überblick über die Anzahl der Krieger zu verschaffen und ihren Übungen zuzusehen, verkündete er.

Mara hoffte inständig, daß Lashima etwas von ihrer Geduld Keyoke zukommen lassen würde. Ermattet von der Hitze und Anstrengung, folgte sie ihrem Mann aus der Hütte hinaus in die blendende Nachmittagssonne. Die unbehagliche Situation hatte sie ganz vergessen lassen, daß die Ehrenwache draußen wartete, und so blieb ihr keine Zeit, die verletzte Wange zu verdecken, als sie vor Papewaio und Keyoke erschien. Viele Jahre harter Übung versetzten die beiden in die Lage, ein solch beschämendes Mal ausdruckslos anzusehen. Doch Keyoke umklammerte den Speerschaft mit solcher Kraft, daß die Knöchel weiß schimmerten, und Papewaios Zehen bohrten sich beinahe in die Sohlen seiner Sandalen. Hätte irgendein anderer Mann als der Herrscher selbst ihrer Mara-anni so etwas angetan, er wäre auf der Stelle tot gewesen. Mara trat in das helle Licht eines klaren Tages, den die Götter nicht hätten schöner machen können. Doch als sie an ihren früheren Vertrauten vorbeiging, spürte sie ihre Wut wie schwarze Schatten in ihrem Rücken.

Die Hochzeitshütte brannte, noch bevor sie das Herrenhaus erreicht hatten. Der Tradition nach wurde das Gebäude in Flammen gesetzt, um den heiligen Übergang der Frau zur Ehefrau und des Mannes zum Ehemann zu ehren. Nachdem Keyoke die rituelle Fackel über die Türschwelle geworfen hatte, wandte er sich still den Unterkünften der Wachen zu, um dort auf die Befehle seines Lords zu warten. Papewaios Gesicht war noch immer eine steinerne Maske. Mit einer Intensität, die in ihrer Unbeweglichkeit geradezu unheimlich war, sah er zu, wie das Papier und die Rahmen, die verschmutzten Kissen und zerwühlten Laken in Flammen aufgingen. Niemals hatte er sich glücklicher gefühlt angesichts eines Brandes, denn indem er der Gewalt des Feuers zusah, konnte er beinahe das Mal auf Maras Gesicht vergessen.

Nacoya war nicht im Arbeitszimmer. Mit einem unangenehmen Stich erinnerte sich Mara daran, daß ihre Heirat auch die bisherige Ordnung verändert hatte. Das Arbeitszimmer war jetzt der Bereich Buntokapis, des Herrschers der Acoma. In Zukunft würde nichts in dem Haushalt mehr so sein, wie sie es gewohnt war. Jican würde wie zuvor seine Rechnungen in dem Flügel zusammenstellen, der den Schreibern zugewiesen war, doch sie würde ihn nicht länger empfangen. Trotz ihrer erst siebzehn Jahre fühlte sie sich müde und zog sich in den Schatten des Ulo-Baumes in ihrem eigenen kleinen Garten zurück. Sie setzte sich nicht, sondern lehnte sich nur an die weiche Rinde des Baumes, während der Läufer sich beeilte, Nacoya zu holen.

Das Warten schien unendlich lang zu dauern, und auch das plätschernde Wasser des Springbrunnens konnte sie nicht beruhigen. Als Nacoya dann endlich atemlos und mit gewohnt schief sitzenden Haarnadeln auftauchte, konnte Mara sie nur still und kummervoll anstarren.

»Mistress?« Die Amme trat zögernd einen Schritt vor. Ihr Atem stockte, als sie das Mal auf Maras Wange sah. Wortlos breitete sie die Arme aus. Im nächsten Augenblick war die Lady der Acoma nur noch ein verängstigtes Mädchen, das sich in den Armen ihrer alten Amme ausweinte.

Nacoya strich ihr über die Schultern, während ein Schluchzer nach dem anderen Mara schüttelte. »Mara-anni, Tochter meines Herzens«, murmelte sie. »Ich sehe, daß er nicht sehr sanft war, dieser Lord, den Ihr geheiratet habt.«

Für kurze Zeit erfüllte nur das traurige Plätschern des Brunnenwassers die Lichtung. Dann, schneller als Nacoya erwartet hätte, richtete Mara sich auf. Sie sprach mit überraschend fester Stimme: »Er ist der Lord, dieser Mann, den ich geheiratet habe. Aber der Name Acoma wird ihn überleben.« Sie schneuzte sich die Nase und berührte das Mal in ihrem Gesicht. Sie sah ihre frühere Amme mit einem verletzten, bittenden Blick an. »Und, Mutter meines Herzens, bis ich empfange, muß ich die Kraft finden, mit Dingen zu leben, über die mein Vater und mein Bruder weinen würden.«

Nacoya klopfte die Kissen unter dem Ulo ein wenig fest und drängte Mara, sich zu setzen. Ihre alten Hände sorgten dafür, daß das Mädchen gemütlich saß, während eine Dienerin mit einer Schüssel kühlem Wasser und weichen Tüchern herbeieilte. Mara lehnte sich in die Kissen zurück, als Nacoya ihr Gesicht wusch. Dann kämmte sie die Strähnen des glänzendschwarzen Haares, wie sie es immer getan hatte, als die Lady noch ein kleines Kind gewesen war. Währenddessen sprach sie mit weicher Stimme zu ihrer Herrin:

»Mara-anni, letzte Nacht hat Euch keine Freude gebracht, das weiß ich wohl. Aber versteht in Eurem Herzen, daß der Mann, den Ihr geheiratet habt, so ungestüm ist wie ein Needra-Bulle zur Zeit seines dritten Frühlings. Urteilt nicht über alle Männer nur aufgrund der Erfahrung mit einem einzigen.« Sie hielt inne. Keine von ihnen sprach darüber, daß Mara ihren Rat abgeschlagen und sich dickköpfig geweigert hatte, sich durch eine sanfte Bewegung mit einem Mann aus der Ried-Welt Kenntnisse über Männer zu verschaffen. Nacoya tupfte kühles Wasser auf die Wunde ihrer Herrin. Der Preis ihrer Halsstarrigkeit war jetzt schmerzhaft erzwungen worden.

Mara seufzte und öffnete die geschwollenen Augen. Der Blick, den sie ihrer Amme zuwarf, enthielt schmerzhafte Unsicherheit, aber kein Bedauern. Nacoya legte die Tücher und die Schüssel mit Wasser beiseite und nickte mit nachdenklicher Zustimmung. Dieses Mädchen mochte jung sein, zierlich und mitgenommen, aber sie besaß die Stärke ihres Vaters, wenn es um die Familie ging. Sie würde es ertragen, und der Name der Acoma würde fortbestehen.

Mara zupfte an ihrer Tagesrobe und verzog das Gesicht, als der Stoff über die wunden Brustwarzen scheuerte. »Mutter meines Herzens, das Verhalten der Männer ist mir fremd. Ich brauche dringend Euren Rat.«

Nacoya antwortete mit einem Lächeln, das frei von jedem Triumph war. Sie neigte den Kopf etwas zur Seite, und nachdem sie einen Augenblick nachgedacht hatte, zog sie die Haarnadeln und begann sorgfältig, die Haare neu festzubinden. Der Anblick der gewöhnlichen, sogar vertrauten Bewegungen der faltigen Hände brachte Mara etwas Entspannung. Der Tag folgte immer der Nacht, unabhängig davon, wie dunkel die Wolken waren, die den Mond bedeckten. Sie hörte zu, als Nacoya leise zu sprechen begann, damit nur sie es hören konnte.

»Kind, das Kaiserreich ist riesig, und es gibt viele Herren, deren Herzen durch ihre Zielstrebigkeit grausam geworden sind. Unglückliche Bedienstete leiden oft unter der Herrschaft solcher Männer. Doch aus solcher Not entspringt Weisheit. Die Bediensteten haben gelernt, wie auch Ihr lernen werdet, daß der Ehrenkodex ein zweischneidiges Schwert ist. Jedes Wort hat zwei Bedeutungen und jede Tat viele Konsequenzen. Auch ohne die Treue oder Ehre zu gefährden kann ein Diener einem grausamen Herrn das Leben zur Hölle machen.«

Mara betrachtete die Blätter des Ulo-Baumes, zwischen deren dunklen, gezackten Formen kleine Stücke des Himmels hindurchschimmerten. »Wie du, Keyoke und Jican an dem Tag, als Papewaio mich vor dem Homoi Tong rettete«, murmelte sie schläfrig.

Darauf zu antworten wäre beinahe einem Verrat gleichgekommen. Mit steinernem Gesicht verbeugte Nacoya sich wortlos. Dann meinte sie: »Ich werde die Hebamme für Euch holen lassen, Lady. Sie kennt die Weisheiten der Erde und wird Euch erklären, wie Ihr so schnell wie möglich empfangen könnt. Dann wird der Lord Euren Schlaf nicht mehr mit seiner Lust stören, und der Name der Acoma ist durch einen Erben gesichert.«

Mara richtete sich in den Kissen auf. »Ich danke dir, Nacoya.« Sie tätschelte leicht die Hand der alten Frau und stand auf. Doch bevor sie sich zum Gehen wandte, blickte die Amme tief in die Augen des Mädchens. Sie sah Schmerz und auch Furcht; aber sie bemerkte darüber hinaus den hellen Funken der Berechnung, den sie seit dem Tod von Lord Sezu schon öfter in Maras Augen wahrgenommen hatte. Sie verneigte sich, um ein aufwallendes Gefühl zu verbergen; und als sie Mara mit aufrechtem Gang auf ihre Gemächer zugehen sah, zwinkerte Nacoya mit den Augen und weinte.

Die Asche der verbrannten Hochzeitshütte kühlte ab und verteilte sich im Wind. Staub wirbelte auf, denn es war jetzt trocken und heiß geworden. Die Tage wurden länger, bis der Sommer seinen Höhepunkt überschritten hatte.

Needras wurden für das Fest Chochocans geschlachtet, und die freien Arbeiter zogen ihre beste Kleidung für die Segnung auf den Feldern an, während die Priester Papierbildnisse verbrannten, symbolische Opfer für eine reiche Ernte. Buntokapi blieb während der Zeremonie nüchtern, zum größten Teil deshalb, weil Mara die Bediensteten angewiesen hatte, seinen Wein mit Wasser zu mischen. Die Gesellschaft ihres lauten Ehemannes mochte ihr zusetzen, doch sie zeigte nichts davon in ihrem Verhalten. Nur ihre eigenen Zofen wußten, daß die dunklen Ringe um ihre Augen von Schminke verdeckt waren und die Kleidung ihres schlanken Körpers manchmal blaue Flecken verbarg.

Die Lehren der Schwestern Lashimas hielten ihren Geist aufrecht. Sie zog Trost aus dem Rat der Hebamme und lernte Wege kennen, wie sie sich einen Teil der Unannehmlichkeiten ersparen konnte, wenn ihr Mann sie zu sich ins Bett rief. Irgendwann zwischen dem Mittsommerfest und dem nächsten Vollmond wurde sie von Kelesha, der Göttin der Bräute, gesegnet, denn sie empfing. Buntokapis Unkenntnis über die Frauen kam ihr zugute, denn er war sofort einverstanden, als er hörte, daß sie nicht länger als Mann und Frau zusammenkommen könnten, ehe nicht das Baby geboren wäre. Er nörgelte ein bißchen, ließ sie dann jedoch in jene Gemächer ziehen, die früher ihre Mutter bewohnt hatte. Die Räume waren ruhig und von Gärten umgeben, und Buntokapis laute Stimme drang nicht dorthin. Dies war um so besser, da ihr jeden Tag mehrere Stunden übel war und sie zu den merkwürdigsten Zeiten schlief.

Die Hebamme lächelte breit und rieb Maras Bauch und Brüste mit süßlichem Öl ein, um die Haut weich zu machen für die Zeit, da sie sich wegen des Kindes dehnen würde. »Ihr tragt einen Sohn in Euch, Mylady, ich schwöre es bei den Gebeinen meiner Mutter.«

Mara lächelte nicht zurück. An Buntokapis Entscheidungen durfte sie nicht teilhaben, und die Art, wie er mit einigen Bediensteten umging, beschämte sie. So schien sich die Hausherrin immer mehr in sich zurückgezogen zu haben. Doch es war eine Resignation, die nur nach außen so wirkte. Jeden Tag sprach sie mit Nacoya, die für sie den Klatsch der Bediensteten zusammenfaßte. Wenn sie draußen in der Sänfte saß, um die frische Luft des frühen Herbstes zu genießen, befragte sie Papeiwaio so nachdrücklich, bis dieser sich spöttisch beklagte, daß er keine Luft zum Antworten mehr hätte. So mochte sie zwar die Rolle der unterwürfigen Frau spielen, doch dabei entging ihr auch nicht die kleinste Kleinigkeit, die die Angelegenheiten der Acoma betraf.

Mara war die Massage leid und stand auf. Eine Dienerin brachte ein leichtes Gewand, das sie anzog und über dem bereits rundlich werdenden Bauch verschloß. Sie seufzte, als sie an den Vater des Babys dachte und an die Veränderungen, die er in das Anwesen gebracht hatte. Buntokapi hatte sich bei den Kriegern Respekt verschafft, indem er auf brutale Weise seine Stärke zur Schau gestellt und durch einen gelegentlichen Anfall von Klugheit dafür gesorgt hatte, daß jeder einzelne Mann höchst wachsam war. Er hatte die Angewohnheit, plötzlich Kampfübungen anzusetzen oder irgendwelche Soldaten, die ihm zufällig über den Weg liefen, als Eskorte in die Stadt mitzunehmen, und dabei war ihm völlig gleichgültig, welche Aufgaben und Pflichten sie eigentlich hätten erledigen müssen. Die Garnison wurde dadurch regelmäßig in ein heilloses Durcheinander gestürzt. Buntos häufige Änderungen einmal gegebener Befehle ließen alle Versuche Keyokes, eine Art von Ordnung aufrechtzuerhalten, unzulänglich erscheinen. Jican verbrachte immer mehr Stunden mit seiner Tafel auf den entlegendsten Needra-Weiden. Mara kannte den Hadonra gut genug, um sein Verhalten als Ablehnung des neuen Lords interpretieren zu können. Buntokapi hatte eindeutig keinen Kopf für die Feinheiten des Handels. Wie so viele Söhne mächtiger Lords dachte er, daß Wohlstand und Reichtum etwas Unerschöpfliches wären, etwas, das stets und für jedes seiner Bedürfnisse bereitstand.

In der Mitte des Herbstes trieben die Hirten die Needras über die Straße. Nebelschwaden hingen in der Luft, als die Kälber des Vorjahres zunächst zu Sammelstellen und dann zum Schlachten getrieben wurden. Die im Frühling geborenen Kälber wurden kastriert, zur Zucht beiseite genommen oder auf die höhergelegenen Weiden getrieben, um dort weiter zu wachsen. Wie ein Kind, das es nicht erwarten kann, endlich den Eintritt ins Erwachsenenalter feiern zu dürfen, spürte Mara die Zeit vorüberstreichen; jeder Tag zog sich endlos in die Länge.

Die Untätigkeit wurde teilweise aufgehoben, als die Cho-ja ankamen. Der Schwarm erschien ohne Vorwarnung; an dem einen Tag war die östlich gelegene Weide, die sie für sie vorbereitet hatten, noch leer, am nächsten eilten Arbeiter energiegeladen und voller Tatendrang hin und her. Erdhügel wuchsen am Zaun entlang. Es wurmte Buntokapi, daß die Königin ihre Nachricht direkt an Mara gerichtet hatte. Mitten in seiner Tirade erkannte er, daß die Cho-ja aus dem Stock des Lords der Inrodaka stammten. Er vermutete, daß die Verhandlungen über die Ansiedlung des neuen Schwarms irgendwann zwischen dem Heiratsangebot und der Hochzeit selbst stattgefunden haben mußten, denn seine Augen zogen sich in einer Weise zusammen, die seine Ehefrau zu fürchten gelernt hatte.

»Du bist schlauer, als selbst mein Vater geahnt hatte, Frau.« Dann lächelte er humorlos mit einem Blick auf Maras Mitte. »Aber deine Tage des Reisens in aller Hast und Heimlichkeit sind vorbei. Jetzt bin ich Herrscher, und die Cho-ja werden mir gehorchen.«

Doch da zuvor Mara für die Acoma verhandelt hatte, wandte sich die Königin auch jetzt nur an sie – so lange zumindest, bis der neue Lord sich die Zeit nehmen würde, wegen seiner eigenen Sache selbst mit ihr zu verhandeln. Doch die Angelegenheiten der Krieger schienen immer Vorrang zu haben, und so verbrachte die junge Frau mehr und mehr Zeit in den frisch gegrabenen Kammern der Königin; sie tranken Chocha und unterhielten sich. Buntokapi bemerkte es kaum, so sehr war er in die Wettrunden der Ringkämpfe in Sulan-Qu vertieft. Mara war dankbar dafür, denn die Gespräche mit der jungen Königin boten Abwechslung von der Langeweile des häuslichen Lebens. Sie lernte immer mehr über die Verhaltensweisen der fremdartigen Wesen. Im Gegensatz zu den Fehltritten Buntokapis mochte die Beziehung, die sie jetzt festigte, den Acoma in späteren Jahren zugute kommen.

Wenn Mara wieder nach oben auf die Erde zurückkehrte, zu den Gütern, die jetzt Buntokapi gehörten, erkannte sie, wie sehr ihr das Regieren gefallen hatte. Sie ärgerte sich darüber, auf die zweitrangige Rolle der Frau und Ehegattin beschränkt zu sein, und zählte die Tage bis zum Winter. Nach den Regenfällen im Frühling würde ihr Kind geboren werden, und die Acoma hätten einen Erben. Bis dahin mußte sie warten; und die Wartezeit war hart.

Mara berührte ihren Bauch, sie spürte das Leben darin. Wenn das Kind ein Junge war und gesund, würde ihr Ehemann allen Grund haben, sich in acht nehmen zu müssen, denn im Spiel des Rates waren selbst die besonders Mächtigen verletzlich. Mara hatte vor den Geistern ihres Vaters und Bruders einen Eid abgelegt, und sie würde nicht eher ruhen, bis ihre Rache vollendet wäre.

Acht

Der Erbe

Das Baby trat um sich.

Maria riß die Augen einen kurzen Augenblick weit auf. Dann entspannte sie sich und legte die Pergamente zur Seite, die sie gerade durchgesehen hatte. Sie streichelte ihren runden Bauch und lächelte leicht. Es war beinahe soweit. Sie fühlte sich so schwerfällig wie eine Needra-Kuh, obwohl Nacoya immer behauptet hatte, sie hätte nicht so viel Gewicht zugelegt, wie eigentlich nötig gewesen wäre. Mara rutschte auf der Matte hin und her, doch der Versuch, es sich etwas bequemer zu machen, war vergeblich. Sie betete zur Göttin der Fruchtbarkeit, daß die Bemühungen der Hebamme vor der Empfängnis sichergestellt hatten, daß sie einen Sohn gebar. Ein Junge sollte es sein, damit sie nicht erneut die Aufmerksamkeit ihres Mannes würde auf sich lenken müssen, um den Acoma einen Erben zu schenken.

Das Baby trat wieder zu, diesmal so heftig, daß Mara nach Atem rang. Sie winkte die besorgte Zofe fort, die in der Nähe stand, und griff nach den Pergamenten. Das Kind in ihr schien bereits so unruhig zu sein, als könnte es seinen Weg ins Leben mit den winzigen Füßen und Fäusten erkämpfen. *Er*, dachte Mara, und ein Lächeln huschte über ihre Lippen. Das Kind war bestimmt ein Sohn, wenn es so stürmisch in ihrem Bauch herumtrat; und dieser Sohn würde das Haus zu wahrer Größe führen. Er würde der Lord der Acoma sein.

Ein Schrei von draußen riß Mara aus ihren Träumereien. Sie nickte, und die Dienerin öffnete schnell die Läden und ließ eine heiße Brise herein, die den trockenen Geruch von den staubigen Feldern mit sich führte. Mara griff zu, doch es war bereits zu spät, um die Pergamente, auf denen Jicans erfolgreicher Handel mit den ersten Produkten der Cho-ja aufgelistet war, verteilten sich auf dem Boden. Sie stieß leise murmelnd eine Verwünschung aus, doch nicht wegen der Berichte, nach denen sich ihr Läufer bereits gebückt hatte. Über den geschnittenen Rasen jenseits der Fensterläden marschierte eine Gruppe von ausgelassenen Kriegern, an ihrer Spitze Buntokapi. Sein Haar war verschwitzt und seine Tunika zerrissen – ein Verlust, den sie von den Unbilden einer einwöchigen Jagd hatte erwarten müssen. Wie gewöhnlich würde er ihre Gemächer aufsuchen, nachdem er seine Waffen geputzt hatte, doch ohne sich zuvor selbst ein Bad zu gönnen. Mara seufzte. Die Tage waren so ruhig gewesen, als ihr Herr nicht dagewesen war. Jetzt mußte sie sich wieder auf Verwirrung und Durcheinander vorbereiten.

Als die Jäger näher kamen, machte Mara ihren Dienerinnen ein Zeichen. Zwei von ihnen traten heran und halfen ihr unbeholfen auf die Beine. Misa, die hübschere, hatte bereits feuchte Hände. Mara empfand Mitleid mit ihr. Die Gegenwart ihres Ehemannes machte die Mädchen häufig nervös, da er jederzeit eine von ihnen in sein Bett zerren konnte. Durch die Schwangerschaft war sie selbst zumindest von dieser abstoßenden Pflicht befreit. Mit einem kurzen Aufblitzen von Boshaftigkeit machte sich Mara eine geistige Notiz; sie würde Jican darum bitten, beim nächsten Mal, wenn Bunto ihn wieder zum Kauf neuer Sklavinnen losschickte, nur häßliche Mädchen zu kaufen.

Die Jäger hatten den Kiespfad erreicht. Das Klirren ihrer Ausrüstung und der übrigen Dinge schien lauter zu werden, da sie in der Gegenwart ihrer Herrin ihre Stimme und ihr Verhalten etwas dämpften. Dennoch waren sie sehr aufgeregt, und besonders Buntokapi beherrschte sich nicht im mindesten. Er roch nach den Wäldern. Mara sah eingetrocknete Blutspuren auf seinen Ärmeln. Er winkte in ihre Richtung, dann zeigte er auf etwas hinter seiner Schulter, wie ein Künstler, der ein Meisterstück enthüllt. Die Sklaven, die ihm folgten, trugen eine lange Stange, von der ein verfilztes Bündel mit scheckigem orangegrauem Pelz hing. Mara befreite sich von den stützenden Armen der Dienerinnen, als sie die weiße Maske und die mit Reißzähnen ausgestattete Schnauze eines Sarcat erkannte. Der tödliche nächtliche Jäger lebte in den Regenwäldern südwestlich von ihren Ländereien. Furchterregend schnell und der Schrecken für jeden Hirten war dieses Geschöpf ein gefährliches Raubtier, für den die Needras eine leichte Beute waren und der keine Angst vor Menschen kannte. Dann entdeckte Mara den Pfeil mit den grünen Streifen ihres Herrn in der Schulter der Bestie, genau hinter dem gewaltigen Kiefer. Der Position des Pfeils entnahm sie, daß Buntokapi sich dem Tier in den Weg gestellt und es dann mit einem einzigen Schuß getötet haben mußte. Es war eine beeindruckende Leistung. Abgesehen von seinen anderen Qualitäten hatte Buntokapi großen Mut gezeigt und beachtliche Fähigkeiten im Umgang mit dem Bogen.

Mara blickte von der Beute auf und sah in sein breit lächelndes Gesicht, und für einen Augenblick konnte sie beinahe vergessen, daß es dem Mann vollkommen an Feinfühligkeit mangelte. Er mochte keine Poesie, es sei denn, sie war deftig und zotig. Sein Geschmack in der Musik entsprach dem Gewöhnlichen – niedere Sänger und Volksweisen – und entbehrte jeglicher Geduld für die Eleganz eines Grand Do-Theaterstückes oder einer Oper. Von Kunst hielt er gar nichts, es sei denn, der Gegenstand war erotischer Art. Doch tat er sich bei der Jagd hervor, und nicht zum ersten Mal bedauerte Mara, daß Tecuma zu beschäftigt gewesen war, um neben Halesko und Jiro auch seinen dritten Sohn auszubilden. Sosehr sie Buntokapi auch bei vielen Gelegenheiten verachtete, er besaß Anlagen, aus denen sich etwas hätte entwickeln können. Wäre er in einer Weise erzogen worden, die dem Verhalten und dem Anstand einer Person entsprach, die den Namen der Anasati trug, wäre vielleicht doch ein Mann von Ehre aus ihm geworden. Doch Maras Bedauern hielt nur so lange an, bis Buntokapi das Herrenhaus erreicht hatte.

Er stolzierte wichtigtuerisch herum, ein bißchen betrunken vom Tanlo-Beeren-Wein, den er auf dem Heimweg reichlich zu sich genommen hatte. Der Gestank von Lagerfeuern, Schweiß und was immer er zum Frühstück gegessen hatte, umgab ihn, als er sich jetzt an den Türpfosten zu seinen Gemächern lehnte, von wo aus er seinen Sklaven ein Zeichen gab und diese den Körper des Sarcat zu Maras Füßen niederlegten. »Laßt uns allein«, befahl er den Wachen.

Als seine Krieger fort waren, stellte er sich aufrecht hin, die Fäuste in die Seiten gestemmt. »Ha, Frau, was glaubst du, was das ist, he? Das ist ein Biest, was?«

Mara neigte ihren Kopf; sie verbarg höflich ihren Ekel. Die Beute stank so schlimm wie der Jäger, und summende Insekten schwirrten um die Augen und die schlaffe Zunge, während der Kadaver und die Stange den frischgewachsten Boden verschmutzten. Mara wollte das tote Tier – und auch den Mann – so schnell wie möglich loswerden und versuchte es mit Schmeichelei. »Mylord zeigt großen Mut und beachtliche Fähigkeiten im Sieg über eine solche Bestie. Die Hirten des Südens werden Euch in ihren Lobliedern preisen, Bunto!«

Ihr Ehemann grinste betrunken. »Was kümmert mich das Lob stinkender Hirten, häh? Ich sage dir, der Kopf macht sich hervorragend über dem Schreibtisch, wo bis jetzt nur das verblaßte Banner hängt.«

Mara hielt einen spontanen Einwand zurück, um nicht Buntokapis Wut auf sich zu ziehen. Das Banner war eines der ältesten Siegesrelikte der Acoma und hatte seit Jahrhunderten das Arbeitszimmer des jeweiligen Lords der Acoma geziert, doch Buntokapi interessierte sich nicht für Traditionen. Er änderte die Dinge, wie es ihm gerade gefiel, meistens aus einem perversen Anflug von Boshaftigkeit heraus, um ohne Zweifel klarzustellen, daß er der Herrscher war. Mara spürte einen kleinen Stich von Trauer darüber, daß Verzweiflung sie zu einer solchen Hochzeit getrieben hatte.

»Frau!« blaffte Buntokapi und riß sie aus ihren Gedanken. Sie verbeugte sich unterwürfig, auch wenn die Schwangerschaft sie dabei unbeholfen aussehen ließ.

»Ich wünsche, daß der Kopf dieses Sarcats ausgestopft und über meinen Schreibtisch im Arbeitszimmer gehängt wird. Sorge dafür! Ich muß jetzt ein Bad nehmen.« Dann, als wäre ihm noch eine zusätzliche Idee gekommen, reckte er sich und blinzelte an Mara vorbei in den dämmrigen Raum. Er deutete mit dem Finger auf Misa. »Du, Mädchen, kommst mit mir. Jemand muß mir den Rücken waschen, und mein Diener ist krank.«

Das hübsche Mädchen stand auf. Alle wußten, daß ihre Pflicht intimer sein würde, als nur den Rücken ihres Herrn zu waschen. Sie folgte Buntokapi niedergeschlagen, als er sich umdrehte und davoneilte. Die Beute, seit mehr als einem Tag tot und bereits am Verwesen, ließ er einfach auf der Türschwelle liegen. Mara bekämpfte einen Anfall von Übelkeit; sie wirkte so zerbrechlich wie feines Porzellan. Dann rief sie den kleinen Jungen, der als Läufer arbeitete, aus der Ecke hervor, wo er sich versteckt hatte. Buntokapi neigte dazu, ihn einfach deshalb zu schlagen, weil er im Weg war. »Kedo, hol zwei Sklaven aus der Küche, die dies zur Scheune des Schlachters bringen sollen. Sag dem, der für die Trophäen zuständig ist, er soll den Kopf präparieren. Wenn er soweit ist, soll er ihn in das Arbeitszimmer meines Lords bringen und dort aufhängen, wo er gesagt hat.« Mara bezwang den Anflug jenes Ärgers, der seit ihrer Hochzeit einen Teil des täglichen Lebens auszumachen schien. »Juna, geh und falte sorgfältig das Banner über dem Arbeitstisch zusammen und bringe es mir. Ich werde dafür sorgen, daß es sicher aufbewahrt wird.«

Der Läufer verschwand mit einem klappernden Geräusch seiner Sandalen, und die Zofe folgte ihm. Mara strich eine lose Strähne ihres Haares hinter das eine Ohr und wandte sich wieder ihren Dokumenten zu. Bunto sollte sich ruhig mit den Zofen vergnügen, jagen und sich als Krieger gebärden; seine Leidenschaften hielten ihn beschäftigt, und das war nur gut so. Dies und ihre Behinderung durch die Schwangerschaft förderten ihre Möglichkeiten, sich um die jeden Tag hereinkommenden Handelsberichte zu kümmern. Innerhalb bestimmter Grenzen, die Buntokapi festgelegt hatte, regelte Mara weiterhin die Angelegenheiten der Acoma. Und sie lernte. Jeden Tag verstand sie mehr von dem, was ein Haus wirklich groß machte. »Ich frage mich, ob wir neue Karten haben«, dachte sie laut.

»Mistress?« fragte die zurückgebliebene Dienerin.

Mara starrte nur wild auf einen bestimmten Punkt zwischen ihren Pergamenten und der verfilzten Schnauze des Sarcats. Das nächste Mal, wenn ihr Lord zum Jagen ging oder nach Sulan-Qu, um dort die Wetthäuser oder die Frauen der Ried-Welt zu besuchen, würde sie in den Schubladen ihres Vaters nach Karten suchen. Dann ermahnte sie sich, daß die Schubladen nicht mehr die ihres Vaters waren, sondern innerhalb des Herrschaftsbereiches eines Ehemannes lagen, der ihr Feind war.

Wein spritzte umher und färbte das Tischtuch rot, als die Hornflasche, die Buntokapi fortgeschleudert hatte, scheppernd über das Besteck hüpfte. Er blinzelte einmal kurz, als wäre er über seine eigene Kraft erstaunt, doch das milderte nicht seine Wut. »Frau, hör auf, mich zu belästigen!«

Seine Stimme brachte die Flammen in den Lampen zum Flakkern. Mara saß ruhig vor ihrem Ehemann, der noch vor wenigen Augenblicken mit einem Sängerpärchen unbeholfen gesungen hatte. »Siehst du nicht, daß ich diese Vorstellung genieße? Bist du nicht immer hinterher, daß ich Poesie lesen und Musik hören soll? Wie kann ich zuhören, wenn du mich unaufhörlich belästigst?«

Mara verbarg ihren Ekel. Buntokapis unkritische Beurteilung rührte von der Tatsache her, daß die Sängerin die dralle Tochter des Sängers war; der enganliegende Stoff des Gewandes gab mit dem kurzen Saum und dem offenen Kragen große Flächen blanker Haut frei und schien ihren armseligen Gesang zweifellos durch einen anderen Reiz auszugleichen. Doch die Angelegenheiten des Anwesens mußten weiter verwaltet und geordnet werden, und mit einiger Schärfe zog Mara die Schriftrollen, die sie mitgebracht hatte, aus dem vergossenen Wein.

»Mylord, diese Entscheidungen können nicht warten –«

»Sie werden so lange warten, wie ich sage, daß sie warten werden!« Buntokapis Schreien veranlaßte den Diener, der mit Tüchern und einer Schüssel gekommen war, sich beim Säubern zu beeilen. »Und jetzt schweig, Frau.«

Mara saß gehorsam an seiner Seite, während der Diener den vergossenen Wein fertig aufwischte und davonging. Mit rotem Gesicht winkte Buntokapi den Musikern zu fortzufahren und versuchte sich stürmisch auf das Lied zu konzentrieren, das das Mädchen gesungen hatte. Doch die sanfte, reglose Anmut Maras machte ihn nervös, wie es nur wenige Dinge vermochten. Nach einem Augenblick meinte er verärgert: »Also, worum geht es?«

Die Musiker stockten etwas und begannen unsicher mit der letzten Strophe. Mara reichte Buntokapi schweigend eine Schriftrolle, und als ihr Gewand etwas verrutschte, bemerkte er, daß sie noch sechs weitere bei sich hatte. Er warf einen raschen Blick auf die erste. »Das sind Haushaltsbudgets und Rechnungen. Warum belästigst du mich damit?« Er starrte seine Frau an, ohne zu bemerken, daß seine Musiker verzweifelt die Erlaubnis herbeisehnten, eine Pause machen zu dürfen. Da Buntokapi sich dazu nicht äußerte, kämpften sie sich mühselig durch ihren Chorgesang.

»Dies sind Eure Ländereien, mein Gemahl«, sagte Mara schwach. »Niemand darf ohne Eure Erlaubnis auch nur einen einzigen Cinti Eures Vermögens ausgeben. Einige der Händler in Sulan-Qu haben uns höfliche, aber bestimmte Aufforderungen zugesandt, den Zahlungen nachzukommen.«

Bunto kratzte sich in der Leiste, während er über den Aufstellungen hockte. »Frau!« Die Musiker hatten ihre Ballade beendet, und er schrie plötzlich in die Stille hinein: »Haben wir genug Geld, um diese Rechnungen zu bezahlen?« Er warf unruhige Blicke um sich, als würde ihn seine eigene laute Stimme verwirren.

»Natürlich, Mylord.«

Er senkte die Stimme. »Dann bezahl sie.« Sein Gesichtsausdruck verdunkelte sich. »Warum musstest du sie eigentlich mir bringen? Wo ist Jican?«

Mara zeigte auf die Rollen. »Ihr habt ihm aufgetragen, sich mit diesen Dingen nicht an Euch zu wenden, mein Gemahl. Er gehorcht, doch kann diese Angelegenheit nicht geregelt werden, wennn Ihr ihm aus dem Weg geht.«

Buntokapis Verwirrung wandelte sich jetzt in Wut. »Also muß meine Frau mich belästigen, als wäre sie eine Bedienstete! Und ich nehme an, ich muß jedesmal, wenn etwas geschehen soll, meine Zustimmung geben, ja?«

»Es ist Euer Besitz«, erwiderte Mara. Sie beobachtete ihn, bis in die letzte Faser angespannt, während sie auf die Möglichkeit wartete, ihm vorzuschlagen, daß er ihr die Verwaltung des Anwesens übertragen sollte.

Doch statt dessen seufzte er mit einer Sanftmut, die sie nie zuvor bei ihm erlebt hatte. »Das stimmt. Ich muß mich mit diesen Unannehmlichkeiten abgeben, fürchte ich.« Sein Blick wanderte zu der drallen Vielle-Spielerin und schwenkte dann wieder zu Mara zurück, wo er auf ihren dicken Bauch landete. Der Kontrast brachte ihn auf einen Gedanken. »Du mußt dich jetzt schonen, Frau, damit du nicht zu sehr ermüdest. Geh zu Bett. Wenn ich mich schon mit diesem Zeug befassen muß, werde ich die Musiker solange hierbehalten, damit sie für mich spielen können.«

»Mylord, ich –« Mara hielt inne, sie war sich plötzlich bewußt, daß sie Buntokapi falsch eingeschätzt hatte, als dieser auf die Füße sprang. Er packte sie an den Schultern und zog sie unsanft hoch. Ihre Hände fuhren unwillkürlich zu ihrem Bauch hinab, um das noch ungeborene Leben zu schützen. Die Geste verhinderte einen Gewaltausbruch ihres Mannes, minderte aber nicht seine Wut.

Die Musiker erstarrten unbehaglich, als Buntokapis verkrampfte Finger sich in ihre Schultern bohrten. »Frau, ich habe dich gewarnt. Ich bin nicht dumm! Ich werde mich um diese Rechnungen kümmern, aber dann, wenn *ich* es will.« Seine Wut schien sogar noch zuzunehmen, sich selbst zu nähren, bis sie etwas Greifbares war, das die Atmosphäre des Raumes überschattete. Das Mondlicht hinter den Läden schien zu verblassen, und die Musiker legten ihre Instrumente beiseite und hockten sich hin. Mara biß sich auf die Lippe; der feste Griff ihres Mannes verdammte sie zur Unbeweglichkeit wie ein Gazen gegenüber einem Relli. Er schüttelte sie, damit sie seine Kraft richtig einzuschätzen lernte. »Höre mir gut zu, Frau. Du wirst jetzt zu Bett gehen. Und wenn du jemals denkst, meine Pläne zu durchkreuzen, auch nur ein einziges Mal, werde ich dich fortschicken!«

Seine Finger gaben nach, und Mara fiel auf die Knie, so große Furcht durchströmte sie. Sie verbarg das Gefühl hinter einer Verbeugung, die so tief war, daß sie einem Sklavenmädchen angemessen gewesen wäre. Sie drückte die Stirn gegen den Boden, an dem immer noch Wein klebte. »Ich bitte meinen Gemahl um Vergebung.« Diese Worte waren inbrünstig aufrichtig, denn Buntokapi konnte, wenn er es für richtig hielt, seine Rechte als Herrscher über eine lästige Ehefrau ausüben und sie aus dem Herrenhaus weisen. Dann würde sie in einer Wohnung mit einer Lebensrente und zwei Dienerinnen leben, und die Angelegenheiten der Acoma hätten sich ihrem Einfluß für immer entzogen. Die stolze Familie ihres Vaters würde zu dem werden, was dieser grobe Mann aus ihr zu machen plante, ohne jede Hoffnung darauf, der Knechtschaft der Anasati zu entgehen. Reglos wartete Mara; sie wagte nicht zu zittern, ja kaum zu atmen. Ihr Gesicht war eine Maske, die den Schrecken in ihrem Herzen verbarg. Sie hatte gehofft, Buntokapi mit Ausgaben zu langweilen, die er nicht verstand, um ihn so zu ermutigen, ihr die Kontrolle zu überlassen. Dann hätte sie endlich die Möglichkeit gehabt, einige ihrer Pläne in Angriff nehmen zu können. Statt dessen hatte sie beinahe ein Desaster heraufbeschworen.

Buntokapi betrachtete ihren gekrümmten Rücken voller Abscheu, bis das Versprechen dessen, was unter den Gewändern der Vielle-Spielerin lag, ihn ablenkte. Jetzt war er tatsächlich gelangweilt und verärgert über den Stapel an Pergamentrollen, die auf seine Aufmerksamkeit warteten, und er stieß seine Frau mit der Fußspitze an. »Und jetzt zu Bett, Frau.«

Mara stand unbeholfen auf, doch ihre Erleichterung wurde von ihrer Wut auf sich selbst überschattet. Zum Teil hatte sie ihren Ehemann auch aus Groll darüber so hart bedrängt, daß sie und die Angelegenheiten der Acoma von geringerer Bedeutung sein sollten, als der wackelnde Busen einer kleinen Sängerin. Aber die Folgen eines Verlustes der eigenen Kontrolle hätten die Zukunft der Acoma beinahe in die Hände eines brutalen Feindes gelegt. Vorsicht würde jetzt vonnöten sein, besondere Schlauheit und ein ziemliches Quentchen Glück. Mit einem Gefühl von Panik sehnte sie sich nach Nacoyas Rat, doch die alte Frau schlief schon längst, und jetzt noch weniger als zuvor wagte Mara, die direkten Anordnungen ihres Herrn zu mißachten, indem sie eine Dienerin schickte, um sie wecken zu lassen. Mit einer Mischung aus hilfloser Wut und Enttäuschung sowie dem Gefühl von Unsicherheit, wie sie es noch niemals so stark in ihrem Leben erfahren hatte, wickelte Mara das zerknitterte Gewand um ihre Schultern. Sie verließ den Raum in der geschlagenen Haltung der gescholtenen und unterwürfigen Ehefrau. Doch während die Musik hinter ihr wieder einsetzte und Butokapis Blick sich erneut auf das Tal zwischen den Brüsten der Vielle-Spielerin heftete, kreisten ihre Gedanken immer schneller. Sie würde ausharren; irgendwie würde sie einen Weg finden, die Schwächen ihres Ehemannes auszunutzen, selbst seine überwältigende Lust. Wenn nicht, würde alles verloren sein.

»Frau?« Buntokapi kratzte sich; mit gerunzelter Stirn hockte er über einem Stück Pergament an seinem Schreibtisch.

»Ja, Bunto?« Mara konzentrierte sich auf ihre Näharbeit, zum Teil weil Nadel und Faden – endlos in Knoten verwickelt – in ihren Händen ein eigenes Leben anzunehmen schienen, aber hauptsächlich, weil sie das Bild von Sanftmut und Gehorsamkeit aufrechterhalten mußte. Seit dem Zwischenfall mit den Musikern und den Haushaltsrechnungen achtete Buntokapi überaus argwöhnisch auf das leiseste Zeichen von Ungehorsamkeit. Und die Sklavenmädchen in den Ecken flüsterten sich heimlich zu, daß seine Stimmung häufig genug bestimmte, was er sehen wollte. Mara stach mit der Nadel durch das Gewand für ihr ungeborenes Kind, obwohl die Arbeit bestenfalls als armselig bezeichnet werden konnte. Kein Erbe der Acoma würde einen solchen Fetzen tragen. Doch wenn Buntokapi Nähen als geeigneten Zeitvertreib für seine schwangere Frau ansah, mußte sie wenigstens mit etwas Begeisterung mitspielen.

Der Lord der Acoma rückte seine wuchtigen Knie unter dem Schreibtisch zurecht. »Ich beantworte gerade einen Brief meines Vaters. Hör zu: ›Lieber Vater! Geht es Dir gut? Ich habe alle Ringkämpfe in den Soldaten-Bädern in Sulan-Qu gewonnen. Mir geht es gut. Mara geht es auch gut.‹« Er blickte sie an, und der seltene Ausdruck von Konzentration trat auf sein Gesicht. »Es geht dir doch gut, nicht wahr? Was soll ich als nächstes schreiben?«

Mara konnte ihre Irritation kaum zurückhalten. »Warum fragt Ihr nicht, ob es auch Euren Brüdern gutgeht?«

Buntokapi bemerkte den Sarkasmus nicht und nickte. Zustimmung zeichnete sich in seinem Gesicht ab.

»Herr!«

Beinahe hätte sich Mara bei dem Schrei, der von außen kam, in den Finger gestochen. Sie legte die wertvolle Metallnadel beiseite, wo sie keinen Schaden anrichten konnte, während Buntokapi mit verblüffender Geschwindigkeit zur Tür sprang. Der Rufer schrie erneut, noch eindringlicher dieses Mal, und ohne auf die Diener zu warten, öffnete Buntokapi die Läden und sah sich einem schwitzenden und staubbedeckten Soldaten gegenüber.

»Was ist los?« wollte Buntokapi wissen. Seine Verwirrung hatte sich sogleich ein wenig gelegt, denn alles was mit Waffen und Krieg zu tun hatte, fiel ihm wesentlich leichter als das Abfassen von Briefen.

Der Krieger verbeugte sich mit ausgesprochener Hast, und Mara bemerkte, daß seine Sandalen fest verschnürt waren: Er mußte eine weite Strecke gerannt sein, um seine Nachricht zu überbringen. Sie vergaß ihre Haltung als unterwürfige Frau und lauschte den Worten des Läufers, als er wieder Luft bekam und sprechen konnte. »Befehlshaber Lujan sendet die Nachricht, daß eine große Streitmacht von Banditen auf der Straße von Holan-Qu heranrückt. Er hält die Stellung an der kleinen Quelle unterhalb des Passes, um sie aufzuhalten, falls sie versuchen sollten durchzubrechen. Er glaubt, daß sie uns überfallen wollen.«

Buntokapi nahm die Sache sofort in die Hand. »Wie viele sind es?« In einer Anwandlung von Einfühlungsvermögen, wie er es seiner Dienerschaft gegenüber niemals gezeigt hätte, bedeutete er dem ermüdeten Läufer, Platz zu nehmen.

Mara befahl einem Diener, dem Mann etwas Wasser zu bringen, während dieser sich niederließ und genauere Einzelheiten preisgab. »Es ist eine sehr gute Streitmacht, Herr. Vielleicht so viel wie sechzig Kompanien. Mit großer Wahrscheinlichkeit sind es Graue Krieger.«

Bunto schüttelte den Kopf. »So viele? Sie könnten gefährlich werden.« Er wandte sich an Mara. »Ich muß dich jetzt verlassen, meine Gemahlin. Aber hab keine Angst, ich werde zurückkehren.«

»Möge Chochocan Euch schützen.« Mara hielt sich an den rituellen Satz und neigte ihren Kopf vor ihm, wie es für die Frau eines Lords angemessen war. Doch nicht einmal, um den äußeren Schein zu wahren, konnte sie so tun, als würden die vor ihm liegenden Gefahren sie erschrecken. Als Buntokapi forsch durch die offene Tür nach draußen trat, warf sie einen verstohlenen Blick auf den staubbedeckten Boten, der sich seinerseits vor seinem Herrn verbeugte. Er war jung, doch erfahren im Kampf und mit vielen Narben übersät. Mara erinnerte sich an seinen Namen, Jigai, einst ein hochangesehenes Mitglied aus der Bande Lujans. Seine Augen waren hart und verschlossen, als er seinen Kopf hob, um das Wasser anzunehmen, das ihm eine Dienerin brachte. Mara verdrängte das Gefühl der Unsicherheit, das sich in ihr ausbreitete. Was würden dieser Mann und seine Kameraden empfinden, wenn sie Männern gegenüberstanden, die genauso ihre Kameraden wie ihre Feinde hätten sein können? Keiner der Neuankömmlinge hatte bisher einem Feind der Acoma im Kampf gegenübergestanden; daß ihre erste Begegnung sie auf Graue Krieger stießen ließ, brachte Ängste hervor, über die zu lange nachzudenken gefährlich war.

Sie blickte niedergeschlagen hinterher, als die Soldaten der Acoma hinter das große Haus eilten, um sich dort zu formieren. Jede Formation wurde von einem Patrouillenführer kommandiert, der wiederum seine Anweisungen von einem Befehlshaber entgegennahm; sie alle standen unter dem Kommando des erfahrenen Kommandeurs Keyoke. Rechts von diesem stand Papewaio, der als Truppenführer das Kommando übernehmen würde, sollte der Kommandeur im Kampf fallen. Mara konnte nicht umhin, sie zu bewundern, denn die Soldaten der Acoma handelten in jeder Hinsicht wie tsuranische Krieger. Jene, die einst Gesetzlose gewesen waren, fügten sich reibungslos in die Gruppe derer, die in diesen Dienst hineingeboren worden waren. Ihre Zweifel ließen ein wenig nach. Dank der Sicherheit, die ihnen die Krieger der Cho-ja-Königin gewährten, mußte lediglich die Kompanie Tasidos zurückbleiben, um das Anwesen zu bewachen. Abwesend betrachtete Mara die möglichen Vorteile, noch mehr Cousins an die Farben der Acoma zu binden. Wenn sie noch mehr Krieger hätten, könnten sie die Garnison teilen; Papewaio und noch ein anderer würden dann in den Rang eines

Kommandeurs befördert, und die Acoma hätten zwei Garnisonen ... Ein lauter Schrei setzte ihren Gedanken ein Ende. Buntokapi kam in Sicht, und die ihm nachfolgenden Diener versuchten geschäftig, die Waffen an seinem Körper festzuschnallen. Während ihr Lord seinen Platz an der Spitze der Kolonne einnahm, erinnerte sich Mara: Dies war keine Armee, über die sie befehlen konnte. Nicht mehr.

Die letzten Männer nahmen jetzt, angetrieben von Buntokapi, ihre Position ein. Wie er da in voller Rüstung stand und die mit Troddeln versehene Scheide für sein Lieblingsschwert an der Seite trug, entsprach der gewöhnlich eher schwerfällige und klobige Lord der Acoma einem typisch tsuranischen Krieger: stämmig, kräftig, mit Beinen, die in der Lage zu sein schienen, ihn im Lauftempo einige Meilen weit zu tragen, und trotzdem noch genug Ausdauer für einen anschließenden Kampf hatten. Mürrisch und brutal in Friedenszeiten, war Buntokapi für den Krieg ausgebildet. Barsch gab er seine Befehle.

Mara lauschte von der offenen Tür ihrer Gemächer. Sie war stolz auf das Spektakel im Hof. Dann trat das Baby wieder zu. Sie zuckte zusammen bei dem kräftigen Stoß der ungeborenen Füße. Als sein Wutanfall wieder aufhörte, war die Garnison der Acoma bereits von dem Gut verschwunden; vierhundert Soldaten, deren grüne Rüstungen im Sonnenlicht glänzten, als sie auf die gleiche Schlucht zueilten, wo Mara mit ihrer Falle Lujan und seine Gesetzlosen in ihren Dienst gebracht hatte.

Still betete sie darum, daß diese Auseinandersetzungen bei der ruhig dahintröpfelnden Quelle sich als genauso günstig für die Acoma erweisen würden wie die erste.

Nacoya erschien ungebeten, um sich um ihre Herrin zu kümmern. Ihre alten Ohren hatten den Lärm nicht überhört, und in ihrer typischen Art brachte sie jetzt ein bißchen Klatsch und Tratsch von den Soldaten, etwas, wonach die junge Frau sich sehnte, was sie aber nicht mehr direkt erfahren konnte. Nachdem sie einen Diener fortgeschickt hatte, um gekühlte Früchte holen zu lassen, drängte sie Mara in die Kissen zurück, und die zwei Frauen machten es sich bequem und warteten. Es war noch früher Vormittag, dachte Mara und warf einen Blick auf die Uhr der Cho-ja auf dem Tisch, an dem ihr Mann weniger als eine Viertelstunde zuvor noch geschrieben hatte. Sie rechnete schnell nach. Die frühmorgentliche Patrouille mußte die vorauseilenden Späher der Banditen entdeckt und ihre Hauptstreitmacht jenseits des Passes ausgemacht haben. Mara entnahm den Neuigkeiten, die Nacoya ihr mitteilen konnte, Zeiten und Orte und rechnete nach. Sie lächelte leicht. Die Diskussion, die sie während der Reise zum Cho-ja-Schwarm zwischen Arakasi und Keyoke entfacht hatte, zeigte jetzt ihre Ergebnisse. Der Supai hatte sich unter anderem für die Notwendigkeit einer frühmorgentlichen Patrouille durch das Gelände westlich des Herrenhauses ausgesprochen, denn es war leicht für die Banditen, in die Berge einzudringen, indem sie den Patrouillen der Acoma im Schutz der Dunkelheit aus dem Weg gingen und dann bei Tageslicht untertauchten. Die um Mitternacht losgeschickten Patrouillen Lujans stellten sicher, daß die Männer bei Tagesanbruch hoch genug in den Bergen oberhalb des Herrenhauses der Acoma waren, um irgendwelche Anzeichen von räuberischen Aktivitäten frühzeitig entdecken zu können. Und der listige frühere Bandit kannte jedes mögliche Versteck zwischen den Grenzen der Acoma und Holan-Qu.

Mara wurde plötzlich müde, denn die Schwangerschaft strengte sie sehr an, und sie lutschte an den süßen Obstscheiben, während die Geräusche der hastig auf die Hügel zu marschierenden Soldaten der Acoma durch die morgentliche Luft wehten. Die Cho-ja-Uhr tickte leise, und das Geräusch wurde schwach, dann schwächer, bis Mara kaum mehr unterscheiden konnte, ob sie wirklich noch etwas hörte oder es sich nur einbildete.

Gegen Mittag goß Nacoya etwas Kräutertee ein und ließ geröstetes Brot und süße Beerenpaste bringen, zusammen mit Obst und Kaj Sung – einer dampfenden Schüssel Thyza mit

Gemüse und Nüssen und kleinen Stückchen Flußfisch. Bestrebt, sie zufriedenzustellen, stellte der Koch die Mahlzeiten vor Mara ab, doch sie stocherte nur geistesabwesend in dem Essen herum.

»Lady, habt keine Angst. Euer Lord wird unverletzt zurückkehren«, sagte Nacoya, die jetzt begriffen hatte, daß Mara sich in Gedanken mit ganz anderen Dingen beschäftigte und keineswegs nur träge war.

Mara runzelte die Stirn. »Er muß.« Und für einen kurzen Augenblick gewahrte Nacoya den Hauch von Wut und Entschlossenheit hinter der ansonsten stets ausdruckslosen Maske. »Wenn er jetzt stirbt, war alles umsonst ...« Nacoyas Instinkte erwachten, und sie suchte den Blick des Mädchens, doch Mara schaute rasch weg. Nacoya war jetzt überzeugt, daß in ihrem Kopf etwas vor sich ging, das jenseits ihres Verständnisses lag, doch sie war schlau genug, um wenigstens die Richtung zu erahnen. Das Alter verlieh ihr Geduld. Wenn die junge Lady der Acoma sich entschieden hatte, ihre Pläne allein zu schmieden, dann war es eben so. Dieser Plan, der gefährlichste von allen, mochte noch vor seiner Verwirklichung scheitern, wenn sie ihn mit jemandem teilte, selbst mit einer Person, die sie liebte und der sie vertraute. Nacoya registrierte das, sie enthüllte jedoch nichts von der Angst, die ihr altes Herz ergriff. Sie verstand. Sie war eine Tsurani. Und unter dem Dach eines Herrn war das Wort des Herrn das Gesetz.

Buntokapi brachte die Kompanie seiner Soldaten zum Stehen und kniff die Augen zum Schutz vor der grellen Sonne zu Schlitzen zusammen, als zwei Soldaten der Acoma sich im Laufschritt näherten. Ihre Silhouetten hoben sich gegen die Sonne ab, die vom Horizont halbiert wurde. Die Männer waren außer Atem und völlig verstaubt, aber trotz ihrer Müdigkeit überaus stolz. Sie salutierten. Derjenige, der am nächsten stand, erstattete Bericht. »Lord, die Banditen haben ihr Lager in dem tiefer gelegenen, kleinen bewaldeten Tal aufgeschlagen, jenseits des Kamms, wo Befehlshaber Lujan wartet. Er glaubt, daß sie sich noch vor Sonnenuntergang rühren werden.«

Buntokapi wandte sich ohne zu zögern an Keyoke: »Wir bleiben hier. Schickt zwei neue Männer, die Lujan herbeiholen sollen.«

Der Kommandeur führte die Befehle seines Herrn umgehend aus, dann entband er die Einheiten von ihrer Bereitschaft. Die Männer standen jetzt entspannt da, sie nahmen die Helme ab und setzten sich an den Wegesrand, zündeten jedoch keine Feuer an, um den Banditen ihre Anwesenheit nicht zu verraten.

Mit einem hörbaren Seufzer löste auch Buntokapi seinen Helm. Zwar war er praktisch, doch auch schwer und zudem nach Art der Tsurani mit den Taten seines Besitzers geschmückt. Erst kürzlich war der Streifen Sarcat-Fell am Rand hinzugefügt worden, um den wehenden Schweif aus Zarbi-Haar zu ergänzen, der von der Spitze hing. Solche Trophäen sahen großartig bei einer Parade aus, doch der junge Lord mußte mißmutig erkennen, daß nach einem Tagesmarsch jedes zusätzliche Gramm die Last noch drückender erscheinen ließ. Er nahm den Helm vom Kopf und fuhr mit den Fingern durch die Haare, bis sie wie Borsten emporstanden.

Dann ließ er sich nieder und lehnte sich gegen einen abgerundeten Felsvorsprung an der Seite des Weges, wo seine Offiziere auf ihn warteten. »Keyoke, was ist das für ein bewaldetes Tal, von dem die Männer sprechen?«

Der Kommandeur hockte sich neben ihn und zeichnete mit der Spitze des Dolches eine grobe Karte in den Staub. »Es ist etwa so, Lord. Der Weg von Holan-Qu verengt sich an einem Kamm und geht in die schmale Lichtung – das Tal – mit einer Quelle über, kurz bevor er sich wieder zu einem neuen Kamm erhebt, danach wieder abfällt und dann, mehr als sechs Meilen entfernt von hier, auf diesen Weg stößt.« Er gab die Fakten weiter, ohne den Hinterhalt zu erwähnen, mit dem die Lady Lujan und seine Männer für den Dienst bei der Acoma gewonnen hatte.

»Ein guter Platz für eine Falle«, murmelte Buntokapi. Er kratzte sich an einem Insektenstich.

Keyoke sagte nichts. Er wartete geduldig in einer Art und Weise, die nur Mara verstanden hätte, während sein Herr den Schwertgürtel lockerte und sich ausstreckte. »Trotzdem müssen wir warten, bis wir Lujans Bericht haben. Weckt mich, sobald er ankommt.« Buntokapi verschränkte die Arme hinter dem Kopf und schloß die Augen.

Papewaio stand auf; mühsam verborgene Verzweiflung sprach aus seinem Blick. Keyoke folgte ihm. »Ich werde Wachen aufstellen, Lord.«

Buntokapi grunzte seine Zustimmung, und die beiden Offiziere ließen ihren Lord zum Schlafen zurück. Nach etwa einer Stunde kündigte eine der Wachen die Ankunft von Befehlshaber Lujan im Lager an.

Buntokapi wachte auf, ohne daß ihn jemand wecken mußte. Er saß aufrecht da und kratzte an einer neuen Sammlung von Insektenstichen, als der staubbedeckte Lujan vor ihn trat und salutierte. Der frühere Gesetzlose war sechs Meilen gelaufen und zeigte dennoch keine äußeren Anzeichen von Erschöpfung, abgesehen davon, daß er etwas atemlos war. Keyoke und Papewaio traten zu ihnen, als Buntokapi nach seinem Helm griff, ihn über seine verwirrten Haare stülpte und auf die Striche im Staub deutete. »Zeigt es mir.«

Lujan hockte sich hin und fügte mit seinem eigenen Dolch der kleinen Karte, die Keyoke gezeichnet hatte, ein paar Einzelheiten hinzu. »Sechs Kompanien zu je fünfzig Mann sind auf drei verschiedenen Wegen zu diesem Tal gelangt, Mylord. Sie marschierten hierher, hierher und hierher.«

Buntokapi hielt in der Bewegung seiner Hand inne, die jetzt über den rot werdenden Striemen an seinem Bein hing. »Sie sind nicht in das höher gelegene Tal gegangen, das mit dem kleinen See?«

»Nein, Lord.« Lujan zögerte.

Buntokapi machte eine ungeduldige Bewegung in der zunehmenden Dunkelheit. »Nun, was ist? Sprecht.«

»Da ist irgend etwas ... nicht in Ordnung.«

Buntokapi hob die Brustplatte mit dem Daumen und kratzte sich an seinem Bauch. »Sie verhalten sich nicht wie Banditen, was?«

Lujan lächelte leicht. »Nein, mir scheint, eher wie ausgebildete Soldaten.«

»Graue Krieger?« Buntokapi stand schwerfällig auf. »Vielleicht«, meinte Keyoke.

»Ha!« Buntokapis Stimme wurde bitter. »Minwanabi, oder meine Mutter hat ein steinköpfiges Junges geboren.« Er wandte sich an die älteren Offiziere. »Bevor ich heiratete, wußte ich von der Blutsfehde zwischen Jingu und dem Acoma. Mein Vater warnte mich erst kürzlich vor einem plötzlichen Angriff.« Er runzelte die Stirn. »Ich schwöre, er hat gewußt, daß dies hier stattfinden würde.« Buntokapi schwieg bedeutungsvoll, doch er teilte den anderen nicht mit, was er sonst noch aus diesem Schluß ableitete. Seine Stimme nahm jetzt einen verdrießlichen Ton an. »Lord Jingu glaubt, daß seine Männer die besten im Kaiserreich sind und Euer Lord ein dummer Bulle ist. Und er scheint selbstsicher genug geworden zu sein, um den Zorn meines Vaters zu riskieren. Dennoch ist er nicht so stark oder so arrogant, daß er es wagt, seine Farben offen zu zeigen, nicht wahr? Wir werden ihm beweisen, daß er in den ersten beiden Punkten unrecht hat.« Er gab ein bellendes Lachen von sich. »Und im letzten recht hat.« Er blickte Keyoke an. »Ich nehme an, Ihr habt bereits einen Plan, Kommandeur?«

Keyokes faltiges Gesicht blieb ausdruckslos, als er seinen Dolch auf die in den Staub gezeichneten Linien setzte, um die Stelle zu markieren, wo der Weg sich an der ihnen zugewandten Seite des Tals verengte. »Wir können sie ohne große Schwierigkeiten hier aufhalten, denke ich, Mylord.«

Buntokapi fingerte an den Troddeln der Scheide herum. »Besser jedoch, wir lassen sie ins Tal hinein, schicken ihnen eine Kompanie hinterher und haben sie so in der Falle.«

Keyoke betrachtete die Zeichnung, während das Licht schnell weiter abnahm. Er versuchte, sich jede Einzelheit des Geländes ins Gedächtnis zurückzurufen, an die er sich von seiner letzten Patrouille erinnerte. Dann teilte er ihnen ruhig seine Meinung mit: »Wenn wir ungesehen oben am Kamm entlang eine Kompanie aufstellen, haben wir sie in der Morgendämmerung an Ort und Stelle. Dann können die Banditen nicht wieder zurück, und ein schneller Ausfall in das kleine Tal von dieser Seite aus könnte sie in die Flucht schlagen.«

»Gut, doch ich denke, wir werden nicht angreifen.« Buntokapi legte die Stirn jetzt in tiefe Falten und erklärte, was er meinte. »Wir bleiben ruhig sitzen, wie verängstigte kleine Vögel, ja? Sie werden an uns vorbeimarschieren, tief in diese kleine Lichtung hinein, und wir werden aufspringen und Pfeile und Felsstücke auf sie niederregnen lassen, bis sie zusammenbrechen.«

Lujan nickte anerkennend. »Doch sie werden ausbrechen.«

Buntokapi rieb mit seinem pummeligen Daumen am Kiefer, während er noch einmal über alles nachdachte. »Nein«, sagte er schließlich, »wir werden zuschlagen, kurz bevor sie den zweiten Kamm erreichen, damit sie denken, daß sie auf die Vorhut unserer Patrouille gestoßen sind. Doch die meisten unserer Männer werden weiter hinten warten.« Er grinste gehässig und erwartungsvoll. »Die Banditen werden glauben, daß sie die Hauptstreitmacht der Garnison der Acoma vor sich haben, die die Grenzen der Ländereien verteidigt. Sie werden den Weg zurückrennen, den sie gekommen sind, durch unseren Pfeilhagel hindurch auf unsere Schwerter und Schilde zu.« Er hielt inne. »Papewaio, Ihr werdet mit Lujan an das andere Ende des Tals gehen, zusammen mit« – er rechnete schnell nach – »fünfzig der besten Bogenschützen. Keyoke wird zwanzig Bogenschützen nehmen und sich auf dem Hohen Paß des Kamms postieren, außer Sichtweite.« Seine Vorfreude bekam allmählich einen unangenehmen Zug. »Keyoke, wenn die Banditen kommen, sollen alle Männer Kriegsrufe ausstoßen, gegen ihre Schilde schlagen und auf den Boden stampfen, um Staub aufzuwirbeln, damit der Feind glaubt, wir wären eine ganze Armee. Wenn dennoch welche weiter vordringen, schießt sie nieder.«

Die Angelegenheit war entschieden, und Buntokapi schulterte seinen Bogen. »Die Bogenschützen werden auf dem Kamm oberhalb der Banditen in Deckung gehen, um den tödlichen Hagel besser auf sie herabregnen lassen zu können. Es ist am klügsten, wenn ich diese Kompanie befehlige.« Keyoke nickte zustimmend; er rief sich die Übungsrunde im Hof vor den Baracken in Erinnerung. Buntokapi mochte zwar mit dem Schwert nicht besonders schnell sein, aber mit dem Bogen war er ein Dämon. Buntokapi war mittlerweile sehr erregt und gab Papewaio die letzten Befehle, um sicherzustellen, daß ihnen keiner der Banditen entkommen würde.

Keyoke, dessen grimmiges Gesicht vom Schatten seines Helms verdeckt blieb, bewunderte die Kühnheit des Planes. Buntokapi erwartete einen Sieg; und mit den mutigen Wendungen, die der junge Lord der Acoma dem ursprünglichen Plan hinzugefügt hatte, war es gut möglich, daß die Streitmacht der Banditen wirklich zur Niederlage verdammt war.

Buntokapi hockte auf dem Kamm und winkte den Bogenschützen zu, die sich über das Tal verstreut versteckt hatten. Doch die Männer, die sich dort unten bewegten, sahen sein Zeichen nicht, da der morgendliche Frühnebel das Tal wie ein feuchtes Tuch einhüllte und die Sicht auf alles behinderte, was mehr als zehn Meter entfernt war. Die Sonne färbte die felsige Kante der östlichen Höhen erst schwach rot, und der Dunst würde sich in den nächsten Stunden noch nicht auflösen. Die Eindringlinge begannen sich zu rühren; hier hockte ein Mann an einer geschützten Stelle, um sich zu erleichtern, während andere sich an der Quelle wuschen und den Staub von ihren Decken schüttelten oder trockenes Holz sammelten, um Feuer für Tee zu machen. Nur wenige trugen jetzt schon Rüstungen. Falls sie irgendwo Späher aufgestellt hatten, unterschieden sie sich jedenfalls nicht von den Kriegern, die sich gerade den Schlaf aus den Augen rieben. Buntokapi betrachtete amüsiert ihre vollkommene Sorglosigkeit und lachte leise in sich hinein. Er visierte das Ziel an – den hockenden Mann – und ließ den Pfeil von der Sehne schnellen. Die Spitze bohrte sich tief ins Fleisch, und der Kampf begann.

Das erste Opfer fiel mit einem unterdrückten Schrei vornüber. Sofort schossen auch alle anderen Bogenschützen der Acoma. Dreißig Banditen wurden niedergestreckt, bevor auch nur ein einziger von ihnen hatte reagieren können. Dann stob die Banditenschar auseinander wie ein aufgeschreckter Vogelschwarm. Herrenlose Decken wehten über den Boden, und Kochtöpfe rollten ins Feuer, als die angegriffenen Männer Schutz suchten. Buntokapi kicherte leise und schickte einen neuen Pfeil los. Er traf sein Ziel in die Lende, und der Mann krümmte sich vor Schmerz und riß einen Kameraden mit, als er zu Boden fiel. Zu viele Männer waren auf einem zu kleinen Gelände, und ihre Panik machte es den Gegnern leicht, sie niederzumetzeln. Bevor ihre Kommandanten die Ordnung wiederherstellen konnten, waren weitere zwanzig tot. Auf der Lichtung ertönten Befehle aus schreienden Kehlen. Es fiel den Bogenschützen der Acoma jetzt immer schwerer, die Ziele anzuvisieren, da die Banditen untertauchten und Schutz unter umstürzenden Bäumen, großen Felsbrocken oder sogar in flachen Vertiefungen suchten. Dennoch fanden die Pfeile früher oder später ihr Ziel.

Auf den Befehl eines Offiziers hin versuchten die Banditen, zur Linie der Acoma durchzubrechen. Buntokapis Jubel verwandelte sich in brutales, grausames Gebrüll. Wahrscheinlich dachte der befehlshabende Bandit, daß er einer Patrouille begegnet war, deren Ziel es war, seine Männer hinter die Hügel zurückzutreiben. Jene Banditen, denen es gelang, sich zu formieren, erreichten den Schatten des zweiten Kamms, nur um dort von weiteren Rufen und dem Quietschen von Rüstungen aufgehalten zu werden. Fünf Männer aus der ersten Angriffswelle fielen im Pfeilhagel, als Keyokes Bogenschützen sich am Kampf beteiligten. Der Angriff geriet ins Stocken, als immer mehr Männer aus der Vorhut stehenblieben. Ein weiteres Dutzend wurde niedergestreckt, bevor die weiter hinten Stehenden ihre Lage erkannten und ein Offizier den Rückzug anordnete.

Das Sonnenlicht verlieh dem Nebel jetzt einen rötlichen Schimmer, als die ersten dreißig Bogenschützen ihr tödliches Feuer vom Kamm herunter fortsetzten. Die Eindringlinge saßen in der Falle und starben wie die Fliegen; nur wenigen gelang es, sich in die schmale Schlucht zurückzuziehen. Begeistert schätzte Buntokapi, daß ein gutes Drittel von ihnen jetzt tot oder verwundet war. Während er weiter Pfeil um Pfeil von der Sehne schnellen ließ, rechnete er sich aus, daß ein zweites Drittel hingestreckt werden würde, bevor seine Opfer sich zurückziehen könnten und geradewegs in die Arme der anderen, weiter hinten wartenden Soldaten der Acoma laufen würden. Buntokapis Pfeile gingen zur Neige, noch bevor er keine Ziele mehr fand, und er wurde wütend darüber, daß es ihm nicht möglich war, noch mehr zu töten. Er sah einen Mann direkt hinter einem Felssprung liegen, und voller Wut griff er nach einem Felsbrocken; er richtete sich halb auf, schleuderte den Stein hinab und wurde mit einem Schmerzensschrei belohnt. Heiß rann die Lust zu kämpfen und zu töten durch seine Adern, während er nach weiteren Steinen suchte.

Andere Bogenschützen, die ebenfalls keine Pfeile mehr hatten, taten es ihm nach, und jetzt hagelten Unmengen von Steinen auf die Banditen herab. Im Osten erhob sich eine Staubwolke über dem Pfad, aus der Kriegsgeschrei zu hören war. Keyoke und seine Gruppe machten sich bemerkbar und zeigten, daß »ihre« Armee bereit war anzugreifen. Einige der Banditen sprangen alarmiert auf, während die meisten in panischem Entsetzen einen Durchbruch nach Westen versuchten. Buntokapi schickte seinen letzten Stein mit einem pfeifenden Geräusch nach unten. Befeuert von der Erwartung auf Ruhm und den bevorstehenden Sieg rieß er sein Schwert aus der Scheide und schrie: »Acoma!«

Die Männer seiner Kompanie folgten seinem gewagten Angriff die steilen Hänge des Tals hinunter. Steine lösten sich unter den Füßen, rasten krachend nach unten. Auf dem Grund der Lichtung wurden sie von klammem Nebel empfangen, und das Gemetzel ging weiter. Nahezu zweihundert Banditen lagen tot oder sterbend auf dem Boden, während im Westen die Überlebenden auf die Speere, Schilde und Schwerter der Männer unter Papewaio und Lujan zurasten.

Buntokapi rannte los; seine kurzen Beine trommelten in schnellem Rhythmus auf den Boden, als er hinüberraste, um sie zu erreichen, bevor der letzte Feind niedergestreckt war. Er begegnete einem verzweifelt aussehenden Mann in einem einfachen Gewand. Das Schwert und der glatte, runde Schild, den er bei sich trug, erinnerten ihn an seinen eigenen Schild, den er in der Aufregung irgendwo auf den Felsen dort oben verloren hatte. Er verfluchte sich wegen seiner Nachlässigkeit, griff den Banditen aber trotzdem an. »Acoma! Acoma!« schrie er in beinahe kindlicher Freude.

Der Bandit bereitete sich auf einen Zweikampf vor, doch Buntokapi schlug ihm die Klinge aus der Hand. Er warf sich gegen den Schild, denn er wollte mehr auf seine Stärke und Statur setzen, als das Risiko eines Schwertkampfes gegen einen möglicherweise fähigeren Kämpfer einzugehen. Der Mann stolperte, und Buntokapi riß sein Schwert hoch und ließ es in einem beidhändig geführten Schlag hinuntersausen. Laut schreiend fiel der Bandit zu Boden; sein Schild war zerschmettert, sein Arm gebrochen.

Buntokapi wischte den letzten Versuch einer Gegenwehr beiseite. Er grinste fanatisch und stieß zu, und mit einem gurgelnden Schrei starb sein Gegner. Der Lord der Acoma wischte seine Klinge ab und eilte seinen Bogenschützen hinterher, die mit ihm zusammen ins Tal gestürmt waren.

Im Westen hörte er Kampfgeräusche. Atemlos, begierig und im Bewußtsein seiner Kraft und seiner Fähigkeiten kämpfte er sich den schmalen Weg durch die Felsen entlang. Der Nebel lichtete sich jetzt; ein goldenes Tuch, durch das Rüstungen und blutverschmierte Schwerter vor schattigem Grün hindurchschimmerten. Die Flucht der Banditen war von einer Gruppe von Acoma-Soldaten aufgehalten worden. Papewaio hatte eine Verteidigungslinie aus knienden Schildträgern aufgebaut, hinter denen Bogenschützen warteten und deren Flanken von Speerträgern geschützt wurden. Nicht einer von zwanzig Männern hatte ihre Linie erreicht, und als Buntokapi auf sie zustürzte, sah er die letzten Feinde auf den Speerspitzen sterben. Der Wald um sie herum war jetzt plötzlich schaurig still. Auch als Buntokapi sich seinen Weg durch die grotesk verrenkenden Körper bahnte und zum ersten Mal das Stöhnen der Verwundeten und Sterbenden hörte, legte sich seine Aufregung nicht. Er warf einen Blick auf das Gemetzel, das eine Folge seines Planes war, und entdeckte den Federbusch eines Offiziers.

Papewaio stand mit verschränkten Armen da und achtete darauf, daß der verletzte Arm eines Soldaten richtig verbunden wurde.

Buntokapi bahnte sich seinen Weg durch die Umherstehenden. »Nun?«

»Mylord.« Papewaio salutierte mit seinem Schwert, ohne den Blick ganz von dem verletzten Mann abzuwenden. »Sie zögerten, als sie unsere Linien sahen – das war ihr Fehler. Hätten sie ihren Ansturm fortgesetzt, wären unsere Verluste größer gewesen.« Der Mann am Boden stöhnte, als die Bandage über der Wunde festgezogen wurde. »Nicht so fest«, blaffte Papewaio, der die Gegenwart seines Herrn vergessen zu haben schien.

Aber Buntokapi war viel zu begeistert von seinem Sieg, als daß er sich an einer solch kleinen Verfehlung gestört hätte. Er stützte sich auf sein blutiges Schwert. »Wie viele Verluste haben wir?«

Papewaio schaute auf; jetzt sah er ihn zum ersten Mal richtig an. »Ich weiß es noch nicht genau, aber es sind nur wenige. Doch da kommt der Kommadeur.« Er gab rasch ein paar Anweisungen, was die Versorgung des verwundeten Kriegers betraf, dann drehte er sich um und folgte dem Lord der Acoma.

Lujan stieß zu ihnen, als sie Keyoke trafen. Er war staubbedeckt vom Kampf auf der Lichtung, und sein Federbusch war feucht vom Nebel. Die Offiziere erstatteten mit möglichst wenig Worten Bericht, und Buntokapis Herz schlug vor Stolz schneller. Freundschaftlich tippte er Keyoke auf die Schulter. »Seht Ihr, sie sind zusammengebrochen, und wir haben die Hunde getötet, genau wie ich es gesagt habe. Ha!« Er runzelte die Stirn, aber nicht aus Mißfallen. »Gibt es Gefangene?«

»Ich schätze, ungefähr dreißig, Mylord«, sagte Lujan. Seine Stimme wirkte eigenartig ausdruckslos gegenüber dem lebhaften Ton seines Herrn. »Einige werden lange genug leben, um Sklaven werden zu können. Wer ihre Offiziere sind, weiß ich nicht, da keiner von ihnen einen Offiziershelm trug.« Er machte eine nachdenkliche Pause. »Und auch nicht die Farbe eines Hauses.«

»Bah!« Buntokapi spuckte auf die Erde. »Das sind Minwanabi-Hunde.«

»Zumindest einer von ihnen.« Lujan zeigte auf einen Mann, der kaum sechs Meter von ihnen entfernt tot auf dem Boden lag. »Ich kannte diesen Mann« – er riß sich rechtzeitig zusammen und behielt seine merkwürdige Herkunft für sich – »aus der Zeit, bevor ich die Farben des Hauses übernahm. Er ist der älteste Bruder eines Jungen, mit dem ich in meiner Kindheit befreundet war, und er hat bei den Kehotara gedient.«

»Minwanabis Schoßhündchen!« Buntokapi wedelte mit seinem übelriechenden Schwert herum, als würde die Anwesenheit eines Soldaten von Jingus Vasallen seine Behauptung bestätigen.

Lujan trat etwas zur Seite, um nicht aus Versehen von dem Schwert getroffen zu werden, und lächelte leicht. »Er war kein guter Mann. Es mag sein, daß er ein Gesetzloser geworden ist.«

Buntokapi schüttelte seine Klinge vor Lujans Gesicht; jetzt war nichts Humorvolles mehr an ihm. »Dies war kein Überfall von Gesetzlosen! Dieser Hundenarr Jingu hält die Acoma für schwach, regiert von einer Frau. Nun, jetzt weiß er, daß er einem Mann gegenübersteht.« Er drehte sich entschlossen um und reckte sein Schwert in die Luft. »Ich werde einen Läufer nach Sulan-Qu schicken, der ein paar Runden in den Tavernen am Hafen schmeißt. Innerhalb eines Tages wird Jingu wissen, daß ich ihm einen Nasenstüber versetzt habe.«

Buntokapi ließ sein Schwert pfeifend wieder herabsausen. Er starrte auf das halbgetrocknete Blut und dachte nach; dann stieß er die Waffe in die mit Troddeln geschmückte Scheide. Ein Sklave konnte sie später polieren. Mit einer Begeisterung, die seine Offiziere nicht teilten, meinte er: »Wir werden dies zu Hause entscheiden. Ich bin durstig und hungrig. Wir brechen auf!« Abrupt marschierte er los und überließ es Keyoke, Papewaio und Lujan, die Männer zu organisieren, Tragen für die Verwundeten herzustellen und die Kompanien auf die Straße zum Herrenhaus zu bringen. Der Lord der Acoma wollte vor dem Abendessen zu Hause sein, und es kümmerte ihn wenig, daß die Soldaten seiner Kompanie vom Kampf erschöpft waren. Mochten sie sich ausruhen, wenn sie zurück in ihren Baracken waren.

Als die Krieger herbeieilten und sich in Reih und Glied aufstellten, sah Papeweio seinen Kommandeur an. Ihre Blicke kreuzten sich einen Augenblick, und die beiden Männer erkannten, daß ihnen der gleiche Gedanke gekommen war. Dieser starrköpfige Mann, beinahe noch ein Junge, war gefährlich. Als sie sich wieder trennten und ihre Aufgaben konzentrierten, beteten beide still für Lady Mara.

Die Stunden vergingen, und die Schatten wurden kürzer. Die Sonne kletterte zum Zenit, während die Needra-Hirten zum Mittagessen von den Weiden zurückkehrten. Diener und Sklaven gingen ihren Arbeiten nach, als könnte kein Unglück eintreten. Mara ruhte sich aus; sie versuchte zu lesen, doch ihr Verstand sträubte sich hartnäckig gegen die Beschäftigung mit der verwickelten Organisation der Ländereien und Geschäfte des Kaiserreichs, die Dutzenden von großen Lords und Hunderten von geringeren gehörten. Einmal, es war in einer Nacht vor etwa einem Monat gewesen, hatte sie geglaubt, sie hätte ein Muster entdeckt, nach dem die entfernten Besitztümer eines Gutes plaziert würden. Doch nur wenige Stunden weiterer Beschäftigung hatten ausgereicht, um sie erkennen zu lassen, daß diese Annahme eine Illusion gewesen war. Aber die Bemühungen hatten sie auf einen anderen Gedanken gebracht: Für das Spiel des Rates konnte es sich als genauso wichtig erweisen wie alle anderen Feinheiten, wo die Ländereien einer Familie lagen.

Den ganzen hitzeflimmernden Nachmittag grübelte Mara über diesen neuen Gedanken. Die Sonne ging unter, und in der kühleren Luft des Abends nahm sie ein langes und schweigsames Mahl zu sich. Die Bediensteten waren sehr fügsam, was bei der Abwesenheit ihres Herrn ungewöhnlich war. Die Schwangerschaft lastete wie ein schweres Gewicht auf Mara, und sie zog sich früh zum Schlafen zurück. Ihre Träume waren unruhig. Sie wachte mehrmals in der Nacht mit wild klopfendem Herzen auf und lauschte auf Geräusche der zurückkehrenden Männer; doch statt marschierender Füße und quietschender Rüstungen hörte sie in der Stille der Nacht nur das leise Muhen der Needra-Kühe und das Zirpen der Nachtinsekten. Sie hatte keinen blassen Schimmer, wie es ihrem Mann und Keyoke gegen die Banditen in den Bergen ergangen war, sie wußte nur, daß der Friede auf dem Gut noch nicht gestört worden war. Erst kurz vor Tagesanbruch fiel sie in einen tiefen und traumlosen Schlaf.

Als sie aufwachte, schien ihr die Sonne ins Gesicht, da sie irgendwann während der unruhigen Nacht die Läden geöffnet hatte. Das Mädchen, das am frühen Morgen Dienst hatte, mußte vergessen haben, sie zu schließen, und die Hitze brachte sie beinahe wieder zum Schwitzen. Mara setzte sich in den Kissen auf und spürte plötzlich, daß ihr schlecht wurde. Ohne erst die Dienerin zu rufen, hastete sie in die Kammer für die nächtliche Notdurft. Ihr war grauenhaft übel. Die Zofe hörte ihre Herrin und rannte mit kühlen Tüchern hinterher. Dann brachte sie Mara zurück zu ihren Kissen und wollte Nacoya holen. Mara hielt sie an der Tür auf. »Nacoya hat auch schon genug Sorgen«, meinte sie und zeigte mürrisch auf den offenen Fensterladen. Das Mädchen schloß ihn hastig, doch der Schatten half nicht. Mara lehnte sich zurück; sie war kreidebleich und schwitzte. Den ganzen Tag über war sie besorgt und nicht in der Lage, sich auf die Handelsangelegenheiten zu konzentrieren, an denen sie sonst niemals das Interesse verlor. Es wurde Mittag, und die Männer kehrten nicht zurück. Mara begann sich ernsthafte Sorgen zu machen. War Buntokapi durch das Schwert eines Banditen gefallen? Hatten sie den Kampf gewonnen? Das Warten erschöpfte sie und hüllte ihre Gedanken in eine Wolke aus Zweifeln. Die Sonne hinter dem Laden stieg in den Zenit, und Nacoya kam mit dem Mittagessen zu ihr. Dankbar darüber, daß ihr nicht mehr schlecht war, gelang es Mara immerhin, ein bißchen Obst und einige süße Kekse zu essen.

Nach dem Essen legte sich die Lady der Acoma hin, um sich während der Hitze des Nachmittags auszuruhen. Doch der Schlaf wollte nicht kommen. Als die Schatten der Blätter auf den Läden langsam länger wurden, lauschte sie auf die leiser werdenden Geräusche draußen, als die freien Arbeiter in ihre Hütten zurückkehrten. Den Sklaven war diese Mittagspause nicht erlaubt, doch wann immer es möglich war, wurde für die Zeit vom Mittag bis zur vierten Stunde am Nachmittag die am wenigsten anstrengende Arbeit des ganzen Tages gewählt.

Das Warten lastete auf ihnen allen wie ein tonnenschweres Gewicht; selbst die Köche in der Küche waren mürrisch. In der Ferne hörte Mara einen Diener einen Sklaven schelten, weil der irgendeine lästige Hausarbeit in der Spülküche nicht ordnungsgemäß erledigt hatte. Die Ruhe machte sie ungeduldig, und so stand sie auf. Als Nacoya kam, um nach den Wünschen ihrer Herrin zu fragen, gab sie ihr eine schnippische Antwort. Stille breitete sich im Raum aus. Später, als sie auch die Unterhaltung durch Musiker oder Poeten ablehnte, stand Nacoya auf und widmete sich anderen Aufgaben.

Dann, als die Schatten sich über den Hügeln purpur färbten, drang der Lärm der heimkehrenden Soldaten zum Herrenhaus. Mara hielt die Luft an und erkannte lauten Gesang. Etwas in ihr zerbrach. Tränen der Erleichterung strömten über ihr Gesicht, denn hätte der Feind gesiegt, wäre er mit Kriegsgeschrei gekommen, um die auf dem Gut zurückgebliebenen Soldaten anzugreifen. Andererseits hätten die Soldaten mehr Ruhe bewahrt, wenn Buntokapi getötet oder die Acoma zurückgeschlagen worden wären. So kündigten die fröhlichen Stimmen in der späten Nachmittagshitze eindeutig vom Sieg der Acoma.

Mara stand auf und bedeutete ihren Dienerinnen, die Tür zum Truppenplatz zu öffnen. Müde, aber nicht mehr angespannt, stützte sie sich mit einer Hand am Türrahmen ab und wartete darauf, daß die Kompanien der Acoma in Sicht kamen. Ihre hellgrünen Rüstungen waren von einer Staubschicht bedeckt. Die Federbüsche der Offiziere hingen schlaff herab, doch die Männer marschierten im Gleichschritt, und ihr Lied erfüllte die Luft. Die Sätze klangen zwar abgehackt, denn für die meisten waren die Verse noch neu; aber es war eindeutig ein Sieg für die Acoma. Voller Freude sangen alte Soldaten gemeinsam mit ehemaligen Banditen, denn der Kampf hatte sie zusammengeschweißt. Daß dieses Ziel erreicht worden war, schmeckte süß nach der Trauer, die das Haus erst ein Jahr zuvor heimgesucht hatte.

Buntokapi ging direkt auf seine Frau zu und verbeugte sich leicht; eine Formalität, die Mara überraschend fand. »Meine Gemahlin, wir haben gesiegt.«

»Ich bin so glücklich, mein Gemahl.« Ihre Aussage klang ehrlich, was jetzt wiederum ihn verwirrte. Die Schwangerschaft schien sie mitzunehmen, denn sie sah nicht gut aus.

Buntokapi fühlte sich auf merkwürdige Weise beschämt, und er führte weiter aus: »Die Hunde der Minwanabi und Kehotara verkleideten sich als Graue Krieger und versuchten in unser Land einzudringen. Sie hatten uns bei Morgengrauen angreifen wollen, wenn wir alle noch geschlafen hätten.«

Mara nickte. Genau so hätte auch sie einen solchen Überfall geplant. »Waren es viele, Mylord?«

Buntokapi zog den Helm vom Kopf und warf ihn einem der wartenden Diener zu. Er kratzte sich mit beiden Händen kräftig zwischen den feuchten, verfilzten Haaren. Seine Lippen teilten sich vor Zufriedenheit. »Oh, es tut so gut, den loszuwerden.« Er warf einen Blick auf seine Frau, die im Türrahmen stand. »Was? Wie viele es waren?« Sein Gesichtsausdruck wurde nachdenklich. »Wesentlich mehr, als ich erwartet hatte ...« Über die Schulter rief er Lujan etwas zu, der sich mit Keyoke um die Auflösung der Männer kümmerte. »Befehlshaber, wie viele waren es nun, die angegriffen haben?«

Die Antwort schoß fröhlich über das Chaos im Hof. »Dreihundert, Mylord.« Mara unterdrückte ein Zittern. Sie legte eine Hand auf den Bauch, wo sich das Baby bewegte.

»Dreihundert getötet oder gefangen«, wiederholte Buntokapi stolz. Dann, als wäre ihm doch noch ein Gedanke gekommen, rief er wieder über den Hof: »Lujan, wie viele von unseren Männern?«

»Drei tot, drei im Sterben und fünf weitere ernsthaft verletzt.« Die Antwort war kaum weniger überschwenglich, und Mara schloß daraus, daß Lujans Rekruten gut gekämpft hatten.

Buntokapi grinste seine Frau an. »Wie gefällt dir das, meine Gemahlin? Wir warteten in einem Versteck oberhalb von ihnen, ließen Pfeile und Steine auf ihre Köpfe prasseln und trieben sie dann gegen unsere Schilde und Schwerter. Dein Vater hätte es nicht besser machen können, was?«

»Nein, mein Gemahl.« Dieses Zugeständnis machte sie widerwillig, aber es entsprach der Wahrheit. Buntokapi hatte die Jahre seiner Ausbildung als Soldat nicht vergeudet. Und für einen flüchtigen Augenblick wichen die Verachtung und die Abscheu, die sie ihm gegenüber normalerweise empfand, dem Stolz auf die Taten ihres Ehemannes für die Sache der Acoma.

Lujan überquerte den Platz, begleitet von einem Soldaten namens Sheng. Die Unbilden des Tages hatten seine unbeschwerte Galanterie nicht erschüttern können, und er begrüßte seine Lady mit einem Grinsen, bevor er sich vor seinem Lord verbeugte und dessen Prahlerei unterbrach. »Lord, dieser Mann hat etwas Wichtiges mitzuteilen.«

Nachdem der Soldat die Erlaubnis erhalten hatte zu sprechen, salutierte er. »Herr, einer der Gefangenen ist ein Cousin von mir, und ich kenne ihn gut. Er ist der Sohn von der Schwester der Frau des Bruders meines Vaters. Er ist kein Grauer Krieger. Er steht im Dienst bei den Minwanabi.«

Mara versteifte sich leicht und holte tief Luft, doch das wurde von Buntokapis lauter Stimme übertönt. »Ha! Ich habe es gesagt. Bring den Hund zu mir.«

Bewegung breitete sich auf dem Hof aus, und ein kräftiger Soldat erschien. Er schob einen Mann vor sich her, dem beide Hände auf dem Rücken zusammengebunden waren. Er stieß ihn vor Buntokapis Füßen zu Boden.

»Du bist von den Minwanabi?«

Der Gefangene weigerte sich zu antworten. Buntokapi vergaß die Gegenwart seiner Frau und trat dem Mann gegen den Kopf. Trotz ihres Hasses auf die Minwanabi zuckte Mara zusammen. Wieder trat er mit seinen beschlagenen Sandalen in das Gesicht des Mannes. Der Gefangene rollte zur Seite und spuckte Blut. »Bist du von den Minwanabi?« wiederholte Buntokapi.

Aber der Mann würde es nicht zugeben. Er war treu, dachte Mara und kämpfte mit ihrer Übelkeit; sie hatte das erwartet. Jingu würde wohl kaum schwache Männer in ein solch riskantes Unternehmen schicken, denn seine ganze Stellung und Ehre hingen daran, nicht verantwortlich gemacht werden zu können.

Dennoch blieb die Wahrheit nicht ganz verborgen. Ein anderer Soldat der Acoma erschien mit einer ähnlichen Geschichte wie der ersten: Einige andere der angeblichen Grauen Krieger waren als Minwanabi erkannt worden oder als Angehörige des Haushaltes von Jingus Vasallen, den Kehotara. Buntokapi trat noch mehrere Male auf den am Boden liegenden Mann ein, doch er erntete nichts als einen Blick voller grimmigen Haß. Schließlich war Buntokapi gelangweilt. »Dieser Narr befleckt den Boden der Acoma. Häng ihn auf.«

Seine hellen Augen hefteten sich auf Keyoke. »Hängt sie alle auf. Wir brauchen keine Sklaven, und Hunde eignen sich nur schlecht als Arbeiter. Knüpft sie entlang der Straße auf, und laßt ein Schild aufstellen, daß dieses Schicksal jeden erwartet, der in das Land der Acoma eindringt. Dann laßt die Patrouillenführer in die Stadt gehen. Sie sollen in den Tavernen Wein kaufen und auf die Männer der Acoma trinken, die die Minwanabi besiegt haben.«

Keyoke stand mit unbeweglichem Gesicht da und schwieg. Buntokapi fügte dem Lord der Minwanabi eine schreckliche Beleidigung zu, indem er seine Soldaten öffentlich hängen ließ. Kriegsgefangene wurden entweder ehrenvoll mit dem Schwert getötet oder als Sklaven gehalten. Nur wenn die Blutfehde alt und unversöhnlich geworden war, würde ein Mann seinen Feind auf diese Weise beleidigen. Sich mit einer solchen Tat auch noch öffentlich zu brüsten, bedeutete, eine noch schlimmere Vergeltung hinaufzubeschwören, bis selbst das Bündnis mit den Anasati nicht mehr ausreichen würde, sie zu schützen. Mara begriff, was auf dem Spiel stand. Wenn Jingu nur genügend aufgebracht sein würde, konnte es gut sein, daß er beim nächsten Mal nicht mit dreihundert als Graue Krieger verkleideten Soldaten kommen würde, sondern dreitausend gerüstete Soldaten im Orange und Schwarz der Minwanabi wie Insekten auf das Land der Acoma senden würde. Mara sah, wie Keyoke sich mit dem Daumen am Kinn rieb, und wußte, daß auch er die gleichen Befürchtungen hegte. Sie mußte versuchen ihren Mann davon abzubringen.

»Mylord.« Mara berührte Buntokapis feuchten Ärmel. »Sie waren nur Soldaten, die ihren Herren gegenüber ihre Pflicht erfüllten.«

Ein wilder Blick trat in Buntokapis Augen; er konterte mit einer verblüffenden Argumentation. »Diese hier?« Seine Stimme war von einer ungewohnten Ruhe, die umso unheimlicher war, da sie echt wirkte. »Warum, dies sind nur Graue Krieger, Banditen und Gesetzlose, meine Gemahlin. Du warst dabei, als ich ihn gefragt habe, ob er zu den Minwanabi gehört, nicht wahr? Hätte er entsprechend geantwortet, hätte ich ihn ehrenhaft mit meinem eigenen Schwert getötet. Aber er ist nur ein Verbrecher, für den das Hängen eine angemessene Todesart ist.« Er lächelte jetzt breit und wandte sich an die Männer im Hof. »Mein Befehl bleibt bestehen«, rief er.

Die Soldaten der Acoma beeilten sich, Seile zu holen, und die Gefangenen wurden den Kiesweg hinuntergetrieben, der zu den Bäumen am Rand der Kaiserlichen Straße führte. Ein Handwerker würde das Schild fertigstellen, um ihre Schande öffentlich bekanntzumachen, und bei Sonnenuntergang würde auch der letzte von ihnen hängen.

Diejenigen Soldaten, die nicht daran beteiligt waren, verteilten sich auf die Baracken. Buntokapi trat in das Herrenhaus, ohne seine Sandalen auszuziehen, und seine beschlagenen Sohlen rissen Splitter aus dem schönen Holz, als er sich umdrehte und nach seinen Dienern rief. Mara machte sich innerlich eine kurze Notiz, daß sie nach einem Sklaven schicken lassen mußte, der die Böden neu schmirgeln und polieren sollte, und kehrte zu ihren Kissen zurück. Ihr Ehemann hatte sie nicht entlassen, als seine Kammerdiener eintrafen, und so war sie gezwungen zu bleiben, während die Diener ihn von der Rüstung befreiten.

Der Lord reckte seine gewaltigen Schultern, als die Brustplatte abgenommen wurde. »Dieser Lord der Minwanabi ist ein Narr.

Er glaubt, er könnte meinen Vater in Wut versetzen, indem er mich tötet, und dann seine Aufmerksamkeit dir, meiner Gemahlin, einer einfachen Frau, zuwenden. Er hat nicht damit gerechnet, was für einem Soldaten er begegnen würde, was? Wie gut, daß du mich gewählt hast und nicht Jiro. Mein Bruder ist schlau, aber er ist kein Krieger.« Wieder trat dieses wilde Licht in Buntokapis Augen, und Mara sah noch etwas anderes, mehr als nur Gerissenheit. Sie sah sich gezwungen, Buntokapis Bemerkungen aus ihrer Hochzeitsnacht zuzustimmen. Dieser Mann, den sie geheiratet hatte, war nicht dumm.

Mara versuchte begütigend auf ihn einzuwirken. »Es war heute tatsächlich gut für die Acoma, von einem Soldaten geführt zu werden, Mylord.«

Bei diesem Lob plusterte Buntokapi sich regelrecht auf. Er drehte sich um und gab seinem Kammerdiener das letzte Stück seiner Rüstung. Er betrachtete seine blutbefleckten Knöchel und spürte plötzlich die Müdigkeit der vergangenen zwei Tage. »Ich werde ein langes Bad nehmen, meine Gemahlin, und dann werde ich dir beim Abendessen Gesellschaft leisten. Ich werde nicht in die Stadt gehen. Die Götter mögen allzuviel Stolz nicht, und vielleicht ist es besser, sich über Jingu nicht noch mehr zu belustigen, als ich es schon getan habe.«

Er schritt zum Fensterladen und ließ den Schweiß in der sanften Abendbrise trocknen. Mara beobachtete ihn schweigend. Sein stämmiger Körper und die krummen Beine bildeten eine komische Silhouette vor dem gelben Abendhimmel, doch der Anblick brachte sie nur zum Frösteln. Als Buntokapi hinausging, starrte sie auf den Stapel mit den schmutzigen Kleidern und die Sandalen, die er auf dem Boden zurückgelassen hatte. Ihre Gedanken verfinsterten sich, und so nahm sie nicht wahr, wie Nacoya eintrat und sich zu ihrem Ohr herabbeugte. »Wenn Ihr ihn töten wollt, tut es bald, Lady. Er ist weitaus schlauer, als Ihr gedacht habt«, flüsterte sie mit beinahe zischender Stimme.

Mara nickte nur. Innerlich zählte sie die Stunden. Erst, wenn ihr Baby geboren wäre. Erst dann.

»Mara!«

Der Schrei gellte durch das ganze Haus. Die Lady der Acoma stand mit Hilfe ihrer Zofen auf. Sie war auf halbem Weg zur Tür ihrer Gemächer, als die Tür aufging und Buntokapi eintrat. Sein Gesicht glühte vor Zorn.

Sofort verneigte sich Mara. »Ja, Bunto?«

Er hob seine fleischige Hand und schwenkte ein Bündel mit Papieren hin und her. Jeder einzelne Zettel war voller Zeilen mit winzigen Zahlen beschrieben. »Was ist das? Ich fand sie heute morgen, als ich aufwachte, auf meinem Schreibtisch.« Wie das Abbild eines wütenden Needra-Bullen stampfte er an ihr vorbei, und seine blutunterlaufenen Augen, das Vermächtnis der Feier mit einigen Freunden am Abend zuvor, verstärkten diese Ähnlichkeit noch.

Einige junge Soldaten, zweite und dritte Söhne von Familien, die den Anasati gegenüber loyal waren, hatten auf dem Weg zur Stadt der Ebene bei ihm Halt gemacht. Sie hatten sich viele Stunden lang unterhalten, denn ihre Häuser stellten Garnisonen zusammen für den Frühjahrsfeldzug gegen die Barbaren der Welt Midkemia, die auf der anderen Seite der magischen Spalte lag. Der Krieg ging jetzt ins dritte Jahr, und Geschichten über Reichtümer verführten eine große Anzahl politisch neutraler Häuser, nun der Kriegsallianz beizutreten. Diese Veränderungen veranlaßten die Kriegspartei und die konservative Kaiserliche Partei, sich um die Vorherrschaft im Hohen Rat zu streiten. Der Lord der Minwanabi war ein getreuer Anhänger der Kriegspartei, die vom Kriegsherr angeführt wurde. Der Lord der Anasati dagegen war die zentrale Figur in der Kaiserlichen Partei; die Position war von hohem Prestige, da sie nur Blutsverwandten des Kaisers offen stand.

Ohne auch nur einen Hauch von dem Verhalten seiner kaiserlichen Cousins widerzuspiegeln, warf Buntokapi die Zettel in hohem Bogen seiner Frau entgegen. »Was soll ich mit all dem Papier tun?«

»Gemahl, es sind die monatlichen Abrechnungen des Hauses, die vierteljährlichen Haushaltspläne und Berichte von Euren Verwaltern sowie Bestandsaufnahmen von den weiter entfernten Gütern« – sie ließ ihre Blicke über den Boden schweifen, um zu sehen, was noch um ihre Füße herum verstreut lag – »und eine Schätzung der Nachfrage nach Needra-Fellen für nächstes Jahr.«

»Aber was soll ich mit ihnen tun?« Buntokapi breitete in einer verzweifelten Geste die Arme aus. Da er der dritte Sohn war, hatten alle geglaubt, daß er als Krieger Karriere machen würde, so ähnlich wie Keyoke und Papewaio, oder daß er die Tochter eines reichen Händlers heiraten würde, der es auf die Verbindung mit einem mächtigen Haus abgesehen hatte. Und jetzt, da er selbst sie äußersten Hoffnungen seines Vaters übertroffen hatte, war er nicht darauf vorbereitet, ein solch großes Haus zu führen.

Mara kniete sich hin, da die Schwangerschaft es ihr unmöglich machte, sich hinabzubeugen, und sammelte mit vorbildlicher Geduld die verstreuten Papiere wieder ein. »Ihr müßt die Berichte lesen. Ihr müßt sie billigen, mißbilligen oder verbessern und sie dann zurück zu dem jeweiligen Mitglied des Haushaltes schicken, Bunto.«

»Was ist mit Jican?«

»Er wird Euch darin beraten, Gemahl.« Wieder wartete sie auf eine Gelegenheit, die Verantwortung von seinen Schultern nehmen zu können. »Also gut. Wenn ich gegessen habe, schicke den Hadonra in mein Arbeitszimmer«, sagte er jedoch nur. Ohne ein weiteres Wort riß er seiner Frau die Papiere aus der Hand und verließ den Raum.

Mara winkte ihren Läufer zu sich. »Hole Jican.«

Atemlos erschien der Hadonra bei ihr. Er hatte Tintenflecke an den Händen, und so wußte Mara, daß der Läufer ihn im Flügel der Schreiber gefunden hatte, ganz auf der anderen Seite des

Hauses. Als er seine Verbeugung beendet hatte, klärte Mara ihn auf. »Mein Herr braucht Euren Rat, Jican, was die vielen Angelegenheiten angeht, die die Acoma betreffen. Bitte helft ihm dabei, wenn er gebadet und gegessen hat.«

Der Hadonra rieb mit dem Zeigefinger über einen schwarzen Knöchel. Er konnte sein Mißfallen, mit dem schwerfälligen Buntokapi arbeiten zu müssen, kaum verbergen. »Ich verstehe, Mylady.«

Mara sah ihn mit höflichem, aber sachlichem Gesichtsausdruck an. »Die Dinge des Handels sind neu für meinen Herrn, Jican. Vielleicht ist es das beste, wenn Ihr jede einzelne Angelegenheit langsam und ausführlich mit ihm durchgeht.«

Jicans Gesichtsausdruck blieb unverändert, doch seine Augen schienen sich zu erhellen. »Ja, Mistress.«

Jetzt ließ Mara ein angedeutetes Lächeln sehen: »Nehmt Euch soviel Zeit, wie Ihr braucht. Ich denke, Ihr werdet genügend Themen finden, um den ganzen Abend mit ihm zu diskutieren, vielleicht sogar bis weit in die Nacht hinein.«

»Natürlich Mistress.« Jicans Begeisterung stieg. »Ich werde den Befehl geben, daß mich niemand stören darf, solange Lord Buntokapi meine Hilfe benötigt.«

Der Hadonra hatte schon immer schnell begriffen. Mara erfreute sich an seinen Fähigkeiten, auch wenn sie nichts von ihren Gefühlen an die Oberfläche dringen ließ. »Das ist gut, Jican. Da mein Herr Interesse an den Angelegenheiten des Haushalts hat, nehmt jedes Dokument mit, das er vielleicht studieren könnte.«

»Ja, Mistress«, antwortete Jican mit einer Stimme, in der unterdrückte Freude mitschwang.

»Das ist alles.« Mara gab ihm mit einer Handbewegung zu verstehen, daß er gehen sollte; dann stand sie gedankenverloren da und suchte im Geiste nach anderen Dingen, um die sich ihr Ehemann kümmern könnte. Noch während sie Pläne schmiedete, überfiel sie Furcht. Der Weg, den sie gewählt hatte, barg viele Gefahren; kein Gesetz und kein Mensch konnte sie schützen, wenn sie einen Fehltritt machte. Plötzlich empfand sie die Sonne auf den bemalten Fensterläden als etwas sehr Kostbares. Mara schloß die Augen und wiederholte für eine lange Zeit still in sich gekehrt die Lehren der Schwestern Lashimas.

Mara zuckte zusammen bei dem Geräusch, das Buntokapis gewaltige Hand verursachte, als sie auf Fleisch prallte. Ein weiterer Sklave würde am Morgen eine gerötete Wange oder ein blaues Auge haben. Sie machte sich auf den unvermeidlichen Sturm gefaßt und war dabei nicht überrascht, als die Läden zu ihren Gemächern ohne ankündigendes Klopfen aufgeschoben wurden. Selbst wenn er nicht verärgert war, legte Buntokapi selten jene Höflichkeit an den Tag, die einer Person ihres Ranges eigentlich zustand.

»Mara«, begann er. Er stand bereits kurz vor der Explosion. Mara fluchte innerlich, als er hereinkam, denn seine Kriegersandalen zerschrammten die Böden schon zum zweiten Mal in dieser Woche. Glücklicherweise hatten die Sklaven, die den Schaden reparieren mußten, nicht das Recht, sich zu beklagen.

Buntokapi blieb stehen, er schwitzte in seiner schweren Rüstung. »Ich habe Tage mit diesen wichtigen Verwaltungsangelegenheiten verbracht, von denen Jican behauptet, daß ich mich persönlich um sie kümmern muß! Ich gehe zum ersten Mal in dieser Woche hinaus, um mit meinen Soldaten zu üben, und wenn ich müde von der Sonne bin, ist das erste, was ich finde, noch mehr ... davon!« Er warf einen schweren Stapel Dokumente auf den Boden. »Ich bin es leid! Wer hat sich darum gekümmert, bevor ich gekommen bin?«

Bescheiden schlug Mara die Augen nieder. »Ich habe es getan, mein Gemahl.«

Buntokapis Wut verrauchte und ging in Erstaunen über. »Du hast es getan?«

»Bevor ich Euch um die Heirat gebeten habe, war ich Herrscherin.« Mara sprach leichthin, als wäre die Angelegenheit für sie von geringer Bedeutung. »Es war meine Pflicht, mich um die Verwaltung der Güter zu kümmern, wie es jetzt Eure ist.«

»Nun gut.« Buntokapis Unwille hing nahezu greifbar in der Luft. »Aber muß ich mich um jede einzelne Kleinigkeit kümmern?« Er riss sich den Helm vom Kopf und rief nach Dienern, von denen einer sogleich an der Tür erschien. »Bring mir ein Gewand«, befahl Buntokapi. »Ich werde keine Minute länger in dieser Rüstung bleiben. Hilf mir, Mara.«

Mara stand unbeholfen auf und ging zu ihrem Mann, der mit ausgestreckten Armen vor ihr stand. Sie berührte ihn so wenig wie möglich, da er schmutzig war, und löste die Schnallen, mit denen die Brust- und Rückenplatten zusammengebunden waren. »Wenn Ihr wollt, könnt Ihr einige dieser Aufgaben jemand anderem übertragen. Jican ist durchaus in der Lage, sich um die alltäglichen Verwaltungsangelegenheiten der Güter zu kümmern. Ich kann ihn auch mit meinem Rat unterstützen, wenn Ihr zu beschäftigt seid.«

Buntokapi zog die lackierten Platten über den Kopf und seufzte erleichtert. Mara war dieses Gewicht nicht gewohnt und kämpfte dagegen an, bis ihr Ehemann eine Hand ausstreckte und die schwere Rüstung zu Boden warf. Er zog das leichte, gefütterte Wams über seine Schultern und sprach durch die dämpfende Stoffschicht weiter: »Nein. Ich möchte, daß du dich um unseren Sohn kümmerst.«

»Oder um unsere Tochter«, gab Mara gereizt zurück. Sie war verärgert darüber, daß eine Ehefrau zwar die lästigen Pflichten einer Dienerin erledigen, nicht aber Rechnungsbücher beaufsichtigen durfte. Sie kniete sich nieder und schnallte die grünen, ledernen Beinschienen von den haarigen Waden ihres Mannes.

»Bah, es wird ein Junge sein. Und wenn nicht, werden wir es noch einmal probieren müssen, nicht wahr?« Er blickte anzüglich auf sie hinunter.

Mara zeigte nichts von dem Ekel, den sie empfand, sondern band die Sandalen auf, die mit ebensoviel Dreck behaftet waren, wie die breiten Füße, die sie schützten. »Wie mein Herr wünscht.«

Buntokapi streifte sein kurzes Gewand ab. Er war jetzt nackt bis auf den Lendenschurz und griff unbefangen nach unten, um sich in der Leistengegend zu kratzen. »Aber ich werde Jican erlauben, Entscheidungen über diejenigen geschäftlichen Dinge zu treffen, die er seit dem Tod deines Vaters beaufsichtigt hat.« Der Diener erschien mit einem sauberen Gewand, und der Lord der Acoma zog es sofort an, ohne erst um ein Bad zu bitten. »Der Hadonra ist sehr fähig. Und er kann bei wichtigen Entscheidungen immer noch zu mir kommen. Jetzt werde ich erst einmal einige Zeit in Sulan-Qu verbringen. Ein paar meiner Freunde sind –«

Er hielt inne, verwirrt darüber, daß Mara ihre Finger plötzlich in den Stoff ihres Gewandes krallte. Sie hatte den ganzen Morgen bereits leichte Wehen gehabt, doch diese war stärker, und die Farbe wich aus ihrem Gesicht. Endlich war ihre Zeit gekommen. »Bunto!«

Der eigentlich eher jähzornige Mann war jetzt auf einmal gleichermaßen erfreut wie alarmiert. »Ist es soweit?«

»Ich glaube ja.« Sie lächelte versonnen. »Schickt nach der Hebamme.«

Zum ersten Mal in seinem Leben war Buntokapi besorgt, und er hielt Maras Hand so fest, daß sie beinahe blaue Flecken hatte, als die Hebamme kam. Nacoya folgte ihr auf den Fersen. Die beiden verjagten ihn mit einer Heftigkeit, der kein Ehemann im Kaiserreich hätte widerstehen können. Buntokapi trottete wie ein geprügelter Hund hinaus; er blickte noch einmal über die Schulter zurück, als er zwischen den Läden verschwand.

Die nächste Stunde verbrachte er damit, in seinem Arbeitszimmer auf und ab zu gehen, während er auf die Geburt seines Sohnes wartete. Als die zweite Stunde anbrach, ließ er nach Wein und etwas zu essen schicken. Der Abend ging in die Nacht über, und immer noch kam kein Wort aus dem Geburtszimmer. Er war ein ungeduldiger Mann, der keinerlei Ventil für seine Sorgen hatte, und so trank er und aß und trank dann wieder. Nach dem Abendessen schickte er nach den Musikern, und als auch ihr Spiel seine Nerven nicht beruhigen konnte, ließ er das heiße Bad bereiten, das er am Nachmittag ignoriert hatte.

In einem seltenen Aufwallen von Achtung entschloss er sich, auf die Gesellschaft eines Mädchens zu verzichten. Sich mit einer Dienerin zu amüsieren schien merkwürdig unpassend in dem Augenblick, da seine Frau gerade damit beschäftigt war, seinen Erben zu gebären. Doch von einem Mann konnte nicht erwartet werden, daß er so ganz ohne irgendeine Art von Beruhigung und Annehmlichkeiten wartete, und so brüllte Buntokapi nach dem Läufer, der ihm einen großen Krug Acamel-Brandy besorgen sollte. Den würde er nicht mehr hergeben, auch als die Diener die Läden fortschafften und die Wanne mit dampfendem Wasser füllten. Sie warteten mit Seife und Tüchern auf ihn. Buntokapi streifte sein Gewand ab und klatschte mit den Händen auf den zunehmenden Leibesumfang. Er grunzte innerlich und beschloß, mehr mit dem Schwert und dem Bogen zu üben, um in Form zu bleiben, während er seine massige Gestalt ins heiße Wasser sinken ließ. Ein schwächerer Mann wäre zusammengezuckt, doch Buntokapi setzte sich einfach hin. Er nahm einem Diener einen Becher Brandy aus der Hand und leerte ihn in einem einzigen, langen Zug.

Die Diener arbeiteten sorgfältig, aber zaghaft. Keiner von ihnen wollte Schläge dafür einstecken, daß unabsichtlich ein paar Spritzer Seifenwasser in den offenen Becher gelangten und den Brandy verdarben.

Bunto planschte im Wasser herum. Er summte geistesabwesend eine Melodie, während die Diener seinen Körper einseiften. Als ihre Hände seine straffen Muskeln massierten und die Hitze ihn in eine schläfrige, liebebedürftige Stimmung versetzte, gab er sich dem Bad hin und war kurz darauf eingeschlummert.

Dann zerriß ein Schrei die Stille. Bunto schoß in der Wanne hoch, warf seinen Brandy um und bespritzte die Diener mit Seifenwasser. Sein Herz raste, und er tastete nach seiner Waffe, denn er rechnete halb damit, daß die Diener schutzsuchend weglaufen und bewaffnete Männer auf den Warnschrei antworten würden. Stattdessen blieb alles still. Er sah die Musiker an, die auf seinen Befehl warteten zu spielen, doch als er seinen Mund öffnete und etwas sagen wollte, zerriß ein weiterer Schrei die Stille.

Dann wußte er es. Mara, die schlanke, kindliche Mara, war dabei, seinen Sohn zu gebären. Noch ein Schrei erklang, und der Schmerz darin ähnelte in nichts dem, was Buntokapi in seinem kurzen Leben bereits gehört hatte. Im Kampf verwundete Männer stießen laute, verärgerte Schreie aus, und ihr Stöhnen war tief und bedauernswert. Aber dieser Klang ... er spiegelte die Qual einer Person wieder, die vom Roten Gott höchstpersönlich gepeinigt wurde.

Buntokapi streckte die Hand nach dem Brandy aus. Dunkle Wut schoß über sein Gesicht, als er den Becher nicht fand. Ein Diener hob ihn schnell vom Boden auf, füllte ihn und reichte ihn seinem Herrn. Nachdem Buntokapi ihn geleert hatte, befahl er: »Geh und sieh nach, ob meiner Frau auch nichts geschehen ist.«

Der Diener rannte fort, und Buntokapi bedeutete einem anderen mit einem Nicken, den Becher erneut zu füllen. Es verging eine lange Zeit, und immer noch erfüllten Maras gepeinigte Schreie die Nacht. Nach einiger Zeit kehrte der Diener zurück. »Herr, Nacoya sagt, es wäre eine schwierige Geburt.« Buntokapi nickte und trank wieder; er spürte, wie sich die betäubende Wärme des Brandy in seinem Magen ausbreitete. Erneut kam ein Schrei, gefolgt von einem tiefen Schluchzen. Verzweifelt schrie der Lord der Acoma über den Lärm hinweg: »Spielt etwas Fröhliches und Lautes!«

Die Musiker setzten zu einem Marsch an. Buntokapi trank weiter Brandy. Als Maras Schreie selbst die Musik übertönten, warf er irritiert den Becher beiseite und verlangte nach dem

Krug. Er setzte ihn an die Lippen und nahm einen großen Schluck.

Alles um ihn herum begann sich zu drehen. Die Schreie schienen wie ganze Schwärme von Feinden auf ihn einzudringen, nicht bereit, sich durch einen Schild aufhalten zu lassen. Buntokapi trank, bis seine Sinne völlig verwirrt waren. Ein glückliches Glühen lag auf seinem Gesicht, und mit einem dummen Grinsen saß er da, bis das Wasser kühl zu werden begann. Aber immer noch zeigte der Lord keinerlei Anzeichen, sich erheben zu wollen, und so eilten die besorgten Diener hin und her, um heißes Wasser nachzufüllen.

Noch mehr Brandy wurde gebracht, und nach einiger Zeit konnte Buntokapi, Lord der Acoma, kaum mehr die Musik hören, geschweige denn die unablässigen Schreie seiner zierlichen Frau, die darum kämpfte, sein Kind zu gebären.

Eine lange Zeit später versilberte das Morgengrauen die Läden seiner Kammer. Erschöpft von der schlaflosen Nacht öffnete Nacoya die Tür zum Arbeitszimmer und warf einen Blick hinein. Ihr Herr lag zurückgelehnt in der Wanne im kalten Wasser, sein großer Mund stand offen, und er schnarchte. Ein leerer Krug mit Brandy lag vor der schlaff herabhängenden Hand auf dem Boden. Drei Musiker schliefen über ihren Instrumenten, und die Diener standen wie im Kampf besiegte Soldaten da, die zerknüllten Handtücher in den Händen. Nacoya schloß die Tür mit einem lauten Schnappen. Abscheu stand in ihrem faltigen Gesicht. Und sie war dankbar dafür, daß Lord Sezu nicht mehr lebte und miterleben konnte, in welchem Zustand sich sein Nachfolger Buntokapi, Lord der Acoma, befand, während seine Frau ihm in einer langen und anstrengenden Geburt einen gesunden Sohn und Erben geboren hatte.

BLANVALET

STAR WARS™ X-WING

Der Science-Fiction-Welterfolg

Der legendäre Kampf gegen die dunkle Seite der Macht geht weiter.

»STAR WARS™ ist kein Film – es ist Kult!« *Cinema*

Angriff auf Coruscant
24929

Die Gespensterstaffel
35128

Kommando Han Solo
35197

Isards Rache
35198